Nieuwe avonturen van
De Wilde Kippen Club

Ander werk van Cornelia Funke

De dievenbende van Scipio (2003) Zilveren Griffel 2004
Thomas en de laatste draken (2004)
Hart van inkt (2005) Zilveren Griffel 2006
De wilde Kippen Club (2006)
Web van inkt (2006)
De Wilde Kippen Club op schoolreis (2007)
Igraine Zondervrees (2008)
De spokenjagers (2008)
Nacht van inkt (2008)
Potilla (2009)
De spokenjagers en het vuurspook (2009)
De Wilde Kippen Club en de liefde (2009)
De spokenjagers en het griezelkasteel (2010)
De spokenjagers in groot gevaar (2010)
De Wilde Kippen Club voor altijd (2010)
Reckless. Achter de spiegel (2010)

Cornelia Funke

Nieuwe avonturen van De Wilde Kippen Club

Vertaald door Esther Ottens

Amsterdam · Antwerpen
Em. Querido's Uitgeverij BV
2012

www.queridokinderboeken.nl
www.wildekippenclub.nl
www.corneliafunke.nl

Oorspronkelijke titels *Die Wilden Hühner – Fuchsalarm*
(Cecilie Dressler Verlag, Hamburg, 1998) en *Die Wilden Hühner und
das Glück der Erde* (Cecilie Dressler Verlag, Hamburg, 2000)
Vertaling Esther Ottens

Omslag Suzanne Hertogs
Omslagillustratie Juliette de Wit

ISBN 978 90 451 1336 4 / NUR 283

Inhoud

De Wilde Kippen Club
Groot alarm!

Voor alle Wilde Kippen,
en vooral voor Lina, Henrieke en Lynn

Roos nam net een tweede bord lasagne toen de telefoon ging.

'Téééelefoon!' brulde haar kleine broertje Luca. Van opwinding kieperde hij zijn appelsap om.

Titus, de grote broer van Roos, schoof grijnzend zijn stoel naar achteren. 'Wedden dat het Roos d'r vriendje weer is?' zei hij en slofte de gang in.

'Ik heb helemaal geen vriendje, verdomme!' riep Roos hem na.

'Roos, vloek niet zo!' zei haar vader.

Luca hield zijn dampende bord onder haar neus.

'Wil je blazen, Roos?' lispelde hij in haar oor.

Roos blies en luisterde intussen naar wat er op de gang gebeurde.

'Jeetje Sprotje, hoe is het mogelijk!' zei Titus zoetsappig aan de telefoon. 'Sinds wanneer kunnen Kippen bellen?'

In een tel stond Roos naast hem en griste de hoorn uit zijn handen. 'Wat is er?' vroeg ze. 'Sorry, maar ik dacht...'

'De vos komt eraan, Roos!' fluisterde Sprotje in haar oor. 'Hoor je me?'

'De vos?' Roos liet de hoorn bijna uit haar hand vallen. Titus zat weer aan de keukentafel, maar keek nieuwsgierig haar kant op. Ze ging snel met haar rug naar hem toe staan.

'Ja, ja, de vos!' Sprotje klonk verschrikkelijk opgewonden. 'Telefoonketting! Spoedvergadering om zeven uur. Is jullie kelderbox vrij?'

'Ja maar... Wat is er gebeurd? We hebben nog nooit...'

'Dat vertel ik later wel!' zei Sprotje zacht. Toen hing ze op.

Roos stond als aan de grond genageld. *De vos komt eraan!* In de geheime taal van de Wilde Kippen betekende dat groot alarm, levensgevaar! Alleen in uiterste nood mocht een Wilde Kip vossenalarm slaan. Die regel had Sprotje zelf verzonnen. Roos keek met een diepe frons in haar voorhoofd naar de telefoon.

'Roos, kom maar weer aan tafel,' zei haar moeder. 'Je lasagne wordt koud.'

'Ja, ik kom zo,' mompelde Roos. 'Ik moet alleen snel even bellen.' Haastig draaide ze het nummer van Kim.

'Bogolowski,' murmelde Kim in de telefoon.

'De vos komt eraan!' fluisterde Roos.

'Wat?' klonk het geschrokken aan de andere kant.

'Telefoonketting!' zei Roos. 'Om zeven uur vergadering bij ons in de kelder.'

'O god! Oké. Komt voor elkaar,' stamelde Kim. 'Eh... wacht even. Hoe ging dat ook alweer, die telefoonketting? Moet ik Lisa bellen of Melanie?'

'Jemig, Kim!' Roos kreunde. 'Schrijf het nou eens een keertje op. Jíj moet Melanie bellen en dan belt die Lisa, gesnopen?'

'O... oké,' stotterde Kim. 'Maar vossenalarm? Hoezo dat dan? Weet je het zeker? Wat is er dan gebeurd?'

'Roos!' zei haar vader. 'Als je nu niet aan tafel komt, hang ík wel even voor je op.'

Roos fluisterde: 'Tot zo,' en hing op. Ze ging weer aan tafel zitten en prikte in haar lasagne.

'De vos komt eraan!' fluisterde Titus in haar oor.

'Hou op, dombo,' mompelde Roos.

'Betekent dat iets in jullie kakelgeheimtaal?' vroeg Titus spottend.

Roos gaf hem geërgerd een duw. 'Gaat je geen moer aan.'

Er wordt alleen vossenalarm geslagen als het een zaak is van leven of dood, stond in het geheime clubboek van de Wilde Kippen. O jee.

Wie zou er in levensgevaar zijn? Sprotje? Vanochtend had ze op school nog die billenknijper uit de parallelklas een stomp verkocht...

Luca trok aan haar mouw en kwebbelde aan één stuk door tegen haar, maar Roos luisterde niet. De Wilde Kippen hadden samen al van alles meegemaakt – Sprotjes problemen met haar oma, Melanies pukkelperikelen, Kims scheidingstranen en diëten, Lisa's eeuwige schoolstress en de pesterijen van de Pygmeeën – maar nog nooit had een van hen vossenalarm geslagen, nog nooit! Rattenalarm, ja, dat was wel eens gebeurd, bijvoorbeeld toen de Pygmeeën Melanies dagboek gepikt hadden. En toen de jongens Lisa op spioneren betrapten en meesleepten naar hun hol, hadden ze zelfs marteralarm geslagen. Maar vossenalarm? Nee, dan moest er nog iets veel, veel ergers gebeurd zijn.

Roos nam traag een hap koude lasagne. Voerden de Pyg-meeën soms iets extra gemeens in hun schild? Nee, die ge-droegen zich op het moment juist heel vredig – op Mat na dan, en die, nou ja... Roos werd rood en probeerde aan iets anders te denken. Had Sprotje misschien ruzie met die stom-me nieuwe vriend van haar moeder? Maar dan zou ze toch nooit vossenalarm slaan! Nee, dat kon het ook niet zijn.

Een klein dik handje streek over haar gezicht. 'Waar is die vos dan, Roos?' vroeg Luca. 'Eten vossen mensen?'

'Nee, die eten...' Titus graaide naar de veer die Roos om haar hals had, '...kííííppen!'

Boos sloeg Roos zijn hand weg.

'Waarom hebben jullie eigenlijk alweer in onze kelder af-gesproken?' fluisterde Titus haar toe. 'Heeft die domme club van jullie nou nog steeds geen nest?'

Roos wierp hem alleen een vernietigende blik toe.

'Hoezo nest?' lispelde Luca en stak een vingertje in de la-sagne van Roos. 'Hebben vossen dan ook nesten?'

Roos kreunde, haalde Luca's vinger uit haar bord en veeg-de een klodder saus van zijn wang.

Helaas had Titus gelijk. De Wilde Kippen hadden nog steeds geen clubhuis. De hut die ze op het braakliggende ter-rein achter de school van planken gebouwd hadden was bij de laatste storm zomaar in elkaar gestort, en een boomhut, zoals die van de Pygmeeën, was voor de Kippen geen goed plan omdat Sprotje hoogtevrees had. Al zou ze dat natuur-lijk nooit toegeven. Het was diep treurig. Achter de kaler wor-dende bomen lag de winter al op de loer, maar de Wilde Kip-pen moesten hun clubboek en de kippenschatten nog steeds

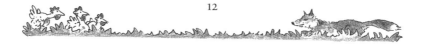

in de hooikist onder de kooi van Lisa's cavia verstoppen en hielden hun besprekingen in een tafeltenniskelder. Daar werden ze aan de lopende band gestoord door Titus en zijn vervelende vriendjes, of door Luca, die op geheime clubbijeenkomsten binnenviel met de vraag: 'Mag ik ook een koekje?' en in hun clubboek de mooiste tekeningen maakte. Het was allemaal zo verschrikkelijk irritant.

En nu ook nog dat telefoontje van Sprotje. Vossenalarm... Goeie god! dacht Roos. Wat is er nou toch gebeurd?

Om iets voor zevenen trok Roos de huisdeur achter zich dicht en liep de trap af naar de buitendeur. Bij wijze van uitzondering kwam er eens geen nieuwsgierig broertje achter haar aan. Titus maakte luidkeels ruzie met hun moeder en Luca zat met waskrijtjes op zijn buik te tekenen. Roos hoefde niet lang op de andere Kippen te wachten. Om klokslag zeven uur belde Lisa aan en twee minuten later reden Melanie en Kim hun fietsen de hal in.

'Mogen we onze fietsen hier neerzetten?' hijgde Kim. Ze raakte altijd buiten adem van fietsen.

Roos haalde haar schouders op. 'Tuurlijk, de buren zullen wel weer gaan klagen, maar wat kan ons het schelen.'

'Ik krijg wat van die verkoudheid,' snufte Lisa. 'Nou zijn mijn zakdoekjes alweer op.'

Melanie zette haar fiets tegen de muur en wierp haar een pakje papieren zakdoekjes toe. 'Is Sprotje er nog niet?' vroeg ze pinnig.

Roos schudde haar hoofd. Kim grinnikte. 'Wat zou ze nu weer voor smoes hebben?'

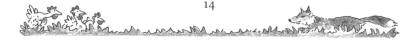

Lisa moest alweer niezen.

'Hé, nies lekker de andere kant op, ja? Ik heb geen zin om ook met zo'n knalrode neus rond te lopen!' viel Melanie uit. 'De vos komt eraan! Ha! Ik moest mijn afspraak bij de dokter afzeggen voor die onzin!'

Lisa zette haar fietshelm af. 'Als het onzin is had Sprotje geen vossenalarm geslagen,' zei ze. 'Krijg je weer een pukkel, of waarom heb je zo'n verschrikkelijk pesthumeur?'

Zonder iets te zeggen keerde Melanie haar de rug toe. Ze begon haar haar te borstelen, dat door de wind helemaal in de war zat.

'Weet je het al? Mat staat buiten,' fluisterde Kim tegen Roos. 'Hij staat naar je raam te staren. Ik dacht dat je het uitgemaakt had?'

'Ik heb het ook uitgemaakt,' mompelde Roos. 'Maar nu denkt hij dat ik een ander vriendje heb. Wat een gezeur zeg. Hij belt de hele tijd op, vraagt of ik thuis ben, of ik bezoek heb. Jullie snappen zeker wel wat ik van Titus allemaal naar mijn hoofd krijg.'

'Hij bespioneert je? Wat romantisch!' Lisa nieste in haar zakdoek en deed de deur open. Voorzichtig loerde ze naar buiten.

'Zie je hem?' Kim boog zich over haar schouder. 'Daar, in dat portiek aan de overkant staat hij.'

'Misschien komt hij helemaal niet voor Roos.' Lisa stak haar hoofd nog wat verder naar buiten. 'Misschien heeft Fred hem gestuurd, als verkenner voor de Pygmeeën?'

'Ga daar weg.' Roos trok de andere twee niet bepaald zachtzinnig de hal in en gooide de deur met een knal dicht.

'Verkenner? Wat een onzin!' Melanie trok spottend met

haar mond. 'Toevallig weet ik dat Mat zelfs ruzie met Fred heeft omdat hij de hele tijd achter Roos aan zit.' Fred was de baas van de Pygmeeën. Melanie bukte zich naar het spiegeltje op haar fietsstuur en plukte aan het haar op haar voorhoofd. 'Fred heeft al gedreigd met een boomhutverbod. Maar Mat is gek van jaloezie.' Ze giechelde. 'Schrijft hij je nog steeds van die achterlijke liefdesbrieven?'

Roos keek haar geërgerd aan. 'We zijn hier omdat Sprotje alarm geslagen heeft,' zei ze, 'niet om het over Mat te hebben.' Zonder nog iets te zeggen liep ze de keldertrap af. De andere Kippen volgden haar.

'Toen Roos "vos" zei liet ik van schrik bijna de telefoon uit mijn hand vallen,' vertelde Kim. Ze moest uitwijken voor een spin die zich voor haar neus van het plafond naar beneden liet zakken. 'Snappen júllie waarom ze vossenalarm geslagen heeft?'

'Nee.' Roos maakte de deur van hun kelderbox open en knipte het licht aan. Haar ouders gebruikten de kelder alleen om te tafeltennissen. De rommel stond op zolder.

'Misschien heeft Sprotje een ontvoering zien gebeuren,' snufte Lisa, terwijl ze allemaal hun jas uittrokken. 'Of een roofoverval!'

Melanie rolde met haar ogen. 'Kijk nou! Titus heeft alweer onze posters van de muur gehaald!' zei ze.

Aan de kale muur van de kelderbox hing alleen een blad-zijde uit een tijdschrift. Het was een recept met een foto erbij: gebraden kip met amandelen.

'Mafkezen!' mompelde Lisa, die het recept boos van de muur rukte. In een hoek van de kelder stonden plastic tuinstoelen

opgestapeld. Lisa en Kim zetten er vijf rond de tafeltennistafel, terwijl Roos weer naar boven ging om proviand te halen.

'Hopelijk kom je zonder broertjes terug!' riep Kim.

Melanie liet zich zuchtend op een stoel vallen en keek knipperend met haar ogen in het licht van het kale peertje aan het plafond. 'Gezellig hoor,' zei ze binnensmonds. 'Echt reuze gezellig is het hier.'

Roos kwam zonder broertjes, maar mét een volgeladen dienblad terug. 'We hebben geluk. Ze hebben het daarboven razend druk,' zei ze. 'Titus helpt mijn moeder het waskrijt van Luca's buik te schrobben. Kijk eens!' Ze zette het blad op de tafeltennistafel. 'Warm vlierbessensap en kruidkoek! Weer eens wat anders dan thee en biscuitjes, toch?'

'Helpt dat ook niet heel goed tegen verkoudheid?' vroeg Lisa hoopvol – en meteen kwam er weer een nies achteraan.

Melanie rook wantrouwig aan het vlierbessensap. 'De Pygmeeën zijn hun boomhut zwart aan het verven,' vertelde ze. 'Het ziet er heel mooi uit.'

'Zoals altijd weet je weer precies wat de jongens uitvoeren, hè Mel?' zei Sprotje achter haar. Ze schopte de kelderdeur dicht, wurmde zich tussen Kim en Melanie door en ging naast Roos op de tafeltennistafel zitten. 'Sorry dat ik zo laat ben, maar er waren twee vrouwen bij ons aan de deur die me per se iets over de ondergang van de wereld wilden vertellen. Ze lieten me er gewoon niet door.'

'Je bent wel eens met betere smoesjes gekomen,' mopperde Melanie. 'En hoe vaak moet ik je nog zeggen dat je me geen "Mel" moet noemen! Waarom heb je vossenalarm geslagen?'

'Merk je dat? Barbie krijgt weer pukkels!' fluisterde Lisa tegen Sprotje.

Melanie keek haar kwaad aan, maar ze werd zo rood als een kreeft.

Sprotje schoof met een somber gezicht haar beugel op zijn plaats. 'Ik heb vossenalarm geslagen,' zei ze, terwijl Roos alle Kippen een beker vlierbessensap inschonk, 'omdat...'

'Wacht even!' Haastig haalde Lisa een ringband uit haar rugzak. De kaft was van onder tot boven beplakt met kippenveertjes. 'Ik moet notuleren!'

'Laat die notulen maar zitten, Lisa!' snauwde Sprotje. 'De vos komt eraan. Weet je niet meer wat dat betekent? Het gaat om leven en dood.'

Kim verslikte zich in haar vlierbessensap. Roos hield haar adem in en Lisa begon zenuwachtig op haar potlood te kauwen. Alleen Melanie fronste sceptisch haar voorhoofd.

'Kom op zeg!' zei ze. 'Hou op met dat toneelspel. Je hebt alleen maar vossenalarm geslagen omdat je dan zeker weet dat we allemaal komen. Gaat het soms om Mat?'

'Doe niet zo achterlijk!' Sprotje sprong kwaad van de tafeltennistafel. 'Voor Mat sla ik niet eens rattenalarm. Die...'

'Wacht...' Melanie knipte met haar vingers. 'De vriend van je moeder wil je adopteren! Dat is het!'

'Hou nou eindelijk eens je kop, Mel!' viel Sprotje uit. Roos keek haar bezorgd aan. Ze zag dat het Sprotje moeite kostte om haar tranen in te houden. Dat kwam niet zo vaak voor. Sprotje huilde niet zo makkelijk als Kim of Roos.

'Mijn oma is van plan om de kippen te slachten,' zei ze zonder de anderen aan te kijken. 'Zomaar. Alle vijftien. Volgende week al. Dat is toch een goede reden voor vossenalarm, of niet soms?'

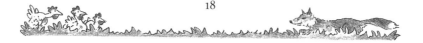

Een tijdje bleef het doodstil in de tafeltenniskelder. Ze wisten geen van allen wat ze moesten zeggen.

De oma van Sprotje had vijftien kippen: vijf bonte, zes bruine, drie witte en een zwarte. Ze heetten Emma, Isolde, Huberta, Lola en Pavlova, Dollie, Clara, Daphne en Loretta, Ophelia, Dido, Salambo, Ronja, Laila en Isabel. Sprotje had de namen bedacht en de kippen een voor een met een beetje water uit de regenton gedoopt. Sprotjes oma vond namen voor kippen maar niks. 'Sentimenteel gedoe,' zei ze. 'Ik geef mijn spruitjes toch ook geen naam? Kippen neem je omdat ze eieren leggen, niet om vrienden mee te worden. Dat is alleen maar lastig bij het slachten.'

Nu wilde ze de kippen dus inderdaad slachten. Allemaal. Bij de gedachte alleen al werd het de vriendinnen koud om het hart.

Ze gingen zo vaak ze konden bij de kippen van oma Bergman op bezoek. Dat kon natuurlijk alleen maar als Sprotjes oma zelf niet thuis was. Als die had geweten hoe vaak Sprotjes vriendinnen haar ren in slopen om de zachte veertjes van

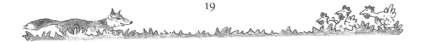

haar kippen te strelen, was ze ontploft van woede.

'Ze vinden het zo lekker als je ze onder hun snavel kroelt!' zei Kim zacht. 'Dan knijpen ze altijd zo lief hun oogjes dicht.' Ze begon te snikken.

Lisa gaf haar een zakdoekje. 'Jeetje, dat is zeker een goede reden voor vossenalarm,' mompelde ze.

'Sinds vorige zomer heeft ze dríé kippen geslacht!' riep Sprotje uit. 'En we hebben er nooit iets tegen gedaan! Omdat we niet wisten hoe we haar tegen moesten houden of omdat ik het niet op tijd te horen had gekregen. Deze keer móéten we gewoon iets doen! Als ze het echt doet, als ze de kippen doodmaakt en wij doen niets, dan... dan...' Sprotje gaf zo'n harde klap op de tafeltennistafel dat het warme vlierbessensap over haar vingers klotste, '...dan mogen we ons geen Wilde Kippen meer noemen, vind ik. Dan zijn we helemaal niets meer, hooguit Wilde Slampampers of zoiets.' Ze likte het zoete sap van haar vingers.

Roos beet zenuwachtig op haar onderlip.

'Maar waarom?' vroeg Lisa klaaglijk. 'Waaróm wil ze ze slachten?'

'Ze zegt dat ze niet meer genoeg eieren leggen,' antwoordde Sprotje. 'En ze beweert dat de kippen in het voorjaar zo taai zijn dat ze er niet eens meer soep van kan koken. Dus wil ze ze vóór de winter slachten. En in de lente koopt ze weer nieuwe. Zo doen veel boeren het ook. Spaart een hele hoop voer.'

'En als wij dat voer nou eens betalen?' Roos was helemaal bleek om haar neus. 'Dat geld krijgen we vast wel bij elkaar. En we kunnen van thuis restjes groente meenemen...'

Sprotje schudde haar hoofd. 'Heb ik al aangeboden. Wil ze niets van weten.'

'Dat kan ze niet maken!' Kim zette haar beslagen bril af en poetste met trillende vingers de glazen schoon.

'En of ze dat kan!' zei Sprotje verbitterd. 'Ze heeft zelfs al een afspraak voor het bloedbad. Volgende week woensdag. Dan komt die vreselijke Bolhuis na de thee bij haar langs om ze allemaal de kop af te hakken. Hij krijgt er nog twee flessen zelfgemaakte kersenlikeur voor ook.'

Nu kreeg zelfs Lisa tranen in haar ogen. Ze proestte luidruchtig in haar zakdoek.

'Bolhuis? Bedoel je die ellendeling van een buurman, die de hele tijd over de schutting staat te loeren?' vroeg Roos.

Sprotje knikte en streelde het veertje dat aan een touwtje om haar nek hing. Alle Wilde Kippen hadden zo'n clubteken.

'Zeg, hou op!' riep Melanie uit. 'Kijk niet alsof jullie al op een kippenbegrafenis zijn! We gaan ze redden! Dat is toch duidelijk?'

'O ja?' Kim beet op haar onderlip. 'Hoe dan?'

Vroeger had niemand zo tegen Melanie opgekeken als Kim. Maar sinds de scheiding van haar ouders was Kims animo voor alles en iedereen een heel stuk minder. Zelfs Melanie kreeg haar niet meer zo makkelijk enthousiast.

'Sprotje heeft vast al een idee,' snotterde Lisa hoopvol. 'Ja toch?'

Ze wisten allemaal dat Sprotje sneller ideeën uitbroedde dan andere mensen hun veters strikten.

'Nou ja.' Sprotje nam een slok vlierbessensap. 'Zondag gaat O.B. naar haar zus, dus...'

'Wie is O.B.?' vroeg Kim.

'Oma Bergman natuurlijk,' legde Melanie kribbig uit. 'Wat ben jij soms simpel zeg.' Kim boog beschaamd haar hoofd.

'Oké... O.B. gaat zondag naar haar zus,' begon Sprotje nog een keer, 'om met koffie en gebak erbij weer eens lekker ruzie met haar te maken. Dan kunnen we de tuin in sluipen, de kippen in kartonnen dozen stoppen en meenemen. De vraag is alleen waar we ze naartoe brengen.'

Uitgerekend op dat moment vloog de kelderdeur open.

'Hé Kippen!' Breed grijnzend stak Titus zijn hoofd naar binnen. 'Wij willen tafeltennissen. Of hebben jullie de ping-pongballetjes weer eens zitten uitbroeden?'

'Wegwezen!' viel Roos uit. 'De kelder is nog een halfuur van ons. Vraag maar aan mama.'

Nu verscheen ook de beste vriend van Titus in de deuropening. 'Zijn dat die meisjes? Wie is nou dat stuk waar je het over had?'

'Die daar!' Titus schoot een propje papier in Melanies haar.

Melanie keurde hem geen blik waardig, maar een gevleid lachje kon ze toch niet onderdrukken.

'Wat denk je ervan, Lisa?' fluisterde Sprotje.

Lisa snoot haar neus, legde haar notulenboek op de grond, stond op en slenterde naar de jongens toe.

'Zo grapjassen,' zei ze met het vriendelijkste lachje van de wereld. 'Leuk om anderen een beetje te pesten hè?' Toen haalde ze bliksemsnel haar waterpistool uit haar mouw en spoot ze allebei een straal zeepsop in het gezicht.

Vloekend deinsden de jongens achteruit. Lisa wierp zich

als een woedende terriër tegen de kelderdeur. In een tel stonden Sprotje en Kim naast haar en zetten hun schouders ertegen, terwijl Titus en zijn vriend scheldend en tierend hun reuzenvoeten tussen de deur probeerden te krijgen. Maar toen Melanie en Roos de andere Kippen te hulp schoten, hadden de jongens geen kans meer. Titus kon nog net zijn hand terugtrekken voor de deur met een klap dichtviel.

Roos draaide vlug de sleutel om. 'Sorry hoor!' hijgde ze. 'Ik vergeet steeds die deur op slot te doen.'

Een beetje buiten adem, maar heel tevreden met zichzelf gingen de Kippen weer zitten. Lisa raapte haar notulenboek op en maakte een aantekening over de inval.

'Tja,' zuchtte Sprotje toen ze het zich op de tafeltennistafel weer gemakkelijk gemaakt had, 'we moeten de kippen dus ergens naartoe brengen. Als het ons tenminste lukt om ze van mijn oma te pikken.'

'Dat brengt ons weer op het bekende onderwerp.' Roos kreunde. 'Ons clubhuis. Dat we dus niet hebben.'

'De Pygmeeën hebben nu zelfs een kachel in hun boomhut,' zei Melanie.

'Fijn zeg!' Sprotje keek haar geïrriteerd aan. 'Je moet eens vragen of ze nog een meisje als mascotte kunnen gebruiken.'

'Ach, hou toch op jullie!' zei Roos. 'Dat weten we nou wel hoor. Maar dat clubhuis is echt een probleem. Hier kunnen we ze in elk geval niet verstoppen.'

'En bij Melanie in de tuin...?' begon Lisa.

'Ben je wel helemaal lekker?' Melanie schudde met een vies gezicht een pissebed van haar schoen. 'Mijn vader flipt al ge-

noeg sinds hij geen werk meer heeft en alleen maar thuis zit. Die gaat uit zijn dak als hij ook nog eens in de kippenstront trapt. Bovendien...' ze schraapte met haar schoen over de keldervloer, '...bovendien gaan we binnenkort misschien verhuizen, naar een kleiner huis een stukje verderop. Daar is helemaal geen tuin.'

'O,' zei Roos zacht.

Melanie haalde alleen maar haar schouders op en streek het haar uit haar gezicht.

'Nou ja, Sprotjes oma gaat zondag pas weg, voor die tijd verzinnen we heus wel wat,' zei Lisa.

'Hopelijk wel.' Sprotje luisterde of ze buiten iets hoorde, maar Titus en zijn vriend hadden kennelijk de aftocht geblazen. 'Wanneer komen we weer bij elkaar? Morgen?'

Melanie haalde met gefronst voorhoofd haar agenda tevoorschijn. Sprotje zuchtte. Roos moest ook steeds in haar agenda kijken nu ze vrijwilligerswerk deed. Ze werkte voor een organisatie die iets voor kinderen in de Derde Wereld deed, maar de naam van die organisatie kon Sprotje nooit onthouden. Volgens Melanie waren de leuke jongens de reden dat Roos er zo enthousiast over was, maar sinds Roos haar voor die opmerking een klap had verkocht, trok ze alleen nog maar veelbetekenend haar wenkbrauwen op als Roos weer naar een bijeenkomst moest.

Terwijl Roos en Melanie in hun agenda's bladerden, zei Kim met een klein stemmetje: 'Ik weet dat vossenalarm heel belangrijk is, maar ik moet morgen om twee uur mijn neef van het station halen. Mijn moeder werkt, dus misschien daarna...'

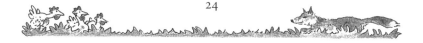

'Ik móét morgen echt naar de huidarts,' stelde Melanie vast.

'Vanwege die ene pukkel?' vroeg Sprotje geprikkeld.

'Ze heeft er al drie hoor,' verklaarde Kim.

'O help, drie pukkels!' Sprotje rolde spottend met haar ogen. 'Neem me niet kwalijk, dat is natuurlijk ook een zaak van leven of dood.'

Melanie reageerde er niet op. 'Die afspraak van overmorgen,' zei ze snibbig, 'die kan ik wel verzetten.'

'Heb je eigenlijk ook wel eens géén afspraak?' viel Sprotje uit. 'Zal ik tegen de kippen zeggen dat hun kop wordt afgehakt omdat jij zo veel afspraken hebt?'

'Jij hebt makkelijk praten,' snauwde Melanie terug. 'Jij hebt het huis bijna elke dag voor je alleen, want jouw moeder is taxichauffeur. Weet je hoe het bij ons thuis gaat sinds mijn vader geen werk meer heeft? Melanie, zal ik je huiswerk nakijken? Melanie, heb je je kamer opgeruimd? Melanie, wat heb je nu weer aan? Melanie, zullen we even wiskunde oefenen? Wiskunde is belangrijk. Dat houdt toch geen kip uit! Dus ga ik zo vaak als ik maar kan iets doen, ja? En hou dat domme commentaar van je nou maar voor je.'

'Ik kan morgen ook niet,' zei Roos zonder de anderen aan te kijken. 'In elk geval niet zo vroeg. Ik heb mijn vrijwilligerswerk. Maar overmorgen kan ik wel.'

Sprotje haalde haar schouders op.

'Overmorgen is het woensdag, dat is toch ook best.' Lisa proestte in haar zakdoek en schreef *volgende clubbijeenkomst woensdagmiddag* in de ringband met de kippenveertjes. 'Dan hebben we ook nog een beetje de tijd om te beden-

ken waar we de kippen naartoe brengen.'

'Goed dan, woensdag.' Sprotje liet zich van de tafeltennis-tafel glijden. 'Weer hier in de kelder?'

Roos knikte. 'Geen probleem.'

'Maar dan graag zonder dat vleermuissap,' zei Melanie en trok haar leren jasje aan.

'Het is vlierbessensap en het schijnt heel goed tegen puk-kels te zijn,' zei Lisa, terwijl ze het notulenboek weer in haar rugzak stopte – heel voorzichtig, zodat de opgeplakte veertjes niet los zouden laten.

'Echt?' Melanie keek haar wantrouwig aan.

'Nee!' zei Lisa. Grijnzend haalde ze een flesje water uit haar tas om het waterpistool bij te vullen. Melanie gaf haar geër-gerd een por in haar zij.

Toen Roos de deur opendeed keek Sprotje eerst even voor-zichtig om de hoek, maar Titus en zijn lange vriend waren niet in de koude gang blijven hangen. Pas op de keldertrap kwamen ze de Wilde Kippen tegemoet.

'Wees maar blij dat we ons niet aan kleine meisjes vergrij-pen!' bromde Titus toen ze langs elkaar heen schoven.

'Wees maar blij dat wij ons niet aan lange jongens vergrij-pen,' bromde Sprotje terug. 'Als je zo lang bent als jullie doet de bloedtoevoer naar de hersenen het niet meer zo goed, wis-ten jullie dat?'

Titus' vriend streek het natte haar uit zijn gezicht en trok een lelijk gezicht. Haastig wurmden Kim en Sprotje zich langs hem. Melanie kon het natuurlijk weer niet laten om nog even naar de jongens te lachen. Ze schreed de trap op alsof ze er-gens een groot entree moest maken.

Titus pakte Roos bij haar arm. 'Wat was er nou allemaal aan de hand, zusje?' vroeg hij. 'Kom op, wij willen ook wel eens lachen. De meisjes hebben namelijk een club,' zei hij over zijn schouder tegen zijn vriend. 'Je raadt nooit hoe ze heten. De Wilde Kippen.'

'En jullie?' Lisa had haar hand alweer in haar mouw. 'Hoe heten jullie? De Pingpongende Pissebedden?'

'Voor dat waterkanon moet je een wapenvergunning hebben!' fluisterde Titus haar toe.

'Speel maar lekker!' fluisterde Lisa terug. 'Tafeltennis is heel leuk voor kleine jongetjes. Wíj hebben er helaas geen tijd voor.'

'Zo kan ie wel weer,' zei Roos, en ze trok Lisa mee de trap op.

Toen de Wilde Kippen hun fietsen weer naar buiten reden was het donker.

'Mat heeft zijn liefdeswake zeker opgegeven,' zei Melanie terwijl ze op haar fiets stapte. 'Of zien jullie hem nog ergens?'

'Hij was inmiddels bevroren als ie was gebleven,' zei Lisa.

Kim keek toch nog even om zich heen. 'Mat zie ik niet,' zei ze, 'maar moet je de muur van jullie huis eens zien, Roos.'

De anderen draaiden zich om. Op de vuilwitte muur, vlak onder het slaapkamerraam van Roos, stond met grote letters: *Hier woont Roos, de domste kip van de stad.*

Melanie perste haar lippen op elkaar, maar ze begon toch te giechelen.

'Die stommeling!' Sprotje sloeg een arm om Roos' schouders. 'Dat zal hij bezuren. Daar kan die boskabouter zijn achterlijke kop onder verwedden!'

'Ergens is het best romantisch,' snotterde Lisa dromerig. 'Ik bedoel...'

'Laat maar zitten,' zei Sprotje, opkijkend naar het geklieder

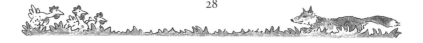

van Mat. 'Hoe is die gozer eigenlijk daar boven gekomen?'

'Hij is vast op de vuilnisbakken geklommen,' mompelde Roos. 'Als Titus dat ziet...' Ze zuchtte.

'Moeten we je helpen het eraf te halen?' vroeg Sprotje.

'Dat kun je wel vergeten,' zei Melanie, die voor het spiegeltje op haar fietsstuur haar haar goed deed. 'Mat heeft allemaal van die spuitbussen, je weet wel, die verf krijg je er niet zomaar af.' Ze grinnikte. 'Roos kan er toch zo'n poster overheen plakken? Die dingen hangt ze op school ook overal op.'

'O wat ben je weer leuk!' viel Sprotje uit. 'Zal ik ook eens iets onder jouw raam spuiten? Melanie is de ijdelste kip van de stad?'

'En Sprotje de arrogantste,' snauwde Melanie terug.

'Ach, hou toch op,' zei Kim.

'Inderdaad!' Lisa sprong op haar fiets. 'Morgen zullen we eens een ernstig kippenwoordje met Mat wisselen, oké?'

Maar Roos schudde haar hoofd. Rillend liep ze naar de deur. 'Laat hem nou maar met rust,' zei ze over haar schouder. 'Dan houdt hij heus wel een keer op met dat geklier.'

'Als jij het zegt,' zei Sprotje, die ook op haar fiets stapte. 'Maar als we iets kunnen doen, moet je het zeggen.'

Roos knikte alleen maar. 'Tot morgen,' riep ze de anderen toe. Daarna ging ze de hal in.

Sprotje hoefde niet ver naar huis. Ze woonde in dezelfde straat als Roos, maar dan aan de andere kant. Op de stoep zag ze al dat haar moeder thuis was. Boven in de keuken brandde licht.

In het trappenhuis stonk het naar vis. Sprotje liep de trap op – achtenveertig treden waren het – en stak met verkleum-

de vingers de sleutel in het slot. 'Ik ben er weer!' riep ze. Ze schopte haar schoenen in een hoek en liep door de donkere gang naar de keuken.

'Godvergeten schijtvent!' Haar moeder smeet een bord tegen de muur. Een bord dat oma Bergman haar cadeau had gegeven. Ze pakte een stapel kopjes en mikte ze één voor één tegen de tegels. Sprotje keek beduusd om zich heen. De vloer lag bezaaid met scherven. En op het aanrecht stond iets in brand.

'Alles... alles goed, mam?' vroeg Sprotje schuchter. Haar hart ging als een razende tekeer.

'O, ben je daar.' Haar moeder zette met een verlegen lachje een schaal terug op de keukentafel. Daarna liep ze naar het aanrecht om een kan water over het vuur te gooien.

'Sorry hoor,' mompelde ze terwijl ze het raam openzette tegen de rook. 'Maar ik moest even mijn woede koelen.'

'Was je kwaad op die gast?' Sprotje haalde stoffer en blik uit de voorraadkast en begon de scherven op te vegen.

'Op die gast, ja. Jij hebt hem nooit gemogen, ik weet het. Ik zou beter naar je moeten luisteren.'

Sprotje kiepte de eerste lading scherven in de vuilnisbak. 'Inderdaad,' mompelde ze.

'Kom, laat mij dat maar doen,' zei haar moeder. 'Straks snijd je je nog.'

'Welnee!' Sprotje veegde de splinters die onder de tafel lagen bij elkaar. 'Gelukkig heb je alleen maar dat lelijke servies van oma stukgesmeten. En wat heb je in de fik gestoken?'

Sprotjes moeder streek door haar haar en liet water in de gootsteen lopen. 'Een paar sokken die hij hier had laten lig-

gen,' zei ze. 'Oma heeft toch gelijk, geloof ik. Ik en mannen, daar komt alleen maar gedonder van.'

'Je valt altijd op de verkeerde,' zei Sprotje. Ze haalde de stofzuiger om de laatste splintertjes op te zuigen.

Haar moeder ging met een zucht aan tafel zitten en maakte met een mesje krassen in het blad. 'Weet je wat?' zei ze. 'Volgens mij moeten we emigreren.'

Sprotje keek haar verbluft aan. 'Hoe kom je daar nou weer bij?'

'Nou ja.' Haar moeder haalde haar schouders op. 'Al dat gedoe gewoon achter ons laten, weet je? Opnieuw beginnen, iets avontuurlijks doen.'

'Aha.' Sprotje liet de glazen pot vollopen met water en schonk het in het koffiezetapparaat. 'Ik zet eerst even koffie, oké?'

'Je bent een schat!' Haar moeder keek peinzend uit het raam. Buiten kleurde de hemel grijszwart. De regen stroomde langs het raam. 'Amerika,' mompelde ze. 'Daar kun je ook taxichauffeur zijn. Geen enkel probleem. Ik zou alleen mijn Engels een beetje moeten bijspijkeren. New York! Of San Francisco, daar is het lekkerder weer.'

'Je gaat te vaak naar de film,' zei Sprotje. Ze zette haar moeders lievelingsmok op tafel, die met het varken erop. 'Het is er vast heel anders dan je denkt. Hartstikke gevaarlijk en helemaal niet gezond voor kinderen. En kippen hebben ze daar ook al niet, laat staan wilde.'

'Zou je denken?' Haar moeder keek nog steeds naar buiten, waar behalve de vaalgrijze avond niets te zien was.

'Absoluut,' zei Sprotje en kroop tegen haar aan. Haar moe-

der kriebelde afwezig over haar rug.

Net toen Sprotje de koffie inschonk ging in de gang de telefoon. Sniffend liep haar moeder erheen.

'Nee, er is helemaal niets aan de hand,' hoorde Sprotje haar zeggen. Op die toon sprak ze alleen met oma Bergman. 'Nee, echt niet.' Ze keek Sprotjes kant op en rolde met haar ogen. 'Oké, dan klink ik raar. Ja, ik roep haar wel even.'

Ze stak de hoorn naar Sprotje uit.

'Nee!' fluisterde Sprotje. 'Ik wil die kippenmoordenaar niet spreken.' Maar haar moeder hield haar onverbiddelijk de hoorn voor. Sprotje stond met een diepe zucht op en slofte de gang in.

'Ja, wat is er?' bromde ze in de telefoon.

'Wat een aardige manier van gedag zeggen!' kraste oma Bergman in haar oor. 'Je moeder is echt een eersteklas opvoeder. Ik heb in de tuin mijn voet verstuikt. Je moet me helpen. De groenbemesters zijn nog niet gezaaid, de kool verpietert tussen het onkruid en het kippenhok moet worden uitgemest.'

'Waarom?' vroeg Sprotje. Ze trok een gezicht naar de telefoon. 'Je bent toch van plan ze te slachten.'

'Nou en?' snauwde haar oma. 'Moet het daarom een uur in de wind stinken? Kom morgen na school naar me toe. Ik maak wat te eten voor je. Je huiswerk kun je hier maken.'

'Oké,' zei Sprotje onwillig – maar opeens begon haar hart sneller te kloppen, sneller en sneller. 'Dat met die voet... je... je gaat zondag toch nog wel naar je zus hè?' stamelde ze.

'Doe niet zo raar!' antwoordde oma Bergman nors. 'Hoe moet ik met twee krukken de trein in komen? Nee, ik blijf

thuis, en zij is natuurlijk weer te lui om naar mij toe te komen. En wat kan jou dat eigenlijk schelen?'

'Ik vroeg het gewoon,' mompelde Sprotje.

'Goed, tot morgen dan,' zei haar oma. 'Ik heb koekjes gebakken.' En weg was ze.

Sprotje liep met een somber gezicht terug naar de keuken.

'Zie je nou wel?' zei haar moeder, terwijl ze nog een keer
koffie inschonk. 'We moeten naar Amerika. Dan zijn we eindelijk ook van dat gezeur van oma af.'

De volgende ochtend hoorde Sprotjes moeder de wekker niet, want ze had de hele nacht in haar kussen liggen snikken. Daardoor kwam Sprotje weer eens te laat, hoewel haar moeder haar met fiets en al in de taxi naar school bracht.

'En wat is je excuus, Charlotte?' vroeg mevrouw Rooze toen Sprotje de klas in kwam rennen.

Wat moest Sprotje daarop antwoorden? Mijn moeder heeft liefdesverdriet en ze hoorde de wekker niet omdat ze een doorweekt kussen over haar hoofd had? Nee, zoiets vertelde je niet, zeker niet als de Pygmeeën achter in de klas dom zaten te grijnzen. Dus zei Sprotje alleen maar: 'Sorry, ik heb me verslapen, mevrouw Rooze,' en liep naar haar plaats, waar Roos al met een meelevende blik op haar zat te wachten.

'Ga rustig zitten,' fluisterde ze tegen Sprotje. 'Ik heb het ei al weggegooid.'

Sprotje schoof haar tas onder haar tafeltje en vroeg zacht: 'Welk ei?'

'We hadden vanmorgen allemaal een rauw ei op onze stoel,' fluisterde Lisa.

Lisa zat sinds kort vlak achter Sprotje, maar dat zou niet lang goed gaan. Mevrouw Rooze keek nu al steeds fronsend hun kant op.

'Kims ei is op de grond kapot gevallen, maar Melanie is er met haar schone broek bovenop gaan zitten,' fluisterde Lisa over Sprotjes schouder. 'Ze was zo kwaad dat ze Fred en Willem die vieze schalen naar hun hoofd heeft gegooid. En weet je wat het mooiste is?' Lisa snoot luidruchtig haar neus. 'Die twee deden net alsof ze gek waren en hebben alles ontkend!'

'Jemig, ze worden met de dag kinderachtiger,' zei Sprotje binnensmonds. 'Maar ze kunnen me wat. We hebben heel andere dingen aan ons hoofd, dat kan ik jullie wel vertellen! Mijn oma...'

'Charlotte, Lisa,' zei mevrouw Rooze. 'Nu is het afgelopen met dat geklets. Het is hier geen kippenhok.'

Op de een-na-achterste rij begonnen de Pygmeeën vierstemmig te kakelen. Het was net echt zoals ze dat deden, maar mevrouw Rooze maakte met één blik een einde aan de voorstelling. Ze tuitte haar die ochtend kersenrood gestifte lippen, haalde haar opschrijfboekje tevoorschijn en zette vanwege het te laat komen het vijfde kruisje achter Sprotjes naam. Nog eentje erbij en Sprotje moest om klokslag zeven uur op school komen om een opstel te schrijven over het boeiende onderwerp: *Beroepen waarvoor je vroeg moet opstaan.*

De rest van het uur gaf mevrouw Rooze Sprotje zo vaak de beurt dat het haar niet eens lukte de andere Kippen in een geheim briefje op de hoogte te stellen van het telefoontje van oma Bergman. Pas in de grote pauze, toen het buiten regende als op de eerste dag van de zondvloed en ze met z'n allen in de gang buiten de lokalen rondhingen, kwam Sprotje eraan toe het slechte nieuws te vertellen.

'Zondag gaat niet door!' fluisterde ze toen de andere Kippen om haar heen stonden. 'De kippenmoordenaar heeft haar voet verstuikt. Ze gaat niet naar haar zus.'

'O nee!' steunde Kim. 'Wat moeten we nu?'

Sprotje keek om zich heen, maar de Pygmeeën stonden voor een ander lokaal te ruziën over de vraag wie de beste voetballer ter wereld was.

'Ik heb er nog bijna niet over na kunnen denken,' zei Sprotje zacht. 'Mijn moeder heeft de halve nacht de ogen uit haar hoofd liggen huilen vanwege die gast met wie ze iets had. Daarvoor had ze al de helft van ons servies kapot gegooid, zijn sokken verbrand en bedacht dat we moesten emigreren.'

'Wat romantisch!' zuchtte Lisa. Ze moest zo hard niezen dat haar haarband naar voren schoof.

'Hé, je niest de hele tijd mijn kant op,' siste Melanie, frunnikend aan het pleistertje dat ze op haar pukkel had geplakt. Het was een pleistertje in de vorm van een hartje, met glitters erop. Melanie had haar sportlegging aan. De met ei besmeurde broek lag op de meisjes-wc's in de wasbak te weken.

'Romantisch? Ik vind het wel meevallen,' mompelde Sprotje.

'Waarheen emigreren?' vroeg Kim bezorgd.

'Naar Amerika,' zei Sprotje. 'Ze wil taxichauffeur worden in New York.'

'Het arme mens,' zei Roos. 'Liefdesverdriet is vreselijk.'

'O ja?' Melanie keek haar spottend van opzij aan. 'Sinds wanneer weet jij dat zo goed?'

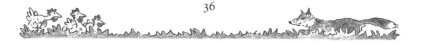

'Einde onderwerp!' zei Sprotje. 'We moeten het over het vossenalarm hebben.' Ze draaide zich nog een keer naar de Pygmeeën om, maar die hadden het veel te druk met zichzelf. Willem had een giechelende Mat in de houdgreep en Fred gaf Steve de kieteldood. Gerustgesteld ging Sprotje weer met haar rug naar de jongens toe staan. 'Als we de kippen willen redden, kunnen we maar één ding doen,' zei ze. 'We...' ze liet haar stem dalen, '...we ontvoeren ze zaterdagavond, als de kippenmoordenaar voor de tv zit.'

De anderen keken haar ongelovig aan.

'Wat?' Kim zette zenuwachtig haar bril recht. 'Je wilt de kippen stelen terwijl je oma thuis is?'

'Dat klinkt niet als een van je beste ideeën,' zei Melanie.

'Het zijn vijftien kippen!' fluisterde Lisa. 'We moeten per persoon drie kippen dragen. Hoe gaan we dat doen? Nee!' Ze schudde haar hoofd. 'Dan ontsnappen ze natuurlijk en moeten wij door al die tuinen achter ze aan...'

'Klets niet,' onderbrak Sprotje haar. 'We stoppen ze in het kippenhok in kartonnen dozen. Drie dozen zijn meer dan genoeg voor die paar kippen.'

'Maar we doen er al een eeuw over om ze allemaal te vangen,' zei Melanie. 'Een van ons moet op wacht staan, die valt dus af; dan zijn we nog maar met z'n vieren. Vier man voor vijftien kippen. Bovendien schreeuwen die stomme beesten natuurlijk moord en brand. Wat als je oma het hoort?'

'Die hakt meteen ook onze kop eraf,' zei Lisa somber.

'Ja en?' Sprotje vergat van opwinding te fluisteren. 'Wat moeten we dan doen, volgens jullie?'

Kim schraapte haar keel. 'Zullen we de Pygmeeën vragen?

Als we ze uitleggen dat het om leven of dood gaat helpen ze ons vast wel.'

Sprotje keek haar aan alsof ze gek geworden was. Lisa grinnikte ongelovig.

'Ben je wel helemaal lekker?' siste Sprotje met een blik op de jongens. Fred zag haar kijken en kakelde. Geërgerd trok Sprotje een lelijk gezicht naar hem.

'Ik weet niet wat jij nou weer hebt. Zo'n gek idee is het toch niet!' Melanie stond alweer aan haar pleister te frunniken.

'Het zou wel een stuk sneller gaan,' zei Roos. 'En als we niet de kans willen lopen dat je oma ons betrapt, moet het ook snel gaan. Misschien heeft Kim gelijk.'

'Als de jongens meedoen hoeven we ieder maar twee kippen te vangen,' zei Melanie. 'Dat...'

'Niet eens twee,' onderbrak Lisa haar. 'Vijftien gedeeld door acht...'

Melanie keek haar ongeduldig aan. 'Dat zou supersnel gaan,' fluisterde ze. 'We stoppen ze in de dozen...'

'...maar niet meer dan drie per doos,' zei Kim. 'Anders zitten ze veel te krap...'

'...en maken dat we wegkomen,' besloot Melanie haar zin. 'We sluipen de tuin weer uit, dozen onder de snelbinders en wegwezen. De Pygmeeën kunnen je oma afleiden, voor het geval ze toch achter ons aankomt. Rugdekking zogezegd.'

Sprotje frunnikte nadenkend aan haar beugel. 'Die maken veel te veel lawaai, die boerenpummels,' zei ze.

Maar Kim schudde haar hoofd. 'Welnee, die jongens kunnen sluipen als indianen. Ben je soms vergeten hoe ze onze kleren gejat hebben?'

Melanie keek giechelend naar de jongens.

Willem werd rood toen hij haar zag kijken en wendde vlug zijn hoofd af.

'Het gaat toch om de kippen, Sprotje!' zei Roos. 'Geloof me, ik hoef Mat op het moment echt niet zo nodig om me heen te hebben, maar de kippen zijn belangrijker.'

Sprotje zweeg. 'O jemig,' kreunde ze.

'Maar voor die eieren van vanmorgen moeten ze sorry zeggen!' snotterde Lisa.

'Op zijn minst,' zei Sprotje. Ze stootte Lisa aan. 'Oké, ga maar naar ze toe. Zeg maar dat we iets met ze willen bespreken. Daar achter, aan het eind van de gang. Maar ze moeten wel opschieten. De pauze is bijna voorbij.'

'Komt voor elkaar,' zei Lisa. Ze hing de kippenveer om haar hals recht, trok een plechtig gezicht en stapte waardig op de jongens af. Nog maar een paar weken geleden ging ze er steeds als een overijverig hondje vandoor als Sprotje haar een opdracht gaf, maar intussen was ze een koerier met klasse.

De Pygmeeën stootten elkaar aan toen ze Lisa aan zagen komen. Mat en Steve begonnen kakelend en met hun achterste wiebelend om elkaar heen te draaien, Fred kreeg de bekende bazige blik in zijn ogen en Willem ging als een bodyguard achter hem staan. Maar Lisa liet zich niet uit het veld slaan. Met een bloedserieus gezicht en een rode neus bracht ze Sprotjes bericht over.

'Moet je zien hoe ze staan te grijnzen!' Sprotje zuchtte. 'Dat ik vanwege haar dat stelletje mafkezen om hulp moet vragen... dat vergeef ik mijn oma nooit.' Met een somber gezicht

liep ze naar het eind van de gang, met Melanie, Kim en Roos in haar kielzog.

Daar kwamen de Pygmeeën ook al. Gemaakt nonchalant slenterden ze achter Lisa aan.

'Dat dacht ik wel. Ze genieten echt van hun overwinning!' mopperde Sprotje.

'Ach, laat ze toch,' zei Melanie. Zoals altijd als er een jongen in haar buurt kwam, toverde ze ook nu een engelenlachje op haar gezicht.

'Ach, laat ze toch!' aapte Sprotje haar na. 'Je kunt...' maar toen stonden de Pygmeeën al voor haar.

'Wat is er aan de hand?' vroeg Fred. 'Hebben jullie problemen die alleen met hulp van mannen op te lossen zijn?'

Steve begon dom te grinniken, en Mat stond zo breed te grijnzen dat zijn flaporen bijna van zijn hoofd vielen. Alleen Willem vertrok zoals gewoonlijk geen spier. Hij sloeg zijn armen over elkaar en deed zijn best om niet Melanies kant op te kijken. Melanie keek ook heel opvallend niet zijn kant op.

'Wat was dat nou voor onzin, vanmorgen met die eieren?' vroeg Sprotje zonder een spoor van een glimlach.

'Dat was geen Pygmeeënactie,' antwoordde Fred. 'Dat was privé.' Mat werd bleek en ging half achter Willem staan.

'Wat maakt mij dat nou uit!' snauwde Sprotje. 'Ik dacht dat jij bij jullie de grote baas was. Zorg er dan ook voor dat die lilliputters van je zich gedragen. Wij hebben op het moment helemaal geen tijd voor die kleutergrappen van jullie. Als jullie dat nog een keer flikken krijgen jullie bij het volgende wiskundeproefwerk mooi geen spiekbriefje van Roos, begrepen?'

'Ja ja,' mompelde Fred. 'Was dat alles?'

'Nee, helaas niet.' Sprotje wreef langs haar neus. 'We hebben een noodgeval. Het was niet mijn idee om jullie om hulp te vragen, maar de anderen wilden het en wij zijn een democratische club. Bovendien is het een kwestie van leven of dood.'

'Leven of dood?' Fred trok spottend zijn wenkbrauwen op. 'Ja hoor, Sprotje. Mag het misschien een onsje minder zijn?'

'Sprotjes oma wil al haar kippen slachten,' vertelde Roos. 'Alle vijftien.'

Sprotje had bijna de indruk dat Fred een beetje bleek werd om zijn neus. Hij hield van kippen, heel veel zelfs, had ze wel eens gemerkt. Van die andere drie wist ze het zo net niet.

'Wat, je oma wil jullie slachten?' vroeg Steve. 'Net als bij Hans en Grietje?'

Fred legde hem met een blik het zwijgen op. 'Waarom allemaal tegelijk?' vroeg hij.

Sprotje haalde haar schouders op. 'Omdat ze niet meer genoeg eieren leggen, omdat ze taai worden, omdat mijn oma geen zin heeft ze de hele winter eten te geven... Dat maakt toch niet uit, of wel soms? Woensdag wil ze ze slachten, maar zover zal het niet komen, want...' ze keek Fred aan, '...want voor die tijd halen we de kippen uit het hok.'

Fred trok zijn wenkbrauwen op. 'Wanneer?' vroeg hij.

'Zaterdagavond,' antwoordde Sprotje, 'als mijn oma voor de televisie zit. Elke zaterdag om kwart over acht zit ze als een gehypnotiseerd konijn voor de buis. Daar kun je vergif op innemen. Maar we moeten vijftien kippen vangen en in dozen stoppen, en als een van ons voor het kippenhok op wacht staat, zijn we nog maar met z'n vieren. Daarom kwamen de

anderen op het idee om jullie te vragen of...' Sprotje slikte. Ze kreeg het niet over haar lippen.

'...of we jullie willen helpen,' vulde Fred aan. 'Bij het kippen stelen.' Hij kon het niet laten om te grijnzen.

'Ja, bij het kippen stelen,' viel Sprotje uit. 'Als je het zo wilt noemen...'

Fred draaide zich naar de andere Pygmeeën om.

'Jullie hebben het gehoord,' zei hij. 'Zaterdagavond.'

'Klinkt wel lollig,' vond Mat.

'Het is anders helemaal niet lollig!' beet Sprotje hem toe. 'Het is bloedserieus, oké?'

Mat fluisterde Fred iets in het oor. Fred voelde nadenkend aan het ringetje in zijn oor, het clubteken van de Pygmeeën. 'Oké, zaterdagavond,' zei hij. 'En als bedankje voor onze hulp geven jullie ons een tegoedbon.'

'Een tegoedbon? Hoezo dat nou weer?' vroeg Sprotje wantrouwig. 'Dat komt natuurlijk weer uit dat zieke brein van Mat.'

Verderop kwam mevrouw Rooze uit de lerarenkamer.

Fred haalde zijn schouders op. 'Voor het onwaarschijnlijke geval dat wij ook een keer hulp nodig hebben.'

'Bij het knopen aannaaien of het sokken stoppen bijvoorbeeld!' zei Mat.

'Haha, wat ongelooflijk grappig.' Sprotje nam hem geringschattend op.

'We kunnen er toch op schrijven: niet koken en niet zoenen,' stelde Steve voor.

Willem gaf hem een por in zijn rug. 'Hou je kop, Steve.'

'Jeetje, het was maar een grapje hoor,' mompelde Steve.

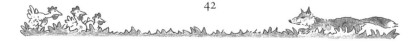

'Jullie hebben wel eens betere grappen gemaakt,' zei Melanie. Ze wierp Willem een snelle blik toe, met een glimlach als toegift.

Sprotje keek de andere Kippen vragend aan.

'Ik vind het wel een goed idee, zo'n tegoedbon,' zei Roos. Kim en Lisa knikten. Melanie haalde alleen maar haar schouders op. 'Als ze dat zo nodig willen.'

'Oké,' zei Sprotje. 'Uiterlijk morgen krijgen jullie je tegoedbon. Nog even over zaterdagavond: voor het geval jullie het vergeten zijn, mijn oma woont in de Veldkersstraat, op nummer 31, maar we kunnen het best voor aan de weg afspreken. Aan de linkerkant is een bosje dennenbomen. Klokslag acht uur wachten we daar op jullie. De dozen voor de kippen...'

'...nemen wij mee,' viel Fred haar in de rede. 'Bij Mat in de kelder staan er een heleboel. Maar waar brengen we jullie gevederde vriendjes naartoe als we ze eenmaal gejat hebben?'

'Dat gaat jullie niets aan,' antwoordde Sprotje. 'Jullie hoeven alleen maar even te helpen bij het vangen.'

'O ja, jullie hebben natuurlijk nog steeds geen clubhuis!' Mat keek hen vol leedvermaak aan. 'Steken jullie je kop onder elkaars achterste als jullie het koud krijgen? Net als echte kippen?'

Sprotjes antwoord werd overstemd door de bel.

'Als jullie geen plaats voor ze hebben,' zei Fred terwijl hij zich omdraaide, 'willen wij de kippen ook wel een tijdje bij ons in de boomhut verstoppen.'

'Bedankt,' mompelde Sprotje. Ze gingen terug naar hun klas en Sprotje smeekte de goden dat ze dat aanbod niet zouden hoeven aannemen.

43

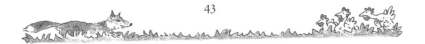

Precies toen de school uitging hield het op met regenen. De zon brak door de grijze wolken en Sprotje had geen haast om bij oma Bergman te komen. Ze reed door de plassen en het vuile water spatte op haar broek, ze draaide haar gezicht naar het bleke zonlicht en probeerde nergens aan te denken. Niet aan het liefdesverdriet van haar moeder, niet aan de Pygmeeen of de vijftien kippen, die als het aan haar oma lag het voorjaar niet zouden halen. Maar Sprotje deed vooral haar best om niet aan oma Bergman zelf te denken.

Oma Bergman wachtte al op haar. Leunend op twee krukken stond ze in de deuropening, haar lippen samengeknepen, haar mond een rechte streep boven haar hoekige kin. Sprotje had foto's van haar oma gezien waarop ze net twintig was. Soms, als haar oma het niet merkte, keek Sprotje naar haar en zocht ze het jonge gezicht in het oude. Maar ze vond er nooit een spoor van terug.

'Wat ben je laat!' riep oma Bergman toen Sprotje met de fiets aan haar hand de tuin in kwam. Daar reageerde Sprotje allang niet meer op. Ze wist uit ervaring dat ze het beste niets

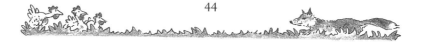

of zo min mogelijk terug kon zeggen.

'En je bent ook weer dunner geworden,' stelde haar oma vast. 'Wou je soms van de aardbodem verdwijnen? Als ik je moeder was, zou ik me langzamerhand ernstig zorgen maken.'

Maar dat ben je niet, dacht Sprotje. Gelukkig niet. En voor de honderdste keer baalde ze ervan dat ze alles over hun kant moesten laten gaan, alleen omdat oma Bergman de enige was bij wie Sprotje terecht kon als haar moeder moest werken.

Sprotjes oma had boekweitpannenkoeken en een hele berg zoutloze groente voor haar. Sprotje had een hekel aan boekweitpannenkoeken en strooide net zolang zout over de groente tot haar oma het zoutvat uit haar hand griste. Met een onbewogen gezicht zat oma Bergman tegenover haar aan tafel. De krukken lagen dwars over haar schoot.

'Eet,' zei ze, zonder zelf een hap te nemen. 'Je krijgt tenslotte zelden iets wat niet uit de magnetron komt.'

'Moet mama soms in de taxi koken?' vroeg Sprotje terwijl ze de tot pap gekookte worteltjes van de ene wang naar de andere verplaatste.

'Niet met volle mond praten,' zei oma Bergman alleen maar.

Toen Sprotje haar bord opzij schoof en haar schooltas ging halen zei ze: 'Je moeder klonk wel vreemd gisteren aan de telefoon. Heeft ze soms weer problemen met mannen?'

'Geen idee,' zei Sprotje, die deed alsof ze helemaal in haar wiskundehuiswerk opging. Daarmee snoerde ze haar oma meestal wel de mond. Ook nu weer. Oma Bergman hobbelde op haar krukken naar het keukenraam en liet zich kreunend

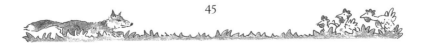

in haar lievelingsstoel zakken. Zwijgend keek ze naar buiten, net zolang tot Sprotje haar huiswerk opborg.

'Ik heb een lijstje voor je gemaakt,' zei ze toen Sprotje haar schooltas onder de kapstok zette. 'Het ligt daar op de kast. De koekjes ernaast zijn voor jou.'

Sprotjes oma maakte voortdurend lijstjes. Ze werd met de dag vergeetachtiger, daarom schreef ze alles op, zelfs de begintijden van haar favoriete programma's op tv. Haar briefjes slingerden overal rond. Soms plakte ze ze op de deuren, of zelfs op de ramen. Het was een lange lijst van taken die ze vandaag voor Sprotje had opgeschreven.

Boerenkool- en spruitjesbed schoffelen, stond erop. *Op de kale bedden groenbemesters zaaien. Eieren uit het hok halen. In de kruidentuin onkruid wieden.*

'Dat haal ik niet allemaal voor het donker wordt,' zei Sprotje.

Oma Bergman keek alweer uit het raam. 'Begin nou maar,' zei ze.

Sprotje pakte de koekjes die naast het briefje lagen, trok haar jas aan en ging naar buiten. Als eerste liep ze naar het kippenhok, hoewel haar oma meteen met een kruk op het raam begon te kloppen. Waarschijnlijk omdat Sprotje niet de volgorde van haar lijstje aanhield.

'Zo lieverdjes,' zei Sprotje toen ze het hok in stapte. De meeste kippen scharrelden buiten in de ren rond, maar vier stonden in het hok in de bijna lege voederbak te pikken. Aarzelend kwamen ze op Sprotje af. Ze kakelden klagelijk, rekten hun halzen en keken haar met hun kraaloogjes vragend aan. Isolde, Sprotjes lievelingskip, was er ook bij.

'Hebben jullie nou alweer honger?' Sprotje pakte Isolde, tilde haar op schoot en aaide haar felrode kam. De bruine hen kneep haar oogjes dicht. 'Wat zijn jullie toch dom!' mompelde Sprotje. 'Jullie hebben je helemaal dik en rond gegeten. Als jullie niet zo vet waren hoefde ze jullie ook niet te slachten.' Ze zuchtte. 'Volgens mij zouden jullie zelfs oma's papgroente nog naar binnen werken.' Isolde klokte zachtjes voor zich uit. Sprotje zette haar voorzichtig weer in het stro en zag de kip haastig wegtrippelen.

'Jullie hebben echt geen flauw benul,' zei Sprotje zacht. 'Van wat dan ook.'

Was dat het mooie van dieren, dat ze nergens een flauw benul van hadden? Soms, als Sprotje zo verdrietig was dat ze bijna geen lucht meer kreeg, kroop ze in het kippenhok van oma Bergman in het stro om naar de kippen te kijken. Naar hoe ze pikten en scharrelden. Dan vergat ze alles wat haar verdrietig maakte. Ze vergat het geruzie met haar oma, ze vergat dat er oorlogen bestonden, kinderen die verhongerden voor ze zo oud waren als het kleine broertje van Roos, dieren die hun leven in hokken sleten – al die ellendige dingen vergat Sprotje als ze de kippen zo zorgeloos rond zag stappen. Gek eigenlijk.

Maar juist omdat ze van niets wisten, gingen ze er ook niet vandoor als oma Bergman met een bijl het hok in kwam om ze hun kop af te hakken.

Met een zucht stond Sprotje op. Ze klopte het stro van haar jas en liep naar de deur. 'Ik ga jullie redden,' zei ze over haar schouder. 'Op mijn heilige Kippenerewoord. Ook al is het een hartstikke riskante operatie. Jullie kunnen op mij vertrouwen.' De kippen tilden niet eens hun kop op. Ze pikten driftig verder in het stro.

Oma Bergman keek heel onvriendelijk toen Sprotje weer uit het kippenhok kwam. Ze perste haar lippen zo stijf op elkaar dat haar mond wel dichtgenaaid leek. Sprotje deed net alsof ze zich van geen kwaad bewust was, stopte een koekje in haar mond en begon de aarde tussen de boerenkool te schoffelen.

Ze was er meer dan een halfuur mee bezig. De ijskoude wind blies dorre blaadjes en een paar verdwaalde regendruppels in haar gezicht. De aarde was zo nat en koud dat Sprotje zich afvroeg hoe daar ooit weer iets uit moest groeien. Misschien is het toch niet zo'n slecht idee om te emigreren, dacht ze toen haar knieën pijn begonnen te doen en haar vingers stijf werden van het schoffelen. Opeens hoorde ze een korte fluittoon, gevolgd door een lange: het geheime signaal van de Wilde Kippen.

Ze keek verrast op.

'Goed nieuws!' fluisterde iemand door de heg. 'Heel goed zelfs.'

Sprotje boog zich nieuwsgierig over de struiken. Op het pad achter de heg zaten Roos en Kim op hun hurken naar haar te grijnzen.

'En, is oma Bergman weer in een goed humeur?' vroeg Roos terwijl ze overeind kwam.

'Waar komen jullie vandaan?' vroeg Sprotje verbaasd. 'Ik dacht dat jullie vanmiddag geen tijd hadden.'

'Kims neef komt pas later aan en onze vergadering duurde vandaag maar heel kort,' zei Roos. Ze duwde het knarsende

tuinhek open. Oma Bergman smeerde het de laatste tijd niet meer. 'Dan hoor ik de inbrekers tenminste aankomen,' zei ze. Alsof inbrekers altijd door het tuinhek kwamen.

Sprotje keek steels naar het keukenraam. Haar oma stond naar hen te staren. Ze zag eruit alsof ze elk moment een hartaanval kon krijgen. Oma Bergman vond het maar niks als Sprotje een 'vreemde' meenam, en nu liepen er zomaar twee onbekenden door haar tuin. Ondanks de krukken was Sprotjes oma behoorlijk vlug bij de deur.

'Wat heeft dat te betekenen, Charlotte?' riep ze, terwijl ze Kim en Roos zo ijzig aankeek dat Kim twintig centimeter kromp en zo rood werd als een radijsje. Roos liet zich niet zo makkelijk afschrikken. Die had het perfecte wapen ontdekt tegen oma Bergmans vijandige houding: vriendelijkheid.

'O hallo, mevrouw Bergman!' riep ze. 'Sprotje vertelde dat u uw voet verstuikt had. Dat had mijn moeder vorige maand ook. Zelfs met krukken kon ze geen stap verzetten. Mijn broertje snapte er niks van en stond de hele tijd aan haar te trekken.' Ze gaf de verlegen Kim een arm en trok haar mee. 'Dit is Kim, weet u nog? Die zit ook bij ons in de klas. Ze wilde uw groentetuin zo graag een keertje zien. Zou dat mogen?'

Oma Bergman nam Kim van top tot teen op. 'Vooruit dan maar. Al ziet ze er niet uit alsof ze het verschil weet tussen spruitjes en spinazie. Maar blijf op de paden. En hou Sprotje niet van haar werk. Ze moet het vandaag nog afkrijgen.'

'Dat lukt toch nooit,' zei Sprotje zonder haar oma aan te kijken.

'Weet u wat, mevrouw Bergman,' zei Roos, die Kim meetrok naar de spruitjes, waar Sprotje nog maar net begonnen

49

was met schoffelen. 'We helpen Sprotje gewoon een beetje. Dan haalt ze het misschien wel.'

'Hebben jullie dat dan al eens eerder gedaan?' vroeg oma Bergman. Ze bekeek hen alsof ze elk moment op haar kostbare planten konden gaan staan stampen. Kim glimlachte verlegen naar haar, maar oma Bergman beantwoordde haar glimlach niet.

'Ik doe het wel even voor.' Sprotje zette de emmer voor het onkruid voor Roos neer. 'Zo moeilijk is het nou ook weer niet, toch?'

Oma Bergman draaide zich zonder een woord te zeggen om en hinkte op haar krukken naar binnen. Even later zat ze weer op haar post bij het keukenraam.

'Poeh, die oma van jou is een taaie!' fluisterde Kim toen ze met z'n drieën naast elkaar tussen de spruitjes hurkten om verdwaalde grassprieten uit de grond te trekken.

'Geen commentaar,' zei Sprotje. Ze plukte een paar gele blaadjes van een plant en gooide ze bij de kippen in de ren.

'Mag ik even bij de kippen kijken, denk je?' Kim wierp een verlangende blik op het kippenkhok.

'Doe eerst maar even alsof je keihard aan het werk bent,' antwoordde Sprotje, 'anders ramt ze meteen weer met haar kruk op het raam. En vertel nou maar eens wat het goede nieuws is!'

'Vertel jij maar, Kim,' zei Roos terwijl ze een piepklein disteltje in de onkruidemmer gooide. 'Het is tenslotte jouw nieuws.'

Sprotje veegde haar vieze handen aan haar broek af en keek Kim vol verwachting aan.

'Ik weet niet of ik het al eens verteld heb...' Kim liet haar stem dalen, '...maar mijn vader heeft een landje aan de rand van het bos, in de buurt van de snelweg. Heeft hij ooit eens geërfd. Er staat een caravan op.'

'Ja en?' vroeg Sprotje.

Kim zette haar bril recht. 'Sinds de scheiding maken mijn ouders er ruzie over en omdat mijn vader niet wil dat mijn moeder die caravan krijgt, heeft hij...' ze giechelde verlegen, '...heeft hij het allemaal maar aan mij gegeven.'

Sprotje liet haar schoffel vallen. 'Aan jou?'

Kim knikte.

'En er staat een echte caravan op dat landje?'

Kim knikte weer. 'Hij is best groot. En er zit ook een kachel in.'

Oma Bergman beukte op het keukenraam. Vlug bogen de meisjes zich weer over het onkruid. 'Een echte caravan,' mompelde Sprotje. 'Jeetje Kim...'

'Gaaf hè?' fluisterde Roos. 'Een mooier clubhuis kunnen we ons niet wensen! Met de fiets ben je er bij ons vandaan in tien minuten, en de anderen doen er niet veel langer over.'

Sprotje schudde ongelovig haar hoofd. 'Dat is te mooi om waar te zijn.' Van opwinding schoffelde ze bijna een hele plant omver. 'Staat er een hek om dat landje? Dan zouden we de kippen daarheen kunnen brengen.'

'Ik geloof dat er alleen een heg omheen staat,' zei Kim. 'Daar moeten we dan kippengaas tegenaan zetten. Maar er staat wel een schuurtje.'

Sprotje keek naar de lucht. Het begon al te schemeren. 'Shit,' mompelde ze. 'We kunnen er vandaag niet meer heen.'

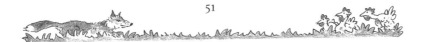

'Dat geeft toch niet. Morgen is er weer een dag,' zei Roos, die net een regenworm voor Sprotjes schoffel weggriste. Voorzichtig legde ze hem een stukje verderop in de aarde.

'Precies,' zei Kim. 'Morgen zouden we toch al bij elkaar komen. Dat doen we dan in de caravan.'

Sprotje knikte. Ze kon bijna niet geloven dat er op deze rotdag zoiets leuks gebeurde. Een echt clubhuis voor de Wilde Kippen...

Kim keek op haar horloge. 'O jee, ik moet weg!' riep ze. 'Naar het station!' Ze sprong zo gehaast op dat ze de hele emmer met onkruid over de pas gewiede aarde kieperde. 'O sorry!' stamelde ze. 'Ik...'

Sprotje zette de emmer weer rechtop. 'Ga nou maar,' zei ze. 'Ga je neef maar halen. Dat was echt heel gaaf nieuws, daarvoor mag je van mij tien emmers omkieperen.'

Toen Kim weg was haalden Sprotje en Roos in het kippenhok de eieren uit de nesten. Ze zaaiden zelfs nog de groenbemesters op oma Bergmans kale groentebedden, hoewel het eigenlijk al bijna donker was.

'Wat zaaien we nou eigenlijk?' vroeg Roos terwijl ze de fijne zaadjes op de aarde liet vallen.

'Rolklaver,' antwoordde Sprotje. 'Beschermt in de winter de bodem, maakt de grond losser, neemt stikstof op, al die dingen, weet je?'

Roos schudde haar hoofd. 'Nee, weet ik niet. Maar ik bedenk opeens dat we op dat landje van Kim ook wel een moestuin kunnen aanleggen. Jij weet er alles van.'

'Zou best leuk zijn,' zei Sprotje met een blik op het keukenraam.

'O jee, je oma wenkt ons,' fluisterde Roos. 'Doen we iets verkeerd met die groene mesters?'

Dat deden ze niet. Ze kregen allebei een puntzak met koekjes, verse eieren en veldsla. Oma Bergman liep zelfs met ze mee naar het tuinhek.

'Raar hoor,' zei Roos toen Sprotje en zij de donkere straat uit fietsten. 'Soms is je oma opeens best aardig hè?'

'Klopt,' zei Sprotje en streek over haar kippenveer. 'Soms. Je weet alleen nooit wanneer.'

De volgende dag begon met een tweede verrassing. Kim kwam op school met stekeltjeshaar. Haar wenkbrauwen waren heel dun en ze had ook een andere bril op.

'Hoe zie jij er nou opeens uit?' vroeg Melanie toen Kim met gebogen hoofd langs haar schoof. Melanie en Kim zaten naast elkaar, vooraan op de tweede rij.

'Anders,' zei Kim.

Roos keek op. Ze zat aan het bureau van mevrouw Rooze de tegoedbon voor de Pygmeeën te schrijven. 'Hé, dat staat je leuk, Kim,' zei ze.

'Echt?' Kim plukte met een onzeker lachje aan haar haar en werd zo rood als de knalrode maandaglippenstift van mevrouw Rooze.

'Ja joh.' Sprotje ging op Melanies tafeltje zitten. 'Ze ziet er toch cool uit zo, Mel?'

Melanie kon alleen maar sprakeloos knikken. Ze werd niet eens boos om dat 'Mel'.

'Heb je je wenkbrauwen geëpileerd?' Lisa boog zich over Sprotjes schouder. 'Doet dat geen pijn?'

Kim haalde haar schouders op. 'Ik ergerde me er al een tijdje dood aan,' mompelde ze. 'Ze groeiden echt alle kanten op.'

'Ben je gisteren ook nog naar de kapper geweest?' vroeg Roos. 'Je zei toch dat je je neef moest afhalen?'

Kim zette haar tas onder haar tafel. 'Moest ik ook. Hij heeft mijn haar geknipt. Mijn neef, bedoel ik. Paolo. Doet ie bij zichzelf ook altijd.' Ze glimlachte. 'Die bril is van hem. Mocht ik van hem lenen. Het is zijn reservebril. Hij is namelijk ook verziend.'

'O ja?' Melanie fronste haar voorhoofd. 'Paolo. Wat is dat nou weer voor een naam? Is je neef soms Italiaan?'

'Zijn moeder komt uit Italië.' Kim zette de bril af om hem schoon te maken. 'Hij gaat me vanmiddag helpen om een nieuwe bril uit te zoeken. Die van mij is een beetje tuttig, zegt hij. Dat is ook wel zo hè?'

'Dat heb ik al honderd keer tegen je gezegd,' zei Melanie kattig. 'Maar met mij wilde je nooit een nieuwe gaan kopen. Naar de kapper wilde je ook al niet, en nu laat je een wildvreemde aan je haar prutsen. Ik snap dat niet hoor.'

'Waar maak je je nou zo druk om?' vroeg Lisa. 'Het staat toch hartstikke leuk?'

'Ja, maar toch,' zei Melanie.

'Nou ja.' Kim schoof heen en weer op haar stoel. 'Jij hebt een heel andere smaak dan ik. Maar mijn neef...' ze giechelde, '...hij zegt dat hij dikke meisjes sexy vindt. Hij zegt dat dunne meisjes aanvoelen als een zak botten en hem aan het kerkhof doen denken. Met dunne meisjes ben je bij het zoenen de hele tijd bang dat ze ergens doormidden breken, zegt hij.' Ze begon weer te giechelen.

55

'Tjonge, wat zegt die veel,' vond Melanie. Ze sloeg haar armen over elkaar en leunde naar achteren. 'Hoe oud is je neef?'

'Vijftien.' Kim boog haar hoofd. De Pygmeeën kwamen de klas in.

'Pas op, Kim,' zei Sprotje zacht. 'Nu zul je het krijgen.' Ze sloeg een arm om Kims schouders.

'Hé Kim!' Mat brulde zo hard dat de hele klas zich omdraaide. 'Ik weet niet wat ik zie! Te gek!' Hij wankelde twee stappen naar achteren, alsof hij op het punt stond om steil achterover te slaan.

Willem schuifelde zwijgend langs hem. Hij was geen fan van Mats grappen. Maar Fred en Steve bleven staan.

'Hé Kim, hoe kom je aan dat vette kapsel?' vroeg Steve.

'Je ziet eruit alsof je bij een schoonheidsspecialiste bent geweest.' Fred bukte zich en bekeek Kim van dichtbij. 'Wauw, moet je dat zien. Ze heeft zelfs haar wenkbrauwen geëpileerd.'

Sprotje gaf hem een harde duw. 'Laat haar met rust, stelletje sukkels,' snauwde ze. 'Voor jullie is er op de hele wereld geen schoonheidsspecialiste te vinden. Jullie moeten elke dag oppassen dat ze jullie niet op de apenrots neerzetten.'

'Klopt.' Fred gromde en krabde zich luidruchtig onder zijn armen. 'Maar ze krijgen ons niet te pakken. Jullie zijn ook nog steeds niet in de pan beland, terwijl jullie toch de enige los rondlopende wilde kippen zijn.'

Op dat moment kwam mevrouw Rooze binnen. Roos raapte vlug haar spullen bij elkaar en ging naar haar plaats, en de Pygmeeën lieten Kim eindelijk met rust.

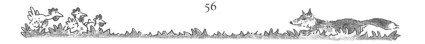

Maar toen mevrouw Rooze de eerste sommen op het bord schreef, stuurde Mat Kim een briefje met een plukje haar dat hij bij zichzelf had afgeknipt. *Een barmhartige bijdrage,* stond er op het briefje. *Omdat je nog maar zo weinig haar hebt en in de winter anders je kippenhersenen bevriezen.*

Natuurlijk kreeg mevrouw Rooze het reizende briefje in de gaten. Nadat ze tot Mats grote tevredenheid het briefje hardop had voorgelezen, bracht ze het plukje haar tussen duim en wijsvinger naar de gulle gever terug, liet het op zijn hoofd dwarrelen en zei: 'Lieve Matthias, je hebt op het moment misschien óp je hoofd meer dan Kim, maar over wat er ín je hoofd zit begin ik me langzamerhand toch een beetje zorgen te maken.'

'Hè, wat?' mompelde Mat beduusd.

Maar mevrouw Rooze zei alleen maar: 'Zie je wel?' en liep met grote stappen terug naar het bord.

In de grote pauze gingen de Wilde Kippen op zoek naar de Pygmeeën, om ze zoals afgesproken hun tegoedbon te geven.

'Hopelijk beginnen ze niet meteen weer over mijn haar,' zei Kim.

'Ach joh,' zei Melanie, die in haar hals voelde. 'Hé, kijk eens,' fluisterde ze tegen Kim. 'Krijg ik daar een pukkel?'

'Er zit wel een rood plekje,' stelde Kim vast, 'maar het lijkt me geen pukkel.'

'Het lijkt meer op een zuigzoen,' merkte Roos droog op.

Vlug zette Melanie haar kraag op. 'Klets toch niet zo,' zei ze.

'Echt waar hoor!' Lisa nieste. 'Roos heeft gelijk. Het is sprekend een zuigzoen. Wie was de gelukkige? Zeg het maar, ik zal

het niet in ons clubboek schrijven, erewoord.'

Melanie duwde haar boos in een groepje rokende bovenbouwers.

'Pukkels en zuigzoenen,' bromde Sprotje. 'En daar moet je nog serieus naar luisteren ook! En mijn moeder stampt in de auto alleen nog maar Engelse lesjes in haar hoofd. Bij het ontbijt leest ze niet meer de krant, maar boeken over Amerika. Dat hele gedoe hier interesseert haar niet meer, zegt ze. En als ik dan zeg dat er in Amerika ook allerlei gedoe is, dan lacht ze alleen maar dom en zegt, ja, maar wel avontuurlijk gedoe. Waar slaat dat nou op? Hebben ze eigenlijk al onderzocht wat voor effect liefdesverdriet op de hersenen heeft?'

'Misschien moeten we haar aan die nieuwe bioleraar koppelen,' stelde Melanie voor. 'Je weet wel, die met dat grappige kleine vlechtje. Die is niet getrouwd, geloof ik.'

'O ja, en hoe weet jij dat nou weer?' vroeg Sprotje. 'Trouwens, een leraar komt er bij ons niet in. Over mijn lijk. Een leraar als stiefvader!' Sprotje rolde met haar ogen. 'Dat is wel het allerergste wat je kan overkomen.'

'O ja?' Melanie tuitte beledigd haar lippen. 'Heb je er liever een die de hele dag thuis zit omdat hij geen werk heeft? Daar is echt niets aan, kan ik je zeggen.'

'Ik heb er het liefst helemaal geen,' antwoordde Sprotje.

'Daar is ook niets aan,' mompelde Kim. Haar vader was twee maanden geleden verhuisd. Hij had zelfs al een nieuwe vriendin. Als Kim in het weekend bij haar vader was, kookte zij dieetmaaltijden voor haar. Bovendien leek ze te denken dat kinderen hardhorig waren, want toen ze Kim voor het eerst zag had ze op gedempte toon aan haar vader gevraagd

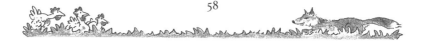

of zijn dochter altijd al zo dik was geweest of dat het door het verdriet om de scheiding kwam.

'Hé Kim!' Melanie trok aan haar haar. 'Loop je van je neef te dromen?'

'Je moet niet altijd denken dat iedereen is zoals jij, Mel,' zei Sprotje. 'Niet iedereen denkt de hele tijd aan jongens. Hè hè, eindelijk!' Ze begon sneller te lopen. 'Daar heb je die boskabouters. Laten we het maar doen, dan zijn we ervan af.'

De Pygmeeën schopten achter de sporthal een voetbal door de plassen. Toen Mat de Kippen aan zag komen, trapte hij de vieze bal recht tegen Roos aan. Fred trok hem aan zijn schouder naar achteren en bromde iets in zijn oor. Mat perste boos zijn lippen op elkaar, maar hij knikte gedwee.

'Zeg tegen die superspion van je dat hij met zijn leven speelt als hij zo doorgaat!' zei Sprotje terwijl ze de tegoedbon naar Fred uitstak. 'Ik ben namelijk een stuk minder geduldig dan Roos.'

'Ja ja, hij werkt ons ook op de zenuwen,' mompelde Fred. Hij bekeek de tegoedbon en vroeg: 'Heeft Roos echt een ander vriendje?'

'Nee, verdorie!' Sprotje wierp Mat een grimmige blik toe, maar die ging met zijn rug naar hen toe staan.

'*Wij, de Wilde Kippen*,' las Fred voor, '*bevestigen hierbij dat de Pygmeeën iets van ons tegoed hebben. De tegoedbon moet in de komende zes maanden verzilverd worden en geldt niet voor diensten die de trots en de eer van de Wilde Kippen geweld aandoen. Was getekend: Sprotje, Melanie, Kim, Roos en Lisa.*' Fred keek met een spottende grijns op. 'Trots en eer. Dat klinkt goed.'

'Wie heeft die kip daar eigenlijk getekend?' vroeg Steve, die over Freds schouder stond mee te loeren.

Sprotje keek hem vijandig aan. 'Ik, hoezo?'

'Lijdt die aan anorexia of zo?' vroeg Steve.

'Nou, jij in elk geval niet,' zei Melanie, die een kauwgumpje in haar mond stak.

'En jij krijgt alweer een pukkel!' antwoordde Steve vals. 'Welkom bij de Club van Krentenbollen.'

Melanie kon van woede geen woord uitbrengen. Ze legde een hand op haar glitterpleister.

'Kunnen we het nu misschien over zaterdagavond hebben?' vroeg Sprotje.

Fred keek haar grijnzend aan. 'Tuurlijk, steek van wal.'

Sprotje keek hem dreigend aan. 'Jemig, ik hoop maar dat jullie erwtenhersentjes begrijpen wat een ernstige zaak dit is. Het gaat om leven of dood, duidelijk?'

'En om kippensoep,' mompelde Steve.

Fred gaf hem met zijn elleboog een por in zijn zij.

'Dat kan zaterdag nog wat worden,' fluisterde Lisa tegen Sprotje.

'Vertel nou eindelijk eens wat de bedoeling is,' zei Fred. 'De pauze duurt niet eeuwig.'

'Oké.' Sprotje keek wantrouwig naar de andere Pygmeeën. 'We hebben al gezegd waar we elkaar ontmoeten. Om acht uur bij de dennenbomen aan het begin van de straat. Vergeet de dozen niet. Het best kun je iets meenemen om je gezicht mee zwart te maken. En trek ook maar donkere kleren aan.'

Steve grinnikte. 'Jee, ik dacht dat we alleen een paar kippen gingen jatten. Dit klinkt alsof we een bank gaan overvallen.'

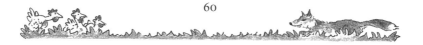

'Hou je mond, Steve,' bromde Fred. 'Met Sprotjes oma valt niet te spotten.'

Sprotje ging verder: 'De fietsen verstoppen we onder de struiken tegenover het huis van mijn oma. Als we de tuin in gaan loop ik voorop. Loop alsjeblieft niet dwars door de groentetuin, want dan moet ik hem straks weer aanharken.'

'Ja zeg, we zijn niet achterlijk of zo,' zei Willem. 'Verder nog iets?'

'Ja. Het beste kun je wat plakjes worst meenemen voor de kippen,' zei Sprotje. 'Daar zijn ze dol op, als je ze daarvan laat eten kun je ze zo pakken. Zolang wij binnen zijn staat Lisa voor het kippenhok op wacht. Zodra de kippen in de dozen zitten smeren we hem. Ik ga weer voorop. Niet praten en niet lachen, oké? Die kippen maken al genoeg lawaai.'

'Oké,' mompelden de Pygmeeën.

'Als we de tuin uit zijn,' vervolgde Sprotje, 'nemen wij de dozen achterop en brengen ze in veiligheid. Jullie wachten nog tien minuten, dan fietsen jullie ook naar huis.'

'Wij wachten nog tien minuten?' vroeg Willem. 'Ben je wel goed wijs? Zodat wij betrapt worden als je oma toch iets hoort zeker?'

'Ook goed.' Sprotje haalde haar schouders op. 'Dan rijden jullie nog mee de straat uit, maar bij het kruispunt nemen we afscheid.'

Fred trok aan zijn oorbelletje. 'Weten jullie dan al waar jullie die kippen laten?'

'In ons nieuwe clubhuis natuurlijk!' snotterde Lisa. Sprotjes waarschuwende por kwam te laat. Melanie zuchtte.

'Nee maar, kijk eens aan.' Fred keek de andere Pygmee-

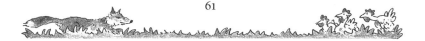

en veelbetekenend aan. 'De Kippen hebben eindelijk een nest. Jullie gaan ons zeker niet verklappen waar het is, of wel soms?'

Sprotje grijnsde naar hem. 'Ik wil wedden dat je nu denkt dat jullie zaterdagavond alleen maar achter ons aan hoeven te fietsen,' zei ze. 'Zet dat meteen maar weer uit je hoofd, oké? Ik kieper je hoogstpersoonlijk van je fiets als je het probeert.'

'Tjonge, wat worden we nu bang zeg,' bromde Willem. 'Toch Fred?'

'Jullie weten ook waar ons clubhuis is,' zei Steve verontwaardigd.

'Dat jullie nou zo stom zijn om Melanie uit te nodigen!' antwoordde Sprotje. 'Maar even serieus, ik wil jullie erewoord dat jullie zaterdag niet achter ons aan komen.'

De jongens keken elkaar aan. Toen staken ze de koppen bij elkaar en begonnen te smoezen. Het duurde een hele tijd.

'Oké,' zei Fred uiteindelijk. 'Wat maakt ons het uit. We zullen zaterdag niet achter jullie aankomen. Dan gaat het alleen om de kippen, om die met die veertjes. Erewoord.'

Sprotje keek hem argwanend in de ogen, maar Fred wendde zijn blik niet af. 'Oké, jullie hebben het beloofd,' zei ze. 'Ik hoop dat het erewoord van boskabouters iets waard is.'

'Wou je ons soms beledigen?' vroeg Willem dreigend. 'We zijn goed genoeg om die stomme kippen te redden, maar verder...'

'Ach, Sprotje bedoelde het niet zo,' zei Melanie vlug.

'Wel waar,' zei Fred grijnzend. 'Ze heeft nu eenmaal een scherpe tong. Maar daar kunnen we wel mee leven.' Hij draaide zich om en sloeg een arm om Willems schouder. 'We ko-

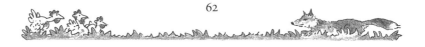

men er toch wel achter waar die wilde fladderkippen hun nest hebben.'

'Kwestie van tijd,' zei Steve.

'Precies.' Fred wenkte de anderen en liep weg.

'Ga lekker regenwormen zoeken!' riep Mat over zijn schouder. 'Daar is het vandaag perfect weer voor.'

'Precies,' zei Steve terwijl hij de voetbal uit een plas viste. 'En je haar, Kim, moet ik echt nog even zeggen, zit echt supergaaf. Het was zeker een mannenkapper?'

Toen rende hij schaterend achter de anderen aan.

'Dat moet het zijn.' Roos zette haar fiets tegen het prikkel-
draad. 'Kim zei dat het helemaal aan de rand van het bos was.'

Sprotje keek om zich heen. 'Mooi hier,' zei ze.

Het smalle weggetje waarover ze gekomen waren verdween
een stuk verderop tussen hoge bomen. Er waren maar weinig
huizen te zien. Rechts van de weg stroomde een beek traag
langs bramen en brandnetels. Op de andere oever stond tussen de kale bomen een handjevol huizen en boothuizen.

Met toegeknepen ogen tuurde Sprotje de weg af. 'Zo te zien
is er geen Pygmee achter ons aan gekomen,' zei ze.

Roos haalde haar schouders op en liep naar de verwilderde haagdoornheg die het landje van Kims vader omgaf. 'Mat
heeft donderdag na school bijles,' zei ze. 'En ik heb voor de
zekerheid het ventiel van Steve's voorwiel losgedraaid, dan
heeft hij even wat te doen. Steve is namelijk op het moment
de enige die met Mat z'n ongein meedoet. Kom, hier is de in-
gang.'

Samen maakten ze het grote getimmerde hek open, dat
scheef tussen twee posten hing. 'Zou Kims vader dat gemaakt

hebben?' vroeg Roos giechelend, want bij het openmaken raakte het bijna helemaal los.

Het was een reusachtige lap grond. Aan de ene kant grensde het aan het bos, aan de andere kant aan een weiland. De caravan stond ver naar achteren, onder een hoge boom, waarvan het afgevallen blad als een natte bruine muts op het dak lag.

'Hij is blauw!' stelde Sprotje verbaasd vast. 'En er is iets op geschilderd.'

Zij aan zij liepen ze op de caravan af. Sinds de verhuizing was Kims vader hier bijna niet meer geweest, het gras stond hoog. Al na een paar stappen was hun broek tot aan de knieen kletsnat.

'Moet je dat zien!' mompelde Sprotje. De caravan was niet alleen hemelsblauw, Kims vader had hem van de wielen tot aan het dak beschilderd met sterren, manen en kometen met vuurstaarten.

'Een beetje popperig hè?' zei Roos grijnzend. 'Maar wel mooi. Kom, laten we door het raam kijken.'

Sprotje hield haar tegen. 'Wacht!' fluisterde ze. 'Hoor je dat?'

Uit de caravan kwam duidelijk hoorbaar muziek, iets slijmerigs, en er waren ook stemmen te horen. Sprotje en Roos keken elkaar verbaasd aan.

'Zou dat Kims vader zijn?' fluisterde Sprotje. 'Met zijn nieuwe vriendin?'

Zachtjes slopen ze de laatste paar meter naar de caravan. Onder het raam bleven ze staan om te luisteren. Iemand giechelde. Toen werd de muziek harder gezet.

65

'Ik kijk even naar binnen,' zei Sprotje en ging op haar tenen staan.

'Nee!' Roos probeerde haar aan haar mouw bij het raam weg te trekken. 'Niet doen, dat gaat ons niets aan. Stel je voor dat...'

'Wat?' vroeg Sprotje met een grijns. Ze ging weer op haar tenen staan. Zo kon ze net door het donkere raam loeren. Maar tot haar grote teleurstelling was er niets te zien, behalve een tafel met een of ander voorwerp erop, maar daar lag een grote roze lap overheen. Sprotje maakte zich zo lang mogelijk.

'Sprotje, kom nou eindelijk mee!' siste Roos weer. 'We wachten wel bij de weg.'

Maar Sprotje lette niet op haar. 'Nou, dat wordt wat als Kim komt,' fluisterde ze met haar oor tegen het raam.

Roos stond alweer aan haar jas te trekken. Sprotje rukte zich zo geïrriteerd los dat ze met haar elleboog tegen de caravan stootte. De doffe dreun joeg zelfs haar de stuipen op het lijf. In de caravan verstomde de muziek.

Geschrokken hurkten de vriendinnen onder het raam.

'Shit, dat krijg je er nou van!' fluisterde Roos, maar op dat moment ging de deur van de caravan al open en kwam er iemand het trapje af. Sprotje wierp voorzichtig een blik over het gebogen hoofd van Roos.

Dat was niet Kims vader.

Nooit en te nimmer. De persoon die naar buiten kwam was hooguit vijftien jaar, niet bijzonder groot en zo mager als een lat, en hij had een hele bos zwart haar. Zoveel haar had Kims vader allang niet meer.

Een inbreker.

Een caravaninbreker.

Sprotjes hart klopte in haar keel, maar niet van angst. Van woede.

Ze sprong overeind en ging tot grote schrik van Roos recht voor het trapje staan.

'En wat doe jij hier?' riep ze tegen de onbekende. 'Dit is onze caravan. Wegwezen, en snel een beetje. En wee je gebeente als je iets kapot hebt gemaakt.'

De onbekende was niet ondersteboven van Sprotjes plotselinge verschijning. Hij keek ook niet erg schuldbewust. Integendeel. Hij leek zich nogal te vermaken. Hij sloeg zijn armen over elkaar en grijnsde.

'Hé, kom eens kijken, hier staat er eentje zich vreselijk op te winden!' riep hij naar de donkere caravan. 'Lang rood haar, dunne beentjes in een spijkerbroek, kwaad gezicht met rimpels tussen de ogen. Zal ik eens raden wie dat is?'

In de caravan rommelde er iets. Er was inderdaad nog iemand. Voor de zekerheid deed Sprotje een stapje achteruit. Een kleintje maar. Roos kwam achter haar staan.

'Laat me raden,' zei de onbekende. Grijnzend boog hij zich naar voren. 'Sprotje... en, wacht even... Lisa of Roos. Nee, Lisa is kleiner. Roos dus.'

Sprotje en Roos wisselden een snelle blik.

'Die heeft iets met de boskabouters te maken,' bromde Sprotje. 'Als hier weer die Mat met zijn liefdesverdriet achter zit, dan verlink ik hem hoogstpersoonlijk bij Fred. Die...'

'Hallo Sprotje.' Met een verlegen lachje verscheen Kim in de deuropening.

'Aha!' zei de onbekende, die nu Kims hand pakte. 'Het zijn twee Kippen. Ik wist het wel. Maar je hebt nooit verteld dat jullie elkaar bespioneren.'

'Doen we ook niet. We hadden hier afgesproken,' zei Kim. 'Om drie uur. Is het al drie uur? Ik...' verlegen trok ze aan haar oorlelletjes. Ze waren knalrood, nog roder dan haar wangen.

'Ja, het is drie uur,' antwoordde Sprotje. Ze loerde argwanend naar de jongen, die nu ook nog zijn arm om Kims heupen sloeg.

'Eh... ja, het is drie uur,' zei Roos, die een vriendelijk lachje op haar gezicht toverde. 'Is dat je neef, Kim?'

Kim knikte en legde schuchter een hand op Paolo's schouder. 'Ja, dit is Paolo,' zei ze. 'We, eh... we...' Ze keek achterom, naar de caravan. 'We hebben gaatjes in mijn oren gemaakt. We moesten het hier doen, want...' ze lachte opgelaten, '...nou ja, mijn moeder vond het niet goed, vanwege mijn allergie en zo, maar Paolo heeft er ook een en hij kan het heel goed. Gaatjes maken, bedoel ik. Het deed helemaal geen pijn.' Ze duwde Paolo's hand zachtjes weg en liep het trapje af. 'Hoe vinden jullie de caravan?' vroeg ze met onzekere stem. 'Een beetje popperig hè?'

'Nee, we vinden hem hartstikke mooi!' zei Roos. 'We wisten niet wat we zagen, echt waar.'

Sprotje zei niets. Ze kon haar ogen niet van Kims neef afhouden. Die grijnsde nog eens brutaal naar haar en verdween toen weer in de caravan.

'Als het donker is, is hij helemaal mooi,' zei Kim vlug. 'Zien jullie die gloeilampjes onder het dak? Die kunnen aan. En in die schuur daar achter...' ze wees naar de bosrand, '...

kunnen we mooi de kippen van oma Bergman onderbrengen, toch?'

'Vast wel.' Sprotje wierp een blik op het schuurtje. Toen keek ze weer naar Kim. Haar oorlelletjes waren echt knalrood. 'Is je neef er nu voortaan altijd als wij bij elkaar komen?' siste Sprotje. 'Want dan kunnen we net zo goed weer met Titus gaan ruziën. Die kennen we tenminste.'

'Nee, natuurlijk niet.' Kim schudde beslist haar hoofd. 'Hij logeert maar een week bij ons.'

Van de weg kwam het kippenfluitje, één keer kort, één keer lang. En dat twee keer. Het hek klepperde en Melanie stapte door het natte gras op hen af. Lisa kwam niezend achter haar aan.

'Wauw, is dit het?' riep Melanie uit. Hijgend bleef ze voor de caravan staan. 'Sterren, manen, kometen... Tja, de jongens vinden het vast veel te popperig, maar...' ze stootte Sprotje aan, '...ik vind het super, echt te gek. Daar verdient Kim wel een lintje voor, of niet?' Ze woelde door Kims korte haar. 'Hé, wat heb je met je oren gedaan? Ze...'

Ze hield abrupt haar mond.

Kims neef sprong van het trappetje af.

'Veel plezier, *bella*,' zei hij. Hij gaf Kim een zoen op haar mond, grijnsde naar de andere Kippen en rende door het hoge gras naar de weg. Hij haalde een fiets onder de laaghangende takken van de heg vandaan, tilde hem over het hek, klom er achteraan – en weg was hij.

Lisa staarde naar Kim alsof ze opeens een tweede hoofd had gekregen. Melanie stond driftig op haar kauwgom te kauwen. Roos grinnikte.

'Jullie kijken alsof jullie nog nooit een jongen hebben gezien,' zei ze. 'Kom.' Ze trok Kim mee. 'Laat ons het nieuwe clubhuis eens zien. Ik wil er elk hoekje van leren kennen.'

Toen Kim en Roos in de caravan verdwenen waren fluisterde Melanie in Sprotjes oor: 'Wat deed die gast hier? Zaten ze met z'n tweeën binnen toen jullie kwamen?'

'O Mel,' zuchtte Sprotje terwijl ze achter een snotterde Lisa aan de caravan in stapte.

Melanie bleef nog buiten staan. Ze keek even achterom naar de straat, daarna bekeek ze de caravan eens wat beter.

'We kunnen heel groot "De Wilde Kippen" op de deur schrijven!' riep ze de anderen na. 'Met gouden letters. Wat vinden jullie daarvan?'

Lisa stak haar hoofd naar buiten. 'Kom nou eindelijk eens binnen, Mel,' zei ze, 'en aanschouw het mooiste clubhuis dat de wereld ooit heeft gekend!'

'Het wordt zo warm,' zei Kim. Ze deed de deur van de caravan achter Melanie dicht en zette een klein kacheltje aan.

Kims vader had de caravan vanbinnen net zo blauw geschilderd als vanbuiten. Sterren waren er ook: het hele plafond was ermee bezaaid.

'Ik heb voor wat dingen gezorgd,' zei Kim. Ze trok de roze lap van het tafeltje onder het raam. Er kwamen kopjes en schoteltjes tevoorschijn en zelfs een klein taartje met vijf kaarsjes erop. *De Wilde Kippen* stond er in zwierige glazuurletters op geschreven. 'We moeten allemaal een kaarsje uitblazen. Ik weet wel...' Kim zette de servetten recht, die al kunstig

gevouwen op de schoteltjes stonden, '...dat we pas echt iets te vieren hebben als we de kippen gered hebben, maar toch. Paolo heeft me geholpen met bakken, anders was het me nooit op tijd gelukt. Hoe, eh... hoe vinden jullie het?'

De anderen keken haar sprakeloos aan.

Roos gaf Kim zo'n stevige knuffel dat de geleende bril van haar neus gleed.

'Geweldig!' snotterde Lisa. Ze proestte in haar zakdoek en schoof op een van de bankjes naast de tafel. 'He-le-maal geweldig!'

Sprotje ging naast haar zitten. 'Volgens mij moeten we Kim tot Erekip benoemen,' zei ze. 'Staat daar iets over in ons geheime boek?'

'Nee.' Lisa schudde spijtig haar hoofd. 'We hebben niet eens een lintje. Maar ze zou Kippenschatbewaarder kunnen worden. O shit!' Ze sloeg zich voor haar hoofd. 'Ik heb hem niet bij me. Volgende keer, oké?'

De Kippenschat bestond inmiddels uit heel veel spullen. In het oude juwelenkistje, dat Sprotje op de zolder van oma Bergman gevonden had, zaten de kaartjes van alle concerten en films waar ze samen naartoe waren geweest, met de handtekeningen die Melanie bij de concerten dankzij het daadkrachtige duw- en trekwerk van de anderen had weten te bemachtigen; een hele stapel foto's van hun laatste schoolkamp, waaronder eentje van de slapende Pygmeeën, stiekem gemaakt door Lisa; hun clubkas, waarin ze allemaal regelmatig geld stopten; en het geheime clubboek, waarin helaas nog niet al te veel geheimen stonden.

Kim werd knalrood. 'Nee, laat maar,' zei ze terwijl ze naar

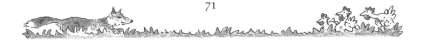

het keukenblok liep en een ketel water opzette. 'Dat met die schat kan Lisa veel beter. Ik vergeet toch maar de hele tijd waar ik hem verstopt heb.'

'Moet je nou zien.' Roos kwam achter haar staan en keek bewonderend om zich heen. 'Een echt keukentje. Met servies en een kooktoestel, er is zelfs een koelkast. Waar komt de stroom vandaan?'

'We koken op gas,' legde Kim uit. 'Daar onder in dat kastje staat de gasfles, die is net nieuw. En stroom...' Ze haalde haar schouders op. 'Mijn vader heeft het wel eens verteld, maar ik ben het vergeten. Het is er in elk geval. Alleen het toilet is buiten. In dat kleine houten hokje achter de caravan. Nu in de winter is het er best koud, maar ja, het is ook maar gewoon een ton met een gat erin.'

'Dan kunnen we maar beter niet meer zoveel thee drinken hè?' zei Lisa.

'Inderdaad.' Kim grinnikte. Ze zette twee gebruikte glazen in de gootsteen en haalde een theepot uit een klein kastje aan de muur. In de glazen zat nog een restje cola.

Melanie rook eraan. 'Kijk eens aan, die twee hebben cola met rum gedronken.'

'Nou en?' Roos spoelde de cola weg en duwde Melanie aan de kant. 'Maak je eens nuttig. Steek de kaarsjes op de taart maar aan.'

'Ja ja.' Melanie griste de lucifers uit Kims hand. 'Maar ik vind dat er in een club geen geheimen horen te zijn.'

'O nee?' Sprotje haalde haar hoofd uit de kast die ze aan het inspecteren was. 'Vertel dan maar eens van wie je die zuigzoen hebt.'

Melanie beet op haar lip en stak zonder nog iets te zeggen de kaarsjes aan.

Toen Kim de thee ingeschonken had bliezen ze de kaarsjes allemaal tegelijk uit, waarna Roos de taart aansneed. Kim nam ook een stuk – een extra groot stuk zelfs.

Melanie keek haar verbaasd aan. 'Eet je weer taart? Sinds wanneer? Hoe zit het met je dieet?'

Kim haalde haar schouders op en stak genietend de vork in haar mond. 'Ach, geen zin meer,' zei ze met volle mond. 'Paolo zegt dat het sowieso niet helpt om op dieet te gaan. Weten jullie wat hij vertelde? Dat ik in sommige delen van de wereld een echte schoonheid zou zijn. In Arabië bijvoorbeeld.' Ze giechelde. 'Stel je voor, Melanie vinden ze daar allemaal lelijk, vanwege al die uitstekende botten.'

'Vanwege wat?' vroeg Melanie verontwaardigd. 'Die gast is echt niet lekker!'

Roos grijnsde. 'Wind je niet op, Mel, we zijn hier toch niet in Arabië,' zei ze. 'Hoe zit dat eigenlijk in Amerika, Sprotje?'

Maar Sprotje luisterde niet. Ze stond op en liet zich op het dikke schuimrubberen matras aan de andere kant van de caravan vallen. 'Zouden we hier ook een keertje kunnen slapen?' vroeg ze. 'Wij met z'n allen? Dat zou wel gaaf zijn hè?'

Lisa keek weifelend uit het raam. 'Het is hier wel een beetje afgelegen hoor.'

'Ach, we zijn toch met z'n vijven,' zei Sprotje. 'Wat kan er nou gebeuren?'

'In elk geval hebben we nu andere dingen aan ons hoofd.' Roos schonk nog een keer thee in. 'Het is al donderdag, we moeten dringend iets voor de kippen bouwen. Een ren of zo,

waar ze vanuit de schuur in kunnen komen.'

'Je hebt gelijk,' zuchtte Sprotje. Ze ging weer bij de anderen aan tafel zitten. 'Maar hoe komen we aan gaas voor het hek? Moeten we geld bij elkaar leggen en het bij de doe-het-zelver gaan kopen?'

'Laten we eerst maar bij de sloperij gaan kijken!' zei Lisa met haar verkouden stem. Ze warmde haar handen aan haar hete theekopje. 'Daar liggen meestal wel resten gaas.'

'Goed idee.' Sprotje keek naar buiten. Er kwam mist opzetten. Boven het vochtige gras hing al een witte deken. 'Laten we dat vandaag nog doen. Ik zou eigenlijk veel liever hier blijven, maar we hebben niet veel tijd meer.'

Kim keek verlegen op haar horloge. 'Eh... ik... wist niet dat we dat vandaag zouden gaan doen,' zei ze. 'Ik heb afgesproken om naar de bioscoop te gaan, de film begint om vijf uur. Maar...' Ze wierp een onzekere blik op Sprotje.

'Je gaat naar de film?' Melanie keek Kim aan alsof er hoorntjes uit haar hoofd groeiden. 'Je wilde toch niet meer naar de film omdat je het daar nooit kunt laten om snoep te kopen. Zeg niet dat je met je...'

'Kim mag gerust naar de bioscoop!' viel Roos haar in de rede. 'Dat gaas kunnen we ook zonder haar halen en die ren moeten we toch een andere keer bouwen. Als we terug zijn van de sloperij is het al stikdonker.'

'Dat is waar.' Sprotje haalde haar schouders op.

'O bedankt,' stamelde Kim. 'Maar laat de afwas maar staan, oké? Die doe ik later wel. En voor morgen maak ik geen afspraken. Erewoord.'

Toen ze op de fiets stapten ging Kim ervandoor als of er

marsmannetjes achter haar aan zaten. Melanie keek haar hoofdschuddend na.

'Ik denk dat Kim gewoon niet met Mel naar de film wil,' fluisterde Sprotje tegen Lisa. Ze fietsten naast elkaar het smalle weggetje af. 'Want die gaat alleen maar naar de film omdat daar jongens zijn die zeggen dat ze mooi haar heeft en haar met popcorn bekogelen.'

Lisa moest zo hard lachen dat ze zigzag over de weg slingerde.

'Wedden dat je iets gemeens zei, Sprot?' riep Melanie achter hen.

'Niets dan de waarheid, Mel!' riep Sprotje over haar schouder. 'Op mijn heiligste Kippenerewoord. Niets dan de waarheid.'

De meisjes waren al lang niet meer op de sloperij geweest, hoewel de Pygmeeën daar in de buurt hun boomhut hadden.

'Hoe lang geleden is het dat we hun ladder doorgezaagd hebben?' vroeg Lisa onderweg.

'Minstens zes weken,' antwoordde Roos. De doorgezaagde ladder was een wraakactie geweest voor een stuk pens in Sprotjes schooltas – en de laatste streek die ze elkaar geleverd hadden. Om een of andere reden was het opeens niet leuk meer om de hele tijd van die flauwe dingen uit te halen. Afgezien van Mat met zijn privé-grappen, leken de Pygmeeën er net zo over te denken.

Maar Melanie beweerde dat de jongens zich alleen maar zo vredig gedroegen omdat ze hun handen vol hadden aan het winterklaar maken van hun boomhut. En Lisa was ervan overtuigd dat Steve tussen zijn kaarten een lijst van rotstreken in een door hemzelf bedachte miniatuur-geheimtaal had, waarmee de jongens de troosteloos saaie winter een beetje wilden opvrolijken. Het was Lisa tot nu toe niet ge-

lukt die schandelijke lijst achterover te drukken. Steve waakte over zijn kaarten als over een schat.

'Hé, stonden die graafmachines hier zes weken geleden ook al?' vroeg Lisa toen ze bij de sloperij waren. Er dwarrelden een paar verdwaalde sneeuwvlokken uit de lucht. Het was akelig koud.

'Nou, vorig weekend stonden ze er nog niet,' zei Melanie. Toen ze merkte dat de anderen haar verbaasd aankeken liep ze rood aan onder haar bruine pukkelcrème. 'Kijk niet zo! Ja, ik ben hier geweest. Ik ben zelfs in de boomhut geweest. De jongens vroegen of ik wilde helpen de nieuwe verf uit te kiezen.' Rillend zette ze haar kraag op. 'Nou? Word ik nu als verrader doodgeschoten? Ik vind ze nu eenmaal niet zo irritant als jullie. Soms vind ik het juist heel leuk om met ze om te gaan. Ik heb ze niet onze geheimtaal geleerd en ons geheime boek had ik ook niet bij me, oké? Al staat daar toch niets interessants in.'

'Ik vind het best hoor,' zei Roos. 'Als jij ze niet irritant vindt.' Ze liep met haar fiets een beetje dichter naar het grote hek. 'Dat bord stond er toen toch ook nog niet, of wel?' Op het terrein stonden twee hoge palen met een reusachtig bord eraan gespijkerd.

'*Ons schroot- en onderdelenbedrijf gaat uitbreiden,*' las Roos hardop. '*Na voltooiing van de bouwwerkzaamheden zal de opslagcapaciteit verdubbeld zijn. Voorgenomen begin van de werkzaamheden: 14 november.*' Roos keek verbaasd om zich heen. 'Dat is maandag al. Waarheen gaan ze dan uitbreiden? Daar voor is de weg.' Ze draaide zich naar de anderen om. 'Ze gaan het bos kappen!'

Ze staarden met z'n allen ongelovig naar het bord. Tot Lisa begon te lachen. 'Dat is een goeie. Hebben wij eindelijk een clubhuis, raken de Pygmeeën dat van hun weer kwijt. Toevallig hè?'

'Ja, heel toevallig,' mompelde Sprotje, die nog steeds naar het bord keek.

'Wat valt er nou te lachen?' zei Melanie boos tegen Lisa. 'De jongens hebben zoveel werk in hun boomhut gestoken. Het is...' ze streek het haar uit haar gezicht, '...het is een soort thuis voor ze.'

'Nou en?' Lisa boog zich beledigd over haar stuur. 'Weet je nog hoe leuk zij het vonden toen onze planken hut instortte? Ben je vergeten wat een hoop domme opmerkingen we toen moesten aanhoren?'

Sprotje manoeuvreerde haar fiets tussen de twee in. 'Kalm nou maar, Mel,' zei ze. 'Lisa heeft gelijk. De Pygmeeën zijn gespecialiseerd in leedvermaak.'

'Wat een onzin!' Roos stapte van haar fiets en drukte Sprotje het stuur in handen. 'Dat geklets van ze moet je toch niet serieus nemen. Als het erop aankomt helpen ze ons altijd. Of hebben we soms lang moeten bedelen voor ze ons wilden helpen met de kippen?' Met een vastberaden uitdrukking op haar gezicht marcheerde ze door het open hek van de sloperij.

'Wat ben je van plan?' riep Sprotje haar ongerust na.

'Ik ga vragen waarheen ze willen uitbreiden,' antwoordde Roos zonder zich om te draaien. Ze baande zich een weg door bergen oude auto's en bouwafval, tot ze voor het houten kantoortje stond waarin een opzichter naar de radio zat

te luisteren. Zonder te aarzelen klopte ze aan.

'Dat ze dat durft,' fluisterde Lisa vol ontzag. 'Ik krijg altijd buikpijn als ik bij vreemden moet aankloppen om iets te vragen.'

'Tenzij je ze je waterpistool onder de neus mag houden,' zei Melanie.

'Roos durft dit soort dingen ook pas sinds ze dat vrijwilligerswerk doet,' mompelde Sprotje. 'Ik kan de naam van die organisatie nooit onthouden.'

'*Terre des hommes*,' zei Melanie kattig. 'Die organisatie heet *Terre des hommes*. Dat is Frans. Die bewaker doet niet open. Moet je zien. Ze klopt gewoon nog een keer.'

Roos roffelde met haar vuist op de houten deur. Deze keer had ze succes. De opzichter stak nors zijn hoofd naar buiten. De andere Kippen konden niet horen wat Roos zei, maar ze zagen dat de man antwoord gaf en naar het bos wees. Toen smeet hij de deur in Roos' gezicht dicht. Bedrukt kwam ze terug gelopen.

Toen ze weer naast hen stond vroeg Sprotje ongeduldig: 'Zeg nou, wat zei hij?'

'Ze gaan het hele bos omhakken,' antwoordde Roos. 'Maandag gaan ze met die graafmachines aan het werk. De poel bij de boomhut gooien ze dicht.'

'O nee!' steunde Melanie. 'De jongens werken zich al weken kapot.' Met opeengeklemde kaken keek ze naar het bos.

'Weten jullie wat?' Sprotje keerde haar fiets. 'Daar kunnen we ze beter zelf achter laten komen. We halen gauw ons gaas en gaan er weer vandoor.'

Maar Roos schudde beslist haar hoofd. 'Nee, dat kunnen

we niet maken. Ik vind dat we het moeten zeggen.'

'Vind ik ook,' zei Melanie, die naar de graafmachines stond te staren.

'Mij best.' Lisa haalde haar schouders op. 'Maar hun kennende geven ze ons straks nog de schuld van dat hele gedoe ook.'

'Vast wel,' mompelde Sprotje. 'Nou goed dan. Laten we het maar meteen doen.'

Zwijgend liepen ze met hun fietsen naar de bosrand, zetten ze op slot en gingen op weg naar de boomhut van de Pygmeeen. Tussen de bomen begon het al donker te worden, maar de meisjes wisten precies de weg.

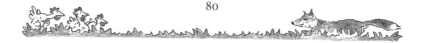

Al van ver hoorden ze Willems cd-speler door het bos galmen.

'Wat een afbraakmuziek,' mompelde Lisa. Ze ging snotterend met haar mouw langs haar neus. Haar zakdoekjes waren weer eens op.

Onder het dak van de boomhut bungelden drie grote petroleumlampen. Het licht viel op het donkere water van de poel beneden. Het platform voor de boomhut was zo fel verlicht dat de meisjes de Pygmeeën ondanks de schemering duidelijk konden herkennen. Ze waren de houten wanden echt zwart aan het schilderen, zoals Melanie verteld had. Ze waren in een opperbest humeur, zaten elkaar met druipende kwasten achterna, sloegen met stokken de maat van de muziek en voelden zich kennelijk de koning te rijk.

'We kunnen beter even laten weten dat we er zijn hè?' zei Sprotje toen ze aan de rand van de poel tussen de bomen stonden en omhoog keken. 'Ik heb geen zin om ze met zulk slecht nieuws te overvallen.'

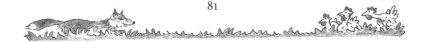

Melanie knikte, keek om zich heen en schopte met haar voet wat dorre bladeren weg. 'Er zit hier ergens een alarmsysteem,' zei ze. 'Daar.'

Ze stak de punt van haar schoen onder een snoer dat over de bosgrond liep en gaf er een ruk aan met haar voet.

Boven in de boomhut van de Pygmeeën begon een sirene te huilen. Geschrokken lieten de jongens hun kwasten vallen. Mat vloog op de cd-speler af en zette hem uit, en Fred en Willem haalden bliksemsnel de ladder in. Toen ze de vier meisjes tussen de bomen tevoorschijn zagen komen, bogen ze zich wantrouwig over de rand. De ladder lieten ze boven.

'Zet die sirene nou eens uit, Steve!' brulde Fred.

Steve schoot haastig de boomhut in. Even later daalde er een weldadige stilte over het bos neer.

'Goeie genade, wie verwachten jullie eigenlijk?' riep Sprotje spottend naar boven. 'Een massale aanval van marsmannetjes? Waar hebben jullie die sirene eigenlijk vandaan?'

'Dat is een bandopname,' bromde Fred. 'Maar ik ga jullie heus niet vertellen hoe ons alarm werkt. Wat moeten jullie hier? Ons kippenvoer is helaas op.'

'We hebben iets gezien!' riep Lisa. 'En we dachten dat we het jullie maar beter konden vertellen.'

'Ze hebben iets gezien!' Fred draaide zich grijnzend naar de andere Pygmeeën om. 'Tjonge. Straks gaan ze ons nog vertellen dat er echt groene mannetjes bestaan.'

'Precies!' Steve leunde zo ver naar voren dat hij bijna van het platform viel. 'Zien jullie niet dat Kim er niet bij is? Die is natuurlijk gekidnapt door de groene mannetjes, omdat ze zo'n te gek gaaf kapsel heeft.'

82

Sprotje maakte geërgerd rechtsomkeert. 'Kom,' zei ze tegen de anderen, 'we halen het gaas en gaan ervandoor. Ze komen er vanzelf wel achter wat er aan de hand is. Op z'n laatst als die graafmachines deze kant op komen.'

'Hé wacht!' Fred gaf Willem een teken en de jongens lieten de ladder weer zakken. 'Kom boven,' zei Fred.

Sprotje hield er helemaal niet van om ladders op te klimmen. Maar ze had ook geen zin om voor die jongens af te gaan. 'Jij eerst!' zei ze tegen Roos. Met opeengeklemde kaken ging ze achter haar vriendin aan de wankele ladder op.

'Maak eens een beetje plaats,' zei Fred tegen Steve en Mat, terwijl hij en Willem met over elkaar geslagen armen naast de ladder stonden te wachten. Ze leken de vreedzame bedoelingen van de Kippen niet helemaal te vertrouwen. Mat ruimde mopperend de schilderspullen op en Steve haalde de kist die als tafel diende uit de boomhut, zette er kartonnen bekertjes op en haalde een fles cola uit de voorraadkast.

'Vertel op,' zei Fred toen ze met z'n allen om het tafeltje zaten.

Sprotje was zo ver mogelijk bij de rand vandaan gaan zitten en probeerde niet te denken aan de afgrond die haar aan alle kanten omringde. 'Roos, vertel jij het ze maar,' zei ze zonder de jongens aan te kijken. Ze was tien keer, nee, honderd keer liever hierheen gekomen om de jongens een gemene rotstreek te leveren. Want dit hier...

Roos schraapte haar keel. 'Zijn jullie vandaag nog langs de sloperij gekomen?' vroeg ze hoopvol. Misschien wisten ze het al. Maar Fred schudde zijn hoofd.

'Nee,' zei hij. 'We komen altijd van de andere kant. Hoezo?

Heeft Mat daar ook iets over jou op een muur geschreven?'

Steve grinnikte, haalde zijn waarzegkaarten uit zijn zak en begon ze te schudden.

'Goed idee,' bromde Mat, die dreigend naar Roos keek.

'Jeetje Mat, hou nou eindelijk eens op met dat jaloerse gedoe van je!' viel Fred uit. 'Of zijn jullie echt daarom hier?'

'Echt niet!' Roos streek geïrriteerd haar donkere haar uit haar gezicht. 'Er staan allemaal graafmachines op het terrein van de sloperij. En er staat een bord. Dat het terrein uitgebreid wordt.'

'Aha. En?' De jongens keken haar niet-begrijpend aan. Steve trok een paar kaarten. Willem schonk voor iedereen cola in, gaf Melanie een beker aan en schoof wat dichter naar haar toe.

'Roos heeft de bewaker gevraagd waar ze precies gaan uitbreiden,' flapte Lisa eruit. 'En die vertelde dat...' Ze staarde naar de pas geverfde boomhut en kon geen woord meer uitbrengen.

'Er zit een spin in je haar,' mompelde Willem. Voorzichtig viste hij iets uit Melanies haar.

'Waar hebben jullie het in hemelsnaam over?' vroeg Fred ongeduldig. 'Wat is er met die sloperij?'

'Hé,' Steve keek fronsend naar zijn kaarten. 'Wat heeft dat nou weer te betekenen? Gatver, een spin...'

'Ze gaan het hele bos omhakken, zodat die stomme sloperij uitgebreid kan worden!' riep Sprotje geprikkeld. 'De graafmachines staan al klaar! Maandag beginnen ze! De opzichter heeft het zelf tegen Roos gezegd. Begrijpen jullie nu wat er aan de hand is?'

Het werd heel erg stil, zo stil als tussen de bomen om hen heen, die in de avondschemering bijna niet meer te herkennen waren.

'Jullie maken een domme grap hè?' vroeg Fred. Hij klonk schor, alsof hij opeens zijn stem kwijt was.

Willem keek Melanie vlug van opzij aan. 'Nemen jullie ons in de maling?' Hij schoof bij haar vandaan en kwam overeind.

'Nee, helemaal niet!' zei Roos boos. 'Ga dan zelf kijken als je ons niet gelooft. Ze gaan de hele boel hier platgooien.'

Steve liet de kaarten uit zijn hand vallen. Er viel er eentje in zijn beker. 'Dood en verderf,' fluisterde hij terwijl hij de kaart snel met zijn sweater afdroogde.

'Dat kan toch helemaal niet!' riep Mat uit. 'Hoe... hoe... hoe moet het dan met de poel? Er zitten toch kikkers in en padden en zo. Ik dacht dat die beschermd moesten worden!'

Roos schudde haar hoofd. 'De poel gooien ze dicht, zei die opzichter. Valt niet onder natuurbescherming of zo. Het bos ook niet. Het schijnt niet zo waardevol te zijn, in elk geval niet zo waardevol als een sloperij.'

De Pygmeeën staarden haar aan.

'Mat!' Fred knipte met zijn vingers. 'Ren naar de sloperij en zoek uit wat er aan de hand is. De dames...' hij keek de Kippen een voor een aan, '...mogen ons gezelschap houden tot je terug bent. Die vier gaan pas weer naar huis als we zeker weten dat ze ons niet in de zeik nemen.'

Mat knikte, sprong op en liep naar de ladder. Even later was hij verdwenen. Het was nog steeds zo stil dat ze konden horen hoe hij zich een weg door het struikgewas baan-

de. Steve raapte met trillende vingers zijn kaarten op. Willem staarde voor zich uit in het donker.

'Denk maar niet dat je ons kunt dwingen hier te blijven,' snauwde Sprotje tegen Fred. 'We blijven alleen zodat jullie straks meteen sorry tegen ons kunnen zeggen.'

'Precies,' zei Lisa, die haar waterpistool op haar schoot legde.

'Ach, laat toch zitten,' mompelde Melanie. 'Ik weet ook niet wat ik zou doen als ik zulk nieuws kreeg. Jullie wel soms?'

Het leek een eeuwigheid te duren voor Mat terugkwam. Zwijgend zaten de Pygmeeën en de Kippen te wachten.

'Dat gaas kunnen we nu wel vergeten,' zei Lisa op een bepaald moment, maar ook daarop zei niemand iets terug.

Uiteindelijk hoorden ze Mat hijgend de ladder op komen.

'Verslag!' zei Fred – en de Pygmeeën keken hun spion hoopvol aan.

'De Kippen hebben gelijk!' stootte Mat uit. 'Ze gooien alles plat, het bos, de poel... en onze boomhut.' Met een ruk keerde hij de anderen de rug toe. Hij ging op de rand van het platform zitten en begon te huilen.

'Getver!' Steve gooide zijn kaarten op tafel en verborg zijn gezicht in zijn handen.

Fred zat er als versteend bij. Willem sloeg zonder iemand aan te kijken met zijn vuist in zijn handpalm.

'Kom mee.' Sprotje stond op. Zwijgend liepen de Kippen naar de ladder.

Voor ze naar beneden klom draaide Roos zich nog een keer om. 'Het spijt ons heel erg,' zei ze. 'Echt.'

Op dat moment draaide Willem door.

'Al dat werk!' brulde hij. 'Allemaal voor niets!' Hij greep het tafeltje, zodat Steve's kaarten en de kartonnen bekertjes alle kanten op vlogen, en smeet het in de poel. Toen begon hij als een bezetene tegen de wanden van de boomhut te schoppen, net zolang tot een van de planken in tweeën spleet. Hij rukte de plank los en slingerde ook die de diepte in. Steve kon nog net de cd-speler redden, maar hun kwasten, de lege verfblikken, alles wat Willem in zijn vingers kreeg, vloog de poel in en verdween met een zuigend geluid in het slijk.

De Kippen stonden als aan de grond genageld bij de ladder. Zelfs de andere Pygmeeën wisten niet hoe ze op Willems woede moesten reageren.

Opeens stapte Melanie op hem af.

'Pas op, Mel!' zei Roos, maar Melanie had al een hand naar hem uitgestoken. Ze pakte Willem bij een arm en hield hem vast.

'Hé, die spullen kunnen jullie nog gebruiken,' zei ze met haperende stem. 'Voor jullie nieuwe clubhuis. Oké?'

Willem stond erbij alsof hij was leeggelopen. Melanie drukte hem tegen zich aan, heel even, heel snel. Toen draaide ze zich om, liep naar de ladder en klom naar beneden.

De andere Kippen gingen zwijgend achter haar aan. Boven in de boomhut was het weer stil, afschuwelijk stil.

'Eigenlijk heb ik best medelijden met ze,' zei Lisa toen ze achter elkaar door het donkere bos strompelden. 'Zo'n mooi clubhuis krijgen ze nooit meer. Dat zwart zag er echt gaaf uit.'

'Mijn vader is een paar dagen geleden ook zo uit zijn dak

gegaan,' mompelde Melanie. 'Hij smeet de broodrooster uit het raam, de eierkoker, de radio. Omdat we naar dat kleinere huis moeten verhuizen.'

'Heeft hij nog steeds geen werk?' vroeg Roos.

Melanie schudde haar hoofd.

'Overal gaat het fout, waar je ook kijkt,' mompelde Sprotje.

Zwijgend baanden ze zich een weg door de braamstruiken. Roos sloeg een arm om Melanies schouders.

'Misschien kan Steve eens in zijn kaarten kijken wanneer er eindelijk een einde komt aan al die ellende,' snotterde Lisa, niezend in haar mouw.

'Weten jullie wat het ergste is!' Melanie gooide haar haar naar achteren. 'Mijn moeder zegt dat ze mijn zakgeld moeten korten. Ze wil niet eens de reinigingscrème kopen waarover ik gelezen heb. Ze geeft nu geen veertig euro uit aan een tube crème, zegt ze. Wat vinden jullie daar nou van? Is een tube crème nou echt te veel gevraagd, terwijl ik in het nieuwe huis niet eens een eigen kamer krijg en voortaan bij mijn achterlijke zus moet slapen?'

Sprotje en Roos wisselden een blik. Roos haalde haar arm van Melanies schouders. 'Veertig euro?' vroeg ze. 'Veertig euro voor een crème? Weet je, Mel, soms ben je echt niet goed bij je hoofd. Daar kunnen kinderen in andere landen een heel jaar van eten.'

'Jemig, doe toch niet altijd zo heilig!' snauwde Melanie. 'We zijn niet in andere landen. En daar hebben ze misschien weer geen huidproblemen.'

Daar wist Roos niets op te zeggen.

'Daar zijn onze fietsen al,' zei Lisa vlug. 'Zullen we maar meteen naar huis gaan? Dat gaas kunnen we morgen ook nog wel halen, of niet?'

'Best,' mompelde Sprotje. Ze maakte haar slot los en ging op het zadel zitten. 'Weet je, Mel?' zei ze. 'Ik vind ook dat je niet goed wijs bent. Maar dat met Willem, dat deed je hartstikke goed. Dat vind ik echt.'

Melanie stapte met een onbewogen gezicht op haar fiets. 'Hoe laat spreken we morgen af?' vroeg ze bits.

'Meteen na school?' stelde Sprotje voor. 'Dan kunnen we in de caravan ons huiswerk maken.'

'Oké,' knikte Melanie.

Roos en Lisa vonden het ook goed.

'Ik moet wel mijn broer meenemen,' zei Roos toen ze de donkere weg af fietsten. 'Ik ben morgen aan de beurt om op te passen.'

'Welke neem je mee, die grote of die kleine?' vroeg Sprotje bij de fel verlichte hoofdweg. Hier scheidden hun wegen; Roos en Sprotje moesten naar rechts, Melanie en Lisa naar links.

Roos grinnikte. 'Die kleine natuurlijk.'

'Gelukkig maar,' zei Lisa. 'Die krast hooguit wat in onze schriften.' Grijnzend stootte ze Melanie aan. 'Of heb jij liever die grote erbij?'

'Laat me nou toch eens met rust, stelletje kakelende kippen!' mopperde Melanie. Maar ze moest toch lachen.

De volgende dag vielen de laatste twee uur uit, want mevrouw Rooze was zo verkouden dat er alleen maar gekras uit haar keel kwam. De Pygmeeën moesten op school blijven omdat ze in de grote pauze met een paar jongens uit de parallelklas hadden gevochten. Ze waren met een verschrikkelijk humeur op school gekomen en na de vechtpartij zagen ze er ook nog eens verschrikkelijk uit. De Kippen overlegden of ze mevrouw Rooze over de graafmachines moesten vertellen, maar toen Roos op haar af wilde stappen, maakte mevrouw Rooze net snotterend haar bureau leeg voor meneer Van Eis, en die kon je beter helemaal nergens iets over vertellen.

Kim liet bij wijze van troost twee chocoladerepen voor de jongens achter, en Melanie gaf Willem een van haar bloemetjeszakdoeken voor zijn bloedneus. Daarna ging ze met Sprotje op weg naar de sloperij, waar ze zo goedkoop gaas en palen kochten dat er nog genoeg geld in de clubkas zat voor drie zakken chips en twee literflessen cola. Roos bleef op school om posters op te hangen voor een inzamelingsactie. Lisa moest eerst naar huis omdat ze van haar moeder niet met anderen samen huiswerk mocht maken, en Kim – tja, die wilde eerst even met Paolo lunchen.

Maar om twee uur zouden ze allemaal bij de caravan zijn.

Toen Melanie en Sprotje hun zwaarbeladen fietsen voor het hek zetten, stond Kim al tegen de heg geleund. Ze had thee gezet en de caravan vast warm gestookt. Het was een koude dag, maar de zon scheen en de blauwe caravan zag er nog mooier uit dan de dag ervoor.

'Wat is het hier gezellig!' zuchtte Melanie toen ze naar binnen klauterden. De zon scheen door het raam en fijn stof danste als zilverpoeder in haar stralen. 'Kunnen we niet eerst thee drinken voor we aan het werk gaan?'

'Nee,' zei Sprotje. 'Eerst het werk, dan de lol. Zet de thee maar op het waxinelichtje, Kim.'

Toen ze met z'n drieën de rol gaas naar de schuur sleepten, kwamen ook Lisa en Roos eraan – zonder broertje.

'Ik heb met Titus geruild!' riep Roos van de andere kant van het grasveld. 'Hij past vandaag op en in ruil daarvoor ga ik morgen met die hummel naar de lampionoptocht.'

'Morgenavond?' riep Sprotje geschrokken uit. 'Maar dan zouden we toch de kippen kidnappen!'

'Ach, tegen die tijd is de optocht allang afgelopen,' zei Roos, die een gereedschapskist naast Sprotje in het gras zette. 'Luca had ons vandaag knettergek gemaakt, dat kan ik je wel vertellen. We hadden nog geen paaltje in de grond kunnen slaan zonder dat hij "ik ook!" had lopen brullen. Luca slaapt altijd met zijn plastic hamertje, en als hij deze hier gezien had...' ze haalde een zware moker uit de kist, '...dan hadden we die hem de hele tijd af moeten pakken.'

'Goed, daar gaat ie dan.' Samen rolden ze het gaas uit en legden ze de palen neer op de plaats waar ze de grond in moesten.

'Denk je dat de ren zo groot genoeg wordt?' vroeg Roos toen ze klaar waren. 'Hij is veel kleiner dan die van je oma.'

'Maakt niets uit. Hou eens vast.' Sprotje sloeg de eerste paal in de grond. 'Ik heb gisteren buizerds boven het bos zien cirkelen. Daarom kunnen we er beter fruitboomnetten boven spannen en die zijn niet zo groot. Ik probeer er bij O.B. een paar te jatten.'

'Hebben jullie mij trouwens al voor die twee uitgevallen uren bedankt?' vroeg Lisa terwijl ze de ene paal na de andere overeind zetten.

'Hoezo? Au, shit!' Bezorgd bekeek Melanie naar haar zwart gelakte nagel. 'Ik heb een nagel gebroken!'

'Maak je geen zorgen, die andere breken ook nog wel,' zei Sprotje. Ze gaf de hamer aan Lisa, zodat die haar kon aflossen. Melanie stak haar tong naar haar uit.

'Ja, die uitgevallen uren hebben jullie aan mij te danken!' Lisa ramde zo hard met de moker op de paal dat Kim achteruit deinsde. 'Ik heb namelijk een heleboel gebruikte zakdoekjes in de prullenbak onder Roozes bureau gegooid. Daardoor konden al die bacillen goed in haar neus komen.'

'Echt?' Sprotje grijnsde. 'Had jij dat van Lisa gedacht, Mel?'

'Nooit,' zei Melanie terwijl ze een splinter uit haar vinger pulkte. 'Ze ziet er zo onschuldig uit.'

'Lisa's sterrenbeeld is Tweelingen,' zei Kim. 'Tweelingen hebben altijd twee gezichten. Daarom is ze ook zo'n goede spion. Ik ben een Weegschaal. Ik kan niet eens liegen.'

'O nee?' Lisa keek haar geïnteresseerd aan. 'Vertel dan maar eens hoe het zit tussen je neef en jou.'

Kim werd rood.

'Laat dat, Lisa,' zei Sprotje. 'Spioneer maar bij de Pygmeeen, maar niet bij ons, oké?'

'Ja ja, goed.' Lisa lachte verlegen. 'Het maakt ook eigenlijk niets uit. Dat met die zakdoekjes was in elk geval wraak voor al die schoolstress die ik heb. Weten jullie dat mijn moeder me al wilde verbieden om naar onze club te gaan, zodat ik meer tijd zou hebben voor mijn huiswerk?'

'Dat ken ik,' mompelde Melanie. 'Wat heb je tegen haar gezegd?'

Lisa haalde haar schouders op. 'Ik heb gezegd dat jij een echt wiskundewonder bent en dat Sprotje een kei is in Engels en dat we meestal toch alleen maar huiswerk maken samen.' Met een zucht liet ze de zware hamer zakken. 'Toen ze ons notulenboek vond, geloofde ze me helaas niet meer.'

Het duurde bijna twee uur voor de ren klaar was. De uiteinden van het gaas timmerde Sprotje met houten latten aan de wanden van de schuur vast. Opeens bukte ze zich om naar iets in het gras te kijken. 'Balen,' zei ze. 'Vossendrollen. Als ik het niet dacht.' Bezorgd keek ze naar de bosrand, die nog geen tien passen voorbij de schuur lag. 'Hopelijk redden we de kippen niet alleen maar om ze door de vossen op te laten vreten.' Zuchtend kwam ze weer overeind. 's Nachts moeten we ze in elk geval in de schuur stoppen. Ik haal nog wel ergens een grendel voor de deur.'

In gedachten verzonken raapten ze het gereedschap bij elkaar en slenterden terug naar de caravan. De lucht betrok. De

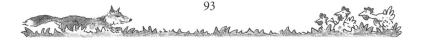

zon verdween steeds vaker achter grijze wolken. Kim voelde een regendruppel op haar neus.

In de caravan was het lekker warm. Melanie had haar cd-speler meegenomen zodat ze naar muziek konden luisteren, ze dronken thee, aten chips en maakten hun huiswerk.

'Dat we ooit zo'n gezellig clubhuis zouden krijgen!' zuchtte Roos toen ze hun schoolwerk weer in hun tassen stopten. 'Geen volwassenen, geen broertjes die irritant lopen te doen...'

'Inderdaad.' Melanie voelde aan haar hartjespleister. 'En een heleboel ruimte voor posters.'

'O nee!' zei Sprotje. 'Geen posters! Dit is het clubhuis van de Wilde Kippen, niet van een of andere domme fanclub.'

Melanie perste haar lippen op elkaar. Haar onderlip trilde verdacht. 'Weten jullie wat, ik ben het zat!' riep ze. 'Als mijn zus haar zin krijgt mag ik in het nieuwe huis mijn posters alleen op de wc ophangen, en nu komen jullie ook al met dat domme geouwehoer.'

Kim draaide zenuwachtig aan haar nieuwe oorbelletjes. 'We kunnen het zo doen dat we allemaal voor één hoekje van de caravan zorgen. Bijvoorbeeld, Roos voor de keuken – de afwas en zo telt natuurlijk niet mee – Sprotje voor de hoek met het matras, ik voor de tafel hier, Lisa voor de muur ertegenover en...'

'...en ik voor de plee buiten,' bromde Melanie.

De anderen giechelden.

'Je mag ook wel de keuken hebben,' zei Roos.

'Nee dank je, hou maar.' Melanie keek om zich heen. 'Kan ik de deur en de ramen niet krijgen?'

Sprotje zuchtte, maar de anderen vonden het goed.

Buiten werd het donker. De regen roffelde steeds harder op het dak van de caravan en Kim stak een paar kaarsen aan.

'Ik vind het zo spannend, van morgenavond,' zei Roos. 'Jullie ook?'

De anderen knikten. Een tijdje zaten ze zwijgend naar het donker buiten te kijken.

'Het gaat wel lukken,' zei Sprotje toen. 'Dit wordt het beste wat de Wilde Kippen ooit hebben gedaan.'

'Absoluut.' Lisa rekte zich geeuwend uit. 'O trouwens, Sprotje, wil je moeder nog steeds naar Amerika emigreren?'

Sprotje leunde met een diepe zucht naar achteren. 'Aan het ontbijt praat ze Engels met me. Kan het nog irritanter?'

Lisa boog zich over de tafel. 'Ik kreeg laatst opeens een idee. We zouden een contactadvertentie voor haar kunnen plaatsen. Knappe taxichauffeuse zoekt man voor het leven of zo?'

Kim giechelde.

Sprotje keek Lisa ongelovig aan. 'Watte?'

'Ik vind het helemaal geen slecht idee,' zei Melanie, die cola in haar lege theekopje schonk. 'Je moeder heeft toch helemaal geen tijd om zelf een man te zoeken. Maar in die advertentie kunnen we beter niets over jou zeggen. Kinderen hebben een afschrikkende werking op mannen.' Ze deed haar ogen dicht. 'Wees eens stil – wat dachten jullie van: wie troost mij in mijn eenzaamheid? Mooie jonge vrouw zoekt sterke armen om in weg te vluchten.'

'Melanie!' piepte Lisa verrukt. 'Te gek! Alsof je het al honderd keer gedaan hebt.'

'Misschien heeft ze dat ook wel,' zei Roos spottend.

Sprotje sloeg kreunend haar handen voor haar gezicht.

'Vinden jullie echt dat je "jong" kunt schrijven?' vroeg Kim. 'Sprotjes moeder is al negenendertig.'

'Weet je wat Sprotje zou schrijven?' Met verdraaide stem zei Roos: 'Dochter zoekt man voor op het moment helaas ontoerekeningsvatbare moeder met liefdesverdriet. Bezoektijden: één zondag per maand. Reacties richten aan de dochter. Alleen hondenbezitters, vegetariërs en niet-rokers, anderen komen niet in aanmerking.'

'Ja precies!' Melanie gleed van de bank van het lachen. 'Dat zou echt iets voor haar zijn!'

Lisa kreeg een hoestbui waaraan geen einde leek te komen.

'Hou alsjeblieft op met die onzin,' bromde Sprotje. 'We hebben morgenavond een gevaarlijke clubmissie en jullie denken alleen maar aan contactadvertenties.'

'Hoezo gevaarlijk?' vroeg Kim. Ze keek Sprotje bezorgd aan.

'Nou ja, mijn oma heeft op het moment twee krukken,' antwoordde Sprotje. 'Daarmee kan ze als een beest op kippendieven inhakken. Aan de andere kant...' ze keek Kim grijnzend aan, '...is ze nou niet bepaald snel ter been.'

Dat laatste leek Kim niet echt gerust te stellen.

'Ik heb er nog eens over nagedacht,' zei Roos. 'Kan het eigenlijk wel, dat we die kippen zomaar van haar jatten? Moeten we haar eigenlijk geen schadevergoeding betalen? Anoniem, bedoel ik, in een envelop of zo.'

'Vind ik ook.' Lisa knikte heftig. 'Dan kan ze ons ook niet laten arresteren als de kippen hier gevonden worden.'

'Arresteren, vanwege een paar ouwe kippen!' Sprotje haalde spottend haar neus op. 'Jullie kunnen natuurlijk ook ge-

woon vijftien diepvrieskippen voor mijn oma in het hok leggen, dan besparen jullie haar nog werk ook. En hebben jullie vijftien vreemde kippen op jullie geweten. Nee!' Ze schudde beslist haar hoofd. 'Robin Hood betaalde ook nooit schadevergoeding.'

'Robin Hood!' Melanie rolde met haar ogen. 'Doe even normaal zeg. We gaan een paar kippen redden.'

'Ja ja, ik weet het.' Sprotje stond op en liet zich op het grote matras vallen. 'We kunnen wel stemmen over die schadevergoeding.'

'Geheime stemming of open stemming?' vroeg Lisa. 'Jee, dat ik nou het notulenboek vergeten ben!'

'Stemmen!' kreunde Melanie. 'We zijn hier toch niet op school! Fred laat nooit stemmen.'

'Omdat hij een vuile dictator is,' zei Sprotje.

'Wie vóór schadevergoeding is steekt zijn hand op.' Roos had verse thee gezet en kwam met de pot naar de tafel.

'Kunnen we er niet een keer rum bij drinken of zo?' vroeg Melanie. 'De jongens hebben tenminste nog koffie!'

'Er is rum als we iets te vieren hebben,' zei Sprotje. 'De kippen zitten nog steeds in oma's kippenhok. Dus. Wie wil de kippenmoordenaar van zijn schamele zakgeld een schadevergoeding betalen?'

'Laat dat!' Roos stootte haar geïrriteerd aan. 'Dat is beïnvloeding.'

'Oké!' Sprotje zuchtte. 'Nog een keer: wie... wil... oma Bergman... schadevergoeding betalen voor de ontvreemde kippen?'

Roos en Kim staken hun hand op. Lisa aarzelde, toen ging

ook haar hand de lucht in. 'Dat is vast verstandiger,' mompelde ze met een verlegen blik op Sprotje.

'Nou, ik betaal niets!' zei Melanie. 'Geen cent. We hebben alleen maar last van die kippen. Ze kosten je een hoop werk en ze kakken overal. We jatten ze niet voor ons plezier, maar omdat zij ze dood wil maken, uit gierigheid. Daar geef ik geen cent voor. Bovendien heb ik mijn zakgeld zelf nodig. Het is toch al zo weinig.'

'Wij redden het ook wel met z'n drieën, toch?' Roos keek Kim en Lisa aan. Die keken niet echt blij, maar ze knikten toch.

'Mooi, dan is dat ook opgelost,' zei Sprotje. Ze kwam weer overeind. 'Nog iets? O ja, Mel is...' Sprotje keek haar even spottend aan, '...bang dat ze nieuwe pukkels krijgt als ze haar gezicht zwart maakt, dus verbergt ze haar perzikhuidje en engelenhaar morgenavond onder een zwarte sjaal. De jongens zorgen voor de dozen. Ik heb tegen Fred gezegd dat hij er luchtgaatjes in moet maken en er wat groenvoer in moet doen. Hopelijk vergeten ze dat niet. Hebben jullie thuis allemaal gezegd welke film we bij mij gaan kijken?'

Roos en Melanie knikten. '*Spiderman*, deel twee,' zei Lisa.

'O.' Kim sloeg geschrokken een hand voor haar mond. 'Deel vier, heb ik gezegd.'

'Die is er nog helemaal niet,' zuchtte Sprotje. 'Zet dat even recht, ja?'

Kim knikte verlegen.

'Ik moet morgenochtend mijn oma helpen,' ging Sprotje verder. 'Dan pak ik meteen voer en fruitboomnetten. Tenminste, dat probeer ik. En ik controleer ook of haar tv het doet. Je kunt nooit weten.'

De anderen knikten. Buiten was het inmiddels aardedonker. De Kippen keek elkaar aan. Opeens voelden ze zich toch een beetje bedrukt.

'Hopelijk herkent ze ons niet aan onze lengte,' mompelde Lisa.

'Ach, wat dan nog,' vond Sprotje. 'Hier vindt ze ons toch nooit.'

'Precies.' Roos trok de gordijnen dicht en sloot het duister buiten. De sterren op het plafond straalden in het licht van de kaarsen.

'Vanaf morgen zijn we echte dieven,' fluisterde Kim. Ze giechelde nerveus.

'Klets niet,' zei Melanie. 'Kippenbevrijders, dat zijn we.' Ze stak haar theekopje in de lucht. 'Op de verlossing van onze onschuldige en helaas al een beetje taaie zusters! Al is proosten met thee eigenlijk nogal achterlijk.'

Lachend tikten ze met hun theekopjes tegen elkaar, zo hard dat van Lisa's kopje het oortje afbrak.

'Geeft niet!' zei Roos, terwijl ze met Lisa's papieren zakdoekjes de gemorste thee opdepte. 'Scherven brengen geluk! Nu kan er morgenavond niets misgaan. Kom, we proosten nog een keer. Op Kim. Omdat ze voor zo'n geweldig clubhuis gezorgd heeft.' Weer rinkelden de kopjes. Deze keer bleven ze allemaal heel.

Kim bloosde van geluk, maar in het kaarslicht viel dat niemand op.

'O jee, ik moet opeens aan de jongens denken,' zei Melanie. 'Die zijn vast niet in feeststemming.'

De volgende dag was het zo mistig en schemerig dat het in Sprotjes kamer om negen uur nog niet licht was. Mist! dacht ze toen ze uit bed stapte. Dat kwam goed uit! Precies het goede weer voor een kipnapping. Aan de andere kant konden de Pygmeeën bij al te dikke mist wel eens verdwalen in oma Bergmans tuin... Wat een vreselijk idee.

Sprotje slofte door de donkere gang naar de keuken, deed het licht aan en maakte ontbijt. Waarschijnlijk ben ik toch niet zo'n goede Robin Hood, dacht ze terwijl ze het koffiezetapparaat aanzette. Als er een rijk iemand voorbijkwam, zou ik van de zenuwen vast dood uit de boom vallen. Ze bakte eieren met spek en probeerde intussen alleen maar te denken aan de kippen die binnenkort in hun nieuwe ren zouden rondscharrelen. Dat hielp een beetje tegen het zware gevoel in haar buik.

Toen Sprotje met een volgeladen dienblad de kamer in kwam, werd haar moeder net wakker.

'O,' zei ze. Ze loerde onder haar deken vandaan. 'Ontbijt. Ik dacht dat ík vandaag aan de beurt was.'

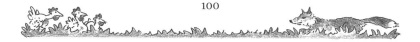

'Was je ook,' zei Sprotje. 'Schuif eens een beetje op.' Ze zette het blad op de buik van haar moeder en kroop bij haar onder de warme deken.

Sprotje wist zeker dat de zaterdag nergens ter wereld beter begon dan bij hen. Ze smulden eindeloos van geroosterd brood en spiegeleieren, slurpten sinaasappelsap en koffie, keken vanuit bed naar oude films op tv en deden net of de grijze lucht buiten er niet was.

Na een tijdje belde oma Bergman natuurlijk om te vragen waar Sprotje bleef.

'Ze komt er zo aan,' antwoordde Sprotjes moeder. Ze smeet de hoorn op haak – en ontdekte dat ze de tijd vergeten was.

'O nee!' riep ze. 'Over een halfuur moet ik aan het werk!' Als een kip zonder kop liep ze een kwartier lang naar haar autosleutel te zoeken, tot Sprotje hem in de wasmand in de zak van een oude broek vond. Als dank bracht haar moeder haar met de taxi naar O. B. Onderweg luisterde ze weliswaar naar Engelse bandjes, maar ze had die ochtend nog niet één keer 'Amerika' gezegd.

'Mam,' zei Sprotje voor ze het autoportier dichtgooide, 'vanavond komen alle Kippen bij ons. We gaan samen een film kijken. Je hebt toch nachtdienst, of niet?'

'Ja, helaas wel.' Haar moeder zuchtte. 'Maak er maar iets gezelligs van. Ik geloof dat er nog chocola is. Maar van mijn troostbonbons blijf je af, begrepen?'

Sprotje zwaaide haar moeder na tot ze om de hoek was verdwenen. Oma Bergman kwam net uit het kippenhok gehinkt. Blijkbaar had ze nu nog maar een kruk nodig. Maar dat gaf niet, want ze was nog steeds behoorlijk langzaam.

'Ik ben niet één keer in mijn leven later dan half zeven opgestaan,' zei ze toen Sprotje de tuin in kwam.

'Wat een stress,' mompelde Sprotje. Ze keek onopvallend naar het kippenhok. De snelste route van daar naar het tuinhek liep langs de regenton. Maar zo kwamen ze ook gevaarlijk dicht bij het woonkamerraam.

'Kom,' zei oma Bergman. Ze trok Sprotje mee. 'Je moet me helpen de vrieskist in de kelder schoon te maken. Ik zal het een en ander weg moeten gooien, anders passen al die kippen er niet in.'

Sprotje rukte zich verontwaardigd los. 'Daar help ik je niet mee. Dat doe je zelf maar.'

'Pardon?' Oma Bergman draaide zich om en staarde Sprotje aan. Ze kon net zo strak kijken als een kip.

Koppig keek Sprotje terug. 'Ik ga wel verder met de kruidentuin,' zei ze. 'Maar eerst ga ik de kippen gedag zeggen!' Met die woorden wurmde ze zich langs haar grootmoeder.

'Wat moet je met die rugzak?' riep O.B. haar na. Er ontging haar ook niets, helemaal niets. Maar Sprotje was op die vraag voorbereid. 'Ik doe er stro voor Lisa's cavia in!' antwoordde ze zonder zich om te draaien. 'Als je wilt betaal ik je terug. Tot op de laatste strohalm.'

'Niet zo brutaal jij!' riep oma Bergman, maar Sprotje was al in het hok verdwenen. Toen ze de deur achter zich dicht deed, klopte haar hart zo snel dat het zeer deed. Drie kippen staken verbouwereerd hun kopjes uit de nesten. Daphne stapte op Sprotje af, kakelde zachtjes en trok aan haar broek. Sprotje hurkte in het stro en krauwde in haar zachte borstveren. De kip pikte geïnteresseerd in haar vingers.

'Vanavond is het zover, Daphne,' fluisterde Sprotje. 'Zeg het tegen de anderen. En zeg dat ze vooral niet zoveel herrie moeten maken.'

Daphne liep beledigd kakelend weg, want ze had niets eetbaars tussen Sprotjes vingers gevonden. Sprotje kwam met een zucht overeind, tilde het deksel van de emmer met voer – wat de kippen natuurlijk weer hoogst interessant vonden – en vulde twee plastic tasjes met de grote korrels. Als ze er groenvoer en broodresten bij gaf was dat voor een week genoeg. Nu moest ze alleen nog de fruitboomnetten uit de schuur halen. Toen Sprotje haar hoofd uit het kippenhok stak om naar de schuur te sluipen, stopte er een pakketbusje van de post voor het tuinhek.

Oma Bergman vloog het huis uit als of ze erop had staan wachten. Haastig hinkte ze naar het hek. Zo te zien was ze reuze opgewonden. Sprotje onderdrukte een lach. Misschien kwam daar die rare catalogus waarin O.B. altijd uren zat te bladeren, die met die sokken die je kon verwarmen en zijden hoesjes voor de afstandsbediening van de tv. Of was het een van oma's roddelbladen? Maar sinds wanneer werden die met het pakketbusje gebracht?

Het pakje dat uit het busje kwam was niet al te groot. Met een verveeld gezicht hield de postbode Sprotjes oma over het tuinhek een formulier onder de neus. O.B. zette haar handtekening, griste de man het pakje uit handen en hinkte ermee naar binnen.

Eerst wilde Sprotje achter haar aan gaan, maar gelukkig dacht ze op tijd aan de fruitboomnetten. In de schuur vond ze twee grote. Ze stopte ze net met het voer in haar rugzak toen haar grootmoeder haar riep. Van schrik had Sprotje bijna al het voer over de grond gekieperd. Ze maakte vlug de rugzak dicht, hing hem aan het tuinhek, zodat ze hem niet kon vergeten, en liep met de schoffel in haar hand het huis in.

'Je moet dit even voor me voorlezen,' zei oma Bergman, die haar een gebruiksaanwijzing met piepkleine lettertjes voorhield. 'Ik kan mijn bril niet vinden.' Dat was niets nieuws.

Sprotje nam de gebruiksaanwijzing aan – en liet hem van schrik bijna uit haar handen vallen.

Haar oma had het pakje dat net gekomen was uitgepakt: op de keukentafel lag, naast een kartonnen doosje, een pistool. Een echt pistool.

Oma Bergman bonsde ongeduldig met haar kruk op de houten vloer. 'Komt er nog wat van? Lees voor.'

'Kan... eh, kan ik niet,' stamelde Sprotje. Ze legde de gebruiksaanwijzing op tafel. 'Die lettertjes zijn veel te klein.'

Het pistool zag er heel echt uit. Levensecht.

'Te klein. Allemensen!' Oma Bergman pakte het pistool en bekeek het van alle kanten. 'Ik zal tegen je moeder zeggen dat ze met je naar de oogarts moet. Dertien jaar en nu al slechte ogen! Misschien gelooft ze dan eindelijk dat de televisie niet bij het bed hoort.'

'Waar... waar heb je dat vandaan?' stotterde Sprotje. 'Ik bedoel...'

'Besteld uit de catalogus,' antwoordde oma Bergman, die het pistool op de keukenklok richtte.

'Die dingen staan gewoon in de catalogus?' Sprotje slikte. 'Dat zou ik verbieden.'

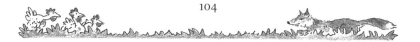

'Hoezo?' Haar grootmoeder fronste haar voorhoofd. 'Wat moet je dan met al die inbrekers tegenwoordig? Hm? Nee, niemand zal meer iets van mij stelen.'

'Er heeft nog nooit iemand van je gestolen,' zei Sprotje zonder het pistool uit het oog te verliezen. 'Nog nooit. Niet eens een spruitje of zo. Bovendien kun je mensen toch niet meteen doodschieten.'

'Welke mensen?' vroeg oma Bergman. Ze richtte het pistool op de achterdeur. Met die kruk onder haar arm zag ze eruit als een ouwe piraat.

'Nou, die dieven natuurlijk,' zei Sprotje. Voor ze zekerheid ging ze uit de vuurlinie. 'Je kunt mensen toch niet doodschieten alleen omdat ze iets van je stelen. Moord en diefstal, dat... Dat maakt toch een heel groot verschil!'

'Vind je?' Haar oma liet het wapen zakken en stopte het weer in de doos.

'Ja, dat vind ik,' mompelde Sprotje. Ze dacht koortsachtig na. Moest ze de anderen over het pistool vertellen? Maar dan zouden ze haar misschien niet willen helpen. In haar eentje kon ze de kippen onmogelijk allemaal vervoeren. En als ze haar moeder eens om hulp vroeg? Nee. Die had wel de hele tijd ruzie met oma Bergman, maar verder... Ze was niet eens zo dol op kippen. Ik pik gewoon de kogels, dacht Sprotje. Ja, dat doe ik. Opgelucht haalde ze adem.

Maar er lag op tafel niets wat op kogels leek.

'Oma...' Sprotje deed haar best om heel onschuldig te klinken. 'Waar zijn de kogels? Mag ik die eens zien?'

'Dat zou je wel willen,' antwoordde oma Bergman. 'Nee nee. Die heb ik al veilig opgeborgen. Dit is geen kinderspeel-

goed. En nu aan het werk, anders is het alweer donker voor je begonnen bent. Nu moet ik eerst eens op zoek naar mijn bril.'

De bril.

Sprotje wist waar de bril was. Hij lag op het kleine telefoontafeltje. Sprotje slenterde onopvallend naar de telefoon. Zonder bril kon O.B. de gebruiksaanwijzing niet lezen.

'Nou, succes met zoeken,' zei ze, terwijl ze tegen het tafeltje leunde en met haar vingers naar de bril tastte.

'Ja ja!' Oma Bergman stond met toegeknepen ogen in de keuken om zich heen te kijken.

Sprotje liet de bril vlug in haar jaszak glijden, pakte de schoffel en liep naar buiten. Die vind je vandaag niet meer terug, dacht ze. Ze verstopte de bril achter de regenton onder een omgekeerde bloempot. Gerustgesteld ging ze weer aan het werk. Ze schoffelde de kruidentuin, controleerde of de ingezaaide bedden nog vochtig genoeg waren, vulde de grote gieter met regenwater en zag hoe een muis steels een paar korrels kippenvoer naar zijn hol sleepte. Vlak voor het donker werd bracht Sprotje het tuingereedschap naar de schuur, waste haar handen in de regenton en ging naar binnen om gedag te zeggen. De mist was dichter geworden. Wit als de rook uit een schoorsteen hing hij in de koude lucht. Sprotje wist nog steeds niet of dat voor haar plan nu goed of juist slecht uitkwam.

'Ik moet weg!' riep ze bij de keukendeur.

Oma Bergman zat aan tafel met een grote loep de gebruiksaanwijzing van het pistool te lezen. Sprotjes hart stond bijna stil.

'Die bril is niet te vinden,' mompelde O. B. zonder op te kijken. 'Maar zo gaat het ook. Dat ding is trouwens reuze makkelijk te bedienen.'

'O ja?' prevelde Sprotje.

'Een kind kan de was doen.' Oma Bergman tilde haar hoofd op en keek haar aan. 'Mijn hemel. Wat zie jij er belabberd uit. Je moet vanavond maar met de kippen op stok. Je wordt ziek. Wil je nog een beker melk met honing?'

Sprotje schudde haar hoofd.

'Dan niet.' Haar oma concentreerde zich weer op de gebruiksaanwijzing. 'Maar dat ik vanavond geen tv kan kijken,' mompelde ze, 'dat vind ik echt vervelend.'

'Geen tv kijken?' vroeg Sprotje met zwakke stem. Ook dat nog.

'Nee, natuurlijk niet,' antwoordde oma Bergman nors. 'Zonder bril kan ik net zo goed naar een hoorspel luisteren.'

'Ik... ik geloof dat ik buiten iets heb zien liggen!' stootte Sprotje uit. Ze rende naar buiten, naar de regenton. Vlug tilde ze de bloempot op, en met de bril in haar hand ging ze weer naar binnen. 'Hier.' Ze legde de bril op de keukentafel. 'Hij lag bij de regenton. Is zeker uit de zak van je schort gevallen.'

Haar oma staarde haar met haar starre kippenblik aan. 'Uit mijn zak gevallen. Zo zo. Jij doet vandaag wel heel vreemd.' Hoofdschuddend zette ze haar bril op. 'Nog vreemder dan anders, en dat wil wel wat zeggen. Maar ik zei het al, je wordt ziek. Maakt dat je in je bed komt. Ik zal je moeder even bellen. Ze moet vandaag maar niet te lang werken en af en toe even bij je gaan kijken.'

'Wat? Nee nee!' riep Sprotje. 'Het gaat prima met me. Echt. Nu moet ik weg.'

Ze rende hals over kop het huis uit, greep de volle rugzak en sprong op haar fiets. Ze moest verschrikkelijk opschieten als ze het kippenvoer en de netten nog voor het donker bij de caravan wilde krijgen. Ik kan het niet tegen de anderen zeggen, dacht ze onderweg, terwijl de mist om haar heen wervelde en de lucht steeds donkerder werd. Het kan gewoon niet. De kippen gaan dood als de anderen me niet helpen.

Maar ze voelde zich een laffe verraadster.

Zaterdagavond om kwart over acht begon een van oma Bergmans lievelingsprogramma's. Daarvoor keek ze naar het jour-
naal, want dan kon ze lekker op alles en iedereen schelden en
roepen dat vroeger alles beter was. 'Het is nog nooit beter geweest op de wereld,' zei Sprotjes moeder altijd als oma Bergman weer eens over de goede oude tijd begon. Urenlang konden ze over dat onderwerp ruziën. Ach ja.

Melanie en Lisa stonden al te wachten toen Sprotje aan
kwam racen. Ze was helemaal buiten adem, want ze was thuis
voor de tv in slaap gevallen, maar dat vertelde ze er natuurlijk
niet bij. Ze zei ook geen woord over het pakje van oma Bergman.

'Alles in orde?' vroeg Melanie. 'Of is de televisie van je oma
net vandaag kapot gegaan?' Ze spuugde haar kauwgom uit en
stopte meteen een nieuw stukje in haar mond. Melanie moest
altijd kauwgum kauwen als ze zenuwachtig was; bij proefwer-
ken maakte ze soms wel twee pakjes op.

'Nee, alles gaat goed,' antwoordde Sprotje zonder haar aan
te kijken. Ze was niet goed in liegen, zeker niet recht in iemands
gezicht.

'Ik vind het zo spannend!' kreunde Lisa. 'Ik ben er kotsmisselijk van. Toen we langs een politieauto kwamen, ben ik er van schrik bijna bovenop geknald.'

'Ja, echt!' Melanie lachte. 'Lisa ziet zichzelf al in het tuchthuis zitten. Levenslang, wegens achterbakse kipnapping.'

'Lach niet zo dom,' snotterde Lisa. 'Als mijn moeder wist wat ik hier uitvoer, kreeg ik levenslang huisarrest en televisieverbod.' Beledigd nieste ze in haar zakdoek.

Even later fietste Kim de straat in. Ze duwde haar fiets de stoep op en keek zenuwachtig om zich heen. 'Hallo,' fluisterde ze. 'Jullie vallen helemaal niet op, met die dennenbomen op de achtergrond.'

De mist was een beetje opgetrokken, maar in de Veldkersstraat stonden gelukkig maar een paar lantaarnpalen en omdat de Kippen zoals afgesproken donkere kleren droegen, waren alleen de achterlichtjes van hun fietsen duidelijk te zien.

'Kunnen we zaklampen gebruiken?' vroeg Kim. Ze knipte de hare al aan.

'Beter van niet,' fluisterde Sprotje. 'Zaklantaarns in het donker zien er best verdacht uit.'

Kim knipte haar zaklamp vlug weer uit.

'Hé Kim.' Lisa boog zich naar voren en keek bezorgd naar haar gezicht. 'Wat is er met jou aan de hand? Je ogen zijn helemaal betraand.'

'Ach.' Kim schudde haar hoofd en haalde een hand door haar korte haar. 'Ik was vandaag bij mijn vader. Je wilt niet weten wat ik allemaal naar mijn hoofd heb gekregen over mijn haar.'

Op dat moment kwamen er vier fietsers de smalle straat in.

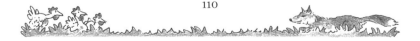

'Hé, daar staan ze!' riep Steve, die bijna tegen Melanies achterwiel op botste.

'Als een stelletje samenzweerders!' spotte Mat. 'Alsof jullie bommen gaan leggen of zo.'

'Kunnen jullie misschien nog wat harder schreeuwen?' viel Sprotje uit, terwijl Fred met zijn fiets naast haar kwam staan.

'Ach joh.' Willem ging naast Melanie staan. 'Volgens mij is je oma al schijndood. Ze moet wel oren hebben als een vleermuis om ons hier helemaal te horen.'

'Mijn oma is alles behalve schijndood!' siste Sprotje. 'Ze loopt nu even op krukken, maar daarmee is ze waarschijnlijk nog steeds sneller dan Steve met zijn hangbuik.'

'Hé, laat mijn buik erbuiten, ja?' zei Steve beledigd.

Sprotje lette niet op hem. 'Dat zijn niet bepaald grote dozen,' stelde ze met een blik op Freds bagagedrager vast. 'Hebben jullie wel aan groenvoer gedacht?'

'Tuurlijk,' bromde Fred geprikkeld.

Mat keek zoekend om zich heen. 'Waar is Roos? Weer bij die heilige boontjes van haar?'

'Ze heeft een afspraakje met een andere jongen!' fluisterde Melanie in zijn oor. Mat keek haar kwaad aan.

'Echt waar!' Lisa lachte. 'Ze is met haar broertje naar de lampionoptocht.'

'Ze komt heus nog wel,' fluisterde Sprotje. 'Kim, doe je zaklamp nog eens aan. Horloges gelijkzetten.'

'Zes minuten over acht,' zei Willem. 'Die van mij loopt altijd precies gelijk.'

'Om klokslag kwart over acht,' fluisterde Sprotje, terwijl Melanie en Steve hun horloges gelijkzetten, 'sluipen we de

tuin in. Maar eerst moet ik het hek nog even smeren, want mijn oma laat het expres piepen. Daar had ik vanmiddag geen tijd meer voor.'

'Kwart over acht!' kreunde Mat. 'Voor die tijd hebben we allang wortel geschoten. En dat met die kou.'

'Nou, ik sta anders echt niet te springen om bij O.B. rond te gaan sluipen,' zei Melanie. Ze begon haar zwarte sjaal om haar hoofd te wikkelen.

'Wacht, ik help je,' mompelde Willem en stopte een paar plukjes haar onder haar sjaal.

Bij het licht van Kims zaklamp maakten Sprotje en Lisa elkaars gezicht zwart. Nadat ze even aan de zwarte schoensmeer geroken had, was Lisa toch maar schmink gaan kopen.

De Pygmeeën trokken zwarte kousen met gaten erin over hun hoofd. 'En, hoe zien we eruit?' vroeg Fred.

'Zijn jullie gek geworden?' Sprotje keek het viertal ongelovig aan. 'Moet mijn oma soms van schrik een hartaanval krijgen?'

'Hallo, zien jullie er soms normaler uit?' antwoordde Fred geïrriteerd.

'Hij heeft gelijk, Sprotje.' Melanie zette lachend Kims bril af en begon haar gezicht zwart te maken. 'Jullie zien er echt niet normaler uit.'

'Pas op!' Lisa trok Melanie en Kim een beetje verder onder de bomen. 'Hondenbezitter in aantocht.'

Een dikke man kwam met zijn herdershond de straat in. Hij liep over de stoep aan de andere kant, maar keek de hele tijd wantrouwig hun kant op.

'Getver, dat is Bolhuis, de buurman van mijn oma,' fluister-

de Sprotje geschrokken. 'Als die onze zwarte gezichten ziet...'

'Maskers af!' siste Fred. De Pygmeeën trokken haastig de kousen van hun hoofd. 'En nu voor de zwarthuiden: dekmantel "Zoenen". Vlug.' Fred sloeg een arm om Sprotjes schouders, trok haar heel dicht tegen zich aan en keek haar grijnzend in het geschminkte gezicht. 'Wat ben je mooi vanavond,' zwijmelde hij. 'Echt adembenemend mooi!'

'Hou je kop!' Sprotje loerde over zijn schouder. Oma's buurman was nu bijna ter hoogte van het dennenbosje. Hij keek nieuwsgierig hun kant op. Melanie verborg haar gezicht tegen Willems schouder, Kim stak haar hoofd giechelend onder Steve's kin en Lisa drukte zich tegen Mat aan.

'Als die vent me herkent,' fluisterde Sprotje in Freds oor, 'dan is alles voorbij.'

'Hoe zou hij je moeten herkennen, met een kilo schmink op je gezicht?' fluisterde Fred terug.

Bolhuis stond aan de overkant van de straat, met zijn hond heel kort aan de lijn. 'Wonen jullie hier?' riep hij hun toe. 'Hé, jullie daar!'

'Shit,' mompelde Willem. 'In de film werkt dat zoenen wel altijd.'

Op dat moment draaide Mat zich om 'Kijk nou eens! Wat een geluk!' riep hij met schelle stem. 'Een inboorling. Kunt u ons misschien zeggen waar het dorpsfeest is? Onze dames zijn al half bevroren. We dwalen al een eeuwigheid door deze woestenij en onze chauffeur hebben we helaas naar huis gestuurd!'

Sprotje kreunde zachtjes.

Bolhuis trok een gezicht als een valse buldog. 'Maak dat

jullie wegkomen!' schreeuwde hij. Hij gaf een ruk aan de hondenriem. 'Anders zullen we eens zien of jullie de politie ook zo in de maling durven nemen.'

De herdershond begon te blaffen. Bolhuis trok hem achter zich aan, maar het beest bleef achteromkijken.

'Kom op!' fluisterde Sprotje. Ze duwde Fred weg. 'We moeten doen alsof we ervandoor gaan. Anders gaat hij nooit naar binnen.'

Ze fietsten de straat weer uit. Toen ze de hoek om waren, sloop Lisa dicht tegen een heg gedrukt terug. Bolhuis stond nog steeds in de donkere straat, alsof hij zichzelf en zijn onwetende buren tegen een bende volwassen straatrovers moest beschermen. Eindelijk, toen de Kippen het meer dan zat waren om hun zwarte gezichten tegen de schouders van de Pygmeeën te verbergen en het grootste deel van de schmink al aan hun kleren zat – toen floot Lisa drie keer kort.

'Wat was dat?' vroeg Fred. 'Het klonk als een kapotte koekkoeksklok.'

'Kust veilig,' zei Sprotje. 'Hoe laat is het?'

'Tien voor half negen al,' fluisterde Steve.

Sprotje keek bezorgd om zich heen. 'Verdorie, waar blijft Roos nou?'

'Daar kunnen we niet meer op wachten,' siste Fred. 'Kom op, laten we het nou maar doen. Die dikzak heeft me zenuwachtig gemaakt.'

Vlug liepen ze met de fiets aan de hand de smalle straat weer in. Lisa wenkte hen al. Bolhuis was nergens meer te bekennen, maar toch slopen ze extra voorzichtig langs zijn huis.

De straat was nat van de regen. Het miezerde nu al uren.

'Shit, het wordt glad!' fluisterde Melanie toen ze hun fietsen in het dichte struikgewas tegenover oma Bergmans huis verstopten. Fred, Mat, Sprotje en Melanie namen de kartonnen dozen onder hun armen. Ze keken naar rechts, ze keken naar links, renden gebukt op oma Bergmans tuinhek af en gingen op hun hurken achter de heg zitten.

'O jee, ik pis straks nog in mijn broek van de zenuwen!' kreunde Steve.

Lisa kneep haar neus dicht om niet te niezen.

'Schiet op, Sprotje, het hek!' siste Fred.

Sprotje haalde een klein oliekannetje uit haar zak.

Op dat moment slaakte Kim een hoog kreetje. Tegelijk kwam ze overeind. De anderen sprongen ook op. Er kwam een fiets de straat in geracet.

'Wie is dat?' piepte Lisa.

Melanie legde een hand op haar mond. 'Stil nou! Dat is Roos, meesterspion die je bent!'

Het was inderdaad Roos en ze was helemaal buiten adem. Ze schoot gebukt de straat over en hurkte tussen Sprotje en Melanie achter de heg.

'Die lampionoptocht...' hijgde ze, '...er kwam geen eind aan. En toen deed Luca het ook nog in zijn broek. Ik...'

'Pssst!' Sprotje hield een vinger voor haar mond. 'We zijn al laat, veel te laat. Het is bijna half negen.'

'Zo laat al. Shit!' Melanie smeerde nog snel wat zwarte schmink op de wangen van Roos.

Voorzichtig, heel voorzichtig maakte Sprotje het hek open. Ze bewoog het een paar keer heen en weer. Het gaf geen geluid.

'Waarom laat je oma het hek piepen?' fluisterde Steve. 'Vindt ze dat een fijn gehoor of zo?'

'Ze is bang voor inbrekers,' fluisterde Roos.

'Des te beter,' bromde Willem. 'Dan steekt ze in elk geval niet haar neus naar buiten als ze ons hoort.'

Voor de tweede keer trokken de Pygmeeën hun kousen over hun hoofd.

'Wacht.' Sprotje haalde diep adem en keek de anderen aan. Ze moest het zeggen.

'Dat vergat ik bijna nog te vertellen. Mijn oma...' Ze wierp een blik op het huis. Alleen achter het woonkamerraam brandde licht. Haar oma verspilde geen energie.

'Nou, zeg dan...' fluisterde Fred ongeduldig.

'Mijn oma heeft een pistool gekocht,' zei Sprotje binnensmonds.

Steve rukte zijn masker af. 'Wat?'

'Een pistool?' fluisterde Lisa ongelovig.

Alleen Willem lachte zacht. 'Tjongejonge, een oma met een pistool! Niet panikeren jongens. Dat gebruikt ze toch niet.'

'O nee?' fluisterde Melanie, die heel dicht bij hem kwam staan. 'Je kunt wel merken dat jij Sprotjes oma niet kent.'

Nu zwegen ze allemaal ontdaan. Ze zaten achter de heg van oma Bergman en zwegen.

Na een tijdje zei Steve heel zacht: 'Een pistool! Nee, als die doorgedraaide oma een pistool heeft, ga ik die tuin niet in.'

'Maar dan maakt ze de kippen dood!' Kim vergat van opwinding te fluisteren. 'We zijn toch hier om ze te redden? Dat...'

'Nou, als de keus is: kippen geslacht of ik doodgeschoten,' viel Mat haar in de rede, 'dan stem ik voor slachten. Dat is niet zo moeilijk.'

'Best hoor!' Sprotjes stem trilde, al wist ze zelf niet of het van boosheid of van angst was. 'Dan doe ik het wel alleen. Kan mij het schelen. Kan één van jullie helden misschien wel even de wacht houden, voor het geval die Bolhuis weer tevoorschijn komt?'

'Je hoeft niet zo kwaad te worden!' bromde Fred. Als een dief in de nacht sloop hij oma Bergmans tuin in. Sprotje ging achter hem aan.

'Ik ga voor,' fluisterde ze terwijl ze langs hem glipte. Gebukt liepen ze naar het kippenhok. Toen Sprotje bij de deur nog een keer omkeek, slopen er net vier Kippen en drie Pygmeeën langs oma Bergmans groentetuin. Er ontbrak er niet een. Sprotje glimlachte, ze kon niet anders. Fred grijnsde spottend terug.

'Schiet op, maak open,' fluisterde hij haar toe.

De kippen knipperden verward met hun oogjes toen Sprotje het licht aandeed. Ze zaten in drie rijen op stok, dicht tegen elkaar aan en met hun veren opgezet.

'Vlug,' fluisterde Sprotje, 'grijp ze, voor ze aan het licht gewend zijn. En als het niet lukt, hou je de worst voor hun snavel!'

Een paar kippen trokken alleen geschrokken hun kop in, klokten gelaten en sloten hun ogen toen zestien koude mensenhanden naar hen begonnen te graaien. Maar de meeste begonnen oorverdovend te schetteren, sloegen wild met hun vleugels, sperden hun snavel open en trippelden met hun

scherpe klauwen opgewonden over hun stok heen en weer. De plakjes worst kalmeerden hen weliswaar een beetje, maar die waren al gauw verorberd. De kippenredders wisten zes kippen van de stokken te halen, maar de rest vluchtte fladderend weg, en daarmee begon de jacht pas echt.

De kippen konden niet ontsnappen. Het gat waardoor ze overdag in en uit liepen had Sprotjes oma zoals elke avond dichtgemaakt, maar zelfs in het kleine kippenhok was het lastig om de opgewonden heen en weer rennende beesten te pakken te krijgen. Veren vlogen door de lucht. Kippen en Pygmeeën botsten tegen elkaar op, lieten zich in het stro vallen en dreunden tegen de houten wanden. Maar op een gegeven moment was het dan toch gelukt. De kippen zaten in de dozen, klokten beledigd voor zich uit en pikten met hun snavel gaatjes in het karton.

Doodop, met hun haren en kleren vol stro, hun handen opengehaald aan de kippenklauwen, wankelden de acht redders met de volle dozen naar de deur van het kippenhok.

Fred spuugde een kippenveertje uit. 'Man, ik heb het gevoel dat ik op leeuwenjacht ben geweest,' klaagde hij.

'Ssst!' Sprotje luisterde aan de deur en klopte twee keer. Lisa, die buiten de wacht hield, klopte ook twee keer. Dat betekende dat de kust veilig was.

Sprotje deed voorzichtig de deur open.

'Hebben jullie ze?' fluisterde Lisa. Ze hield nog net op tijd haar neus dicht voor ze moest niezen.

Sprotje knikte en keek om zich heen. De tuin lag donker en stil voor hen. Achter het woonkamerraam van oma Berg-

man flikkerde de televisie. Bij buurman Bolhuis verroerde zich niets. Gerustgesteld wenkte Sprotje de anderen. Met kloppend hart sloop ze tussen de spruitjes en de kruiden door naar het tuinhek. In de doos onder haar arm schoven de kippen van links naar rechts, krabbelend met hun pootjes en pikkend met hun snavel.

Sprotje was halverwege toen in de woonkamer van oma Bergman de televisie uitging. De kippenredders bleven stokstijf staan, alsof ze in tuinkabouters waren veranderd. Behalve het krabbelen en pikken van de kippen was er niets te horen. Sprotje hapte naar lucht, maar daar kreeg ze haar bonkende hart niet rustig mee. Zonder haar ogen van het donkere woonkamerraam af te wenden deed Sprotje muisstil een stap naar voren, en toen nog een en nog een. De anderen volgden haar geruisloos als geesten. Alleen oma Bergmans keurig geharkte tuinpad knarste onder hun voeten.

Toen ging het licht in de keuken aan.

Steve botste van schrik tegen Mat op, Mat liet zijn doos uit zijn handen vallen, de doos viel op de grond, klapte open – en een verontwaardigd kakelende kip stak haar kopje naar buiten.

Dat was dat.

Sprotje zag haar oma haastig langs het keukenraam hinken. Richting achterdeur.

'Snel!' schreeuwde Fred, die Sprotje met zijn doos in haar rug porde. Sprotje rende half struikelend naar het tuinhek. Het was nog maar een paar zielige metertjes. Op dat moment vloog de achterdeur open en in de deuropening stond haar oma, met de kruk onder haar arm en het pistool in de

hand, alsof ze Long John Silver was.

'Ho!' gilde ze, zo hard dat Bolhuis vast en zeker uit zijn stoel tuimelde. 'Staan blijven!'

Steve gehoorzaamde onmiddellijk en stak zijn armen in de lucht, terwijl Mat nog met open mond naast zijn gevallen doos stond. Lisa stak ook haar handen op, en daarna Kim. Toen Willem. Blijkbaar was hij er niet meer zo zeker van dat oma Bergman niet zou schieten.

Sprotje stond al bij het hek. Wat moest ze doen? Ze schoof haar doos de stoep op, Fred gaf haar die van hem – en bleef toen net zo besluiteloos staan als zij.

'Mooi zo!' riep oma Bergman. 'En nu die maskers af.'

Met een tevreden gezicht liet ze het pistool zakken. Op dat moment viel er een schot.

'Losse flodders!' schreeuwde Willem. 'Het zijn maar losse flodders jongens!' In één beweging greep hij Mats doos, waaruit nog steeds een luid kakelende kip stak, en rende ermee naar het tuinhek. Buiten zichzelf van woede begon oma Bergman te schieten, maar daar schrok nu niemand meer van. Alleen Mat stond daar nog als door de bliksem getroffen, maar Roos en Steve trokken hem mee. Als laatste sprintte Roos de tuin uit, terwijl Sprotjes oma woedend met haar kruk zwaaide en met schelle stem om Bolhuis riep.

Maar de dikke Bolhuis was kennelijk zo van haar schot geschrokken dat hij niet eens de telefoon durfde te pakken om de politie te bellen. Anders deed hij dat altijd al als iemand de radio te hard had aanstaan.

Zij aan zij vlogen de Wilde Kippen en de Pygmeeën de straat over. Zoals Melanie al gevreesd had, was het spiegel-

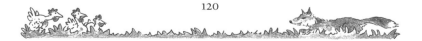

glad geworden. Ze glibberden met de dozen vol fladderende, kakelende kippen over het asfalt alsof ze groene zeep aan hun schoenen hadden. Achter hen smeet oma Bergman het pistool tussen de boerenkool en hinkte luid scheldend naar het hek.

Met trillende vingers trokken de kippenredders hun fietsen tussen de met ijzel bedekte takken vandaan, bonden de dozen onder de snelbinders van de meiden en sprongen op hun zadels.

'Vuile dieven, stelletje ratten!' schreeuwde oma Bergman, rammelend aan haar tuinhek. Maar Lisa was zo slim geweest om het hek met een fietsslot dicht te maken.

'Inbrekersbende, ellendige kippendieven!' tierde oma Bergman terwijl de Kippen en Pygmeeën zij aan zij slingerend de straat uit fietsten. Toen bleef het even stil, misschien omdat zelfs Sprotjes woeste oma een keertje adem moest halen. Maar toen de kinderen bijna aan het eind van de straat waren, hoorde Sprotje haar alweer schreeuwen.

'Sprotje!' galmde het in de stille straat. 'Sprotje, ik weet dat jij daarachter zit! Kom onmiddellijk terug!'

Van schrik schoten Sprotjes voeten bijna van de pedalen. Ze keek ontdaan om, maar in het donker kon ze haar oma natuurlijk niet zien.

'Doorfietsen!' riep Fred. 'Kom op, rijden nou!'

'Je oma is niet dom hè?' hoestte hij toen ze op de hoek van de straat hijgend bleven staan. 'Maar die kippen hebben we toch maar mooi voor de hakbijl weggegrist!'

'Ja!' zei Sprotje, leunend op haar stuur. 'Ja, dat hebben we zeker!'

'Breng ze dan nu maar naar hun nest!' zei Fred. 'Waar dat ook is.' Hij keerde zijn fiets en gaf de andere Pygmeeën een teken.

'Laat je niet door de vos te grazen nemen!' riep Steve boven het lawaai van de auto's uit. Van oma Bergmans getier was niets meer te horen. Fred zwaaide en de jongens reden weg. Zonder nog een keer om te kijken.

'Het lijkt erop dat ze zich aan hun woord houden,' zei Lisa terwijl ze de Pygmeeën met toegeknepen ogen nakeek. 'Niet te geloven.'

'Kom!' riep Roos. 'Of willen jullie hier vastvriezen?'

Sprotje keek nog een laatste keer om.

Toen ging ze op de pedalen staan, en de vijf Wilde Kippen gingen er met hun gevederde zusters vandoor alsof oma Bergman hen met een echt pistool op de hielen zat.

De volgende ochtend belde oma Bergman om zes uur voor het eerst. Het antwoordapparaat stond aan, zoals altijd als Sprotjes moeder tot laat in de nacht gewerkt had. Sprotje was meteen bij de eerste keer overgaan klaarwakker, en ze wist ook wie er belde. Oma Bergman sprak niet graag iets in op de 'afwimpelmachine', zoals ze het antwoordapparaat noemde. Ook deze keer stond er alleen maar een klik op de band toen Sprotje naar de gang sloop om te luisteren. Maar het moest O. B. geweest zijn. Wie belde er anders op zondagochtend om zes uur?

Had ze ons nou maar niet gezien, dacht Sprotje toen ze weer in haar warme bed kroop. Als ze ons niet gezien had, dacht ze vast dat het een doodgewone inbraak was. Hoewel inbrekers eigenlijk nooit kippen komen stelen. Maar nu! Haar grootmoeder was er weliswaar van overtuigd dat het op de wereld wemelde van de inbrekers, maar ze was niet zo gek dat ze in bendes mini-inbrekers geloofde. Nee, zodra ze uit het keukenraam keek, had ze geweten hoe de vork in de steel zat.

Was die Bolhuis er nou maar niet geweest, dacht Sprotje terwijl ze heel diep onder de dekens kroop. Dan waren we niet zo laat gekomen, oma had voor de televisie gezeten en we hadden op ons gemak de tuin uit kunnen sluipen. Zou ze naar de politie gaan? *Hoort u eens, mijn kleindochter heeft me bestolen, samen met haar vrienden. Zoek uit wie er allemaal bij waren en arresteer de kleine ratten. Ik wil mijn kippen terug.* Sprotje beet zo driftig op haar duimnagel dat het pijn deed. Misschien had Lisa gelijk en stopten ze kinderen echt in de gevangenis? Ook al hadden ze maar een paar arme, taaie kippen gestolen...

Gisteravond hadden ze daar verder niet over nagedacht. Ze hadden de kippen naar hun nieuwe kippenhok gebracht en waren daarna in de caravan gaan zitten. Het was zo gezellig geweest! Oma Bergmans kippen hadden weliswaar heel verbaasd gekeken toen ze in het schuurtje gestopt werden, maar ze waren tenminste in veiligheid en de Wilde Kippen hadden hun heldhaftige bevrijdingsactie gevierd met een doos kersenbonbons. Die had Kim van haar neef cadeau gekregen.

Wat zal mam zeggen? dacht Sprotje onder haar dekbed. Betaalt ze de borgsom, als ze me opsluiten? In de film betalen ze altijd een borgsom, zodat de verdachte niet in de gevangenis hoeft te verkommeren. Ik verklap nooit waar de kippen zijn, dacht Sprotje. Anders is alles voor niets geweest. Ik zal zwijgen als het graf, al verhoren ze me de hele nacht. Maar wie moet de kippen voeren als hun redders in de gevangenis zitten? De Pygmeeën werden natuurlijk ook gearresteerd, haar oma kon namelijk best tot negen tellen. Zou haar moeder de kippen voeren? Of zou ze de dieren meteen naar O.B.

terugbrengen als Sprotje zei waar ze waren?

Om half zeven ging de telefoon voor de tweede keer, toen weer om zeven uur en nog een keer om kwart over zeven. Sprotje lag als een hoopje ellende onder haar dekbed. Om half acht had oma Bergman het voor elkaar. Sprotjes moeder kwam vloekend uit haar kamer gestrompeld en nam de telefoon van de haak. Sprotje wist waarom ze opnam. Ze hoopte dat het die rotvent was. Sinds die keer dat ze het servies kapot gesmeten had, was ze steeds verdacht snel bij de telefoon.

'Ja hallo!' hoorde Sprotje haar mompelen. 'Moeder? Dat meen je niet! Weet je wel hoe laat het is? Ik heb de hele nacht gewerkt!' Toen bleef het een tijdje stil. Sprotje stak haar hoofd een klein stukje onder het dekbed vandaan om het beter te kunnen horen.

'Klets!' zei haar moeder bozig. 'Ja, dat is klets. Nee, ik weet niet wie het anders gedaan kan hebben, maar Sprotje was hier. Ja. Met haar vriendinnen. Ze hebben met z'n allen een film zitten kijken... Ja, dat weet ik zeker... Weet ik veel, misschien is er een bende lilliputters actief! Pardon?' De stem van haar moeder sloeg bijna over. 'Als je naar de politie gaat wissel ik nooit meer een woord met je... Mij een zorg aan wie jij je huis nalaat. Wat mij betreft geef je het aan het Leger des Heils... Goed, wat jij wilt, dan geef ik jou aan wegens je illegaal gebouwde schuurtje... O jawel hoor, dat doe ik wel. Daar kun je vergif op innemen... Nee, ik roep haar niet. Ze slaapt nog. En ik ga nu ook weer naar bed. Welterusten!'

Even later stak haar moeder haar hoofd om Sprotjes deur. 'Hé, ik dacht al dat je wakker was. Is je grootmoeder al zo ver-

geetachtig dat ze niet meer weet waar ze haar kippen heeft gelaten, of hebben jullie ze echt gestolen? Als clubmascotte misschien?'

'Ze wilde ze slachten!' riep Sprotje terwijl ze rechtop in bed ging zitten. 'Alle vijftien! Wat had ik dan moeten doen?'

Haar moeder glimlachte. Haar hele slaperige gezicht glimlachte. Toen sprong ze bij Sprotje in bed en drukte haar zo stevig tegen zich aan dat Sprotje begon te giechelen.

'Kom hier!' riep ze. 'Wat een heldhaftige dochter heb ik! Hoe kom ik daaraan? Zoiets had ik nooit gedurfd. In geen duizend jaar!' Ze gaf Sprotje een dikke zoen en meteen daarna nog een en nog een. 'Heb ik je wel eens verteld dat oma altijd mijn konijntjes slachtte? Ik kon me de ogen uit mijn kop huilen, ze deed het gewoon toch. Zeg maar niet waar jullie de kippen heen gebracht hebben. Je weet dat ik niet kan liegen als ze me streng aankijkt.'

'Weet ik.' Sprotje grijnsde. 'Mam...?'

'Ja?'

'Denk je dat oma naar de politie gaat? Moet ik de anderen waarschuwen?'

'Nee, maak je geen zorgen,' antwoordde haar moeder. 'Die gaat niet naar de politie. Weet je, dat zegt ze wel in haar woede, maar ze zou het nooit echt doen. Bovendien sluit de politie heus geen kinderen op omdat ze een paar kippen wilden redden.'

'Dat met dat schuurtje was een goeie,' zei Sprotje. 'Ze is doodsbang dat er op een dag een inspecteur bij haar op de stoep staat.'

Haar moeder lachte. 'Weet ik.'

Ze kroop geeuwend weer uit Sprotjes bed en liep naar de deur. 'Nou dag, lieverd,' zei ze. 'Ik moet nog even slapen hoor. Maar zullen we afspreken dat we in mijn bed ontbijten? Over een uur ongeveer. Of nee, liever over twee uur... wat vind je daarvan?'

'Dat gaat jammer genoeg niet, mam,' antwoordde Sprotje. 'Ik heb met de anderen afgesproken, voor het buurtfeest.'

'Met de kippenredders? Doe ze de groeten van me.' Haar moeder glimlachte nog een keer slaperig naar haar en verdween toen weer in haar kamer.

Sprotje trok met een blij gevoel het dekbed over haar neus en viel weer in slaap. De telefoon ging niet nog een keer.

Die ochtend zou Lisa, ondanks haar verkoudheid, de kippen voeren. 'Kun je kippen ook aansteken?' had ze bezorgd aan Sprotje gevraagd. 'Kus ze maar niet op hun snavel,' had die geantwoord.

Toen Sprotje opstond sliep haar moeder nog. De Wilde Kippen hadden om twaalf uur op het buurtfeest afgesproken. Daar stond Roos al sinds tien uur achter een informatietafel wortel te schieten. Voor ze vertrok maakte Sprotje een thermoskan warme chocolademelk voor haar.

Het was behoorlijk druk op het marktplein. Het duurde even voor Sprotje tussen al die snackkraampjes, lootjesverkopers en biertenten de kraam van *Terre des hommes* gevonden had. Er stonden twee jongens bij Roos achter de behangtafel, ongeveer van Titus' leeftijd. Ondanks de kou waren ze alle drie in opperbeste stemming. Roos zwaaide toen Sprotje zich door de mensenmassa een weg naar de tafel baande.

'Daar ben je!' riep ze. 'Ik dacht al, je hebt vast een kater van al die kersenbonbons die je gegeten hebt.'

'Melanie heeft er twee keer zo veel van op als ik,' zei Sprotje toen ze uiteindelijk voor de tafel stond. 'Mijn hemel, was het hier vorig jaar ook zo druk?'

'Ja joh!' Roos legde een stapel folders recht. 'Mel vindt het jammer dat er geen botsautootjes zijn. Lisa en zij hangen daar ergens bij de lootjesverkopers rond.' Roos boog zich over de tafel. 'We hebben al een heleboel donaties gekregen. En drie nieuwe leden geworven. Goed hè?'

'Roos praat de mensen een slecht geweten aan, daar is ze heel goed in,' zei de jongen die naast Roos stond. 'Ze wordt altijd zo boos als ze over politieagenten vertelt die straatkinderen in elkaar slaan, of over kinderen die doodgaan aan diarree omdat ze geen medicijnen kunnen betalen. De mensen weten gewoon niet hoe snel ze hun portemonnee tevoorschijn moeten halen.'

'Nou, daar word ik ook heel boos van!' Roos gaf de jongen een por met haar elleboog. 'Als ik niet boos werd, zou ik in huilen uitbarsten. Heb je dat soms liever?'

'Ach joh, ik bedoelde het als compliment,' zei hij. 'Echt hoor.'

Sprotje gaf Roos de thermoskan. 'Hier, dan ontdooi je weer een beetje.'

'O bedankt!' Roos schonk vlug een beker vol en warmde haar handen eraan. 'Misschien moet ik de rest over mijn voeten gieten. Ik voel ze bijna niet meer. Dit hier...' ze wees naar de twee jongens, '...zijn overigens Bo en Mark. Vraag me niet wie van de twee het bijdehandst is.'

'Springen Roos, springen!' riep Bo. 'Dat is het enige wat helpt tegen koude voeten.' En de jongens begonnen achter de tafel rond te huppelen als voetballers die zich naast het veld warmlopen. Roos gaapte.

'Ik ben vandaag te moe voor die onzin,' mompelde ze. 'Ik heb ze verteld dat ik vannacht moest helpen om onschuldige gevangenen uit handen van de beul te redden, maar ze geloofden me niet.'

'Het is echt waar hoor,' zei Sprotje. Ze keek om zich heen. Het werd steeds drukker op de markt. 'O. B. belde vanmorgen,' fluisterde ze Roos toe. 'Vanaf zes uur heeft ze het aan één stuk door geprobeerd! Mijn moeder kreeg heel erg ruzie met haar, maar ze heeft gezworen dat we met z'n allen bij mij thuis televisie zaten te kijken. O. B. heeft zelfs gedreigd naar de politie te gaan, maar volgens mijn moeder waagt ze dat niet echt.'

'Nou, dat hoop ik dan maar,' mompelde Roos. 'Je oma is tot alles in staat. Heb je je moeder gezegd dat wij het waren?'

Sprotje knikte. 'Ik kon niet anders. En weet je wat? Ze vond het te gek.'

'Echt waar?' Roos schudde haar hoofd. 'Als mijn ouders het wisten...'

'Wat wisten?' vroeg Titus, die zich over de tafel boog. 'Zo, ben je al bevroren zusje, of krijg je het wel lekker warm van je goede daden?'

'Probeer het zelf maar eens.' Roos keerde hem haar rug toe en glimlachte naar een vrouw die geld stopte in de bus op de tafel.

'Waar zijn de andere Kippen?' Titus keek zoekend om zich heen.

'Heb je soms een bepaalde Kip in gedachten?' vroeg Sprotje. 'Er staat er een achter je, maar dat is geloof ik niet de goede.'

Titus draaide zich geërgerd om.

'Hallo Pingpongende Pissebed!' zei Lisa, met haar waterpistool op hem gericht. Ze kwam naast Sprotje voor de tafel staan. 'Hebben jullie Mel gezien? We stonden daar bij die lootjesverkopers en opeens was ze weg. De kippen zijn helemaal blij met hun nieuwe huis,' fluisterde ze Sprotje in het oor. 'Ze hebben de halve ren al omgespit. Maar morgenochtend voor school moet een van jullie meekomen om ze eten te geven. Ik...' verlegen snoot ze haar neus, '...ik vind het in het donker te stil daar. Ik heb de hele tijd het gevoel dat er in het bos een of andere viezerik naar me staat te loeren.'

'Geen probleem,' fluisterde Sprotje terug. 'Vanmiddag gaan we toch ook met z'n allen naar de caravan?' Ze draaide zich om naar Roos, die net iemand een stapeltje folders in de hand drukte. 'Wanneer ben je hier klaar?'

'Ze is nú klaar,' zei Bo. 'Wij doen het verder wel. Hoewel we zonder haar vast nog maar half zoveel geld ophalen.'

'Ach welnee.' Roos grijnsde naar hem. 'Leg nog maar wat folders over het straatkinderenproject neer, die zijn bijna op.'

'Ja baas,' zeiden de jongens met een diepe buiging. Roos stak haar tong naar hen uit, viste haar rugzak uit een kartonnen doos onder de tafel en ging er met Sprotje en Lisa vandoor.

Titus slenterde verveeld achter hen aan.

'Hé Titus, heb je niemand om mee te spelen?' vroeg Sprotje over haar schouder.

'Haha, ben al weg,' bromde Titus, 'ik wilde alleen even tegen mijn lieve zusje zeggen dat haar schaduw er ook weer is.'

Roos keek geschrokken om zich heen. Nog geen vijf passen bij hen vandaan hing Mat voor een eetstalletje rond. Daar had hij goed zicht op de kraam van *Terre des hommes*. Hij had een zonnebril op, wat er met dit grijze weer nogal belachelijk uitzag. Toen hij Roos zag kijken, verstopte hij zich snel achter twee vrouwen met kinderwagens.

'O jee!' zuchtte Roos.

'Succes verder, kakelkippetjes!' riep Titus voor hij in de feesttent verdween. 'O trouwens,' riep hij nog, 'voor het geval het jullie interesseert: dat lekkere stuk van jullie staat achter de patatkraam te zoenen.' Toen was hij eindelijk weg.

'Wat een etter is je broer toch!' mopperde Sprotje, al betrapte ze zich erop dat ze toch even de kant van de patatkraam op keek. Roos en Lisa keken ook. Maar alleen Steve en Fred doken uit het gewoel op, Fred met één, Steve met drie frikadellen.

'Hallo!' riep Fred. 'Hoe gaat het met jullie zusters? Allemaal veilig geland?'

Sprotje knikte. 'Hé Stevie,' zei ze. 'Leg je kaarten eens en breng je boezemvriend Mat aan zijn verstand dat Roos niet de ware voor hem is.'

Fred keek fronsend om zich heen. 'Hoezo? Loopt hij dan nog steeds achter haar aan?'

Roos zuchtte. 'Laat maar. Hij krijgt er vast wel een keer genoeg van.'

'Hm. Oké.' Fred haalde zijn schouders op en frunnikte aan zijn oorbelletje. 'Maar dat met die kaarten...' hij stootte Steve aan, '...is helemaal niet zo'n slecht idee. Zeg gewoon iets tegen Mat waar hij een beetje van afkoelt. Zeg dat hij binnenkort zijn grote liefde tegen zal komen, maak er een mooi verhaal van.'

'Heb ik al lang gedaan!' mompelde Steve. Hij zette zenuwachtig zijn bril recht. 'Dat is juist het probleem. De kaarten zeggen dat Roos... nou ja, dat zij...' hij stak hulpeloos zijn handen op, '...zijn grote liefde is. Dat zeggen de kaarten. Overduidelijk.'

'Dat meen je niet!' Sprotje keek hem verontwaardigd aan. 'Ben je nou helemaal gek geworden?'

'Wat kan ik er nou aan doen?' riep Steve beledigd. 'De kaarten zeggen wat ze zeggen.'

'De kaarten zeggen helemaal niets!' viel Sprotje uit. 'Waarom heb je het niet gewoon bij die kinderachtige karttrucs van je gelaten! Daar kon je tenminste geen schade mee aanrichten!'

Roos keek Steve alleen maar ongelovig aan.

'Hoor eens,' zei Fred tegen Sprotje. 'Ik weet niet wat er vandaag allemaal aan de hand is. Mat zit achter Roos aan en Willem is helemaal nergens te bekennen. Maar ik kan het jullie ook zo wel zeggen. We willen onze tegoedbon verzilveren. We hebben hulp nodig om onze spullen uit de boomhut te halen vóór morgen de graafmachines alles platgooien. Ik dacht dat we het wel alleen konden, maar dat lukt niet.'

De drie Kippen keken elkaar aan.

'Oké,' zei Roos. 'Jullie hebben ons geholpen, nu helpen

wij jullie. Dat hadden we afgesproken.'

'Best.' Sprotje haalde haar schouders op. 'Een tegoedbon is een tegoedbon. We hebben vanmiddag eigenlijk een clubbijeenkomst, maar wat maakt het uit, we komen gewoon eerst naar jullie toe. Als we Melanie en Kim tenminste nog vinden.'

'Hé chef, daar heb je Willem!' Steve wees naar het gedrang voor de patatkraam. Willem baande zich een weg door de wachtende mensen en kwam op hen af.

'Hoe gaat ie?' vroeg hij toen hij naast hen stond.

'Waar zat je nou de hele tijd, man?' viel Fred uit. 'We hebben nog een heleboel te doen. Of wil je soms dat ze morgen al onze spullen platwalsen?'

Willem haalde zijn schouders op. 'Het maakt mij allemaal geen bal meer uit,' mompelde hij.

'Hé Willem,' zei Lisa opeens, 'heb je Melanie toevallig gezien?'

Willem keek haar aan. Toen schudde hij zijn hoofd. 'Nee, hoezo?'

'O, zomaar. We zoeken haar gewoon,' antwoordde Lisa.

Sprotje en Roos wisselden een blik.

'Ik heb alleen Kim gezien,' bromde Willem. 'Met een of andere magere gast met zwart haar. Ze stapten net in de draaimolen toen ik langs liep.'

'De draaimolen?' vroeg Sprotje verbaasd.

Willem grijnsde. 'Ja, ze hadden de grootste lol, die twee. Kim zat op een roze paard en die gast in een brandweerwagen.'

'Zo zo.' Met een zucht gaf Sprotje Lisa en Roos een arm.

133

'Dan moeten we ons er maar eens doorheen wurmen. Misschien vinden we Mel ook bij de draaimolen. Zodra we ze opgespoord hebben komen we naar de boomhut, oké?'

'Prima!' zei Fred.

'Als jullie Mat zien,' riep hij hen nog na, 'Steve's kaarten zeggen: als hij vanmiddag niet naar de boomhut komt, is hij paddenvoer.'

'We zullen het doorgeven!' riep Lisa. 'Woord voor woord. Met het grootste plezier.'

Ze vonden Melanie bij de draaimolen. Ze stond naar Kim
en haar neef te kijken, die in een brandweerwagen rondjes
reden. Ze hadden zich met z'n tweeën in het autootje ge-
perst. Paolo luidde als een bezetene de bel, die hij bijna tegen zijn hoofd kreeg, en Kim zat giechelend op de achter-
bank.

'Hé Mel, waar was je nou opeens?' vroeg Lisa. 'Je hebt je lot
niet eens bekeken. Hier is het.'

'Dank je,' zei Melanie. Ze vouwde het briefje afwezig open.
'Natuurlijk, weer niets. Gaan we meteen naar de caravan? Ik
heb nog meer cd's meegenomen, en een paar posters.'

'Nee, we moeten eerst naar de Pygmeeën!' schreeuwde
Sprotje. De muziek van de draaimolen dreunde in haar oren.

'Ze willen hun tegoedbon verzilveren,' legde Lisa uit.

'O ja.' Melanie knikte. 'De graafmachines komen morgen.
Ze balen er echt ontzettend van.'

De draaimolen minderde vaart en kwam tot stilstand. Kim
en Paolo klommen met stijve benen uit de brandweerwagen.
'Kunnen we nog een rondje?' riep Kim.

'Nee!' riep Sprotje terug. 'We moeten weg. De jongens helpen de boomhut leeg te maken!'

Kim beet teleurgesteld op haar lip. Paolo nam haar bij de hand en baande zich een weg door de duwende en trekkende kinderen die met de volgende rit mee wilden.

'Nou eh...' mompelde Kim, die bij de andere Kippen bleef staan.

'Tot vanavond,' zei Paolo. Hij trok zachtjes aan haar nog steeds rode oorlelletjes en slenterde weg. Kim keek hem verlangend na.

Lisa grinnikte. 'Ik sta versteld. Echt, Kim. Dat had ik nooit van jou gedacht.'

Kim werd net zo rood als haar oorlelletjes.

'Kom,' zei Roos en gaf haar een arm. 'Waar staat je fiets?'

'Bij het postkantoor,' antwoordde Kim.

'Die van ons ook,' zei Lisa. Zwijgend slenterden ze over de lawaaiige markt. Ze begonnen trek te krijgen van al die lekkere luchtjes die er hingen. Roos kocht voor iedereen een grote zak popcorn, waarna ze op weg gingen naar de sloperij.

'Ik hoop maar dat het niet al te lang duurt,' zei Sprotje toen ze hun fietsen tegen het hoge hek zetten. 'Ik vind het maar niks dat de kippen de eerste dag helemaal alleen zijn.'

'Een van ons kan zo toch wel even bij ze gaan kijken?' stelde Roos voor.

Sprotje knikte.

Boven het bos cirkelde een buizerd. Sprotje keek bezorgd naar de hemel. 'Heb je die netten nog een keer goed vastgemaakt?' vroeg ze onderweg naar de boomhut aan Lisa.

Lisa knikte. 'Daar komt geen beest doorheen. Trouwens...' ze snoot haar neus, '...ik heb de advertentie opgegeven.'

'Welke advertentie?' vroeg Sprotje.

Lisa grijnsde. 'Nou, die advertentie voor je moeder. Dinsdag staat ie erin.'

Sprotje bleef staan. Verbijsterd staarde ze Lisa aan.

Melanie begon te lachen. 'Niet te geloven! Wat heb je erin gezet, Lisa? Kom op, vertel nou.'

'Dinsdag?' riep Sprotje. 'Dinsdag staat ie erin? Dat maak je meteen ongedaan. Mijn moeder krijgt een hartstilstand als er opeens allemaal mannen opbellen. Bovendien...' ze kreeg van woede bijna geen lucht, '...bovendien heeft ze helemaal geen verstand van mannen. Ze kiest vast de allerstomste die erbij is!'

Lisa hield schuldbewust haar zakdoek voor haar neus. 'Ik dacht dat jij het ook wilde,' zei ze zacht. 'Zodat je niet naar Amerika hoefde, zodat we bij elkaar konden blijven...'

'Ik word gek!' kreunde Sprotje.

'Kom op, zeg nou, Lisa.' Melanie stond nog steeds te lachen. 'Wat heb je erin gezet?'

Lisa keek Sprotje niet aan. 'Aantrekkelijke, rijpe taxichauffeuse zoekt man om tegenaan te kruipen.'

Kim beet op haar lippen, maar Roos en Melanie barstten in lachen uit. Ze moesten zo hard lachen dat ze zich aan elkaar vast moesten houden.

'Nou ja, een langere tekst was te duur geworden!' riep Lisa.

Sprotje rolde alleen met haar orgen. 'Nu gaat ze pas echt emigreren,' mopperde ze. 'Zodra de eerste sukkel aan de telefoon hangt. Jasses, Lisa!'

Zonder iets te zeggen liepen ze verder. Melanie en Roos moesten nog steeds lachen.

'Eén ding weet ik zeker. Voor de club heb ik binnenkort geen tijd meer,' zei Sprotje even later. 'Ik moet Engels leren.'

Deze keer kwam er geen muziek uit de boomhut van de Pygmeeën. Er was alleen getimmer te horen, geen stemmen, geen gelach. Toen de Wilde Kippen bij de poel aankwamen, stonden Mat en Fred aan de voet van de ladder spijkers uit planken te trekken die ze een week eerder nog geverfd hadden. Van de boomhut was alleen nog een geraamte over. De jongens hadden zelfs het asfaltpapier al van het dak gehaald. De ramen, die Freds opa hun gegeven had toen zijn volkstuinhuisje werd afgebroken, de afgedankte vloerbedekking van Steve's moeder, de petroleumlampen die ze zelf bij elkaar gespaard hadden, de kist die een tafel was, de matrassen, pannen, het bestek – alles lag opgestapeld, ingepakt en bij elkaar gebonden aan de rand van de poel.

'Hallo,' mompelde Fred toen hij de meiden zag staan. 'We kunnen lang niet alles op de fiets meenemen, maar Steve heeft een bolderwagen geregeld. En vanavond komt mijn vader met de auto naar de bosrand.'

Sprotje knikte. 'Waar brengen jullie de spullen heen?'

Fred schraapte zijn keel. 'Naar mijn opa,' zei hij. 'Daar kunnen ze niet eeuwig blijven, maar... nou ja.' Hij haalde zijn schouders op.

Melanie keek omhoog, waar Steve de balustrade van het platform aan het afbreken was. Willem zat met zijn benen over de rand en staarde naar de sloperij; tussen de bomen

waren de graafmachines duidelijk te zien.

'Hé Willem!' riep Mat. 'Gooi die tang eens naar beneden, die grote roestige.'

'Die ziet het helemaal niet meer zitten,' zei Fred terwijl hij een plank op de stapel naast de poel gooide. 'Hij zat meer hier dan thuis.'

'Ik kijk even of de koffie in de thermoskan nog warm is!' riep Steve naar beneden. 'Drinken Kippen ook koffie?'

'Als het moet!' Sprotje keek Fred spottend aan. 'Vinden jullie dat spul echt lekker, of drinken jullie alleen maar koffie omdat het zo volwassen staat?'

Fred moest lachen. 'Bijdehand als altijd!' zei hij. 'Wat moeten we anders drinken om warm te blijven? Thee is voor meiden, chocolademelk is voor kleine kinderen en van rum word je zo dronken.'

'Ik lust alleen koffie met heel veel suiker!' riep Roos omhoog.

'Geen probleem.' Steve verdween tussen de resten van de boomhut om de suiker te zoeken. Willem zat nog steeds roerloos op de rand van het platform.

Mat liet de hamer vallen en klom de ladder op. 'Ik ga Steve even helpen,' zei hij over zijn schouder.

Fred ging verder met spijkers uittrekken. Sprotje pakte Mats hamer en begon mee te helpen, terwijl Roos en Lisa de matrassen in plastic verpakten. Het was weer een bewolkte dag. Melanie hielp met de matrassen, maar keek de hele tijd omhoog naar Willem.

'De koffie is klaar,' riep Steve naar beneden. 'Boven komen!'

'De tafel is al weg,' zei Mat toen iedereen boven was. Hij

zette de kartonnen bekertjes op de grond.

Vier dagen hadden de Pygmeeën erover gedaan om het platform in de boom te bouwen. Geen storm, geen plensbui had er vat op gekregen.

Fred klopte op het hout en zei: 'Het had zo nog een eeuw kunnen blijven zitten.'

'Absoluut.' Steve schonk koffie in, ging weer zitten en keek droefgeestig naar zijn kaarten. 'Ziet er niet goed uit,' mompelde hij. 'Maakt niet uit hoe ik ze neerleg. Sombere vooruitzichten.'

Melanie bracht Willem een beker koffie. 'Alsjeblieft,' zei ze. 'Pas op, het is heet. Wil je suiker?'

Willem schudde zijn hoofd en nam de beker aan zonder naar haar te kijken. Daarna staarde hij weer zwijgend naar de graafmachines. Melanie aarzelde even, maar ging toen toch bij de anderen zitten.

'Waar woont je opa ook alweer?' vroeg Sprotje aan Fred. Ze lustte eigenlijk geen koffie, maar op dit moment deed het haar goed.

'Net voorbij het bos, vlak bij de volkstuintjes,' antwoordde Fred. 'Dat is gelukkig niet ver. Voor het donker wordt moeten we eigenlijk nog wel een paar keer heen en weer rijden. Mijn vader haalt vanavond met de auto de matrassen en de andere grote dingen, maar dat zei ik al.'

'Tja, nu hebben jullie een clubhuis en wij niet,' zei Steve. 'Maf hè?'

'Geluk voor de Kippen, pech voor de Pygmeeën,' zei Mat, starend in zijn dampende beker. 'Het stond allemaal in Steve's kaarten.'

Roos keek hem ongelovig aan. 'Geloof je daar echt in?'

Mat wierp haar een vijandige blik toe. 'Natuurlijk. Jij niet soms?'

Roos schudde haar hoofd.

'Hé Willem,' zei Fred. 'Zit niet zo te staren, man. Kom toch bij ons zitten. We bouwen wel weer een nieuwe boomhut, een veel mooiere.'

'Ik wil geen nieuwe,' bromde Willem zonder zich om te draaien. 'We hebben er drie jaar aan gebouwd. En die klojo's gooien het in één dag plat, allemaal voor zo'n verrekte sloperij!'

Met een sprong kwam hij overeind.

'Maar ik zal ze eens wat laten zien!' riep hij. Zonder de anderen aan te kijken stormde hij naar de ladder.

'Hé, wat ben je van plan?' riep Fred.

Maar Willem gaf geen antwoord. Hij klom de ladder af, en toen hoorden ze hem door het bos wegrennen.

Steve sloeg kreunend zijn handen voor zijn gezicht.

'Nu draait hij helemaal door!' zei Mat, die naar de rand van het platform liep en Willem nakeek.

'Blijf daar niet zo dom staan. Kom mee!' Fred rende naar de ladder. 'Die is iets stoms van plan! We moeten hem inhalen!'

'Inhalen? Hoe dan?' riep Steve.

'Maakt niet uit!' riep Sprotje. Ze duwde hem opzij en klauterde naar beneden. Melanie stond al onder aan de ladder. Zij aan zij raceten de Kippen en Pygmeeën door het bos. Eén keer haalden ze Willem bijna in, toen hij over een boomwortel struikelde en bij het opstaan in de takken van een bramen-

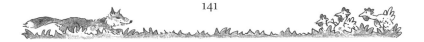

struik bleef hangen. Maar Willem was snel, sneller dan wie ook. Zelfs Sprotje met haar lange benen kwam niet bij hem in de buurt. Toen zij en Fred hijgend het bos uit kwamen, stond Willem al voor het hek van de sloperij. Het hek zat met een zware ketting op slot, maar daar trok Willem zich niets van aan. Zonder te aarzelen klom hij langs de ijzeren spijlen omhoog.

'Willem!' brulde Fred. 'Willem, doe niet zo stom!'

Hij probeerde Willems been te pakken, maar Willem schopte naar hem, zwaaide zijn benen over het hek en sprong aan de andere kant naar beneden. Hijgend keek hij om zich heen. Hij rende naar een hoop bouwafval en greep een ijzeren stang.

Fred bleef even besluiteloos staan, maar toen klom ook hij over het hek. Sprotje ging achter hem aan. In de opwinding kreeg ze bijna Freds voet in haar gezicht. Meteen na haar trok Melanie zich aan het hek op. Sprotje wierp een bezorgde blik op de keet van de opzichter. Er brandde licht. Achter het raam zat een man de krant te lezen. Zijn radio galmde over het terrein.

'Jullie blijven daar!' schreeuwde Fred naar Steve en Mat toen die ook over het hek wilden klimmen.

Willem rende met de ijzeren stang op de graafmachines af. 'Kleredingen!' schreeuwde hij. 'Vuile kleredingen!' Met volle kracht ramde hij met de stang op een van de koplampen. De glasscherven vlogen Fred en Sprotje om de oren.

'Willem, hou op!' schreeuwde Fred. Hij pakte Willems arm beet en Sprotje probeerde de stang uit zijn hand te wringen, maar Willem was altijd al de sterkste geweest. Hij duwde hen

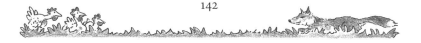

zonder moeite opzij, rende weer naar voren en sloeg de twee-de koplamp kapot.

'Willem!' Melanie probeerde tussen hem en de graafma-chine in te komen. 'Willem, hou op! Alsjeblieft! Je werkt jezelf in de nesten!'

Maar deze keer kon ook zij niets doen. 'Laat me met rust!' beet Willem haar toe. Hij klom op de graafmachine en sloeg ook de voorruit kapot. Sprotje hoorde het glas breken.

'Help me!' schreeuwde Fred. Met z'n tweeën probeerden ze Willem omlaag te trekken, maar Willem schopte en sloeg zo wild om zich heen dat ze hem niet te pakken kregen.

'Fred!' riep Mat aan de andere kant van het hek. 'Fred, pas op, de opzichter komt eraan!'

De opzichter.

Die waren ze helemaal vergeten.

De radio stond nog steeds keihard, maar toch had hij blijk-baar iets gehoord. De deur vloog open en hij kwam met een honkbalknuppel in zijn hand naar buiten. Toen hij zag dat er alleen een paar kinderen op het terrein waren, bleef hij ver-bluft staan. Op dat moment zag hij Willem, die nog steeds blind van woede met de stang op de voorruit van de graafma-chine in beukte.

'Hé!' schreeuwde de opzichter, die nu op de graafmachine af rende. 'Ben je gek geworden? Kom onmiddellijk naar bene-den! Laat die stang vallen.'

'Wegwezen Willem!' schreeuwde Fred. Zij aan zij met Sprotje en Melanie versperde hij de man de weg.

'Wat moeten jullie hier?' schreeuwde de opzichter terwijl hij aan hun graaiende handen probeerde te ontsnappen. 'Is

dat de nieuwe rage? Graafmachines kapotslaan?'

De opzichter rukte zich woedend los, duwde met de steel van zijn honkbalknuppel Fred omver en rende naar de graafmachine.

Toen Willem hem zag komen hield hij op. Hij liet de stang vallen, klom op de cabine en klauterde aan de andere kant weer naar beneden.

Fred, Melanie en Sprotje wierpen zich weer op de opzichter, maar die bleef opeens als aan de grond genageld staan en staarde naar het punt waar Willem verdwenen was. 'Hé, ik ken jou!' brulde hij. 'Kom terug, ik ken jou!'

Willem schoot achter de graafmachine vandaan en rende zonder om te kijken naar het hek. Mat en Steve kwamen hem tegemoet om hem er overheen te helpen. De opzichter stond er nog steeds bij alsof hij geen stap meer kon verzetten. Hij ging met zijn handen door zijn haar en keek naar Willem, die al boven op het hek zat.

'Ik ken jou, knul!' riep hij nog een keer. 'Ren maar rustig weg. Ik ken jou.'

'Kom mee!' Fred trok Sprotje en Melanie mee naar het hek.

Sprotje keek telkens om, maar de opzichter keurde hen geen blik waardig. Hij had alleen oog voor Willem. Die duwde alle helpende handen weg, sprong op de grond en rende als een blinde terug het bos in.

'Schiet op, wegwezen!' schreeuwde Mat toen Fred en de meiden over het hek klommen.

'Inderdaad, wegwezen!' riep de opzichter, die de kapotte koplampen stond te bekijken, 'voor ik jullie gezichten ook nog onthoud.'

Samen gingen de Kippen en de Pygmeeën ervandoor. Kim snikte en Lisa moest aan één stuk door haar neus snuiten.

'Hé Steve!' kuchte Fred onderweg naar de boomhut. 'Stond hier ook iets over in je kaarten?'

'O shit!' zei Steve, snakkend naar adem. 'Hier komt gedonder van. En niet zo'n beetje ook!'

'Wat zou zo'n graafmachineruit kosten?' fluisterde Melanie. Ze liep steeds sneller, sneller en sneller. De anderen konden haar nauwelijks bijhouden.

'Hé Mel, niet zo hard!' riep Sprotje. 'Het is nu toch al te laat.'

Maar Melanie luisterde niet naar haar. Ze lette niet op haar schoenen die vies werden, niet op de bramentakken die gaten in haar broek scheurden. Steeds sneller struikelde ze door het bos, alsof ze door iemand op de hielen werd gezeten.

'Als Willems vader dit hoort,' mompelde Mat. 'Die slaat hem bont en blauw.'

Kim keek hem geschrokken aan.

'Hij gaat heus niet naar huis,' zei Fred. Hijgend kwamen ze bij de poel. Melanie stond al op de ladder.

'Hij is er niet!' riep ze wanhopig.

'Ja, waarom zou hij hier zijn?' riep Mat, die tussen hun opgestapelde eigendommen om zich heen stond te kijken.

'Maar waar is hij dan naartoe gegaan?' vroeg Roos. Ze keek bezorgd naar Melanie op. Die zat op het lege platform te huilen.

'De grote zaklamp is weg,' stelde Fred vast. 'En er ontbreekt ook een slaapzak.'

Ze zochten naar Willem tot het donker werd. Eerst te voet

in het bos, daarna pakten ze de fietsen. Ze belden naar zijn huis en naar zijn volwassen zus, die sinds een jaar op zichzelf woonde. Willem was er niet. Willem was nergens.

Pas toen het aardedonker was en ze niet meer wisten waar ze nog moesten zoeken, gaven ze het op. De spullen van de Pygmeeën lagen nog steeds aan de rand van de poel.

'Ik vraag mijn vader wel of hij twee keer wil rijden,' zei Fred toen ze verslagen naar het bos terugliepen. 'Die komt toch zo.'

'Kunnen wij nog ergens mee helpen?' vroeg Roos.

Fred schudde zijn hoofd. 'Laat maar. Gaan jullie maar naar de kippen. Jullie wilden toch nog bij ze gaan kijken, of niet?'

'Ja,' zei Sprotje. 'Tot morgen dan maar.'

Zwijgend liepen de Wilde Kippen met hun fietsen naar de weg.

'We hoeven niet met z'n allen naar de caravan,' zei Sprotje. 'Het is al best laat en als jullie naar huis moeten...' Ze keek de anderen aan. 'Ik zou het wel fijn vinden als er iemand mee-ging. Het is al hartstikke donker.'

'Ik weet niet...' Melanie begon alweer te huilen.

'Jij gaat naar huis,' zei Roos. Ze sloeg een arm om Melanies schouders. 'Ik ga wel met Sprotje naar de kippen.'

'Oké. Ik heb eigenlijk ook geen tijd meer,' zei Lisa. 'Mijn vader wil nog wiskunde met me oefenen. Ik krijg toch al gezeur omdat ik zo laat ben.'

Kim schraapte verlegen met haar voet over de grond. 'Ik wilde nog met Paolo naar de film. Hij gaat morgen alweer naar huis, maar...'

'Gaan jullie maar,' zei Sprotje. Ze ging met haar fiets naast

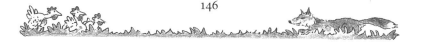

Roos staan. 'We zien elkaar morgen weer. Hopelijk wordt het dan een leukere dag.'

Met de kippen ging het goed. Ze zaten met z'n allen in de schuur. Toen Sprotje met haar zaklamp naar binnen scheen om ze te tellen, begonnen ze te kakelen alsof ze twee weken niets te eten hadden gekregen.

'Gelukkig!' zuchtte Sprotje. 'Ze zijn er allemaal nog.'

'Moet je ze horen kakelen. Ze gedragen zich precies zoals bij je oma,' zei Roos, die de doorgang naar de ren met een stuk hout dichtmaakte. Voor de zekerheid rolde ze er ook nog een grote kei voor. Tegen ongenode gasten.

'Lisa heeft gelijk,' fluisterde Roos toen ze weer buiten stonden. 'Het is eng hier als het donker is.'

De bomen staken inktzwart af tegen de lucht. De dichtstbijzijnde straatlantaarn stond een heel stuk verderop. Alleen de sterren schenen aan de hemel en in de verte waren een paar verlichte ramen te zien.

Opeens pakte Roos Sprotjes arm beet. 'Hoorde je dat?' fluisterde ze.

'Wat?' vroeg Sprotje. Ze deed de deur van de schuur op slot. Ze had twee grendels aan de deur geschroefd, eentje aan de onderkant en een in het midden. Voor de zekerheid.

'Ik weet niet...' Roos keek om zich heen.

'Ach joh, kom mee.' Sprotje lachte zacht. 'Zullen we nog even naar de caravan kijken?'

'Nee,' antwoordde Roos huiverend. 'Laten we naar huis gaan.'

Samen liepen ze door het vochtige gras terug naar de weg.

Sprotje bond het hek met een stuk ijzerdraad dicht.

'Wie is er morgenochtend aan de beurt om ze eten te geven?' vroeg Roos toen ze de donkere straat uit fietsten.

'Melanie en Kim,' antwoordde Sprotje. 'Dan zal het wel niet veel lichter zijn dan nu.'

'Stomme winter,' mompelde Roos.

'Ja, maar wij hebben een clubhuis,' zei Sprotje. 'En de jongens vanaf morgen niet meer. Ook al heeft die ene graafmachine nu een kapotte ruit en geen koplampen meer.'

'Ik wil er niet eens aan denken,' zei Roos zacht.

En onderweg naar huis vroegen ze zich allebei af waar Willem uithing en of hij ook bang was in het donker.

De volgende dag was Willem niet op school. Hij was ook niet thuis geweest. Fred had een paar keer gebeld en ten slotte had Steve maar gezegd dat Willem bij hem was, om Willems moeder gerust te stellen. Maar die leugen konden ze natuurlijk niet lang volhouden.

Uitgerekend op die maandagochtend hadden ze een wiskundeproefwerk.

Fred staarde de helft van de tijd alleen maar naar zijn blaadje en Steve en Mat streepten bijna alles wat ze geschreven hadden weer door. De Kippen brachten het er niet beter van af.

Sprotjes hoofd tolde omdat oma Bergman nog voor het ontbijt weer aan de telefoon had gehangen. 'Kippendieven hebben bij mij niets te zoeken,' had ze Sprotje toegesnauwd. 'Vanaf vandaag kom je mijn huis en mijn tuin niet meer in.' Eigenlijk had Sprotje tevreden kunnen zijn, want nu hoefde ze tenminste niet meer in de koude aarde te wroeten, maar ze was helemaal niet blij. Melanie zat de hele ochtend zenuwachtig met haar haar te spelen. Toen Roos voor het proefwerk een flesje tea tree olie op haar tafeltje zette en zei dat dat beter was tegen pukkels dan welke megadure crème dan ook, blafte ze haar zo af dat Roos de rest van de ochtend geen woord meer met haar wisselde. Ze wisten allemaal best wat er met Mel aan de hand was. Haar slechte humeur had niets met sommen of met pukkels te maken. Bij Melanie thuis stonden alle kamers vol met verhuisdozen, want dit was de dag waarop zij en haar ouders in het nieuwe huis trokken. Maar dat maakte een wiskundeproefwerk er niet bepaald makkelijker op.

Kims ogen dwaalden van de wiskundeopgaven voortdurend naar het raam. Terwijl zij op school zat en probeerde te rekenen was haar neef weer op weg naar huis. Lisa hing hoestend en proestend boven haar opgaven en vroeg zich af wat haar eerder de das om zou doen, de griep of de schoolstress. En Roos – Roos had altijd al een hekel aan maandag, en bovendien greep die toestand met Willem haar bijna net zo aan als de Pygmeeën. Nee, vandaag kon niemand zijn hoofd bij zijn sommen houden.

In de pauze, toen de Kippen en de Pygmeeën eensgezind bij elkaar op de vensterbank zaten en somber toekeken hoe de regen met bakken uit de lucht viel, stapte mevrouw Rooze op hen af. Ze had nog steeds een rode neus en haar stem klonk heser dan anders, maar daar kon ze natuurlijk niet voor thuis blijven.

'Gisteren regende het glas op de sloperij,' begon ze. 'En toen ik vanmorgen koffie wilde gaan drinken belde Willems moeder huilend op omdat Willem de hele nacht niet thuis was geweest en de opzichter van de sloperij had gebeld om te zeggen

dat haar lieve zoon een graafmachine had gesloopt.'

'Wat een onzin,' mompelde Steve zonder mevrouw Rooze aan te kijken. 'Hoe komt die vent daarop?'

'De opzichter heeft ooit met Willems vader in de bouw gewerkt,' zei mevrouw Rooze. 'Hij heeft hem een keer thuis opgehaald, en toen heeft hij ook zijn woesteling van een zoon te zien gekregen.'

'Nou, die vader is anders ook een woesteling,' zei Fred, die door het kletsnatte raam naar het schoolplein staarde.

'Voor Willems vader weet ik nog wel een paar minder aardige woorden,' antwoordde mevrouw Rooze. 'Het schijnt dat Willem bij zijn aanval op de graafmachine in gezelschap van een paar vrienden en vriendinnen was. Dat waren jullie zeker? Kunnen jullie me zeggen wat er aan de hand is? Weten jullie waar hij is? Dan kan ik zijn moeder tenminste geruststellen.'

'Ze wilden de boomhut...' Verder kwam Steve niet. Fred gaf hem zo'n harde elleboogstoot dat hij van de vensterbank viel. Beledigd klom hij er weer op.

'Aha. Sloperij... boomhut... graafmachine. Ik snap het al.' Mevrouw Rooze knikte. 'Dank je, Steve. Het was dus geen het-is-zondag-en-ik-verveel-me-stierlijk-actie. Dat is een hele geruststelling. Maar waar zit de hoeder van het huis nu?'

Geen Kip, geen Pygmee keek haar aan. Ze hielden hun hoofd gebogen of keken uit het raam.

'Als jullie weten waar hij is, zeg het me dan alsjeblieft, dan kunnen we er iets op verzinnen!' drong mevrouw Rooze aan. 'Een ruit voor zo'n graafmachine kost een vermogen. Maar Willems moeder zei dat een vriend van Willems vader de ruit

goedkoop kan vervangen. De opzichter is niet van plan aangifte te doen, dus...'

'We weten niet waar hij is,' zei Roos. Ze keek op. 'Echt niet, mevouw Rooze.'

'En als we het wisten, zouden we het niet zeggen,' zei Fred zonder iemand aan te kijken. 'Willems vader is niet te vertrouwen, dat weet u best.'

Mevrouw Rooze zuchtte. Zenuwachtig speelde ze met haar ketting. 'Ja, dat weet ik,' zei ze. 'Maar zijn moeder maakt zich zorgen en...'

'Ja ja, die maakt zich altijd zorgen,' zei Steve. 'Maar als Willems vader hem in elkaar slaat, doet ze er niets aan.'

'Die vent slaat er al op los als Willem een keer liegt of zo,' zei Mat. 'Wat denkt u dat er gebeurt als Willem de ruit van een graafmachine kapot slaat en 's avonds niet thuis komt? Als ik Willem was zou ik ook niet naar huis gaan!'

'Ja, maar waar is hij dan?' riep Melanie. 'Hebben jullie daar al eens over nagedacht? Kijk eens naar buiten. Hij loopt nog ik weet niet wat op, als hij daar ergens rondhangt.'

'Jongens, alsjeblieft!' Mevrouw Rooze keek hen een voor een aan. 'Als jullie iets van hem horen, zeg het me dan in vredesnaam. Ik zal hem niet verraden. Erewoord.'

De jongens keken haar wantrouwig aan.

'Kijk niet zo,' zei Sprotje. 'Als Rooze haar erewoord geeft, dan houdt ze zich daar ook aan.'

'Dank je, Charlotte,' zuchtte mevrouw Rooze.

'Zeg maar tegen Willems moeder dat hij bij Steve is,' zei Fred. 'Dan is ze gerustgesteld. Ons geloofde ze niet, maar als u het zegt... anders rent ze straks nog naar de politie.'

Mevrouw Rooze knikte. 'Goed. Maar dat spelletje speel ik niet lang mee.' Ze liet haar stem dalen. 'Als ze erachter komen zit ik zwaar in de problemen.'

'Na school gaan we hem meteen weer zoeken,' zei Steve. 'Volgens mijn kaarten zit hij ergens in de buurt van bomen.'

'Je kaarten?' Mevrouw Rooze keek hem niet-begrijpend aan.

'Laat maar zitten.' Fred liet zich van de vensterbank glijden. 'We gaan hem in elk geval zoeken, en de Kippen helpen ook mee. Toch?'

Sprotje sprong ook van de vensterbank. 'Tuurlijk,' zei ze. 'Maar eerst moeten we naar de...' Ze deed haar mond net op tijd weer dicht.

'Naar de wat?' vroeg mevrouw Rooze.

'Eh... naar de, de...' stamelde Kim.

'Naar de... fietsen kijken, ja,' zei Lisa vlug. 'Die zijn nogal afgeragd, weet u.'

'Aha.' Mevrouw Rooze draaide zich hoofdschuddend om. 'Geen paniek, jullie clubgeheimen hoef ik helemaal niet te weten,' zei ze.

Toen ze buiten gehoorsafstand was, fluisterde Sprotje tegen Fred: 'Kunnen we niet beter apart zoeken? Het helpt niet echt als we met z'n allen rond gaan rijden.'

'Vind ik ook,' zei Fred.

'Ik weet eigenlijk niet waar we nog moeten zoeken,' zei Steve.

Daar hadden de anderen geen antwoord op.

'Kim en ik hebben besloten dat we de volgende keer de hond van haar buren lenen als we in het donker de kippen moeten voeren,' vertelde Melanie toen ze bij de verwilderde heg stopten.

'Ja,' zei Kim, 'we hoorden hier vanochtend hartstikke enge geluiden. Alsof er iemand door het gras sloop.' Ze rilde nog bij de herinnering.

'Shit! Dat was misschien een vos! Of een marter.' Sprotje zette haar fiets tegen de heg en haalde een plastic tas met groenteresten onder haar snelbinders vandaan. Fred had de tas op school aan haar gegeven. 'Ik ga even kijken of ik sporen zie.'

'Ik heb gisteravond ook iets gehoord,' zei Roos. Ze maakte het hek open. 'Misschien zijn het waterratten. Het hoeft toch niet meteen een vos of een wezel te zijn!'

'Ratten?' bracht Lisa geschrokken uit. Ze keek ongerust om zich heen.

'Waterratten,' zei Kim. 'Die zijn best schattig.'

'Schattig?' Melanie kreunde en liep op haar tenen door het hoge gras, alsof ze elk moment ergens op kon trappen. De kippen begonnen te kakelen zodra ze de vriendinnen over het grasveld aan zagen komen. Opgewonden verdrongen ze zich voor het kippengaas.

'Tja, kippen trekken nu eenmaal ratten aan,' verklaarde Sprotje. 'Het is voor ratten een gemakkelijke manier om aan eten te komen, al die korrels die overal liggen, die rauwe eieren...' Ze keek om zich heen. 'Misschien moeten we een paar vallen in het gras zetten. Rond de ren.'

'En er dan zelf in gaan staan zeker. Dank je feestelijk,' zei Melanie.

'Ze kunnen toch niet alweer honger hebben!' zei Kim. Bij de aanblik van Sprotjes tas werden de kippen zo wild dat ze boven op elkaar sprongen en elkaar pikkend met hun snavels probeerden te verjagen. Terwijl de kippen om het groenvoer vochten, ging Roos de stal in om eieren te zoeken. Er lagen er tien in het stro.

'Nou, zo te zien voelen ze zich thuis,' stelde Sprotje vast. Ze nam de eieren mee naar de caravan en de anderen kwamen achter haar aan.

'Kunnen we nog thee drinken voor we weer op Willem-jacht gaan?' vroeg Lisa.

'Ach, die vinden we toch nooit!' zuchtte Kim. 'Als de Pyg-meeën niet eens weten waar hij zit...' Op het trappetje haal-de ze de sleutel van de caravan uit haar broekzak – en opeens bleef ze stokstijf staan.

'Wat is er?' vroeg Sprotje. Ze legde de eieren in het gras.

Kim vloog het trappetje af en ging vlug tussen de anderen in staan. 'Het slot is gekraakt!' fluisterde ze ademloos. 'Met een mes of zo.'

De anderen keken haar geschrokken aan.

'Wat... wat... wat doen we nu?' stamelde Kim, die angstig naar het donkere raam van de caravan keek. Daarachter ver-roerde zich niets. De caravan zag er net zo vredig uit als altijd. Al waren daar natuurlijk wel die krassen op de deur.

'Wat een rotstreek!' bromde Sprotje. Er verscheen een die-pe rimpel tussen haar ogen.

'Kippen zijn nu eenmaal geen waakhonden,' fluisterde Melanie. 'Ze hebben vast alleen maar om eten staan bede-len.'

'We mogen blij zijn dat de inbreker ze niet heeft geslacht,' mompelde Lisa.

Ze trok haar waterpistool, maar stak het toen toch liever weer in haar mouw. Stel dat die kerel dacht dat het echt was. Hij had in elk geval een mes bij zich.

'We moeten de politie bellen,' zei Roos zacht. 'We weten niet eens met hoeveel ze zijn.'

Kim en Lisa knikten en keken gespannen naar Sprotje. Die stond driftig op haar onderlip te bijten. 'De politie? En die gestolen kippen dan? Nee.' Ze stapte vastberaden op het trappetje af. 'Ik ga binnen kijken.'

'Ben je gek geworden?' siste Roos. Ze hield Sprotje aan haar jas vast. 'Hij heeft een mes.'

'Dat slingert hij heus niet meteen naar me toe als ik mijn hoofd naar binnen steek,' siste Sprotje terug. Ze trok zich ongeduldig los en sloop het trappetje op. Ze hield een oor tegen de deur aan. Er was niets te horen. Helemaal niets. Alleen het tikken van die gruwelijke roze wekker die Melanie had meegenomen.

Onder aan het trappetje stonden de andere Kippen ongerust naar Sprotje te kijken. Lisa wilde achter haar aan gaan, maar Sprotje schudde van nee. Toen deed ze voorzichtig, heel voorzichtig de deur van de caravan open.

Met ingehouden adem zagen de andere vier hoe ze haar hoofd naar binnen stak. Kim kneep haar ogen dicht, voor het geval die vent toch met zijn mes ging gooien.

'O, ik hou het niet meer,' kreunde Melanie.

Sprotje draaide zich om. De deur liet ze openstaan.

'Niemand!' zei ze met gedempte stem. 'Maar er ligt wel een

slaapzak op het bed. Hij moet hier dus nog ergens zijn.'

Ze keken angstig om zich heen.

'Hier,' zei iemand. 'Hier ben ik.' Daar stapte Willem achter de caravan vandaan.

Melanie viel hem om de hals, maar Sprotje ontving hem minder hartelijk.

'Hoe wist jij van de caravan?' viel ze uit. 'Heeft Mel je dat soms verteld?'

Melanie draaide zich verontwaardigd naar haar om. 'Ben je wel helemaal lekker? Natuurlijk niet! Ik heb geen woord gezegd!'

'We weten het allemaal,' antwoordde Willem terwijl hij op het trappetje ging zitten. 'Die dozen waarmee jullie de kippen hierheen gebracht hebben, daar heeft Fred er twee van geprepareerd.'

'Geprepa... wattes?' vroeg Lisa.

Willem grijnsde. 'Hij heeft gaten in de bodem gemaakt en toen rijst in de dozen gedaan. Die viel eruit toen jullie met de kippen hierheen fietsten en wij hoefden alleen maar het spoor te volgen. Dat met die rijst deed Fred gewoon waar jullie bij stonden!'

'Ach, je meent het!' Sprotje staarde hem met opeengeklemde kaken aan.

Willem grijnsde nu nog breder. 'Jullie raden het nooit. Fred heeft de rijst in het kippenhok van je oma in de dozen gestrooid. Als hij het eerder had gedaan, was alles er alweer uit gevallen voor jullie op weg gingen. Maar jullie waren zo druk met kippen vangen dat jullie helemaal niet op Fred letten. Hij en Mat hoefden alleen maar in hun jaszak te graaien, snel een

paar handenvol in de dozen te gooien en de kippen erbij te stoppen. Die stomme beesten kwamen natuurlijk meteen aan gewaggeld toen ze die rijstkorrels zagen. Freds enige zorg was dat ze de rijst op zouden hebben voor de korrels op straat konden vallen. Daarom heeft hij er ook nog een heleboel sla bij gedaan, en zo is het gelukt. Jullie spoor was zo duidelijk, het leek wel alsof jullie het met krijt op de straat hadden getekend.'

'Wat een rotjoch!' riep Sprotje. 'Hij heeft ons zijn woord gegeven, zijn erewoord. Hij zou ons niet volgen!'

'Ja,' zei Willem, knipperend met zijn ogen tegen de zon, 'maar jullie hebben niet goed geluisterd. Hij heeft alleen maar beloofd dat hij zaterdagavond niet achter jullie aan zou komen. Dus zijn we het rijstspoor zondagochtend gevolgd. We zijn later vertrokken dan we van plan waren, want Steve had zich verslapen, maar het spoor was nog heel duidelijk te zien. Op zondagochtend is het ook niet zo druk op straat. We verstopten onze fietsen in het bos, maar Lisa betrapte ons bijna toen ze de kippen kwam voeren. We konden ons nog net achter de schuur verstoppen. We hebben daar wel een halve eeuw gestaan. Haar hele levensverhaal vertelt ze aan die kippen! Steve deed het bijna in zijn broek omdat hij niet mocht lachen.'

Lisa hapte verontwaardigd naar lucht – en probeerde zich uit alle macht te herinneren wat ze allemaal tegen de kippen gezegd had. Ze keek de anderen berouwvol aan. 'Ik heb dat spoor niet gezien,' zei ze beteuterd. 'Echt niet.'

'Geweldig,' mopperde Sprotje. 'We hebben die caravan net een paar dagen en meteen hangen de Pygmeeën achter de

schuur rond!' Ze spuugde boos in het gras.

'Nou en?' Willem keek haar geprikkeld aan. 'Jullie wisten toch ook waar ons clubhuis was? Toen we er nog een hadden.' Hij trok een gezicht. 'Het spijt me van dat slot, maar ik wist gisteren niet waar ik heen moest. De regen kwam met bakken uit de lucht en ik kon niet naar huis. Eerst heb ik een tijdje onder de oude brug over het kanaal gezeten, maar daar tochtte het als de hel en bij de volkstuintjes beet een of andere rothond me bijna in mijn kont. Man, wat was ik nat. En verkleumd als een Eskimo. Toen de regen al langs mijn rug omlaag liep, schoot me opeens jullie caravan te binnen.' Hij haalde een hand door zijn haar. 'Het was hier pikdonker, ik ben zo'n beetje tegen elke boom op gebotst en dat hek liep ik eerst straal voorbij. Maar in de caravan krijg je het heel snel weer warm.' Hij stond op. 'Je hoeft me niet zo aan te kijken, Opperkip,' zei hij tegen Sprotje. 'Ik ben al weg hoor. En ik betaal wel voor het slot, al stelde het niet veel voor. Ik had het zo open.' Met een somber gezicht liep hij tussen Lisa en Kim door. 'Tot later,' zei hij over zijn schouder. 'Ik heb een heleboel paardenbloemen bij de kippen naar binnen gegooid. Vonden ze heerlijk. Als jullie de anderen zien, zeg dan maar tegen Fred dat ze me niet moeten zoeken, oké?'

'Hé wacht!' Melanie ging achter hem aan en hield hem aan zijn jas vast. 'Je slaapzak ligt nog in de caravan. Trouwens, waar wou je heen? Ik bedoel...' Ze keek hulpzoekend naar de anderen.

Kim streek door haar korte haar. 'Wat mij betreft kan hij wel een tijdje hier blijven,' zei ze.

'Natuurlijk.' Roos knikte. 'Waar moet hij anders heen?'

'Misschien kan hij 's ochtends de kippen voeren,' stelde Kim voor. 'Dan hoeven wij niet steeds voor school hier naartoe te komen.'

Lisa keek Sprotje aan.

Die keek Willem niet bepaald vriendelijk aan, maar uiteindelijk haalde ze haar schouders op. 'Best, maar niet langer dan een paar dagen.'

Willem bleef besluiteloos naar Sprotje staan kijken.

'Wat kijk je nou, man!' riep ze geërgerd uit. 'Nee, ik ben er niet blij mee dat er een jongen in ons clubhuis zit, maar ik ben hier niet de baas of zo. Jullie springen allemaal meteen in de houding als Fred iets zegt, maar bij ons gaat het anders. Als de anderen zeggen dat je kunt blijven, dan is dat zo.'

'Hè hè!' riep Lisa. 'Kunnen we na deze schrik dan eindelijk thee gaan drinken?'

Kim giechelde zenuwachtig.

Maar Melanie trok Willem mee het trappetje op. 'Kom,' zei ze. 'Alleen hebben wij helaas nooit iets anders dan thee.'

'Bijna nooit,' zei Roos terwijl ze achter hen aan naar binnen ging. 'Al zou Mel het liefst elke dag rum drinken.'

Sprotje bleef buiten voor het trappetje staan. Met een diepe frons in haar voorhoofd keek ze naar de weg. Ze had het kunnen weten! Op het moment dat Fred aanbood voor dozen te zorgen. Zoiets deden de Pygmeeën niet uit de goedheid van hun hart. Tenminste, niet vaak.

'Rijst!' mompelde ze. 'Wat een gemene rottruc.' En ze ergerde zich kapot omdat ze niet beter had opgelet.

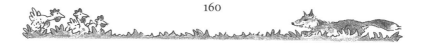

In de caravan was alles nog precies zoals ze het achtergelaten hadden. Alleen de slaapzak en het ingedeukte kussen op het matras verraadden dat Willem er die nacht had geslapen. Verlegen rolde hij de slaapzak op en klopte het kussen plat. Kim onderdrukte een lachje.

Sprotje ging op de rand van de tafel zitten. 'Hoe lang denk je dat het duurt voor Fred erachter komt waar je bent?' vroeg ze. 'Of weet hij het al?'

'Hoe zou hij het moeten weten?' bromde Willem. Hij stopte het kussen in de kast waarin hij het gevonden had. 'Hoe zijn jullie eigenlijk aan die caravan gekomen? Stond die hier zomaar?'

'Kim heeft hem van haar vader gekregen,' riep Roos vanuit de keukenhoek, waar ze water opzette voor de thee. 'Hij wilde niet dat Kims moeder hem na de scheiding zou krijgen.'

'Aha.' Willem ging op het matras zitten en keek om zich heen. 'Jullie zouden nog posters op kunnen hangen. Of zijn jullie meer voor kippenplaatjes?'

'Breek jij daar je hoofd maar niet over,' zei Sprotje. 'Dit

is ons clubhuis. We verlenen je alleen een tijdje asiel, begrepen?'

'Begrepen.' Willem keek haar spottend aan. 'En als ik me niet als een kip gedraag, smijten jullie me eruit.'

'Precies,' zei Sprotje. 'En je blijft met je vingers uit de kasten.'

'Jemig, Sprotje!' Melanie trok een gezicht. 'Hou toch op met dat slappe geklets. Hij heeft echt wel genoeg aan zijn hoofd hoor.'

Sprotje haalde haar schouders op en keek uit het raam.

'Zet onze fietsen achter de heg,' zei ze tegen Lisa en Kim. 'Ik wil wedden dat we straks nog meer bezoek krijgen. Fred is namelijk niet achterlijk.'

Lisa rende ijverig naar buiten. Kim slenterde verveeld achter haar aan.

'Trouwens, Willem, mevrouw Rooze zei dat de opzichter van de sloperij je ouders gebeld heeft,' zei Roos terwijl ze een doos ijs uit de koelkast haalde. Die hadden ze er een dag eerder ingezet. Het ijs was een beetje zacht geworden, maar nog best lekker. Melanie hielp haar de pap over zes kommetjes te verdelen en strooide er hagelslag over.

'Die vent kent mijn vader van het werk,' zei Willem. 'Vette pech dat uitgerekend hij in die keet zat.'

'Misschien was het juist een gelukje.' Melanie gaf hem een schaaltje ijs. 'Een vreemde had vast aangifte gedaan. Maar nu kan je vader de reparatie met hem regelen. Dan wordt het lang niet zo duur.'

'Het wordt nog duur genoeg,' zei Willem, die met een vies gezicht in het ijs roerde. 'Een vreemde opzichter had alleen

kunnen zeggen dat het een of andere jongen was. Hoe waren ze dan ooit bij mij terechtgekomen? Trouwens, ik heb vanmorgen een paar eieren gebakken en wat van jullie brood gegeten. Zou ik misschien nog een beetje mogen?'

'Brood? Tuurlijk.' Melanie vloog weer naar de keuken. 'Waar ligt het brood?'

Zonder een woord te zeggen schoof Roos een pak knäckebröd, worst en boter naar haar toe.

'Jeetje Mel, dat kan hij ook zelf wel pakken hoor,' zei Sprotje. 'Je rent rond als zijn privé-bediende.'

Melanie werd rood tot onder haar haar. 'Nou en?' viel ze uit. 'Jij wilt toch dat hij met zijn vingers uit de kasten blijft. Hoe moet hij dan zelf iets pakken, hè?' Boos wurmde ze zich met het knäckebröd langs Sprotje. Ze ging naast Willem op het matras zitten en zette het bord op zijn schoot.

'Bedankt,' mompelde hij. Hij werkte het knäckebröd sneller naar binnen dan de kippen van oma Bergman slablaadjes verorberden. 'Het maakt ook niet uit, dat van die opzichter,' zei hij met volle mond. 'Ik was toch al van plan van huis weg te lopen. Dan doe ik het gewoon nu.'

'Weglopen?' Melanie keek hem geschrokken aan. 'Hoezo weglopen? Waar naartoe?'

'Met een schip mee of zo,' antwoordde Willem zonder haar aan te kijken.

De deur van de caravan ging open en Lisa en Kim kwamen weer binnen. Ze namen een vlaag koude lucht mee. 'Opdracht uitgevoerd,' zei Lisa, die zich tevreden op de bank liet ploffen. Kim ging naast haar zitten, speelde met haar oorbelletje en keek onopvallend naar Melanie en Willem.

'Met een schip mee, ja hoor!' Sprotje rolde spottend met haar ogen. 'Hoe wou je dat voor elkaar krijgen? Je denkt toch niet dat ze je zo maar meenemen? Je weet nog niet eens het verschil tussen bakboord en stuurboord, of hoe dat ook heten mag.'

'Dan ga ik gewoon stiekem aan boord!' snauwde Willem. 'Dat lees je toch altijd in de krant? Het is zelfs wel eens iemand gelukt om als verstekeling met een vliegtuig mee te gaan. Helemaal naar Australië. Die was net zo oud als ik. Bovendien hoef ik alleen maar naar Amerika.'

'Alweer Amerika!' Roos zette de thee op tafel en ging met een bakje yoghurt bij het raam zitten. 'Misschien kan je met Sprotjes moeder mee.'

'Je vergeet Lisa's advertentie,' zei Melanie. 'Sprotjes moeder hoeft vast niet meer zo nodig te emigreren. Al kan het natuurlijk ook zijn dat er zoveel gekken op die advertentie afkomen dat ze definitief op de vlucht slaat.'

Zij en Roos lachten. Willem keek hen niet-begrijpend aan.

'Haha, heel leuk,' mompelde Sprotje. 'Zullen we het ergens anders over hebben?' Ze draaide zich weer naar Willem om. 'Niemand komt zo maar even Amerika in, dat kun je op je buik schrijven. Dat lukt volwassenen niet eens. Geloof me maar, ik kan het weten, mijn moeder praat namelijk nergens anders meer over.'

'Hé, stil eens!' Lisa zette vlug haar kopje neer en drukte haar neus tegen het raam. 'Er staat iemand bij het hek.'

'Waar?' Kim keek ingespannen over Lisa's hoofd heen naar buiten. 'Dat zijn de jongens!' riep ze. 'Alle drie!'

'Ga daar weg!' Sprotje trok Lisa en Kim bij het raam van-

daan en deed haastig de gordijnen dicht. Door de kier loerde ze naar buiten.

'Komen ze hierheen?' fluisterde Kim.

Sprotje knikte.

'O help!' zuchtte Melanie. 'Jullie gaan toch niet echt verstoppertje met ze spelen hè? Zijn we hier op de kleuterschool of zo?'

De anderen letten niet op haar. Ze zaten achter de gesloten gordijnen en tuurden naar buiten.

'Ze kijken alsof ze op iets levensgevaarlijks af sluipen,' fluisterde Lisa.

'Ssst!' siste Sprotje. 'Waag het niet ons te verraden!' fluisterde ze in Willems richting. 'Eén kik en je kunt je asiel vergeten.'

Willem haalde alleen maar zijn schouders op. Melanie trok een lelijk gezicht naar Sprotje en schoof haar hand onder die van Willem. Hij haalde zijn hand niet weg. Sprotje had geen tijd om daarover na te denken. Met één sprong kwam ze van de bank. Ze vloog naar de deur en hield haar oor ertegenaan.

'Dat slaat toch helemaal nergens op!' mopperde Mat buiten. 'Waarom zou hij zich hier verstoppen? Die meiden zitten hier toch altijd?'

'O ja, betweter? Waar zijn ze nu dan?' Dat was Fred.

'Willem?' riep hij. 'Willem, ben je daar?'

Sprotje wierp Willem een waarschuwende blik toe. Die tikte tegen zijn voorhoofd.

'Wie is er nu een betweter?' hoonde Mat. 'Hij is hier niet.'

'Moet je die caravan zien!' zei Steve, die voor het raam stond. 'Dit is het mooiste clubhuis dat ik ooit heb gezien. En

nu hebben ze zelfs echte kippen als mascottes. Ik vind dat wij ook een dier als mascotte moeten hebben. Het liefst natuurlijk een of ander bosdier, een dikke spin met harige poten of zo. Maar een tamme rat zou ook leuk zijn. Een laboratoriumrat, die kunnen we dan uit de klauwen van zo'n wetenschappelijke sadist redden. Wat vinden jullie? Goed plan toch?'

'Doe niet zo dom. Voorlopig hebben we niet eens een clubhuis,' snauwde Fred. 'Waar moeten we dan een dier houden, hè?'

'We kunnen het toch om de beurt mee naar huis nemen.' Steve loerde door het raam, maar hij kon de meisjes achter de gordijnen niet zien.

'Ja hoor, Stevie!' lachte Mat. 'Een tamme rat! Mijn moeder zou krijsend op de tafel klimmen. Die is al doodsbang voor muizen.'

'Kunnen jullie nu even je kop houden?' bromde Fred. Hij liep het trappetje op. 'Aha. Moet je zien. Het slot is opengebroken. Als dat niet op Willems zakmes wijst...' Hij keek zoekend om zich heen.

'Het kan toch ook zijn dat die domme Kippen hun sleutel kwijt zijn en alleen zo naar binnen konden!' zei Steve met gedempte stem. 'Ik vind dat we maar weer moeten gaan.'

'Waarom doe je nou zo schijterig, man?' vroeg Mat. 'Ben je soms bang dat ze je een oog uit pikken als ze je betrappen?'

Lisa sloeg een hand voor haar mond om niet in lachen uit te barsten. Kim proestte in haar mouw. En Willem stootte het schaaltje met ijspap van het bed. Per ongeluk natuurlijk.

'Wacht eens even!' fluisterde Fred. 'Ik hoorde iets.'

Sprotje keek kwaad naar Willem.

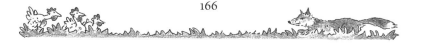

'Willem?' riep Steve met een bibberig stemmetje. 'Willem, ben je daar?'

'Hé Sprotje, zullen we nu ophouden met die onzin?' zei Willem.

Sprotje knikte naar Lisa. Samen gooiden ze de deur zo hard open dat Fred achterover van het trappetje viel en voor Steve's voeten in het gras belandde. Als klap op de vuurpijl kreeg hij ook nog een straal uit Lisa's waterpistool in zijn gezicht. Ook de andere Pygmeeën gaf ze de volle laag, snel en trefzeker.

'Hé, jij kijkt te veel westerns, idioot!' tierde Steve terwijl hij zijn bril droogmaakte. 'Je staat erbij als zo'n achterlijke sheriff, met je piefpafpistool.'

'Zoek maar een boom uit, kabouteropperhoofd,' zei Sprotje van bovenaf. 'Dan kunnen we je erewoord eronder begraven.'

'Je kakelt weer eens als een kip zonder kop!' schold Fred. Hij krabbelde overeind en haalde zijn mouw over zijn gezicht. 'Ik heb woord gehouden. Jij hebt alleen niet goed geluisterd.'

'Kippenschijt!' zei Lisa verachtelijk. Ze had haar druipende pistool nog in de hand. 'Dat vind ik nou echt kippenschijt. Je hebt beloofd dat je niet achter ons aan zou komen en je deed het toch, punt uit.'

'We zijn hier alleen maar omdat we Willen zoeken hoor!' riep Steve beledigd.

'Laat maar zitten,' zei Mat. Hij spuugde in het gras. 'Dat begrijpen die wijven toch niet. Ze willen het gewoon niet begrijpen.'

Op dat moment trok Melanie de gordijnen open. Willem

klopte op het raam, drukte zijn neus tegen het plexiglas en stak zijn tong uit.

'Hij is er wel!' riep Steve ongelovig uit. 'Verrek Fred, je had gelijk, hij is echt bij de Kippen ondergedoken!'

Duwend en trekkend renden de Pygmeeën het trappetje op.

'Ho ho, wat moet dat?' Samen met Lisa versperde Sprotje hen de weg. 'Jullie denken toch niet dat we jullie hier zomaar naar binnen laten stampen? Willem is een noodgeval, maar voor jullie geldt dat niet.'

'Hou op, Sprotje.' Roos gaf haar een por in haar rug. 'Ze hebben zich zorgen gemaakt. Laat ze erdoor.'

Sprotje deed met tegenzin een stap opzij. Lisa stopte eerst omstandig haar waterpistool weg voor ze plaats maakte.

'Hé, kijk eens, wat gaaf!' zei Steve toen hij in de caravan stond. Vol bewondering keek hij om zich heen. Fred fronste zijn voorhoofd, maar hij kon het toch niet laten om de caravan even snel in zich op te nemen.

'Ach,' vond Mat met een blik op de sterren boven zijn hoofd. 'Een beetje popperig. Ik had er in elk geval een paar ruimteschepen bij geschilderd. Maar die vrijhoek daar met die matras is niet slecht. Ik pas er precies in.' Hij keek naar Roos, die met haar armen over elkaar geslagen tegen de koelkast geleund stond.

'Nog één zo'n machotekst,' zei Sprotje knorrig, 'en je vliegt als een vogel de deur uit, gesnopen?'

'Hou nou eens op met dat gezeik, Mat.' Fred ging naast Willem aan tafel zitten. Melanie stond op en slenterde naar de koelkast. Willem keek haar na.

168

'Ik ben blij dat we je gevonden hebben, man,' zei Fred. Hij sloeg Willem op zijn schouder. 'Ik dacht al dat we je nooit meer terug zouden zien.'

Willem streek verlegen door zijn haar. 'Zijn de graafmachines al aan het werk?' vroeg hij.

Fred knikte. 'We zijn er na school even geweest. Het is een drama.'

'Alles ligt plat,' zei Steve, die naast Fred op het bankje schoof. 'Ze hebben nog een nieuwe machine laten komen. Die ene die jij in elkaar gebeukt hebt, staat op de sloperij te verroesten. Zelfs de poel is al dichtgegooid. Er sprongen alleen nog een paar doodsbange kikkers rond. We hebben ze gevangen en in de vijver van Freds opa gezet, maar in de paartijd gaan ze altijd terug naar waar ze geboren zijn, die arme mafkezen. En als ze daar weten te komen zonder plat gereden te worden, kunnen ze hun glibbereitjes alleen nog op een berg schroot kwijt.' Steve zuchtte. Kikkers waren zijn lievelingsdieren. Urenlang had hij aan de rand van de poel gezeten om te kijken hoe ze door het donkere water zwommen. Maar dat was nu ook voorbij.

'De stoppen sloegen door,' mompelde Willem. 'Opeens sloegen de stoppen door.'

'Je had suiker in de tank moeten gooien,' vond Mat. 'Daar gaat de motor meteen kapot van.'

'Ja geweldig!' Fred wierp hem een geërgerde blik toe. 'Dan had hij dat ding tot aan zijn pensioen af kunnen betalen. Klets toch niet altijd zo slap, Mat.' Hij draaide zich weer naar Willem om en sloeg een arm om zijn schouders. 'Je vader kan die machine goedkoop laten repareren,' zei hij.

'Dat heb ik gehoord,' zei Willem. Hij staarde naar buiten. Melanie ging ook weer aan de tafel zitten en keek hem bezorgd aan.

'En hoe gaat het nu verder?' Mat liet zich op het grote matras vallen. Toen Roos zijn kant op keek trok hij een gekke bek. Mat was een eersteklas gekkebekkentrekker. Vroeger had Roos er altijd om gelachen, maar nu draaide ze zich geïrriteerd om. Ze deed de deur open en ging buiten op het trappetje zitten.

'Hé Roos, het wordt koud hier,' mopperde Lisa.

'Ach joh,' zei Kim, die naast Roos ging zitten. 'Een beetje frisse lucht kan geen kwaad, toch?'

Roos glimlachte naar haar. Samen keken ze naar de kippen, die naar eten pikten en door de ren scharrelden en nergens iets van af wisten.

'We hebben tegen Willem gezegd dat hij voorlopig hier kan blijven,' zei Sprotje tegen Fred. 'Tot zijn vader afgekoeld is.'

'Nou, dat kan wel even duren,' zei Steve. 'Die koelt eigenlijk nooit af.' Met een somber gezicht haalde hij zijn kaarten uit zijn jaszak en begon ze uit te leggen.

'Stop die dingen weg!' zei Fred ongeduldig.

Beledigd liet Steve de kaarten weer in zijn zak glijden.

Mat kwam weer overeind in zijn hoekje. 'En hoe weten we of hij afgekoeld is?' vroeg hij.

'Ach, laat toch zitten!' Willem sprong op en liep naar de deur van de caravan. 'Ik ga toch niet meer naar huis.'

Roos draaide zich naar hem om. 'En je moeder dan?' vroeg ze.

Willem boog zijn hoofd en gaf een schop tegen de deurpost.

'Hé, dit is onze caravan, geen graafmachine!' riep Sprotje.

'Sorry,' mompelde Willem. Hij staarde naar de kippen in
hun ren.

'Moeten we tegen mevrouw Rooze zeggen waar je bent, zodat ze je moeder gerust kan stellen?' vroeg Fred.

'Ben je wel goed bij je hoofd?' Willem draaide zich geschrokken om. 'Dan staat een uur later mijn ouwe hier voor
de deur. Jullie mogen het tegen niemand zeggen, tot ik bedacht heb wat ik ga doen, oké?'

'Oké.' Fred haalde zijn schouders op.

Iedereen zweeg.

'Wat...' Lisa schoof haar haarband recht, '...wat gebeurt
er eigenlijk als ze erachter komen dat wij Willem verborgen
houden? Krijgen wij dan ook problemen vanwege die graafmachine?'

'En wat dan nog?' vroeg Roos over haar schouder.

'De hele wereld barst toch al van de problemen,' zei Kim,
draaiend aan haar oorbelletje. Haar oorlel deed helemaal
geen pijn meer.

De volgende ochtend gebeurde het, in de grote pauze. Van Eis had pleindienst en had zoals gewoonlijk niets in de gaten, omdat hij achter de school met de conciërge stond te kletsen en de ene sigaret na de andere rookte. Willems vader stormde het schoolplein op, banjerde zonder ergens op te letten tussen de kinderen door en keek om zich heen alsof hij zin had om iemand dood te slaan.

Lisa zag hem als eerste.

'Hé,' fluisterde ze in Sprotjes oor. 'Is dat niet de vader van Willem?'

Sprotje was met Roos en Melanie aan het elastieken. 'Waar?' vroeg ze.

'Lisa heeft gelijk!' Melanie stapte zo plotseling uit het elastiek dat het tegen de benen van Roos aan knalde. 'Wat moet die hier?'

'Herrie schoppen,' zei Roos terwijl ze het elastiek opraapte. 'Wedden?'

'Kom mee!' Sprotje rende weg. 'We moeten de jongens waarschuwen!'

'Wat is er aan de hand?' riep Kim, die op een vuilcontainer zat en voor het eerst van haar leven haar nagels lakte. Ze deed nooit mee met elastieken, omdat ze daar altijd als een nijlpaard van ging hijgen.

'Willems vader rent als een krankzinnige over het schoolplein!' riep Roos haar toe. Op hetzelfde moment waren de andere drie al in het gewoel op het schoolplein verdwenen.

'Hé wacht!' schreeuwde Kim. Ze had zo'n haast om van de container af te komen dat ze de nagellak over haar spijkerbroek goot.

Sprotje rende zigzaggend als een haas over het schoolplein. Af en toe maakte ze een sprongetje om beter te kunnen zien waar ze heen moest. Overal stonden die vervelende reuzen uit de bovenbouw haar uitzicht te belemmeren. De jongens waren niet achter de gymzaal aan het voetballen en ze hingen ook niet op het basketbalveld rond. Waar zaten ze?

Gelukkig had Willems vader ze ook nog niet gevonden. Sprotje zag hem zoekend langs het hek lopen. En toen ontdekte ze de Pygmeeën. Een paar meter bij Willems vader vandaan. Fred en Steve stonden met hun rug naar hem toe en Mat had alleen oog voor die stomme bal waar ze tegenaan schopten.

'Waarom rennen we eigenlijk zo?' hijgde Kim toen ze de anderen eindelijk ingehaald had.

'Ik ruik problemen,' antwoordde Sprotje, terwijl ze zo snel mogelijk tussen de kinderen door naar het hek slalomde. 'Moet je die kerel nou eens zien.'

Nu stond Willems vader vlak achter Fred.

'Nergens een leraar te bekennen!' riep Melanie. 'Die verdomde Van Eis. Die drukt ook altijd zijn snor!'

Willems vader greep Fred als een konijntje in zijn nekvel. De andere Pygmeeën draaiden zich geschrokken om, maar Willems vader duwde hen gewoon opzij.

'Die rotzak!' schreeuwde Sprotje. Ze kreeg van woede bijna geen lucht. Zonder erbij na te denken stormde ze de laatste meters op Willems vader af. Hij zag haar niet aankomen. Hij had het veel te druk met Fred door elkaar schudden.

Sprotje botste in volle vaart tegen hem op. Willems vader liet Fred los en viel voorover in een plas. Sprotje verloor haar evenwicht en haalde haar knie open aan het vochtige asfalt. Vloekend richtte Willems vader zich weer op, zijn handen en broek zaten onder de modder. Hij keek woedend om zich heen – en zag Sprotje, die ook net weer overeind krabbelde.

'Was jij dat?' blafte hij. Hij wilde haar grijpen, maar opeens stond Fred naast haar. Hij trok haar mee naar de anderen.

'We kunnen beter wegwezen!' zei Steve, maar hij bleef dapper naast Fred staan. Fred trilde over zijn hele lichaam. Sprotje kon het duidelijk voelen. Toen Willems vader hem in zijn val losliet, was hij ook gevallen. Zijn linkerhand bloedde, maar hij besteedde er geen aandacht aan. Met op elkaar geklemde kaken staarde hij Willems vader aan. Die haalde een zakdoek uit zijn jaszak en veegde zijn handen af.

'Die broek ga je betalen!' snauwde hij Sprotje toe. 'Achterlijk rotkind...'

'Maak dat u wegkomt!' riep Lisa met schelle stem. Ze kwam heel dicht naast Sprotje staan en trok haar waterpistool. 'U heeft hier niets te zoeken!' schreeuwde ze met een knalrood hoofd. 'Dit is een schoolplein!'

Tien meter verderop stonden drie bovenbouwers. Ze draai-

den zich om en keken matig geïnteresseerd hun kant op, waarna ze het vreemde tafereel weer verveeld de rug toekeerden.

'Waar is hij?' blafte Willems vader. Hij stak zijn zakdoek weer in zijn zak. 'Waar is Willem? Jullie weten natuurlijk waar hij zich verstopt heeft. Zeg op of ik neem jullie allemaal te grazen.' Hij kwam dreigend een stap dichterbij.

De Kippen en de Pygmeeën schoven heel, heel dicht naar elkaar toe.

'Kunt u niet tellen?' Roos' stem trilde maar een klein beetje. 'We zijn met z'n achten. U heeft er dus niets aan dat u groter bent. En als... als...' het trillen werd erger, want Roos was verschrikkelijk kwaad, '...als u Fred nog een keer zo door elkaar schudt, dan...'

'Wat dan?' vroeg Willems vader. 'Ik mag toch zeker wel vragen waar mijn zoon is? Denkt hij soms dat ik rustig ga zitten wachten tot hij weer een keer boven water komt? Denkt hij dat ik de kastanjes wel voor hem uit het vuur haal, terwijl hij er een potje van gemaakt heeft?'

'Belooft u dan dat u hem niet aanraakt als hij thuiskomt?' vroeg Lisa.

Sprotje en Fred gaven haar bijna tegelijk een por in haar zij, maar toen had ze het al gezegd.

'Aha, zie je wel. Jullie weten waar hij zit. Als ik het niet dacht.' Willems vader grijnsde tevreden en klopte een beetje aarde van zijn mouwen. 'Vooruit, zeg op. Met elke minuut die ik hier sta komen jullie alleen maar dieper in de problemen.'

De Kippen en de Pygmeeën keken hem vijandig aan.

'Voor mijn part blijft hij daar staan tot hij een ons weegt,' zei Mat. 'Zelfs Kippen verraden hun vrienden niet, toch?'

'Oké!' zei Willems vader bars. 'Wie van jullie neem ik als eerste te grazen? Wat denken jullie van die kleine betweter?'

Mat kromp in elkaar. Melanie kwam heel dicht bij hem staan.

'Ik geloof mijn ogen niet!' Willems vader deed een stap in Mats richting. 'Wat een helden zijn jullie, jongens. Als het spannend wordt kruipen jullie bij de meisjes. Dan heb ik nog liever een zoon die ruiten van graafmachines inslaat.'

'O ja, en wat bent u voor iemand?' Sprotje spuugde hem van woede bijna in zijn gezicht. 'U pakt jongens die een halve meter kleiner zijn dan u, u slaat uw eigen zoon in elkaar! Dat is wel het laagste van het laagste. Ze zouden u in een kooi moeten stoppen, u...'

Willems vader gaf haar met de vlakke hand een klap in het gezicht. Sprotje had het gevoel dat haar hoofd van haar romp gerukt werd, zo hard sloeg hij. Verdoofd viel ze tegen Mat aan, die nog steeds naast haar stond.

'Hé, nu gaan ze echt los daar!' hoorde ze een van de bovenbouwreuzen roepen.

Het volgende dat Sprotje wist was dat ze op de grond zat en haar kaak vasthield. Roos en Melanie hurkten bezorgd naast haar. Willems vader kon ze niet zien, want de anderen stonden beschermend om haar heen. Fred hield zijn vuisten gebald en Steve en Mat hielden hem vast. Ze waren zeker bang dat hij zich van pure woede op Willems vader zou storten. 'Vuile rotzak!' hoorde Sprotje Fred brullen. 'U bent gewoon een laffe rotzak!'

En toen hoorde ze de stem van mevrouw Rooze.

'Wat is hier aan de hand?' riep ze, terwijl ze een paar leer-

lingen opzij duwde die met grote ogen stonden toe te kijken.

Roos kwam overeind. 'Hij heeft Sprotje geslagen,' zei ze.

'En hij stond Fred door elkaar te schudden alsof hij zijn botten los probeerde te rammelen,' riep Steve.

'Dat had ik al gehoord,' zei mevrouw Rooze. Ze kneep haar ogen tot spleetjes. Dat deed ze alleen als ze verschrikkelijk kwaad was. 'Een leerling die nog bij zijn volle verstand was...' zei ze luid, en ze draaide zich naar de toeschouwers om, '... kwam me halen en vertelde het me onderweg hierheen. Die leerling bleef niet dom staan kijken terwijl er een medeleerling in elkaar geslagen werd, zoals jullie.'

Ze boog zich bezorgd over Sprotje, die met een opgezwollen gezicht nog steeds op de grond zat. 'Alles goed?' vroeg ze.

Sprotje knikte. Mevrouw Rooze wierp een blik op Fred, die spierwit weggetrokken was, en ging zo dicht bij Willems vader staan dat ze naar hem omhoog moest kijken. Mevrouw Rooze was niet zo groot.

'Maak dat u van het schoolplein afkomt!' zei ze. 'Nu onmiddellijk, anders bel ik de politie. Het feit dat u zomaar het schoolplein op wandelt en kinderen begint te slaan, lijkt me ruim voldoende voor een aangifte.'

'Heeft u hulp nodig, mevrouw Rooze?' vroegen de drie bovenbouwers die een paar minuten geleden nog verveeld hun kant op hadden gekeken.

'Mooi, eindelijk komen jullie in actie,' antwoordde mevrouw Rooze. 'Breng die man naar de poort. En zorg ervoor dat hij ook echt de goede kant op gaat. Maar zonder nog meer geweld, alsjeblieft.'

'U weet vast ook waar mijn zoon zit!' brulde Willems va-

der terwijl de reuzen uit de bovenbouw hem zachtjes richting poort duwden. 'Ik stuur de schoolinspectie op u af, u bent gewoon een kidnapper!'

'Mijn hemel,' mompelde mevrouw Rooze. 'Die man is echt door het dolle heen.' Ze draaide zich nadenkend om. 'Willen jullie me nu toch niet zeggen waar Willem is?' vroeg ze aan de Kippen en de Pygmeeën. 'Zo kan het toch niet langer? Ooit gaat de politie naar hem op zoek. Zijn moeder is ten einde raad.'

'We kunnen het niet zeggen,' zei Sprotje. Ze stond op. 'Echt niet, mevrouw Rooze. We hebben het Willem beloofd.'

'We zouden zijn moeder een brief kunnen schrijven,' opperde Roos. 'Om te zeggen dat het goed met hem gaat en dat hij gauw thuiskomt.'

'We kunnen ook proberen het geld bij elkaar te krijgen,' zei Fred. 'Voor die ruit. Zodat zijn vader een beetje kalmeert.'

Mevrouw Rooze keek zwijgend naar de poort, waar de reuzen Willems vader net op straat zetten. Met een woedende beweging schudde hij ze van zich af. Hij keek nog een keer om en liep toen met opgeheven hoofd weg.

'Dat geld is een probleem, ja,' mompelde mevrouw Rooze. 'Daar moet ik nog een keer mijn hoofd over breken. Maar dat is niet het enige. Hoe maken we deze woesteling onschadelijk?' Ze keek Fred aan. 'Gaat het echt goed met Willem?'

'Beter dan ooit, waarschijnlijk,' antwoordde Fred.

'Zeg tegen hem dat hij zich moet melden,' zei mevrouw Rooze. 'En snel ook. Anders spoort de politie hem op. Jullie snappen toch wel dat ze dat niet al te veel moeite zal kosten?'

De Kippen en de Pygmeeën knikten. Mevrouw Rooze liep met een diepe zucht terug naar school.

Roos schreef een brief aan de moeder van Willem. Onder biologie. Roos was goed in die dingen. Ze zetten allemaal hun naam eronder, de jongens natuurlijk ook. Mat plakte een bijzondere postzegel op de envelop, eentje die hij eigenlijk voor zijn postzegelverzameling had gekocht, en Sprotje deed de brief na school op de post. Na die toestand met Willems vader durfde zelfs Fred hem niet bij Willems ouders in de bus te gooien.

Toen Sprotje thuiskwam was haar moeder er ook al. In de keuken stond nu eens geen cd met Engelse lesjes op, maar haar moeders hippiemuziek. Sprotje zette de cd-speler wat zachter en ging bij haar moeder aan tafel zitten.

'Ik heb pannenkoekenbeslag gemaakt,' zei Sprotjes moeder, opkijkend van haar krant. Meteen liet ze hem geschrokken zakken. 'Mijn hemel, wat is er met jou gebeurd? Hebben jullie soms weer ruzie met die piggelmeeërs, of hoe heten ze?'

'Inderdaad,' mompelde Sprotje. Als haar moeder te weten kwam dat Willems vader haar geslagen had zou ze zich verschrikkelijk opwinden, en Sprotje had wel even genoeg opwinding gehad. Genoeg voor honderd jaar.

Met een zucht verdween haar moeder weer achter de krant. 'Ik begin zo aan de pannenkoeken,' zei ze. 'Ik drink even mijn koffie op.'

'Rustig aan, ik ben nog niet aan het verhongeren.' Sprotje haalde de melk uit de koelkast. 'Nog iets van O. B. gehoord?'

'Ze heeft op het antwoordapparaat ingesproken,' antwoordde haar moeder. 'Wil je het horen?'

Sprotje zette met een diepe zucht de melk neer en ging naar de telefoon. 'Laat maar eens horen, oma,' zei ze terwijl ze de band terugspoelde.

Oma Bergman klonk net zo hees als altijd. 'Met mij,' kraste ze. 'Natuurlijk! Alweer niemand thuis. Ik haat het om steeds met dit apparaat te moeten praten. Maar ik heb ook geen tijd jullie aan één stuk door te bellen. Dit is een bericht voor Sprotje: die taaie ouwe kippen die je van me gestolen hebt mag je houden. Ik hoef ze niet meer terug. Al zou je me op je knieën smeken.'

'Dat zou je wel willen hè?' fluisterde Sprotje.

'Je zult nog wel merken hoe het is als ze je het hemd van het lijf vreten,' ging O. B. verder. 'Dat is dan een les voor de rest van je leven. Ik zal je ook niet aangeven, al heb ik daar wel heel veel zin in. Maar ik eis wel schadevergoeding. Vijftien diepvrieskippen of aflossing van je schuld met werk in de tuin. Een fijne dag nog.'

Sprotje wiste het bericht. 'Je bekijkt het maar,' mompelde ze. 'Het hemd van je lijf vreten, een les voor de rest van je leven, pfff.' Met een somber gezicht slofte ze terug naar de keuken.'

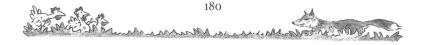

'Hartverwarmend hè?' zei haar moeder, bladerend in de krant.

'Roos en Lisa zijn er ook voor om haar iets te betalen,' zei Sprotje.

'Ach kom, geef dat geld liever aan kippenvoer uit. Kippen eten vreselijk veel, vooral als het koud is.'

Sprotje zuchtte. 'Weet ik.'

Haar moeder keek haar bezorgd aan. 'Kijk niet zo treurig,' zei ze. Ze streek met een vinger over Sprotjes neus. 'Ze trekt haar verbod toch binnen de kortste keren weer in. Op z'n laatst als de spruitjes in het onkruid ten onder gaan.' Ze verdween weer achter haar krant. 'Moet je dit horen,' zei ze. '*Tedere vrouw zoekt beer om tegenaan te kruipen.* Mijn hemel. Sommige mensen zetten zichzelf wel heel erg voor schut. Ik zou nog liever het klooster in gaan dan dat ik zo'n domme advertentie plaatste.'

Dinsdag! Het was dinsdag!

Sprotje slikte. Lisa's advertentie.

'Mam,' zei ze vlug. 'Mijn maag maakt hele vreemde geluiden. Wil je alsjeblieft pannenkoeken gaan bakken?'

'O ja, sorry!' Haar moeder nam snel nog een slok koffie, legde de krant weg en stond op.

'Ik heb al vrij gevraagd,' zei ze terwijl ze de pan op het gasfornuis knalde. 'Voor de voorjaarsvakantie. Ik heb ook al naar vluchten geïnformeerd. We gaan eerst maar eens naar New York. San Francisco wordt te duur.'

'Hm,' deed Sprotje. Ze haalde de krant onopvallend naar zich toe.

'We vliegen erheen en ik probeer erachter te komen hoe

dat precies zit met die werkvergunningen,' zei haar moeder. Het beslag liep sissend in de pan. 'Kan zijn dat je helemaal geen *greencard* nodig hebt om op een taxi te mogen rijden. Wat vind je ervan? Jij en ik in New York, dat zou toch geweldig zijn?'

'Hm,' mompelde Sprotje weer. Ze ging met een vinger langs de ene achterlijke contactadvertentie na de andere. Waar was die van Lisa?

'Verdomme!' vloekte haar moeder. 'Waarom kan ik dat toch niet? Nu is deze pannenkoek ook alweer mislukt.'

'Geeft niet, ik vind je kapotte pannenkoeken juist lekker,' zei Sprotje terwijl ze haar vinger verder liet dwalen. *Lief konijntje, knuffelbeer, aantrekkelijk maar verlegen, taxichauffeuse...* Daar had je hem.

'Wat lees je daar?' Haar moeder keek nieuwsgierig over Sprotjes schouder. Sprotje dook in elkaar en legde een hand op Lisa's advertentie, maar haar moeder duwde haar vingers weg.

'Laat eens zien,' zei ze. 'Wat staat daar voor interessants? *Aantrekkelijke, rijpe taxichauffeuse zoekt man om tegenaan te kruipen.* Niet erg origineel, maar...'

Opeens werd ze heel stil. Sprotje hield haar adem in en deed een laatste, zielige poging om de advertentie te verbergen. Maar haar moeder pakte haar al bij haar schouders en draaide haar naar zich toe.

'Dat is ons telefoonnummer,' zei ze. Haar gezicht was knalrood. 'Zeg eens, ben je soms niet goed bij je hoofd? Wil jij een man voor me uitzoeken?' Haar stem sloeg bijna over. 'Had je niet op zijn minst eerst even met mij kunnen overleggen

voor je dat bezopen idee uitvoerde?'

'Ik heb het helemaal niet gedaan!' riep Sprotje. 'Ik zou zoiets achterlijks nooit verzinnen.'

Haar moeder keek haar verbluft aan. Ze wist best dat Sprotje niet kon liegen. Als ze het wel eens probeerde, zag je het meteen aan haar neus.

'Wie was het dan wel?'

'Mag ik mijn pannenkoek?' vroeg Sprotje bedeesd.

'O verdorie, die is nu vast al koud.' Sprotjes moeder schepte de mislukte pannenkoek op een bord en zette hem voor Sprotjes neus.

Sprotje bestrooide de pannenkoek royaal met poedersuiker en begon te eten. 'Het was Lisa's idee,' vertelde ze met volle mond. 'Omdat ze niet wil dat we gaan emigreren, snap je?'

'Zoiets gestoords heb ik echt nog nooit gehoord,' zei haar moeder. Ze perste haar lippen op elkaar en deed een poging een pannenkoek in de lucht om te draaien. De pannenkoek viel verfrommeld terug in de pan. Met een zucht draaide Sprotjes moeder het gas uit, waarna ze met de pan naast Sprotje aan tafel ging zitten. Ze prikte een stukje pannenkoek aan haar vork, blies en stak het in haar mond.

'Ik dacht dat jij geen nieuwe vader wilde,' zei ze.

'Wil ik ook niet,' antwoordde Sprotje. 'Maar ik wil ook niet emigreren.'

Haar moeder at zwijgend verder. Opeens kreunde ze: 'O god, straks belt natuurlijk de ene eenzame ziel na de andere! Ons telefoonnummer staat erbij! Heeft Lisa er nog nooit van gehoord dat je zo'n advertentie onder nummer opgeeft?'

'Onder wat?'

'O, laat maar.' Sprotjes moeder zuchtte weer. Even later begon ze opeens te lachen. 'Mijn hemel, wat voor figuren gaan er straks allemaal bellen? Alhoewel, misschien belt er wel helemaal niemand. Rijp klinkt wel erg naar overjarige kaas.'

'Maar ja, jong was niet helemaal waar geweest hè?'

'Waarschijnlijk niet. "Een tikkeltje sleets" was nog het dichtst in de buurt gekomen. Maar waarom staat er niets over jou? Heeft leuke dochter, die niet veel met mannen op heeft. Zoiets.'

'Melanie dacht dat kinderen...' Sprotje schoof haar lege bord aan de kant, '...afschrikken.'

'Aha.' Haar moeder grijnsde. 'Ik begrijp dat jullie de zaak uitgebreid doorgesproken hebben. Heb je je kippenvriendinnen soms ook verteld dat ik een slechte smaak heb, qua mannen?'

Sprotje ging verlegen met een vinger over het patroon op haar bord.

'O nee!' Haar moeder keek haar ongelovig aan. 'Sprotje! Dat van het stukgesmeten serviesgoed, weten ze dat ook?'

Sprotje klemde haar kiezen op elkaar en knikte.

Haar moeder verborg haar hoofd in haar armen. 'Jullie mogen nooit meer met de taxi mee!' hoorde Sprotje haar mompelen. 'Geen van allen. Ik wil geen kip meer zien.'

'Jij vertelt toch ook de hele tijd dingen over mij die niemand wat aangaan!' riep Sprotje.

Haar moeder tilde haar hoofd op. 'Aan wie dan?'

'Nou, aan je boezemvriendinnen,' antwoordde Sprotje. 'Of niet soms?'

'Het zal wel.' Haar moeder streek het haar uit haar gezicht.

'Maar voor die advertentie ga ik je kietelen. Minstens een uur.'

'O nee, alsjeblieft niet.' Sprotje moest lachen.

'Nou goed dan,' zei haar moeder. Ze kneep Sprotje in haar neus. 'Je krijgt nog één keer genade, maar dan moet je me zweren op oma's kippen dat je je vriendinnen nooit meer iets over mijn liefdesleven vertelt. Beloofd?'

Sprotje knikte. 'Beloofd. Maar...'

'Niets te maren.' Haar moeder stond op. 'Wil je nog zo'n sensationele pannenkoek?'

'Graag,' antwoordde Sprotje.

En haar moeder begon aan het volgende misbaksel.

Na het eten ging Sprotjes moeder naar de volksuniversiteit om zich op te geven voor een cursus Engels. Sprotje maakte haar huiswerk, luisterde naar muziek, zette de televisie aan en weer uit, staarde naar buiten – en wist niet wat ze met haar middag moest beginnen. Een bijeenkomst van de Wilde Kippen stond niet op het programma. Waar zouden ze ook bij elkaar moeten komen, nu er in hun clubhuis een Pygmee bivakkeerde? Bovendien hadden de anderen helemaal geen tijd: Lisa had bijles Nederlands, want haar moeder had die vijf voor haar laatste opstel zorgwekkend gevonden. Melanie moest thuis helpen. Kim zei alleen nog maar 'Watte?' als ze aangesproken werd en speelde dromerig met het oorbelletje dat Paolo haar bij het afscheid gegeven had. En Roos had na het drama met Willems vader verkondigd dat ze voor de rest van de dag in bed ging liggen.

Maar Sprotje wilde heel graag naar de kippen. Nu oma Bergman ze niet meer hoefde waren ze tenslotte van haar. Aan de andere kant had ze geen zin de hele middag alleen met Willem door te brengen. Dus belde ze toch Roos nog maar een keertje.

186

'Ja goed, ik ga wel mee,' antwoordde Roos een beetje knor-rig. 'Dat in bed liggen kan ik toch wel vergeten. Titus heeft zich alweer onder zijn oppasbeurt uitgedraaid. Je snapt wel wat dat betekent hè? Ik moet Luca meenemen.'

'Geeft niet,' zei Sprotje. 'Als je maar meegaat.'

'Ik kom je zelfs ophalen,' zei Roos voor ze ophing.

Ze kwam met de fiets van haar moeder, want daar zat Luca's fietsstoeltje op.

'Ik praat niet met jou,' zei Luca toen Sprotje naar buiten kwam. Onderweg naar de caravan stak hij telkens zijn tong naar haar uit, en anders keek hij wel boos haar kant op.

Bij de caravan vroeg Sprotje geërgerd: 'Wat heeft hij nou? Is je kleine broertje nu al net zo gek als je grote?'

Ze zetten hun fietsen tegen het bord dat Lisa naast het hek had opgesteld. Ze had er vijf kippen op geschilderd en daar onder geschreven: *Privé. Toegang voor vossen en boskabouters ten strengste verboden.*

'Ach, Luca bedoelt het niet zo,' mompelde Roos terwijl ze haar broertje met moeite uit zijn fietsstoeltje tilde. 'Hij steekt tegenwoordig tegen iedereen zijn tong uit. Je mag blij zijn dat hij niet naar je spuugt. Nee, Luca is wel oké, maar Titus...' Ze zette Luca's fietshelm af. 'Hij wist best dat mijn moeder van-daag naar de tandarts moest en dat hij moest oppassen en toch gaat hij er gewoon vandoor!'

Luca trok aan haar jasje. 'Waar zijn de kippen, Rosie?' vroeg hij. 'Kunnen ze zwemmen? Ik kan wel zwemmen.'

Roos zuchtte. 'Nee, dat kan je niet, Luca. Kom, de kippen zijn daar achter.'

Met zachte hand duwde ze hem naar het hek. Achter de heg

stond een fiets. Zwart, met een spiegeltje aan het stuur.

'Ach, kijk nou toch eens,' hoonde Sprotje. 'Er zit een jongen in ons clubhuis, dus Mel is ook weer van de partij. Ik dacht dat ze moest helpen uitpakken?'

'Haar ouders zullen haar wel weggestuurd hebben. Bij zulke dingen heb je vast niets aan haar.' Roos duwde het hek open. 'Bovendien is Mel hier niet vanwege zomaar een jongen, maar vanwege Willem.'

'Wat bedoel je daar nou weer mee?' vroeg Sprotje.

Roos maakte het hek weer dicht. 'Daar bedoel ik mee dat ze al een hele tijd verkering hebben.'

Sprotje keek haar verbijsterd aan. 'Echt niet!'

Roos haalde alleen haar schouders op.

'Kijk eens, Rosie, ik ben een piraat!' kraaide Luca. Hij tilde een vermolmde tak op en begon er zo wild mee te zwaaien dat Sprotje hem tegen haar knie kreeg.

'Hé, kijk een beetje uit, ukkie!' riep ze boos.

'Ik ben geen ukkie!' zei Luca, die nu nog woester met de stok om zich heen mepte. 'Kloozak!'

'Nu ben ik het zat!' zei Sprotje en rukte de stok uit zijn handen. Luca zette het op een oorverdovend krijsen.

'Hé liefje, kijk eens!' Roos nam hem snel mee naar de ren. 'Daar zijn de kippen. Zie je wel?' Luca wreef de tranen uit zijn ogen en rende naar de kippen toe.

'Nou, dat kan nog een leuk middagje worden,' mopperde Sprotje. Ze keek fronsend naar de caravan.

'Wat doen ze nou?' hoorde ze Luca vragen.

'Ze zoeken naar wormen,' antwoordde Roos. 'Kippen vinden wormen heel erg lekker, wist je dat?'

Luca beet op zijn onderlip. Met gefronst voorhoofd staarde hij naar de kippen. 'Maar die wormen vinden dat helemaal niet leuk,' zei hij. 'Stomme kippen.'

Roos lachte en nam hem in haar armen. 'Kom, we geven ze de sla die we meegenomen hebben,' zei ze. 'Die vinden ze ook heel lekker. Oké?'

Sprotje hurkte naast hen en stak een vinger door het gaas. Daphne en Isolde kwamen nieuwsgierig dichterbij. Als oma Bergman haar zin had gekregen, lagen ze nu geplukt en wel in haar vrieskist, samen met hun dertien kakelende, scharrelende, kwetterende zusters. Maar O.B. had haar zin niet gekregen en de kippen scharrelden in het zonnetje en voelden zacht en warm aan.

Goed dat ik vossenalarm geslagen heb, dacht Sprotje. Daphne schudde met haar kam en voor het hok maakten Loretta en Pavlova luid kakelend ruzie om een worm. Wat een heerlijk gevoel was het ze gered te hebben! Sprotje ritselde een beetje met het zakje dat ze bij zich had. De kippen tilden nieuwsgierig hun kop op.

'O trouwens, mijn moeder heeft het ontdekt van Lisa's advertentie,' zei ze.

Roos keek haar bezorgd aan. 'O jee, wat zei ze?'

'Nou, ze was er niet blij mee. Het ergste vond ze nog dat Lisa ons telefoonnummer opgegeven had. Maar ik denk dat ze pas echt kwaad wordt als de eerste mannen bellen. Dan krijg ik vast nog wel een keer flink op mijn kop.'

'Ach, misschien zit er wel een aardige bij,' opperde Roos.

Sprotje snoof verachtelijk.

'Oké, die advertentie was een dom idee.' Roos drukte Luca

een slablaadje in zijn kleine spekhandje. 'Kijk, zo steek je het blaadje door het hek.'

'Dan eten ze m'n vingers op!' zei Luca terwijl hij bang een stap achteruit deed.

'Welnee, dat doen ze niet.' Sprotje hield de kippen een paar paardenbloemen voor. 'Zie je hoe ze aan komen rennen?'

Luca ging voor de zekerheid achter Sprotje staan toen de kippen op het gaas afstormden. Bezorgd keek hij toe hoe ze de blaadjes uit Sprotjes handen rukten.

'Wat een grote snavels!' zei hij vol bewondering. 'Waarom hebben ze van die lare ogen?'

'Lare ogen?' Sprotje en Roos grinnikten.

Op dat moment hoorden ze de deur van de caravan opengaan.

'Hé, zijn jullie hier al lang?' riep Melanie, die van het trappetje afsprong. 'We hebben jullie helemaal niet gehoord.'

'Dat zal wel, met al dat geschreeuw van Luca,' fluisterde Sprotje tegen Roos.

Zo te zien was Melanie niet meer chagrijnig over de verhuizing. Stralend liep ze op Roos en Sprotje af. Willem kwam aarzelend achter haar aan.

Luca klampte zich aan Sprotjes trui vast. 'Zijn dat piraten?' fluisterde hij.

Roos lachte. 'Welnee. Dat is toch gewoon Mel, liefje.' Maar Luca keek alsof hij de zaak helemaal niet vertrouwde.

'Moet je horen. Willem heeft vannacht een of ander beest verjaagd dat bij de kippen rondsloop!' vertelde Melanie toen ze naast hen stond.

'Wat voor beest?' Sprotje richtte zich geschrokken op.

190

'Het was iets kleins, iets duns,' zei Willem. 'Kleiner dan een vos in elk geval.' Hij trok een grasspriet uit de grond en scheurde die in stukjes. 'Ik ben gisteravond nog bij mijn huis geweest, dat is hier vlakbij. Ik heb een boodschap voor mijn moeder in de bus gedaan, dan hoeft ze zich geen zorgen te maken. En toen ik terugkwam...' hij wees naar de schuur, '... maakten de kippen een krankzinnige herrie. Ik hoorde iets krabbelen. En toen ik erheen rende schoot er iets weg.'

'Shit!' mompelde Sprotje. Bezorgd telde ze de kippen in de ren. Ze waren er allemaal nog.

Luca, die nog steeds aan haar trui hing, keek intussen met grote ogen naar Willem. 'Ik ben sterker dan jij,' zei hij.

Willem zakte grijnzend door zijn knieën. 'Vast wel,' zei hij. 'Veel sterker. Dat zie ik zo.'

Sprotje liet de anderen staan en liep naar de schuur. Met een bang gevoel bekeek ze de houten wanden, maar er was geen gat te zien, vanbinnen niet en vanbuiten niet, geen spleet, geen opening waar een wezel doorheen kon.

'Heb je iets gevonden?' vroeg Melanie toen ze terugkwam.

Sprotje schudde haar hoofd.

'Nog een geluk dat Willem hier slaapt,' vond Roos.

'Maar dat zal niet lang meer duren,' zei Melanie.

Sprotje en Roos keken haar verrast aan.

Melanie wierp een snelle blik op Willem. 'Hij weet dat hij hier niet eeuwig kan blijven, bovendien maakt hij zich zorgen om zijn moeder, en toen kreeg ik een idee,' zei ze. 'Ik...'

'Waar is Luca?' viel Roos haar bezorgd in de rede.

'Daar bij het gaas,' zei Willem. 'Hij geeft de kippen steentjes en vindt het raar dat ze er niet gulzig van eten.'

'Nou, wat kreeg je voor een idee?' vroeg Sprotje ongeduldig.

'Willem gaat morgenavond terug naar huis,' zei Melanie. Ze streek het haar uit haar gezicht. 'Maar niet alleen. We brengen hem met z'n allen thuis en Steve blijft twee, drie nachten bij hem.'

'Steve?' Sprotje keek Willem ongelovig aan.

'Steve is de enige die nog geen ruzie met mijn vader heeft,' verklaarde Willem.

'En bovendien...' Melanie legde een hand op Willems schouder, '...is Steve's vader weliswaar maar een klein beetje groter dan zijn zoon en nog veel dikker, hij zit wel bij de politie.'

'Bij de waterpolitie, ja,' zei Sprotje smalend.

'Nou en? Politie is politie,' antwoordde Melanie pinnig. 'Willems vader waagt het vast niet de zoon van een politieagent aan te raken. En als Steve erbij is laat hij Willem ook wel met rust.' Ze keek de andere kippen gespannen aan. 'En, wat vinden jullie van mijn idee?'

Roos draaide de punt van haar schoen in de vochtige aarde en Sprotje keek naar Luca, die nog steeds aandachtig op zijn hurken bij de ren zat en aan één stuk door tegen de kippen kletste. 'Steve als lijfwacht van Willem,' mompelde ze. 'Wat een waanzinnig idee, Mel.'

'O ja? Weet jij soms iets beters?' snauwde Melanie.

'Nee, nee,' zei Sprotje vlug. 'Ik zei niet dat ik het een slecht idee vond.'

'Hebben jullie het al tegen Willems moeder gezegd?' vroeg Roos.

Melanie knikte. 'Steve kan in Willems kamer op de grond slapen. Hij moet alleen een slaapzak meenemen. Steve heeft een tijdje zitten zeuren dat hij in een slaapzak geen oog dicht-doet, maar hij doet het.'

'Aha.' Sprotje kneep haar ogen half dicht. 'Wacht even, wanneer hebben jullie dit allemaal besproken? Willems moe-der weet het al, je hebt al met Steve gepraat...'

'De Pygmeeën waren hier,' zei Melanie zonder Sprotje aan te kijken. 'Een halfuur geleden. Ik had ze gevraagd om te ko-men en...'

'Wát had je?' Sprotje snakte naar adem. 'Je hebt in óns clubhuis met de Pygmeeën afgesproken? Vind je het niet ge-noeg dat er hier één zo'n Pygmee rondhangt?'

Melanies ogen begonnen verdacht te glanzen. Ze moest op haar lip bijten om niet in huilen uit te barsten.

Willem kwam dreigend op Sprotje af. 'Als je geen meisje was,' bromde hij, 'dan zou ik je nu een dreun geven.'

'Probeer het eens!' snauwde Sprotje terug. 'Als ik geen meisje was! Dat is wel de domste ouwelullenopmerking die ik ooit heb gehoord.'

'Niet doen!' riep Roos. Ze haalde Willem en Sprotje uit el-kaar. 'Hou daarmee op. Niemand krijgt hier een dreun. Mijn broertje wordt er bang van!'

Luca keek met grote ogen hun kant op. Roos rende naar hem toe, tilde hem op en fluisterde iets in zijn oor.

'Dat sloeg echt nergens op, Sprotje,' zei Melanie schor. 'Waar hadden we anders met de Pygmeeën moeten praten? In hun platgegooide boomhut soms? Dit is geen spelletje hoor. Vergeet dat clubgedoe nou eens een keertje.'

'Jullie opperkip wil geloof ik heel graag dat ik in rook op-ga,' zei Willem. 'Volgens mij pikt ze het liefst alle jongens de ogen uit.'

'Ach welnee,' zei Melanie. Ze pakte zijn hand. 'Zo erg is ze nou ook weer niet. Ze is alleen net zo'n driftkop als jij.'

Roos kwam met Luca op haar arm terug. 'Ik wil mijn broertje even de caravan laten zien,' zei ze. 'Gaan jullie mee? Misschien kunnen we Melanies plan met een pot thee erbij nog een keer rustig bespreken.'

Sprotje perste haar lippen op elkaar en knikte.

'Ik wil wel even buiten op de trap gaan zitten,' zei Willem sarcastisch.

Melanie porde hem met haar elleboog in zijn zij. 'Nu moet jij ook ophouden,' zei ze.

Luca keek boos naar Willem en sloeg zijn korte armpjes om de nek van zijn grote zus. 'Dat is een kloozak hè?' fluister-de hij.

Roos lachte zacht.

'Heel soms maar, Luca,' zei Melanie en trok Willem mee naar de caravan.

De volgende dag gingen de Kippen en de Pygmeeën in de kleine pauze naar de lerarenkamer. Geen van de jongens wilde aankloppen, dus deed Roos het maar.

'Dag, wij willen mevrouw Rooze graag even spreken,' zei ze toen een leraar bars zijn hoofd naar buiten stak.

Mevrouw Rooze kwam meteen. Met een kop koffie in haar hand stond ze bij hen op de gang. 'Wat is er?' vroeg ze. 'Geen slecht nieuws, hoop ik?'

'Nee hoor,' zei Melanie vlug. 'We wilden u alleen iets vragen.'

'En wat dan wel?' Mevrouw Rooze nam een slok koffie en trok een vies gezicht. 'Jasses, nu ben ik vergeten er melk in te doen.'

'Zal ik melk voor u halen?' vroeg Roos hulpvaardig.

Maar mevrouw Rooze schudde haar hoofd. 'Wat wilden jullie me vragen?'

'Willem wil terug naar huis,' begon Melanie. 'Vanavond.'

'Maar niet alleen,' vulde Lisa aan. 'Steve gaat met hem mee.'

'Aha.' Mevrouw Rooze trok haar wenkbrauwen op. 'Als op-

passer zogezegd. En wie heeft dat bedacht?'

Melanie werd rood. 'Ik,' zei ze. 'En we wilden u vragen of u vanmiddag Willems vader wilt bellen om nog eens met hem te praten. Zodat hij Steve ook echt binnenlaat en... en van Willem afblijft.'

Mevrouw Rooze knikte. 'Jullie hebben met Willems moeder overlegd?'

'Ja,' zei Fred. 'Willems vader is het probleem.'

'Ik weet het.' Mevrouw Rooze zuchtte. 'Goed, ik zal met hem praten. Maar niet aan de telefoon. Ik zal hem vanmiddag met een bezoekje vereren. Ik bel Melanie zodra ik terug ben, oké?'

'Bel maar naar Sprotjes huis,' zei Melanie. 'Wij zijn net verhuisd.'

'O ja.' Mevrouw Rooze knikte. Ze keek nadenkend de gang in.

'Misschien moet u ook een oppasser meenemen als u naar Willems vader gaat,' opperde Mat.

Mevrouw Rooze glimlachte. 'Dank je wel voor je bezorgdheid, Matthias. Maar ik denk dat ik Willems vader wel aankan. Al wordt het vast geen gezellig gesprek.'

'Nee, vast niet,' zei Sprotje.

Op dat moment ging de bel.

'Hè? Is de pauze nu al afgelopen?' Mevrouw Rooze zuchtte. 'En ik heb nog niet eens koffie gedronken.' Ze deed de deur van de lerarenkamer open.

'Dank u wel,' zei Roos.

'Goed hoor,' zei mevrouw Rooze. 'We zien elkaar het vijfde uur.' Toen verdween ze in de lerarenkamer.

Even na vieren ging bij Sprotje de telefoon.

'Zeg maar tegen Willem dat hij naar huis kan, Charlotte,' zei mevrouw Rooze. 'Ik heb zijn vader gesproken. Hij weet dat ik hem vanwege die kwestie op het schoolplein aangeef zodra Willem ook maar één verdachte blauwe plek heeft.'

'Oké,' zei Sprotje. 'We brengen hem met z'n allen naar huis.'

'Mijn hemel!' Mevrouw Rooze lachte. 'De Wilde Kippen escorteren een Pygmee! Dat ik dat nog mag meemaken. Bel me even als jullie hem afgeleverd hebben, ja? Ik ben de hele avond thuis.'

'Doen we,' beloofde Sprotje. 'Tot ziens, mevrouw Rooze.'

Toen ging ze de anderen het nieuws vertellen.

De Kippen en de Pygmeeën hadden om zes uur in de caravan afgesproken. Het was koud en donker toen ze één voor één de smalle straat in fietsten en hun fiets tegen Lisa's kippenbord zetten. Op de plassen lag een dun laagje ijs en ze waren blij dat ze in de caravan weer even warm konden worden. Mela-

nie was er al toen de anderen aankwamen. Ze zat met een bedrukt gezicht naast Willem aan tafel. Willem staarde uit het raam naar het donker buiten.

'Wat een pokkenweer zeg,' mopperde Fred toen hij met Mat de caravan in kwam. 'Heeft Mel al verteld wat Rooze zei?'

Willem knikte. Fred keek hem bezorgd aan. 'Wil je liever nog een paar dagen hier blijven?'

Willem schudde zijn hoofd. 'Ik ga liever vrijwillig terug, voor ze me komen halen,' bromde hij. 'Bovendien is de caravan van de Kippen.'

'Je mag best blijven hoor,' zei Kim zacht, maar Willem schudde alweer zijn hoofd.

'Nee joh. Trouwens, ik heb het mijn moeder beloofd.'

Steve zette nerveus zijn bril recht. 'De kaarten zeggen dat het een gunstige avond is voor riskante ondernemingen,' verklaarde hij.

'Riskante ondernemingen.' Willem grijnsde. 'Dat is precies goed gezegd. Oké, waar wachten we nog op?' Hij stond abrupt op.

'Ik heb nog iets voor je,' zei Melanie toen Willem zijn jas aantrok. Ze stopte een klein spuitbusje in zijn zak. 'Mijn pepperspray. Ik koop wel een nieuwe. Niet tegen de wind in spuiten, anders krijg je het allemaal in je gezicht.'

'Een meidenspray,' grinnikte Mat. 'Bij jullie thuis waait het geloof ik niet al te hard hè, Willem?'

Roos keek hem zo geïrriteerd aan dat het lachen hem snel verging.

'We hebben nog iets,' zei Sprotje. 'Daar heeft mijn moeder voor gezorgd.' Ze haalde twee mobilofoons uit haar rugzak en

gaf er een aan Willem. 'Ze hebben best een groot bereik. Van hier tot aan jouw huis moet wel lukken.'

'En wie krijgt de andere?' vroeg Steve.

'Die blijft hier,' antwoordde Lisa. 'Wij slapen namelijk in de caravan. Als nachtwacht. Jullie hoeven alleen maar in de mobilofoon te fluiten en we springen op de fiets.'

'Tjonge, Willem,' zei Mat spottend, 'de dames passen wel goed op je zeg. Sinds wanneer heb jij een hele harem?'

'Hou je mond, Mat,' zei Fred. 'Waarom hebben wij dat nou weer niet bedacht?'

'Ach joh, jullie leveren de lijfwacht,' zei Melanie met een bemoedigend klopje op Steve's rug.

Steve zette verlegen zijn bril af en begon hem omstandig schoon te poetsen.

'We hebben nog een beetje proviand voor jullie,' zei Fred. Hij stopte een propvolle plastic tas in Steve's rugzak. 'Chips, chocoladerepen, cola. Pas op dat Steve niet alles alleen opeet, Willem.'

Sprotje deed de deur van de caravan open en één voor één stapten ze de kou in.

De kippen had Sprotje al opgesloten. Zwijgend liepen de Pygmeeën achter de Kippen aan over het donkere grasveld naar de straat. Af en toe keken ze over hun schouder naar de caravan. Kim had het licht laten branden, zodat ze straks de weg gemakkelijker terug konden vinden. De caravan zag er uitnodigend uit, met die verlichte ramen en de gloeilampen aan de dakrand. Het liefst waren ze allemaal teruggegaan om in de warmte lekker bij elkaar te zitten, Melanies cd's te draaien en alle ellende gewoon te vergeten.

'Daar gaan we dan,' zei Fred toen Sprotje het hek achter hen dichtdeed. En de Kippen en Pygmeeën stapten bibberend op hun fiets om Willem naar huis te brengen.

Binnen tien minuten waren ze er.

'Als mijn kaarten zich vergissen,' zei Steve terwijl ze de fietsen op slot zetten, 'en dit toch niet zo'n gunstige avond is, dan knip ik ze eigenhandig in stukken. Erewoord.' Met een diepe zucht gooide hij de slaapzak over zijn schouder. Hij zette zijn bril nog een keer recht en liep met Willem naar de deur.

Melanie belde aan en gaf Willem een kus, vluchtig en snel, voor ze verlegen achter hem ging staan.

Willems ouders woonden op de derde verdieping. Hoe de Kippen en Pygmeeën ook hun best deden om zachtjes te doen, het maakte een hoop herrie toen ze met z'n allen de trap op klosten. Op de bovenste verdieping loerde iemand nieuwsgierig over de balustrade.

Hoewel hij de anderen achter zich kon horen, zag Willem bij de laatste treden zo wit als een vaatdoek. Zijn moeder viel hem al om de hals toen hij nog op de trap stond. Ze omhelsde hem en drukte hem tegen zich aan alsof ze gedacht had hem nooit meer terug te zullen zien. Willems vader stond met een hand tegen de deurpost geleund.

'Die kunnen hier niet allemaal blijven slapen,' zei hij.

'Nee, nee, alleen ik blijf hier,' zei Steve, die zenuwachtig aan de ritssluiting van zijn slaapzak frunnikte.

Willems vader knikte afgemeten. Toen keek hij Willem aan. 'Wat was dat nou voor een dramatisch gedoe?' snauwde hij. 'Denk je soms dat ik nog nooit een ruit ingeslagen heb?'

Willem zei niets. Hij keek zijn vader alleen maar aan, met zijn handen in zijn jaszakken, waar hij de mobilofoon en Melanies spuitbusje kon voelen. Steve kwam vlak naast hem staan, en ook dat deed hem goed.

'Die lerares wilde de schade vergoeden,' zei zijn vader. 'Alsof we dat aan zouden nemen. Je grootvader betaalt die ruit en jij staat bij hem in het krijt. Al doe je er honderd jaar over, je betaalt hem terug. Begrepen?'

Willem knikte. 'Begrepen,' mompelde hij.

Zijn vader stapte opzij. 'Goed, kom dan maar binnen,' zei hij. 'Hebben jullie al gegeten? Die dikke heeft vast altijd honger.'

'We hebben al gegeten.' Willem draaide zich naar de anderen om. 'Tot morgen,' zei hij.

'Tot morgen,' antwoordde Melanie. 'En ga vannacht niet te lang liggen ouwehoeren.'

'Daar zorgen wij wel voor,' zei Willems vader nors. 'En nu naar huis, anders plukt iemand jullie nog van de straat.'

Steve wierp Fred en Mat een laatste blik toe en rolde met zijn ogen.

Willems vader duwde hem en Willem zonder nog iets te zeggen naar binnen en deed de deur dicht.

De Kippen en Pygmeeën stonden in het trappenhuis en verroerden zich niet. Het licht op de gang ging uit.

'Verdomme, waar zit die lichtknop?' vloekte Fred, tastend langs de muur. Gelukkig vond Kim het knopje.

'Kom,' zei Sprotje, 'laten we gaan voor we hem weer op de kast jagen.'

Ze liepen de trap af. Af en toe bleef een van hen staan om

te luisteren. Er huilde een baby en ergens stond een televisie zo hard dat ze in het trappenhuis elk woord konden verstaan. Toen ze in de donkere straat de deur achter zich dichtgetrokken hadden, bleven ze nog een tijdje besluiteloos staan.

'Nou, dan gaan we maar weer naar de caravan,' zei Sprotje uiteindelijk.

De jongens knikten. Ze stonden er een beetje verloren bij.

Kim keek hen vol medelijden aan. 'We kunnen toch ook samen...' zei ze. 'Ik bedoel...'

'Nee!' viel Sprotje haar in de rede. 'Het spijt me, maar ik wil nu eindelijk wel eens zonder Pygmeeën in ons clubhuis zitten.'

'Ik eerlijk gezegd ook,' mompelde Roos zonder de jongens aan te kijken. Melanie zei niets. Ze stond naar de ramen op de derde verdieping te kijken.

'Geen probleem,' zei Fred. 'Ik moet toch naar huis. Sinds dat gedoe op de sloperij heb ik al ruzie als ik een kwartier te laat thuiskom.' Hij draaide zich naar Sprotje om. 'Dat was een goed idee, van die mobilofoon,' zei hij. 'Ga er maar bovenop liggen, anders hoor je hem misschien niet.'

'Die horen we heus wel,' zei Melanie terwijl ze met haar fiets naar de straat liep. 'Ik doe vannacht toch geen oog dicht.'

Toen de Wilde Kippen hun fietsen weer door het hek reden stond de caravan er als betoverd bij. Het raam straalde hen in het donker tegemoet en de gloeilampen aan het dak leken wel een lint van sterren. Het bevroren gras knisperde onder hun voeten. De nacht was stil, alleen het geluid van auto's drong tot hen door, dof en van heel, heel ver weg.

In de schuur zaten de kippen met opgezette veren op stok. Sprotje keek voorzichtig naar binnen en ze begonnen zachtjes te klokken, alsof ze praatten in hun slaap.

Die nacht sloop er niemand om de stal of de caravan – behalve Lisa, die met haar waterpistool in de aanslag op zoek was naar inbrekers of erger. Ze liet haar zaklamp zelfs onder de caravan schijnen, maar Roos merkte op dat ze daar hooguit stijf bevroren dieven zou vinden.

Hun clubhuis ontving hen met warmte en licht. Jassen, sjaals, mutsen, alles gooiden ze op een grote hoop; Roos bakte tien vers gelegde eieren en Kim kookte de alcohol uit twee flessen wijn die haar vader in de kast had laten staan. Melanie vond het een suf idee, maar de anderen stemden haar weg.

'Wil je van je fiets vallen als Willem vannacht van zich laat horen?' vroeg Roos, en Sprotje gaf haar de mobilofoon en zei dat ze daarmee op het bed moest gaan zitten zolang de anderen met het eten bezig waren. Als een hoopje ellende zat Melanie op het grote schuimrubberen matras naar de mobilofoon te staren en op haar haar te kauwen.

De eieren smaakten heerlijk.

'In de lente leggen we een groentetuintje aan,' zei Sprotje toen ze bij kaarslicht aan tafel zaten. 'Bonen groeien overal, en uien ook.'

'Ik lust geen bonen,' mompelde Melanie.

'Tja, chips kun je niet planten, Mel,' verklaarde Lisa.

Kim moest lachen, wat haar op een boze blik van Melanie kwam te staan. Toen de mobilofoon kraakte liet Melanie van schrik haar vork vallen.

Roos sloeg een arm om haar heen. 'Ach joh, er gebeurt heus niets,' zei ze. 'Steve is er toch bij.'

'Precies,' zei Sprotje met volle mond. 'Bovendien heb je gehoord wat Steve's toverkaarten ervan zeggen.'

Melanie prikte afwezig in haar ei. 'Steve kan niet eeuwig bij Willem op de grond blijven slapen,' zei ze.

'Nee, maar Willems vader kan ook niet eeuwig boos blijven,' antwoordde Sprotje.

De anderen zeiden niets. Ze wisten niet of dat wel waar was.

Na het eten maakten ze het zich met z'n allen gemakkelijk op het grote matras. Kim haalde een paar dekens uit de kast en Roos kwam met een dienblad met de afgekoelde wijn en een doosje bonbons, die ze als bedankje van haar moeder had

gekregen omdat ze Titus' oppasbeurt weer eens overgenomen had.

'Wat hebben jullie tegen je ouders gezegd?' vroeg Kim terwijl ze de inhoud van de bonbondoos bestudeerde. 'Ik heb gezegd dat ik bij Sprotje logeer.'

'Ik ben bij jou,' zei Melanie, die gulzig in een nougatbonbon beet. 'Omdat je zo verdrietig bent dat je lieve neefje weer weg is. Ik heb sowieso tegen mijn ouders gezegd dat ik vanaf nu vaker bij een vriendin logeer. Ik doe thuis geen oog meer dicht! Mijn zus ligt in haar slaap te knarsetanden. Niet om aan te horen!'

'Ik ben ook bij Sprotje,' zei Lisa.

'Ik ook,' zei Roos. Ze nam een slok wijn en liet zich geeuwend in de kussens zakken.

'O nee!' Sprotje zuchtte. 'Dat kan nooit goed gaan. Van drie moeders belt er altijd wel eentje op. Mijn moeder komt pas laat thuis, maar wat als die van jullie het antwoordapparaat vol kletsen en vragen hoe het met hun schatjes gaat?'

'Staat jullie antwoordapparaat door Lisa's advertentie niet toch al de hele tijd vol?' vroeg Kim. Ze zat alweer met haar oorbelletje te spelen.

'Dat valt wel mee, gelukkig,' zei Sprotje. 'Tot nu toe hebben er maar twee ingesproken.'

'Vertel.' Lisa keek haar met grote ogen aan.

'Het ging ongeveer zo.' Sprotje schraapte haar keel en hakkelde met verdraaide stem: 'Ja, eh... hallo? Ja, ik... eh... ik bel vanwege die, eh... advertentie... en eh... ik...'

De anderen lagen te kronkelen van het lachen.

'Misschien moeten we Steve aan de kaarten laten vragen

hoe Sprotjes moeder aan een man komt,' giechelde Roos.

'Steve vraagt vijf euro om de kaarten te lezen,' zei Kim. Ze nam een bonbon – en werd rood toen ze zag dat de anderen haar aankeken.

'Heb jij Steve de kaarten laten lezen?' vroeg Lisa ongelovig.

Kim haalde haar schouders op en zette verlegen haar nieuwe bril recht.

Melanie proestte het uit. 'Wat wilde je weten? Of je ooit met Paolo trouwt en heel veel kindertjes met hem krijgt?'

'Doe niet zo stom.' Kim keerde haar boos haar rug toe.

'Heb je eigenlijk nog iets van je neef gehoord?' fluisterde Lisa in haar oor.

Kim zette haar bril af en wreef in haar ogen. 'Als jullie het per se willen weten,' zei ze, 'Paolo heeft me een pakje gestuurd.'

'Nee! Nu al?' Lisa hield vol bewondering haar adem in. 'Hij is nog maar net weg. Wat zat erin?'

Met een schuchter lachje zette Kim haar bril weer op. 'De chocola die ik zo lekker vind en een brief.'

'Een brief? Wat schrijft hij?' Lisa pakte Kim bij haar arm.

'Gaat je niets aan!' Kim trok zich los en ging op haar zij liggen. 'Paolo wilde Steve trouwens ook de kaarten laten lezen, maar vijf euro vond hij te duur.'

'Zou Mat ook vijf euro betaald hebben?' vroeg Lisa zich hardop af. 'Om Steve te laten zeggen dat Roos zijn grote liefde en zijn levenslot is?' Ze rolde bijna van het bed van het lachen.

'En jij dan?' riep Roos, die haar zo fanatiek kietelde dat Lisa

naar adem snakte. 'Jou zou hij vast voorspellen dat je nog een keer net zo wordt als oma Bergman, en dat je later met alarm-pistolen om je heen gaat staan schieten.'

'Hou op!' hijgde Lisa. 'Hou op, ik zeg niets meer, ere-woord.'

Roos liet haar los. 'Lekkere spion ben jij,' zei ze. 'Ze hoeven je maar even te kietelen en je verklapt onze geheimste clubge-heimen.'

'Gelukkig hebben we er niet zo veel,' stelde Melanie vast.

Kim begon te lachen. 'Eigenlijk hebben we er niet één, of wel soms?'

Op dat moment kraakte de mobilofoon weer. Melanie kwam geschrokken overeind. Ze hoorden de stem van Steve. 'Kippen, hé Kippen, meld je alsjeblieft. Of zijn jullie eieren aan het leggen?'

'Waar is dat ding?' riep Melanie. Ze tastte paniekerig om zich heen.

'Iedereen opstaan!' riep Sprotje.

Vijf Kippen sprongen van het bed, keken onder de bon-bondoos, het dienblad, zochten onder de kussens, trokken de dekens van het matras...

'Hé!' riep Steve. 'Kukelekuuu, gak, gakgak! Slapen jullie?'

Lisa kroop over de grond. 'Misschien is hij van het bed ge-vallen toen Roos me kietelde.'

'Daar! Daar is hij!' schreeuwde Melanie. Ze duwde Lisa op-zij. 'Je zit erop!' Gehaast zette ze de mobilofoon op ontvan-gen. 'Hallo!' fluisterde ze opgewonden. 'Hallo Steve? Waar is Willem? Is alles in orde?'

'Ja, alles in orde!' Steve was duidelijk te verstaan, ondanks

het knisperen dat uit de mobilofoon kwam. 'Mijn rug voelt alleen alsof er een nijlpaard op heeft staan stampen. Ik haat slaapzakken. Ik haat ze!'

'Geef Willem even, oké?' zei Melanie.

De mobilofoon kraakte en ruiste, toen hoorden ze Willems stem.

'Zijn jullie allemaal nog wakker?' vroeg hij.

'Tuurlijk,' antwoordde Melanie. 'Wat Kippen beloven, dat doen ze ook.'

'In tegenstelling tot boskabouters,' fluisterde Sprotje.

'Hoe is het gegaan?' vroeg Melanie bezorgd. 'Heeft je vader nog iets gezegd?'

'Hij heeft een ellenlange preek gehouden,' zei Willem. 'Dat hij alleen maar boos was omdat ik ervandoor ben gegaan. Dat hij dat met die graafmachine hartstikke goed vond, omdat je niet over je heen moet laten lopen. Hij heeft me een hoop onzin staan kletsen, dat wil je niet weten. Maar toen mijn moeder ook iets wilde zeggen, kwam hij er meteen weer tussen. Steve en ik vielen bijna om, zo lang moesten we in de gang naar hem staan luisteren. Daarna mochten we nog een uurtje op de bank zitten en een of ander dom programma op televisie kijken, tot hem plotseling te binnen schoot dat we morgen school hebben, toen heeft hij nog een tijdje op Rooze zitten schelden, wat voor een gestoord mens dat wel niet is, dat ze hem bedreigd heeft en dat ze een gevaar voor haar leerlingen is, en toen stuurde hij ons eindelijk naar bed.'

'Naar bed? Was het maar waar. Naar de grond zul je bedoelen,' zei Steve. 'Toen we om tien uur nog lagen te fluisteren, heeft hij even staan schreeuwen, maar sindsdien is het rustig.'

'We blijven toch nog maar even wakker, oké?' zei Melanie.

'Hoeft niet hoor,' zei Willem. 'Als mijn vader eenmaal slaapt, dan slaapt hij.'

'We kunnen hem hier horen snurken!' riep Steve.

'Goed dan.' Melanie speelde met een pluk haar. 'Nou... welterusten dan maar.'

'Zodra ik zestien ben ga ik in elk geval het huis uit,' zei Willem. 'Slaap lekker, Mel.'

Melanie legde de mobilofoon naast zich neer en keek de anderen aan. 'Zo te horen heeft mijn plan gewerkt,' zei ze.

Sprotje knikte.

'Het was ook een goed plan,' zei Roos. 'Echt heel goed.'

Melanie glimlachte.

'Hoorden jullie dat? Híj mag Mel tegen haar zeggen,' zei Sprotje terwijl ze haar kussen opschudde.

Melanie stak haar tong naar haar uit. 'Waar is je beugel eigenlijk?' vroeg ze. 'Je hebt hem nooit in.'

Sprotje draaide zich op haar zij. 'Ik vergeet hem altijd,' zei ze.

'Ja, dat ken ik,' zei Lisa, die zich behaaglijk uitrekte. 'Ik heb er ook een gehad. Die had zo'n afschuwelijke vleeskleur. Die vleeskleuren van ze lijken nergens op. Die van mij was eerder biggetjesroze.'

Roos wreef grijnzend in haar ogen. Kim zette met een geeuw haar bril af en legde hem onder haar kussen. Doodmoe kropen ze tegen elkaar aan, trokken de dekens tot aan hun neus op en luisterden naar de nachtelijke stilte.

'Waag het niet om weer zo te snurken,' zei Melanie en gaf Kim een por in haar rug.

'En waag jij het niet om weer te praten in je slaap,' mompelde Sprotje achter haar.

'Kunnen we het licht aan laten?' vroeg Lisa.

'Best,' mompelde Roos. 'Heeft iemand de wekker gezet?'

Sprotje tilde haar hoofd op om te kijken. 'Ja,' zei ze gapend. 'O jee, één uur alweer. Wat zullen wij morgen fris zijn.'

'Shit!' Roos kwam overeind. 'We zijn vergeten Rooze te bellen.'

'Niets meer aan te doen,' zei Melanie. 'Ga maar weer liggen.'

Met een zucht ging Roos weer tussen de anderen in liggen.

'Er was iets buiten!' fluisterde Lisa.

'Welnee,' mompelde Melanie. 'Trouwens... je hebt je waterpistool toch?'

Toen vielen ze in slaap. De ene Kip na de andere. Lisa als laatste.

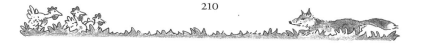

Steve lag drie nachten bij Willem op de grond, hoewel hij al na de eerste nacht beweerde dat hij voor de rest van zijn leven invalide zou zijn. Melanie legde de mobilofoon naast haar kussen als ze naar bed ging en raakte eraan gewend om elke avond voor het slapengaan nog even met Willem te fluisteren. Steve begeleidde de gesprekken tussen die twee met diepe, hartstochtelijke zuchten. De avond waarop hij dolgelukkig weer in zijn eigen bed kroop was iedereen zenuwachtig. Maar er gebeurde niets en Willem vertelde Melanie over de mobilofoon dat hij Steve's gesnurk geen nacht langer meer had uitgehouden.

Willems vader schreef de directeur van de school een klachtenbrief over mevrouw Rooze, maar die verstuurde hij niet. Willem vond de snippers in de prullenbak. Op de zesde dag na zijn thuiskomst kreeg hij de eerste klap, omdat hij te laat thuis was voor het eten. Daarna ging hij naar zijn kamer en hing een groot vel papier in zijn kast, met een vakje voor elke maand tot aan zijn zestiende verjaardag. Het waren er een heleboel.

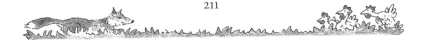

Twee dagen later vonden Fred en Mat een ideale boom voor de nieuwe boomhut van de Pygmeeën. Uitgerekend in het bos waaraan het landje van Kims vader lag.

'Als we daar boven in die vertakking nog een uitkijkpost bouwen,' zei Fred toen de andere Pygmeeën de boom kwamen bezichtigen, 'kunnen we bijna op de caravan van de Kippen tuffen.' De anderen grijnsden.

'Maar deze keer blijft ons clubhuis geheim,' zei Mat met een blik op Willem. 'Ik wil niet dat er weer iemand meisjes meeneemt.'

'Moet je niet naar mij kijken,' viel Willem uit. 'Ik heb Melanie niet als eerste in de boomhut uitgenodigd. Dat was jij, als ik het me goed herinner.'

'Klopt,' zei Steve, die rondjes om de boom liep. 'Mat heeft haar als eerste meegenomen. Maar die irriteert de vrouwen zo dat ze meteen weer bij hem weglopen.'

'O ja?' Mat wilde hem grijpen, maar Steve verschool zich lachend achter de dichtstbijzijnde boom. 'Voor jou lopen ze al weg als ze je zien!' riep Mat hem kwaad na.

'Kappen!' schreeuwde Fred. 'Morgen nemen we hout mee. We hebben echt weer een clubhuis nodig.'

Maar de vorige boomhut hadden de Pygmeeën niet in de winter gebouwd. Op sommige dagen was het zo koud dat de hamers bijna uit hun stijf bevroren vingers vielen. Bovendien werd het met de dag vroeger donker en vaak schemerde het al als ze eindelijk klaar waren met hun huiswerk.

Willem kon hele middagen niet meehelpen, omdat hij met mevrouw Rooze moest inhalen wat hij gemist had en een krantenwijk liep om de ruit van de graafmachine af te

kunnen betalen. Zo bleef er niet veel tijd over om boom-
hutten te bouwen. Dat hij ook nog regelmatig met Melanie
afsprak, vertelde hij de Pygmeeën natuurlijk niet. Maar de
Kippen wisten het wel, want toen Melanie op een dag weer
eens zogenaamd naar de huidarts moest was Lisa achter
haar aan gegaan. Ze had het verdacht gevonden dat Melanie
steeds minder pukkels had en toch steeds vaker naar de dokter moest.

Op school lieten Melanie en Willem zich zelden samen
zien. Soms lag er 's ochtends een opgevouwen briefje onder
Melanies tafel, dat ze dan onopvallend in haar zak liet glijden; soms waren zij en Willem in de pauze nergens te bekennen, maar verder hielden ze angstvallig geheim wat iedereen
eigenlijk al wist.

Mat aanbad Roos intussen weer in alle openheid. In plaats
van scheldkanonnades kreeg ze opeens weer liefdesbrieven,
vele kantjes lang, vol met overgeschreven gedichten en zelfgemaakte songteksten in een nogal woest Engels. Roos liet
Mat via de andere Kippen weten dat hij beter een andere
penvriendin kon zoeken. Ze stelde zelfs een paar kandidaten
voor, maar niets hielp. Mat bleef haar schrijven.

'Dat komt allemaal door Steve met zijn stomme kaarten,' mopperde Roos wanneer er weer eens een brief in haar
schooltas zat, maar Steve wees alle verantwoordelijkheid van
de hand. Hij kreeg inmiddels bijna elke pauze bezoek van
leerlingen die hem de kaarten wilden laten lezen. Zelfs uit
de hoogste klassen kwamen ze hem om raad vragen. Meestal waren het meisjes, maar een enkele keer slenterde er over
het schoolplein ook een lange bonenstaak van een jongen op

hem af, die hem dan onopvallend zijn vraag in het oor fluisterde.

Om de zaken op gang te brengen had Steve de prijs een heel eind laten zakken. Informatie over zittenblijven, overgaan en andere schoolperikelen kostte (zonder garantie uiteraard) één euro, voorspellingen omtrent liefdesgeluk één euro vijftig en inlichtingen over toekomstige beroepen, rijkdom, beroemdheid enzovoort twee euro. Dat laatste was het duurst, legde Steve uit, omdat het nog in de verre toekomst lag en daarom moeilijker te voorspellen was. Meestal verdween hij met zijn klant in de schoolbibliotheek, waar tussen de boekenkasten een paar intieme hoekjes te vinden waren. Toen dit bekend raakte, kwamen er in de pauze steeds meer leerlingen naar de bibliotheek om Steve van achter de kasten bij zijn waarzeggerij af te luisteren.

De plaats van de boomhut van de Pygmeeën bleef inderdaad opvallend lang geheim. Dat kwam misschien doordat de Kippen het veel te druk hadden met hun eigen clubhuis. Sprotje had door oma Bergmans huis- en tuinverbod opeens eindeloos veel vrije middagen, die ze bijna altijd bij de caravan doorbracht. Ook de anderen kwamen bijna elke dag. Kim maakte er zelfs meestal haar huiswerk, samen met Sprotje, en Lisa kwam zodra ze het hare af had. Roos ontbrak alleen op dinsdagmiddag, als ze naar haar vrijwilligersbaantje moest, en soms nam ze Luca mee, maar van hem hadden ze verder geen last. Urenlang zocht hij in de stal naar eieren, of hij probeerde de kippen door het gaas heen steentjes te voeren, die ze nog steeds niet wilden eten. Wat Melanie betreft – die moest af en toe naar de huidarts, maar verder was ook zij heel vaak in de caravan te vinden.

De caravan kwam er met de dag meer uit te zien als het clubhuis van de Wilde Kippen. Melanie had de naam van de club met goudkleurige verf op de deur geschilderd en Roos nam haar kippenverzameling mee, die tot nu toe op de bovenste plank van haar kast had gestaan, veilig voor Luca's grijpgrage vingertjes. De verzameling bestond uit drieëntwintig kippen: kippen van gips, kippen van stro, kippen van glas en porselein. Er waren zelfs kippen van marsepein, chocola en koekdeeg. Ze stonden heel mooi op de plank die Kims vader speciaal voor zijn bierglazenverzameling had opgehangen. De bierglazen zelf verdwenen in de verste hoek van de keukenkast. Lisa reeg slingers van enorme hoeveelheden kippenveertjes, die zij en Kim met eindeloos geduld in de stal en in de ren bij elkaar hadden gezocht, en hing die voor de ramen. Sprotje en Roos vonden het prachtig. Melanie trok er een vies gezicht bij, maar de veertjes bleven hangen waar ze hingen.

Ten slotte kwam Sprotje op het idee om van alle kippen een grote foto aan de muur te hangen. Roos 'leende' de camera van Titus en Sprotje fotografeerde de kippen terwijl Kim ze vasthield. Kim werd twee keer van top tot teen onder gepoept, maar de foto's waren prachtig. Roos schreef met een goudkleurige viltstift de namen van de kippen op de foto's, waarna ze ze op een rij aan de muur van de caravan hingen. Daardoor bleef er niet veel plaats over voor Melanies posters. Haar favoriete band paste nog op de deur van de koelkast en haar lievelingsacteur kwam uiteindelijk buiten in de plee te hangen, waar hij al op de tweede dag een zuigzoen opliep en op de derde dag een zwarte snor kreeg aangemeten. Melanie maakte er geen drama van. Ze zou de posters binnen de kortste keren toch weer vervangen, want haar liefde voor sterren sleet net zo snel als haar nagellak.

'Het is echt mooi geworden,' zei Roos op een ijskoude vrijdagmiddag. Ze lagen zij aan zij op het grote matras, slurpten warme melk met honing en verheugden zich op het weekend.

'Dit is het allergaafste clubhuis!' zei Sprotje terwijl ze haar benen over elkaar sloeg. 'De Pygmeeën zien stiekem vast groen van jaloezie.'

'Nu we hier klaar zijn,' zei Lisa, 'zal ik ze weer eens gaan bespioneren. Volgende week weet ik waar ze hun nieuwe boomhut bouwen. Kippenerewoord.'

'Nu moeten we alleen nog een goede verstopplek voor de Kippenschatkist verzinnen,' stelde Roos vast. 'We kunnen hem niet voor altijd buiten in de stal laten staan, want dan is hij op een dag helemaal onder gekakt.'

'Welnee, ik heb hem natuurlijk wel in een plastic tas gestopt voor ik hem onder het stro verstopte,' zei Sprotje – en ze brandde haar tong aan haar warme melk.

'Ik vind het ook niet fijn dat de schat buiten staat,' zei Lisa. 'Hoe komen we ooit bij de pepperspray als er weer eens iemand rond de caravan sluipt?

Vanwege Lisa's eeuwige angst voor 'rondsluipers' zat er inmiddels een spuitbus met pepperspray in de schatkist, maar buiten in de stal hadden ze daar natuurlijk niets aan.

'Je denkt helemaal niet aan die arme kippen, Lisa,' giechel-

de Roos. 'Die willen zich toch ook kunnen verdedigen.'

'Haha!' Lisa wreef geërgerd een druppel melk van haar knie. 'Voor het clubboek hebben we ook nog geen goede plek. Of moet dat voor altijd onder het matras blijven liggen?'

'Ik vind dat we het geheime clubboek moeten afschaffen,' verklaarde Melanie. 'Stemmen! Wie is voor?' Ze stak een hand in de lucht.

'Precies, het geheime clubboek is toch allesbehalve geheim!' riep Roos, die meteen twee handen in de lucht stak en met Melanie om het hardst begon te giechelen.

'Jullie nemen het helemaal niet serieus!' riep Lisa verontwaardigd. 'In het boek staan alle codenamen en geheime spreuken!'

'Ik heb eerlijk gezegd ook wel een beetje genoeg van al dat geheime gedoe,' mompelde Kim. 'Het is toch veel leuker om het samen gezellig te hebben, samen dingen te doen en zo. Bovendien vergeet ik die codewoorden en alles toch de hele tijd. Ik vraag me af hoe jullie dat allemaal onthouden.'

'Helemaal niet!' antwoordde Melanie. Ze proestte van het lachen in haar melk, en even later zat haar gezicht onder de witte spikkels. Roos hield haar grinnikend een zakdoekje voor.

'Hé, zeg jij ook eens wat!' zei Lisa tegen Sprotje, die de hele tijd zwijgend van haar melk had zitten drinken.

Sprotje zette haar beker op de grond, keek om zich heen – en haalde haar schouders op. 'Ik vind dat Kim gelijk heeft,' zei ze.

Lisa staarde haar ongelovig aan. 'Wat? Maar... maar hoe moet het dan met de Wilde Kippen?'

217

'Nou, wij zíjn de Wilde Kippen,' antwoordde Sprotje. 'Dat geheime gedoe, dat gezeur met stinkbommetjes, die geheimtaal, dat is toch allemaal niet zo belangrijk. Oké, ik zou ook best willen weten waar de Pygmeeën hun nieuwe boomhut bouwen, maar ik heb eerlijk gezegd niet veel zin meer om urenlang achter ze aan te zitten. Ik vind het veel leuker om samen een groentetuin aan te leggen of de stal uit te mesten of hier gewoon maar wat te liggen kletsen. Ik wil zelfs de hele middag naar Melanies slijmmuziek luisteren, als we maar bij elkaar zijn.'

'Maar dan...' Lisa keek onzeker om zich heen, '...dan zijn we toch geen echte club meer?'

'Natuurlijk wel,' zei Melanie, die een kussen in haar rug stopte. 'We zijn nog nooit zo'n goeie club geweest, vind ik. En of het geheime woord voor de kippenstal "scheikundelokaal" of "schoolplein" is, dat maakt toch geen bal uit!'

Lisa keek beteuterd naar haar kopje.

'Ach joh.' Roos gooide een kussen naar haar hoofd. 'Bedenk gerust nog meer codewoorden. Als we ze maar niet allemaal uit ons hoofd hoeven te leren, oké?'

'Precies,' zei Melanie. 'En ik wil ook dolgraag weten waar de nieuwe boomhut van de Pygmeeën is. Dus je moet ook nog maar even doorgaan met spioneren.'

'Nou, dan is het goed,' mompelde Lisa. Ze grijnsde. 'Ik ga wel achter Steve aan. Die is heel makkelijk te schaduwen.'

'Mooi, geregeld!' Sprotje liet zich met een diepe zucht achterover vallen. 'Alles is geregeld. Mijn oma kan de kippen de kop niet meer afhakken, de Wilde Kippen hebben het mooiste clubhuis van de wereld en mijn moeder heeft het nog maar

eens in de vier dagen over Amerika. Nu hebben we nog maar één probleem.'

'En dat is?' vroeg Roos.

'Melanies pukkels,' zei Lisa, en daarvoor kreeg ze alweer een kussen naar haar hoofd.

'Er zitten verse krabsporen op het kippenhok,' antwoordde Sprotje. 'En er liggen verdachte drollen.' Ze tekende met een vinger een vos in de lucht.

'O jee!' kreunde Kim.

'Ik heb gisteren gedroomd dat we hier aankwamen en dat alle kippen weg waren,' zei Roos. 'Er lagen alleen nog over-al veren, en het was onze schuld, want wij hebben de kippen hierheen gehaald.'

'Overdrijf niet zo zeg,' zei Melanie. 'Zonder ons hadden ze allang geen veren meer gehad, en ook geen kop meer.'

'Ja, maar toch,' zei Kim met een blik op de rij foto's aan de muur. 'Dit is echt wel een probleem. Wie gaat dat oplossen?'

Oma Bergman loste het op.

Ze belde op zondagochtend, toen Sprotje het ontbijt-op-bed opruimde en haar moeder onder de douche stond.

'Godallemachtig, wat is er met jullie telefoon aan de hand?' tetterde ze in Sprotjes oor. 'Óf dat antwoordapparaat piept in mijn oren, óf jullie zijn in gesprek. Ben je nu soms op die irritante leeftijd dat je urenlang met je vriendinnen zit te bellen, ook al heb je ze net op school nog gezien?'

'Mama wordt op het moment nogal veel gebeld,' antwoordde Sprotje. Die ochtend hadden er al drie mannen op Lisa's advertentie gereageerd. Sprotjes moeder nam al niet meer op. 'Mannen die zondagochtend vóór twaalf uur opbellen komen sowieso niet in aanmerking,' had ze gezegd.

'Hoezo wordt ze veel gebeld?' vroeg oma Bergman bars.

Sprotje stak haar tong naar de telefoon uit. 'Geen flauw idee,' antwoordde ze. Haar moeder had O.B. natuurlijk niets over de advertentie gezegd. Waarom zou ze? Er hadden zich intussen al heel wat mannen bij de rijpe taxichauffeuse gemeld, maar tot Lisa's grote teleurstelling had Sprotjes moeder

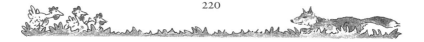

met geen van hen een afspraak gemaakt. Lisa wilde alles over de bellers weten, maar Sprotje hield zich aan haar belofte en vertelde de andere Kippen niets meer over het liefdesleven van haar moeder. Nou ja, bijna niets meer. Ze probeerde er zelf ook niet al te veel over na te denken. Haar moeder sprak aan het ontbijt nog steeds Engels en in haar nachtkastje lagen, naast een roze babysokje van Sprotje, twee vliegtickets naar New York, voor de voorjaarsvakantie. Sprotje had al drie keer gedroomd dat ze op een school zat waar ze niemand kon verstaan.

'Het gaat mij natuurlijk ook niets aan wat mijn dochter uitspookt,' zei oma Bergman korzelig. 'En denk nou maar niet dat ik bel omdat ik het huis- en tuinverbod wil opheffen. Niets daarvan. Ik heb een hond aangeschaft en ik wil weten of jij hem kunt uitlaten.'

Sprotje gaf geen kik. Ze moest haar oma verkeerd verstaan hebben.

'Ben je er nog?' kraste O.B.

'Ja...' hakkelde Sprotje.

Haar oma liet haar niet uitpraten. 'Ik betaal je natuurlijk voor het uitlaten,' zei ze. 'Met sla en groente. Je hebt immers groenvoer nodig voor die taaie ouwe kippen van je. Of hebben de vossen ze al opgegeten?'

'Nog niet,' antwoordde Sprotje. Een hond. 'Wat is het er voor een?' vroeg ze.

'Vier poten, een staart, twee oren en een bek vol tanden,' antwoordde oma Bergman. 'Nu jat er nooit meer iemand iets uit mijn tuin. Met dat domme pistool maak je nog geen kind bang, zoals we gezien hebben. Dus... laat je hem uit?'

Sprotje likte langs haar beugel. Zou dit een truc zijn? Een heel gemene truc, om haar naar oma's huis te lokken en dan... Dan wat?

'Krab niet zo aan die deur!' hoorde ze haar oma mopperen. Op de achtergrond jankte een hond.

Hij jankte zoals honden janken als ze naar buiten moeten of iets te eten willen.

'Ik kom eraan!' riep Sprotje. 'Ik ben zo bij je.' En voor haar oma nog iets kon zeggen smeet ze de hoorn op de haak. Ze glipte in haar schoenen en griste haar jas van de kapstok.

Ze stak haar hoofd om de deur van de badkamer. 'Ik ga even naar oma!' riep ze.

'Ik dacht dat je huis- en tuinverbod had!' riep haar moeder haar verbaasd na, maar Sprotje was de deur al uit.

De hond stond door de spijlen van het tuinhek te kijken. Hij was een kruising van minstens drie rassen. Toen Sprotje van haar fiets stapte, begon hij met zijn staart te kwispelen, maar hij maakte geen geluid.

'Ze blaft niet!' mopperde oma Bergman, die net naar buiten hinkte. 'Blaft gewoon niet. Hoe moet ze dan ooit inbrekers verjagen? Ik had toch een reu moeten nemen, maar die domme gans in het asiel heeft me overgehaald.'

De hond stak haar smalle snuit door het hek en snuffelde aan Sprotjes knie. Toen Sprotje op haar hurken ging zitten en haar hand naar het beest uitstak, likte ze aan haar vingers. Sprotje moest lachen. Het kietelde.

'Vanmorgen toen de vuilnisman kwam,' klaagde O.B. weer, 'gaf ze ook al geen kik. Stond gewoon vriendelijk met haar

staart te kwispelen. Die hond van Bolhuis blafte bijna zijn tong uit zijn bek toen ze zijn vuilnisbak meenamen. Maar jij?' Geërgerd keek ze op de hond neer. 'Hoe leer je een hond blaffen?'

Ze kroelde de hond achter haar oren, pakte haar bij de halsband en klikte de lijn vast.

'Dat kan toch nog komen,' zei Sprotje terwijl ze overeind kwam. 'Ze moet eerst nog aan alles wennen.'

'Laten we het hopen,' mompelde O. B. 'Ze heeft in elk geval een gezonde eetlust. Hoe gaat het met jou?' vroeg ze zonder Sprotje aan te kijken.

'Goed,' antwoordde Sprotje. Ze klakte met haar tong naar de hond.

'En met je moeder?'

'Ook goed. Ze heeft tickets voor Amerika gekocht. Voor in de lente.'

'Amerika? Ik dacht dat ze geen geld had?' Oma Bergman trok de hond aan de kant en maakte het tuinhek open.

'Hier,' zei ze. Ze gaf Sprotje de hondenriem. 'Als mijn voet weer beter is laat ik haar zelf wel uit. Maar met die kruk trekt ze me omver.'

'Ze is behoorlijk sterk, zo te voelen.' Sprotje sloeg de lijn een paar keer om haar pols. De hond sprong opgewonden om haar heen. 'Ik kan denk ik het beste met de fiets gaan,' zei Sprotje. 'Dan kan ze even flink rennen.'

'Als ze niet snel gaat blaffen, breng ik haar terug,' bromde oma Bergman, leunend op haar tuinhek. 'Als jij haar tenminste niet voor die tijd van me steelt.'

Sprotje werd rood. 'Hoezo?' Ze keek haar oma aan. 'Ga je

haar slachten als ze niet blaft?'

Daar moest zelfs oma Bergman om glimlachen. 'Net je moeder,' zei ze, terwijl de hond aan Sprotjes pols stond te trekken. 'Die wilde haar konijnen ook altijd houden tot ze van ouderdom doodgingen.'

'Aardig van haar toch?' zei Sprotje. Ze sprong op haar fiets en aaide de onrustige hond over haar rug. 'Hoe heet ze?'

Oma Bergman haalde haar schouders op. 'Bedenk jij maar een naam voor haar. Dat doe je toch zo graag? Het is een wonder dat je de spruitjes geen namen geeft.'

'Voorlopig noem ik haar Bella,' zei Sprotje. 'We moeten toch iets tegen haar zeggen?'

Haar grootmoeder draaide zich om. 'Maak haar maar goed moe,' zei ze over haar schouder. 'Ik word er helemaal gek van als ze de hele tijd om me heen draait. Misschien moet ik haar maar gewoon in de kippenren stoppen zolang ik nog geen nieuwe kippen heb.'

'Hoor je dat? Fijn vooruitzicht hè?' fluisterde Sprotje. Ze duwde haar fiets naar de weg en begon voorzichtig te fietsen. De hond ging er zo snel vandoor dat ze Sprotje bijna omver trok.

'Hé, niet zo hard!' riep Sprotje. Ze stuurde haar fiets zo dat de hond naast haar kwam te lopen. 'Weet je wat we doen, Bella? We gaan naar een prachtige caravan. Daar stel ik je voor aan een stel kippen. Een paar mét en een paar zonder veren. Dan plas je een paar keer tegen het kippenhok, zodat de vossen zich vannacht een ongeluk schrikken en nooit meer terugkomen. En daarna gaan we oefenen met blaffen, oké?'

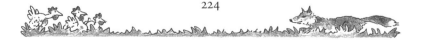

De hond rende zo hard, het was alsof ze wist waar ze naartoe gingen.

Ik ga elke dag met haar naar de caravan, dacht Sprotje, misschien mag ik haar ook wel een keer een nachtje bij me houden. Die vos verjagen we wel. En toen dacht ze nog: is Melanie eigenlijk bang voor honden?

De Wilde Kippen Club
De hemel op aarde

Voor de echte Bob en Heidi Flint,
voor de echte Verena en de echte Lili,
voor Sonja en Sönke en Carola –
en natuurlijk voor Jarpur en Snegla,
maar die zullen het boek vast en zeker niet lezen.

De zon scheen in Sprotjes gezicht toen ze de school uit kwam. Het was een prachtige herfstdag. Het grote schoolplein zag rood en geel van de afgevallen bladeren en de lucht smaakte warm, alsof de zomer nog aan de gebouwen kleefde. Maar Sprotje beende met zo'n boos gezicht naar haar fiets dat twee brugklassers geschrokken aan de kant gingen. Zon! Herfstbladeren! dacht ze vol minachting, terwijl ze haar rugzak onder haar snelbinders stopte. Ik wil regen, bij bakken, en een grijze lucht. Bij zo'n pechdag past geen mooi weer. 'Tot morgen!' riep iemand tegen haar, maar ze keek niet op of om. Zonder iets te zeggen stapte ze op haar fiets en ging op weg naar huis.

'Een drie min!' mompelde ze toen ze haar fiets de hal van het flatgebouw in reed. 'Nou, het is in elk geval beter dan de vorige keer. Hoewel een twee plus aardiger klinkt.' Moe maakte ze de deur van hun flat open en hing haar jas aan de kapstok.

'Hè hè, eindelijk!' riep haar moeder vanuit de keuken. 'Er staat hier een fantastisch feestmaal op je te wachten en jij doet

er een eeuw over om van school naar huis te komen. Wat was er aan de hand?'

'O, niets hoor!' antwoordde Sprotje. Wat moest ze anders zeggen? Met een drie heb je niet zo'n haast om thuis te komen, toch? Haar moeder wist niets van de twee plus en over die drie min zou Sprotje ook niets zeggen. Want anders was het uit met de bijeenkomsten van de Wilde Kippen, met de gezellige middagen in hun clubhuis en alles wat leuk was in het leven. In plaats daarvan zou Sprotje weer in gevecht moeten met die duffe bijlesleraar Engels. Nee, er was nog geen reden tot paniek, helemaal niet. Dit waren missers, gewoon twee missers. Als ze dat maar vaak genoeg tegen zichzelf zei, zou ze het op een dag wel gaan geloven.

Voor Sprotje naar de keuken ging bleef ze nog heel even voor de spiegel staan om een lachje op haar gezicht te toveren. Het viel niet al te overtuigend uit, maar dat leek haar moeder niet op te vallen.

'Ik denk dat ik het nog even in de oven zet,' zei ze toen Sprotje bij haar aan tafel ging zitten. 'Of hou je van koude moussaka?'

Sprotje staarde ongelovig naar het heerlijks op haar bord. 'Geen probleem,' mompelde ze. 'Je hebt eten bij de Griek besteld? Tussen de middag?'

'Ja, waarom niet? We leven al bijna een week op brood, geloof ik.' Haar moeder frunnikte verlegen aan het tafelkleed. Het was echt waar, op de keukentafel lag een tafelkleed. Sprotje wist niet eens dat ze zo'n ding hadden. Ongerust fronste ze haar voorhoofd.

'Mam, wat is er aan de hand?' vroeg ze.

De glimlach week van haar moeders gezicht.

'Wat zou er aan de hand moeten zijn? Ik dacht, we maken het weer eens gezellig samen. Omdat ik de hele week zo weinig tijd had.'

Sprotje prikte in haar moussaka. Ze geloofde er geen woord van.

Ze hadden nooit veel tijd voor elkaar gehad. Zolang Sprotje zich kon herinneren werkte haar moeder als taxichauffeur. Om geld te verdienen, want Sprotjes vader had de benen genomen toen Sprotje net zes maanden oud was. Toch hadden ze het samen altijd gezellig gehad, heel gezellig zelfs. Maar toen was die betweter op het toneel verschenen. Het was nog geen halfjaar geleden, en sindsdien was alles anders.

Vroeger lag Sprotje elke zondagochtend bij haar moeder in bed. Ze ontbeten samen, zetten de televisie aan het voeteneinde en keken naar oude films. Maar sinds die vent doodleuk onder de dekens was gekropen, meed Sprotje de slaapkamer van haar moeder alsof er ratelslangen zaten.

'Wil je een dolma?'

Sprotje schudde haar hoofd en verloor haar moeder niet uit het oog. Die ontweek Sprotjes blik en werd onmiddellijk knalrood. Juist.

'Mam, wat is er aan de hand?' vroeg Sprotje nog een keer. 'Je hebt me zeker iets vervelends te vertellen, hè? Heb je oma soms weer beloofd dat ik haar in de tuin kom helpen? Ik heb geen tijd! We hebben bergen huiswerk!'

'Ach welnee, het heeft niets met oma te maken,' antwoordde haar moeder. 'Eet, anders wordt echt alles koud.' Maar zelf at ze ook niet, ze prikte alleen afwezig in haar salade.

Oma Bergman, Sprotjes grootmoeder van moederskant, was niet bepaald wat je noemt een lieve oma. Maar als Sprotjes moeder op de taxi zat, moest Sprotje soms gewoon naar haar oma. Ook al liet die haar om de haverklap een hele middag ploeteren in de moestuin. En dat terwijl Sprotje veel liever met oma's hond uit wandelen ging. Vorig jaar had Sprotje nog vijftien kippen van de slagersbijl gered. Maar dat is een ander verhaal.

Waarom was er zomaar op een middag eten van de Griek?

Sprotje haalde diep adem. 'Mam, zeg alsjeblieft niet dat die betweter hier intrekt!'

'Hoe kom je daar nou bij.' Haar moeder legde geïrriteerd haar vork neer. 'En noem hem niet altijd "die betweter".'

'Hij is hij toch ook een betweter!'

'Alleen omdat hij het gewaagd heeft tegen je te zeggen dat je margarine met twee a's spelt?'

'Wie boodschappenbriefjes op spelfouten controleert is een betweter!' Sprotje was steeds harder gaan praten, en haar moeder had tranen in haar ogen.

'Hij is altijd nog tien keer beter dan die kerels die je vriendinnen me op mijn dak hebben gestuurd!' snufte ze. Het was al bijna een jaar geleden dat de Wilde Kippen op het idee waren gekomen om voor Sprotjes moeder een contactadvertentie te zetten, maar ze nam het ze nog steeds kwalijk. Proestend snoot ze haar neus.

'Je mascara is doorgelopen,' mompelde Sprotje. 'Oké, ik zal hem geen betweter meer noemen. Kippenerewoord. Maar vertel jij dan eindelijk eens wat de reden is van dit...' ze nam een hap koude moussaka, '...feestmaal. Behalve dat je niet kunt koken.'

Haar moeder pakte het servet dat naast haar bord lag en depte voorzichtig haar ogen. 'Ik ben aan vakantie toe,' mompelde ze zonder Sprotje aan te kijken. 'Ik ben al zeker drie jaar niet meer weg geweest. Die reis naar Amerika in het voorjaar is niets geworden en van de zomer wilde jij niet bij je vriendinnen weg. Maar nu heb je straks herfstvakantie en...' ze haperde, '...nou ja, nu dachten we, we kunnen wel eens een paar dagen naar zee gaan.'

Sprotje fronste haar voorhoofd. 'We? Wat bedoel je met "we"? Wij en die...' Ze slikte het woord nog net op tijd in. 'Wij en jouw... jouw snoezepoesje? Of hoe je hem ook noemt.'

Sprotjes moeder bestudeerde het tafelkleed. Haar vork. Haar nagels. Ze keek alleen niet naar Sprotje. 'Ruben en ik dachten...' begon ze, maar ze stokte en begon weer met haar vork te spelen. 'We dachten, we zouden graag een keer... o, verdomme!' Ze gooide haar vork zo hard op haar bord dat hij midden in de tzatziki viel. 'Mijn god, ik doe net alsof ik je een misdaad moet opbiechten!' riep ze. 'Terwijl het helemaal niets voorstelt.'

'Wat stelt niets voor?' Sprotje wist dat het antwoord verschrikkelijk zou zijn. Ze wist het gewoon. Ze kreeg geen hap meer door haar keel.

'We willen zo graag een keertje met z'n tweeën weg,' zei haar moeder, en ze keek naar het plafond alsof ze het hart van de lamp brak, en niet dat van haar overdonderde dochter. 'Alleen. Zonder kinderen.'

Dat was eruit.

Sprotje voelde dat haar mondhoeken begonnen te trillen. Zo zat het dus. 'We' betekende niet meer: mam en Sprotje.

'We' betekende nu: mam en de betweter. Withete woede welde in haar op, verspreidde zich tot Sprotje het in elke teen en elke vinger kon voelen. Ze klampte zich vast aan het tafelkleed, dat afgezaagde bloemetjestafelkleed, en had het 't liefst van de tafel gerukt, zodat al dat huichelachtige 'laten we het weer eens gezellig maken'-eten op de grond belandde.

Sprotje merkte dat haar moeder haar bezorgd aankeek.

'Zonder kinderen? Wat voor kinderen hebben jullie dan nog meer op je nek, behalve mij? Is er soms nog iets wat ik zou moeten weten?'

'Charlotte, hou op!' Haar moeder werd net zo bleek als de servetten die ze naast de borden had gelegd. Servetten, die gebruikten ze anders ook nooit. Sprotje hield nog steeds het tafelkleed vast. 'Voor jou heb ik natuurlijk ook iets bedacht,' hoorde ze haar moeder zeggen. Sprotjes hoofd voelde leeg aan. En haar hart helemaal.

'Een vriendin van me heeft een manege, je kent haar niet, ik heb met haar op school gezeten...' Haar moeder praatte zo snel dat ze bijna over haar tong struikelde. 'Ze heeft die manege al een paar jaar, ik ben er nooit aan toe gekomen eens bij haar langs te gaan, ik ben bang voor paarden, dat weet je. Maar het moet daar echt heel mooi zijn. Hoe dan ook, ik heb haar gebeld en ze heeft in de herfstvakantie nog plaats en het is ook helemaal niet zo duur. Daarom...' Sprotje hoorde hoe ze ademhaalde, '...heb ik je voor die week meteen maar opgegeven.'

Sprotje beet op haar lip. Een manege. Ik hou niet van paarden, wilde ze zeggen. Dat weet je best. Paardrijden is iets voor stomme giechelmeiden. Maar ze kreeg geen woord over haar

lippen. In haar hoofd was maar één enkel woord te vinden. Verraadster, verraadster, verraadster.

De bel ging.

Sprotjes moeder kromp ineen, alsof er iemand door het raam had geschoten.

'Zal ik eens raden wie daar is?' vroeg Sprotje. Opeens waren er weer woorden. Maar er zat geen vriendelijk woord bij, niet één. Ze schoof haar stoel naar achteren en liep naar de gang.

'Je had best eens mogen zeggen dat je het begrijpt!' riep haar moeder haar na. 'Een paar dagen, mijn hemel, dat is toch niet te veel gevraagd?'

Sprotje drukte op de knop om de deur beneden open te doen. Ze hoorde de betweter de trappen op rennen, alsof hij een record probeerde te vestigen. Sprotje trok haar jas aan.

'Ik begrijp best dat je boos bent!' riep haar moeder vanuit de keuken. 'Maar andere meisjes zouden een gat in de lucht springen als ze naar een manege mochten...'

Sprotje stopte haar sleutel in haar zak. Ze hoorde de betweter zwaar ademend de laatste treden op komen.

'Hoi Sprotje,' zei hij, en hij stak zijn hoofd naar binnen.

Sprotje glipte langs hem. '"Charlotte" voor jou,' zei ze. 'Wanneer onthoud je dat nou eindelijk eens een keer?'

'Tjonge, lekker humeurtje weer!' hoorde ze hem zeggen. Toen trok hij de voordeur achter zich dicht. Sprotje rende de trappen af, veel sneller dan hij, en dat terwijl ze van woede bijna geen lucht kreeg.

'Sprotje!' riep haar moeder haar na. Met een ongelukkig gezicht boog ze zich over de balustrade. Ze had er een he-

kel aan om door het trappenhuis te schreeuwen. 'Waar ga je heen?'

'Weg!' antwoordde Sprotje. Ze duwde haar fiets weer naar buiten en gooide de deur met een knal achter zich dicht.

Sprotje wist precies waar ze heen ging. Sinds bijna een jaar hadden de Wilde Kippen een clubhuis: een grote caravan, die Kim samen met het landje waarop hij stond van haar vader had gekregen. Vlak voor haar ouders gingen scheiden.

Zelfs op deze dag, die zoveel ellende had gebracht, voelde Sprotje zich beter zodra ze de met kuilen bezaaide weg af reed. De caravan stond helemaal aan het eind. Van de weg af kon je hem niet zien. Er stond een hoge, verwilderde haagdoornheg om het landje en de caravan stond ver naar achteren, aan de bosrand, onder een grote eik, die al weken zijn eikels op het aluminiumdak liet vallen. In het donker klonk dat best griezelig. Alsof er een reus met zijn vingers op het dak staat te roffelen, zei Roos altijd.

Roos was Sprotjes beste vriendin. Haar allerbeste voor-altijd-en-eeuwigvriendin. Ook al hadden ze soms zo'n ruzie dat ze dagenlang niet met elkaar praatten. Sprotje zag de fiets van Roos al van verre, hij stond tegen het bord dat Lisa van een bezem en een oud kastdeurtje had gemaakt. *Privé*, had ze erop geschilderd, *Toegang voor vossen en boskabouters ten streng-*

ste verboden. Als ik dat had geschreven, dacht Sprotje terwijl ze haar fiets op slot zette, dan stonden er zeker vijftien spelfouten in. Lisa maakte geen spelfouten. Roos ook niet. Maar bij het laatste proefwerk Engels had het niet eens geholpen dat Roos de hele tijd haar blaadje naar haar toe schoof. Nee, toen had helemaal niets meer geholpen. Klaar! dacht Sprotje, en ze maakte het gammele hek in de heg open. Niet meer aan school denken en ook niet aan verraderlijke moeders.

Kim was er ook al. Haar fiets lag achter de heg. Sprotje struikelde er bijna over in het hoge gras, dat de hele zomer niet gemaaid was. Het stond tot Sprotjes knieën en kietelde aan haar benen. Alleen rond de ren, waarin de kippen scharrelden die vorig jaar nog van Sprotjes oma geweest waren, trapten ze het gras altijd plat, zodat er geen vossen onopgemerkt naar het gaas konden sluipen. Zodra Sprotje in de buurt van de kaal gepikte ren kwam, stapten de kippen met geheven kopjes op haar af.

'Zo, kippetjes.' Sprotje stak een bosje paardenbloemen door het gaas. Gulzig rukten de kippen het verse groen uit haar handen. Sprotje plukte nog wat blaadjes, kwam overeind en keek om zich heen.

Zo zag voor haar het paradijs eruit. Woest en leeg. Geurend naar vochtig gras. En in het midden moest precies zo'n caravan staan. Blauw, beschilderd met sterren, planeten en wat Kims vader verder nog verzonnen had. Dwars over de deur had Melanie met goudkleurige verf DE WILDE KIPPEN geschreven. En voor het enige raam hing het gordijntje dat Kim eigenhandig genaaid had.

Toen Sprotje het smalle trappetje naar de deur op liep,

238

hoorde ze de stem van Roos. '*Woont er geen medelijden in de wolken, dat in de diepte van mijn leed kan blikken?*' Allemachtig, ze waren alweer aan het repeteren. Sinds de zomervakantie dachten Roos en Lisa nergens anders meer aan. Ze waren bij de toneelclub gegaan, opgericht door de nieuwe lerares Nederlands. En wat gingen ze opvoeren? *Romeo en Julia.* Sprotje zuchtte. Elke woensdagmiddag repeteerden ze op school, en voor de première, dat hadden ze al aangekondigd, zouden ze nog vaker repeteren. Roos ging bovendien elke dinsdag naar haar straatkinderengroepje, waarvoor ze op zaterdag ook af en toe geld inzamelde. Dan had je nog Lisa's bijlesdagen (niemand snapte waarin Lisa bijles nodig had), Kims gitaarles (die ze haatte) en Melanies Willem-dagen (Willem was Melanies vriendje, al ruim anderhalf jaar). Het kwam niet heel vaak voor dat alle Wilde Kippen tegelijk in hun clubhuis zaten. Maar als Sprotje naar de caravan ging, was er bijna altijd wel iemand.

Binnen rook het naar thee. Roos stond in het keukentje dromerig in een kom te roeren en declameerde op luide toon: '*O lieve moeder, stoot mij toch niet weg! Verdaag het huwelijk nog een maand, een week; en wilt u niet, maak dan mijn huwelijksbed klaar...*'

'*Bruidsbed,*' corrigeerde Kim. Ze lag languit op de grote matras aan de andere kant van de caravan, met naast zich een aangebroken reep chocola en voor zich Roos' tekstboekje. Toen Sprotje de deur achter zich dichttrok keek ze op.

'En, wat zei je moeder van je proefwerk?' vroeg ze. 'Die van mij wond zich zo op over die vijf min, het leek wel alsof ik was blijven zitten.'

Sprotje gooide haar jas op een van de banken bij het raam. 'Mijn moeder windt zich nooit op over school,' antwoordde ze. 'Bij onvoldoendes krijgt ze alleen altijd zo'n droeve blik in haar ogen. Alsof er iemand dood is. Wat wordt dat, wat je daar aan het roeren bent?'

'Wafelbeslag,' antwoordde Roos. 'Met onze eigen eieren. We zijn vandaag voor de verandering namelijk weer eens compleet. Melanie en Lisa komen zo ook nog. O ja...' ze pakte een schaal uit het kastje boven de gootsteen en hield hem Sprotje voor, '...kijk eens wat onze kippen ook nog gelegd hebben. Kerstballen! Er zijn vast niet veel kippen die dat voor elkaar krijgen.'

Kim veegde grinnikend een paar chocoladeschilfertjes van Roos' tekstboekje. 'Altijd nog beter dan die mottenballen die we vorige week in de nesten vonden, toch?'

Natuurlijk wisten ze best wie die rare eieren hun kippenhok in smokkelde. De Pygmeeën, oude vijanden en af-en-toevrienden, hadden hun clubhuis in het aangrenzende bos, en altijd als die vier zich verveelden, brachten ze het kippenhok van de Wilde Kippen een bezoek en dan lieten ze de gekste dingen in het hooi achter. De meisjes hadden al een hele verzameling van zulke geschenkjes: tuinkabouters, verrassingseieren, smurfen. Als ze eens een hele week niets vonden, waren ze bijna teleurgesteld. Maar deze keer bekeek Sprotje de kerstballen alsof zij de schuld waren van alle problemen die ze vandaag had. 'Ik vind het anders helemaal niet leuk,' zei ze, terwijl Roos de schaal met ballen weer in de kast zette. 'En als ik ooit zo'n boskabouter in ons kippenhok betrap, sluit ik hem er net zolang in op tot hij van de honger de kippenstront opeet.'

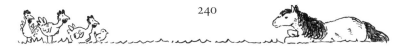

Roos en Kim keken elkaar verbaasd aan.

'Hé, wat is er met jou aan de hand?' vroeg Roos. 'Zit die onvoldoende je soms toch nog dwars? Als je wilt, oefen ik met je voor het volgende proefwerk.'

'Nee, het is iets anders,' mompelde Sprotje. 'Iets met mijn moeder.' Het was er alweer uit, terwijl ze zich nog zo had voorgenomen er niet over te praten. Maar het deed zo'n pijn. Alsof er een splinter in haar hart zat.

'Wat is er dan met je moeder?' Roos schonk nog wat melk bij het beslag.

'*O lieve moeder, stoot me niet van je af,*' zei Kim zachtjes.

'Ze wil op vakantie.' Sprotje doopte haar vinger in de kom en likte hem af. 'Met die betweter. En zonder mij.'

'Op vakantie? Nu?' Roos haalde het wafelijzer dat ze van Kims moeder hadden gekregen uit de kast. 'Ach, ze willen gewoon ook een keer met z'n tweetjes zijn.'

'Precies.' Kim draaide zich op haar rug. 'Als moeders verliefd zijn, lopen dochters nu eenmaal in de weg. Vooral als ze hun enthousiasme voor haar vlam niet delen.' Kim sprak uit ervaring. Sinds haar ouders gescheiden waren, had haar moeder al twee keer een nieuwe vriend gehad. En haar vader woonde allang weer met een andere vrouw samen.

Sprotje zei niets. Het maakte haar onzeker dat haar vriendinnen de trouweloosheid van haar moeder zo licht opnamen. Maar op een of andere manier maakte het de pijn ook minder.

'En wie is de gelukkige?' vroeg Roos. Ze verdeelde het beslag over het ingevette wafelijzer. 'Die rij-instructeur nog steeds?'

Sprotje knikte. 'Ze wil me naar een of andere manege sturen,' zei ze, en ze keek met een vies gezicht uit het raam.

Roos vergat bijna het wafelijzer dicht te doen. 'En daarom kijk je zo somber uit je ogen?'

'Wat voor manege?' Kim kwam overeind.

Sprotje zette vijf kopjes en schoteltjes op het tafeltje bij het raam. 'Hij is van een schoolvriendin van mam,' zei ze.

'Klinkt als een hartstikke leuke vakantie,' vond Kim, en ze keek naar buiten. 'Hé, kijk eens wie daar aankomt: Mercutio. Als die hoort dat je naar een manege gaat krijgt ze van jaloezie geen hap door haar keel.'

'Mercutio? Wie is dat nou weer?' Sprotje keek bezorgd over Kims schouder en zag Lisa gehaast als altijd op de caravan afkomen. Voor het kippenhok bleef ze abrupt staan. Ze bukte zich en begon gras voor de kakelende dieren te plukken.

'Lisa speelt Mercutio. De beste vriend van Romeo,' legde Kim uit. 'Je weet wel, Mercutio wordt vermoord omdat hij zich met de ruzie tussen de Montecchi's en de Capulets bemoeit.'

'*O, naar de duivel met je veten!*' citeerde Roos. '*Ze hebben wormenaas van mij gemaakt.*'

'Aha,' mompelde Sprotje. 'Ik heb eerlijk gezegd geen idee waar dat stuk over gaat. Ik weet alleen dat het slecht afloopt.'

'Let op, ik zal het je vertellen!' Kim duwde haar bril recht. 'Oké, in Verona wonen twee families die al eeuwen elkaars vijand zijn.' Ze zette acht glazen op tafel. 'De Montecchi's...' ze schoof vier glazen naar links, '...en...' ze schoof vier glazen naar rechts, '...de Capulets. Ze zijn veel ergere vijanden dan de Kippen en de Pygmeeën, veel, veel erger. Maar Romeo, de eni-

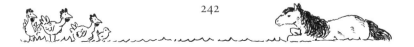

ge zoon van de Montecchi's, wordt verliefd op Julia, de enige dochter van de Capulets. Ze trouwen zelfs in het geheim.' Kim schoof een glas van links en een glas van rechts naar elkaar toe, tot ze zachtjes tegen elkaar stootten. 'Maar wat doen de anderen? Die weten van niets. Die blijven met elkaar vechten. Romeo's beste vriend Mercutio...' Kim zette een glas van links in het midden, '...duelleert met Tybalt, de neef van Julia.' Kim pakte een glas van rechts en stootte er zo hard mee tegen het andere dat het omviel. 'Dood!' zei ze. 'Mercutio sterft door Tybalts degen. Romeo wordt gek van verdriet. Hij vergeet Julia, hij vergeet alles, hij doodt Tybalt.' Met een zwierig gebaar gooide Kim ook het andere glas om. 'Romeo wordt verbannen. Hij mag nooit meer in Verona komen. Nooit meer. Hoe moet hij Julia ooit terugzien?' Met een diepe zucht schoof Kim de twee glazen, die ze in het begin zo teder had verenigd, uit elkaar. 'Omdat Julia zo moet huilen, komen haar ouders op het idee haar uit te huwelijken. Ouders snappen er soms echt helemaal niets van.' Kim liet Julia's glas in gedachten verzonken ronddraaien. 'Julia ziet geen uitweg. Ze neemt een gif dat haar diep in slaap brengt, maar Romeo denkt dat ze echt dood is en vergiftigt zichzelf. Als Julia hem dood naast zich ziet liggen, steekt ze zichzelf met een dolk en...' Kim schoof de glazen weer naar elkaar toe, '...de Montecchi's en de Capulets verzoenen zich aan het graf van hun kinderen.'

'Jeetjemina,' mompelde Sprotje.

'Lisa is echt een geweldige Mercutio,' zei Kim. 'Maar Romeo is wel een probleem. Er zitten maar drie jongens bij de toneelclub: die twee uit de parallelklas en Steve, maar ze willen de rol geen van allen spelen. Dus is Noor nu onze Romeo.

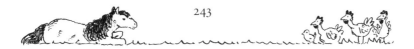

Mat had zich ook aangemeld, maar tijdens de auditie kon hij zelfs bij de sterfscène zijn lachen niet inhouden.'

Dat kon Sprotje zich voorstellen. Steve en Mat hoorden allebei bij de Pygmeeën. Net als Willem, de vriend van Melanie.

'En Fred, waarom doet die niet mee?' vroeg Sprotje. Fred was de vierde Pygmee – en hun onbetwiste leider. 'Fred zou best een goede Romeo zijn.' Waarom zei ze dat nou?

'Denk je?' zei Kim. 'Nou, Roos was in elk geval erg opgelucht dat Mat de rol niet kreeg. Hij maakt haar nog steeds gek met die liefdesbrieven van hem. Bovendien, als Noor haar kust, kan ze er gewoon iemand anders bij denken. Zoals...'

'Het gaat jullie niets aan wie ik erbij denk,' onderbrak Roos haar. 'Verdorie, nou laat ik bijna die wafel aanbranden door dat domme geklets. Is Lisa nog steeds de kippen aan het voeren?'

Op hetzelfde moment ging de deur open, zo plotseling dat Sprotje hem bijna tegen haar hoofd kreeg.

'Die kippen zijn gestoord!' klaagde Lisa. 'Ik heb mijn vingers kapot geplukt en ze zeker een kilo gras gevoerd, maar ze lopen te mekkeren alsof we ze laten verhongeren!'

Sprotje deed de deur achter haar dicht. 'Hallo, Mercutio,' zei ze.

'O, ze hebben het je verteld?' Lisa zette haar handen in haar zij. '*O tamme, laffe, eerloze onderwerping!*' siste ze tussen haar tanden, en ze greep naar haar heup, alsof daar niet het waterpistool zat dat ze altijd bij zich had, maar een degen. '"*Alla stoccata" moet de leuze zijn. Tybalt, jij rattenvanger, speel je mee?*'

'Jeetjemina!' Sprotje liet zich met een zucht op de bank

zakken. 'Jullie zijn echt allemaal knettergek geworden. Misschien komt het juist wel goed uit dat ik in de vakantie word weggestuurd.'

'Weggestuurd?' Lisa liet zich door Kim uitleggen wat Sprotje in de herfstvakantie te wachten stond. En ze werd bleek van jaloezie. 'Een manege!' zei ze zacht.

Roos zette een bord met poedersuikerwitte wafels op tafel en vroeg: 'Waar blijft Melanie eigenlijk? Ik dacht dat die ook zou komen.'

Lisa ging zitten. 'O, die staat nog aan de weg met Willem te zoenen,' antwoordde ze. 'Ze dachten dat ik ze niet zag, maar je bent een ervaren spion of je bent het niet...' Lisa was een héél ervaren spion. Als de Wilde Kippen wilden weten wat voor plannetjes de Pygmeeën aan het smeden waren, stuurden ze Lisa erop af. Zij was ook degene die had ontdekt waar de jongens hun nieuwe boomhut hadden gebouwd. Maar de laatste tijd was ze alleen nog maar bezig haar rol uit haar hoofd te leren.

Ze hadden allemaal al een eerste wafel naar binnen gewerkt toen Melanie kwam. 'Sorry,' hijgde ze terwijl ze zich uit haar jas wurmde. 'Maar mijn zus gaat er steeds met mijn nieuwe laarzen vandoor en dan moet ik op zolder weer een eeuw naar mijn oude zoeken.'

'En hoe lang heb je erover gedaan om die smoes te verzinnen?' vroeg Sprotje met volle mond.

'Hoezo, smoes?' Melanie werd net zo rood als de bloemen die ze op de deur van de koelkast had geschilderd. En Roos verslikte zich bijna in haar wafel.

245

'Ik zag jullie wel!' riep Lisa, die Roos op haar rug sloeg tot ze weer lucht kreeg. 'Jou en Freds lijfwacht.'

'Hij is Freds lijfwacht niet,' viel Melanie uit. 'Maar jij hebt blijkbaar niets beters te doen dan de hele tijd andere mensen te bespioneren.'

Om van onderwerp te veranderen vroeg Roos: 'Heb je het laatste nieuws al gehoord?' En Sprotje moest nog een keer over de plannen van haar moeder vertellen.

Melanie stortte zich op de warme wafel die Roos op haar bord legde. 'Hoe lang ga je?' vroeg ze.

'Vijf of zes dagen, bijna de hele vakantie,' mompelde Sprotje. 'Maar nu graag weer een ander onderwerp, oké? Ik moet er niet aan denken wat voor tuttebellen daar rondlopen. Die hebben het natuurlijk de hele dag over niets anders dan paarden en hoe snoezig ze wel niet zijn.' Kreunend verborg ze haar gezicht in haar handen.

'Wacht eens even!' Lisa zette haar theekop neer. 'Waarom gaan we niet met z'n allen? Dat wordt dan de aller-, allermooiste vakantie die we ooit hebben beleefd.'

De anderen keken haar verrast aan.

'Ja, dat zou wel te gek zijn,' zei Roos. 'Ik wil heel graag weer eens een keertje rijden.'

'En wie gaat dat betalen?' Melanie fronste haar voorhoofd. 'Mijn ouders zien me aankomen.' Melanies vader was al bijna twee jaar werkloos en haar moeder kon alleen maar slecht betaalde, tijdelijke baantjes krijgen. Daarom waren ze vorig jaar ook al naar een kleiner huis verhuisd.

'Ach, zo duur kan het niet zijn,' zei Lisa, 'anders zou Sprotjes moeder het ook niet kunnen betalen. Toch?'

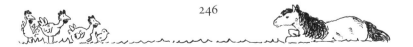

Sprotje knikte. 'Zouden jullie echt mee willen?' vroeg ze ongelovig.

'Natuurlijk.' Roos haalde haar schouders op. 'Ik zie nu al tegen de vakantie op. Mijn moeder is opgeroepen als inval-kracht en Titus heeft een of ander karatetoernooi, dus die probeert natuurlijk de hele tijd onder het oppassen uit te ko-men.' Roos had een grote broer en een klein broertje. De gro-te, Titus, konden ze geen van allen uitstaan. Het kleintje, Lu-ka, was superlief, maar het was wel heel vermoeiend om op hem te passen.

'Wat vind jij ervan, Kim?' vroeg Lisa.

Kim zette haar bril recht. 'Ik wil op zich best mee,' zei ze aarzelend. 'Maar... of ik ooit op zo'n paard kom...'

'Zo moeilijk is dat niet hoor,' zei Roos. Ze was de enige die echt les had gehad op een manege, maar de instructeurs daar hadden de paarden en de leerlingen zo rondgecommandeerd dat Roos sinds de zomervakantie niet meer was geweest. Dan had Lisa meer geluk gehad: die had een tante op het platte-land die haar op haar vierde al op een paard had gezet.

'We gaan!' riep Lisa. Ze sloeg zo hard op tafel dat de thee-kopjes ervan rinkelden. 'Met z'n allen! Het moet gewoon luk-ken! Want anders zit ik me weer hartstikke dood te vervelen tussen de schoolboeken en heb ik de vreselijkste, saaiste va-kantie van m'n leven! Alsjeblieft!' Smekend hief ze haar han-den naar het dak van de caravan. 'Ik wil wedden dat mijn moeder nu alweer al die verschrikkelijk belangrijke spellings-en wiskunde-oefenboeken uit de bibliotheek heeft gehaald.'

'Die weddenschap win je vast,' merkte Roos op. Niemand benijdde Lisa om haar moeder.

247

'Goed, vragen jullie dan thuis of jullie mee mogen?' Sprotje kon niet geloven dat haar zwarte ongeluk echt zou kunnen omslaan in zoiets moois als een vakantie met de Wilde Kippen. 'Gaan we met z'n allen?'

'Ja!' Roos stak haar theekopje in de lucht. 'Want wij zijn de Wilde Kippen. En we gaan nooit uit elkaar.'

'Alleen in dringende noodgevallen,' zei Lisa, die met haar kopje tegen dat van Melanie stootte. 'Allen voor één en één voor allen!'

Toen Sprotje die avond thuiskwam, was de betweter vertrokken. En haar moeder zat met rood behuilde ogen voor de televisie.

'Wat is er gebeurd?' vroeg Sprotje bezorgd. 'Wat heeft hij gedaan?'

'Hij heeft helemaal niets gedaan!' Haar moeder proestte luidruchtig in haar doorweekte papieren zakdoekje. 'Hij zei zelfs dat we je misschien toch maar mee moesten nemen. Hoe kon je zo gemeen zijn, alleen maar omdat ik één enkel keertje iets zonder jou wil doen? Dat, dat...' Ze begon zo hard te huilen dat Sprotje niet wist waar ze moest kijken. Met een berouwvol gezicht ging ze naast haar moeder zitten.

'Het komt wel goed,' mompelde ze. 'Ik wil ook helemaal niet mee. Ik ga wel naar die manege. Als de anderen ook mee mogen.'

'Welke anderen?' Haar moeder haalde verbaasd haar rode neus uit haar zakdoek.

'Nou, Lisa en Kim en Roos en Melanie. Maar het mag niet te duur worden. Anders kan Mel niet mee. En daarom moet

je je vriendin bellen om te vragen of ze nog vier plaatsen vrij heeft en of het misschien goedkoper kan als wij bijvoorbeeld de stallen schoonmaken of zoiets.'

'Lola's paarden staan niet in stallen.' Haar moeder wreef in haar betraande ogen. 'Het zijn IJslandse paarden, die blijven zelfs in de winter buiten. Al kan ik natuurlijk best vragen of ze hulp nodig heeft. Maar...' ze schudde haar hoofd, '...willen jullie echt met z'n allen gaan? Alle Wilde Kippen?'

'Ja, dat zeg ik toch.' Sprotje gaf haar moeder een droog zakdoekje en gooide het natte in de asbak. Dat ding had haar moeder speciaal voor de betweter weer uit de kast gehaald.

'Alle Wilde Kippen,' herhaalde haar moeder. Ze keek Sprotje bezorgd aan. 'Jullie gaan Lola toch geen problemen bezorgen hè?'

'Natuurlijk niet!' Sprotje trok een gekwetst gezicht. 'We zijn toch geen kleine kinderen meer.'

'Daarom juist.' Haar moeder zette de televisie zachter.

'Wat bedoel je daar nou weer mee?' Sprotje rolde met haar ogen. 'Er zijn daar heus geen jongens hoor, als je dat soms bedoelt. Jongens doen niet aan paardrijden, jongens haten paarden.'

'O ja?' Haar moeder leek niet erg overtuigd. 'Lola's zoon rijdt anders ook. Ze heeft een dochter én een zoon. Tessa is ongeveer van jullie leeftijd, Mike is twee jaar ouder dan jij. Wee je gebeente als jullie hem net zo behandelen als jullie Pygmeeën-vrienden!'

Daar zei Sprotje maar niets op terug. 'Maar bel je haar nou?' vroeg ze. 'Want als de anderen niet meegaan... blijf ik ook hier.'

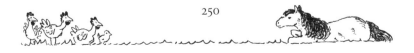

'Zo zo,' mompelde haar moeder. Ze zette de televisie weer harder. 'Goed, ik zal met Lola praten. Maar eerst moet ik bijkomen van vandaag. Wil je een glas wijn voor me inschenken?'

'Vijftig euro per dag,' zei Sprotje toen ze de volgende dag op het schoolplein de herfstzon op hun gezicht lieten schijnen. 'Eten, rijlessen en ritten meegerekend. Goedkoper kan haar vriendin het niet maken, zegt mijn moeder, dit is meer dan een vriendenprijsje, het is eigenlijk bijna gratis. Er was ook nog maar één kamer vrij, voor vijf nachten.'

'Vijf maal vijftig.' Melanie rekende het met haar ogen dicht uit. 'Dat is altijd nog tweehonderdvijftig euro. En we moeten natuurlijk ook wat extra geld meenemen, voor als we een keer uit willen of zo. O jee. Ik heb zestig euro spaargeld, mijn zakgeld voor volgende maand zullen mijn ouders wel willen voorschieten, misschien krijg ik ze zelfs zo gek om me twee maanden vooruit te geven. Maar dat is niet genoeg, en meer dan veertig euro doen ze er vast niet bij. Mijn zus begon meteen te zeuren dat zij ook op vakantie wilde, als ik mee mocht. Ik kom dus nog meer dan honderd euro tekort!'

De andere Kippen keken elkaar hulpeloos aan. Toen Lisa gisteren de clubkas omkeerde, was er elf euro en drieëndertig cent tevoorschijn gekomen.

'Ach, we verzinnen heus wel wat,' zei Lisa, maar het klonk niet erg overtuigend.

'Laten we het hopen. Mijn ouders vinden het goed dat ik meega.' Roos leunde tegen de muur van de school, die warm was van de zon. 'Jullie hadden Titus' gezicht moeten zien toen

251

hij hoorde dat ik misschien weg zou gaan. Ik dacht dat hij van zijn stoel viel. Nou mag híj eens een keer in de speeltuin zitten tot zijn achterste eraf vriest.'

'Mijn moeder was heel enthousiast,' vertelde Kim. 'Ik geloof dat ze blij is dat ze me een tijdje kwijt is. En het geld krijg ik van mijn peettante.'

'Zo'n peettante zou ik ook wel willen,' mompelde Melanie. Ze zag er doodongelukkig uit. 'Hoe zit het met je neef, Kim? Zou die in de herfstvakantie niet bij jullie komen logeren?'

Kim zette haar bril af en begon hem schoon te maken. Sinds elf maanden schreef ze regelmatig met haar neef Paolo. En hij stuurde haar harten van marsepein, als aandenken aan de tijd die ze vorig jaar met elkaar waren opgetrokken. 'Jawel,' zei ze, terwijl ze omstandig haar bril weer opzette. 'Maar ik heb hem geschreven dat ik er waarschijnlijk niet ben. Misschien komt hij het laatste weekend nog.'

'Nou, de liefde is wel knap bekoeld, zo te horen,' zei Sprotje.

'Hij schrijft hele bladzijden vol met voetbaluitslagen of wat voor geweldige cijfers hij op school haalt!' zei Kim verdedigend. 'We houden niet eens van dezelfde films.'

Lisa haalde haar schouders op. 'Eerlijk gezegd vond ik hem ook helemaal niet zo leuk,' zei ze.

'Jij vindt niet één jongen leuk,' zei Melanie. 'Hoe zit het met jou? Mag je mee van je moeder of vindt ze dat je de hele vakantie moet leren, zodat je eindelijk eens een tien plus voor Frans haalt in plaats van een tien?'

'Haha, wat leuk!' viel Lisa uit. 'Ja, ik mag mee. Dus jij bent hier het enige probleem!'

'Hou op, Lisa,' zei Roos. 'Dat is gemeen.'

Melanie beet op haar lip en de anderen zagen dat ze met moeite haar tranen bedwong. 'Het maakt ook niet uit,' zei ze met verstikte stem. 'Willem zou vast niet blij zijn als ik de hele vakantie weg was.'

'Vast niet!' zei iemand, en tussen de pas geplante struiken die het kale schoolplein moesten opfleuren verscheen een tengere gestalte die ze allemaal maar al te goed kenden.

'Hé, Fred! Kom eens hier!' schreeuwde Mat over het schoolplein. Hij floot zo schel op zijn vingers dat Kim haar handen voor haar oren hield. 'Hebben jullie het al gehoord? De Kippen vliegen uit!'

De drie Pygmeeën stonden een paar meter verderop ruzie te maken met twee jongens uit een andere klas. Toen ze Mat hoorden schreeuwen lieten ze het tweetal staan en begonnen ze langzaam, maar vastberaden op de Kippen af te lopen.

'O nee,' fluisterde Melanie. 'Niet zeggen dat ik mee wilde. Willem gaat uit zijn dak als hij dat hoort waar de anderen bij zijn.'

'Hoezo, jullie zijn toch niet getrouwd,' zei Lisa spottend.

'Alsof jij daar iets van snapt!' zei Melanie. Ze begon zenuwachtig op haar haar te kauwen.

De Kippen zagen hoe Mat op zijn vrienden af stapte en iets tegen ze zei.

'Moeten we 'm niet gewoon smeren?' vroeg Kim.

'Zodat ze ons het hele volgende uur met briefjes bestoken? Nee, bedankt.' Sprotje keek zo verveeld mogelijk naar Fred, die naar haar stond te zwaaien.

'Ik zei toch dat dit geen Pygmeeveilige plek was,' mopperde

Lisa. 'Maar jullie moesten zo nodig in de zon staan.'

En op dat moment stonden ze al voor hen: Fred, Willem, Steve en Mat. De Pygmeeën. Met een ringetje in hun oor en een brutale grijns op hun gezicht. Soms vrienden, soms vijanden van de Wilde Kippen. Maar nu stoorden ze alleen maar.

'Jullie kunnen meteen weer gaan,' begon Sprotje. 'We hebben iets te bespreken.'

Willem sloeg geen acht op haar. 'Ga je weg in de vakantie?' vroeg hij aan Melanie. 'Waarom heb je daar niets over gezegd?'

'Omdat het toch niet doorgaat,' antwoordde Melanie zonder hem aan te kijken. 'Het is namelijk veel te duur.'

Fred keek Sprotje vragend aan. 'Wat is te duur?'

'Sprotje gaat in de vakantie naar een manege,' antwoordde Roos in Sprotjes plaats. 'Ze heeft er niet bepaald veel zin in, daarom gaan we met z'n allen. Dat is alles. Helemaal niet interessant voor jullie. En daarom kunnen jullie nu ook weer gaan. Tot ziens!' Roos stak haar hand op, glimlachte poeslief – en zwaaide.

Maar de Pygmeeën verroerden zich niet.

'Een manege? En je hebt er niet bepaald veel zin in?' Fred stond zo ongegeneerd te grijnzen dat Sprotje hem het liefst een tik op zijn neus had gegeven. 'Wat ben jij nou voor een meisje? Paarden zijn toch het geweldigste van het geweldigste. Ik dacht dat alle meisjes dol waren op paarden.'

'Als jij probeert te denken gaat het meestal mis,' antwoordde Sprotje.

Willem stond Melanie aan te kijken alsof hij er net achter was gekomen dat ze hem met zeker drie andere jongens had bedrogen.

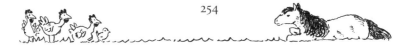

'Wat kijk je nou naar me?' beet ze hem geprikkeld toe. 'Je hoort het toch, ik kan niet eens mee.' Ze haalde een vieze zakdoek uit de zak van haar spijkerbroek. 'De anderen hebben straks de tijd van hun leven, terwijl ik de hele vakantie met mijn zus overhoop lig. Ik kan me moeilijk bij jou thuis gaan verstoppen hè?'

Willem zei niets en keek aandachtig naar zijn schoenpunten. Ze kenden Willems vader allemaal en wisten van de blauwe plekken en de striemen die hij Willem bezorgde. Sprotje en Fred hadden ook al een keer een aanvaring met hem gehad. Nee, bij Willem thuis kon Melanie zich in de vakantie niet voor haar zus verstoppen.

'Tja, we kunnen je helaas niets lenen,' zei Fred. 'We zijn op het moment weer eens volkomen blut.'

Melanie snoot haar neus. 'Geeft niet,' mompelde ze. 'Dat ken ik.'

'Dat geld regelen we wel,' zei Sprotje. 'Daar hoeven jullie je kabouterhoofdjes niet over te breken. Maar jullie kunnen ons wel ergens anders mee helpen. Iemand moet de kippen voeren als wij weg zijn.'

Fred grijnsde. 'Waarom niet?' zei hij. 'We kunnen die arme beestjes moeilijk laten verhongeren.'

'Zo is het,' zei Mat. 'Maar dan moeten jullie ons wel de sleutel van de caravan geven. Zodat we na het voeren weer een beetje warm kunnen worden.'

De Kippen keken elkaar geschrokken aan. 'We hadden het kunnen weten,' bromde Lisa. 'Eén klein vriendendienstje en jullie beginnen ons alweer te chanteren.'

'Maak je geen zorgen, we zullen heus niet op Mels posters

tekenen en ook niet in de gootsteen plassen,' zei Steve. 'Op het heilige erewoord van de Pygmeeën.'

Sprotje wierp hem een ijzige blik toe. 'Oké,' zei ze. 'Jullie krijgen de sleutel, maar als er ook maar één krasje op de caravan zit als we thuiskomen heeft die boomhut van jullie zijn langste tijd gehad.'

Sprotje was net klaar met haar huiswerk en paste de rijbroek die haar moeder in de tweedehandswinkel om de hoek had gekocht, toen Melanie belde.

'Ik krijg het niet bij elkaar,' zei ze met verstikte stem. Sprotje had niet vreemd opgekeken als er tranen uit de telefoon waren gedruppeld. 'Mijn ouders willen me maar één keer zakgeld voorschieten, want mijn zus heeft alweer herrie lopen schoppen, en voor we gaan kan ik nog hoogstens twee of drie keer oppassen. Ik krijg het geld gewoon niet bij elkaar!'

Sprotje staarde naar het prikbord naast de telefoon. Haar moeder had een ansichtkaart met een IJslands paard naast haar rooster gehangen.

'Zeg jij het tegen de anderen?' snifte Melanie. 'Ik ga morgen niet naar school, het is toch de laatste dag... Wanneer gaan jullie? Zondag of maandag?'

Sprotje ging met een vinger over de ansichtkaart. 'Maandag,' antwoordde ze. 'Luister Mel, misschien verzin ik nog wel iets. We hebben nog even de tijd...'

'Ach joh, laat maar,' zei Melanie. 'Veel plezier met z'n allen.

En val niet van je paard. Oké?'

'Hé Mel, wacht!' riep Sprotje, maar Melanie had al opgehangen.

'Wie was dat?' riep haar moeder vanuit de slaapkamer. Ze was al sinds de lunch bezig twee koffers te pakken, een kleintje en een grote; ze gooide er spullen in, haalde ze er weer uit en was in een onbehoorlijk goed humeur.

Sprotje leunde in de deuropening. 'Jij verheugt je er wel heel erg op om van me af te zijn,' zei Sprotje.

'Begin nou alsjeblieft niet weer!' antwoordde haar moeder. Ze stopte een spuuglelijke groene jurk, die Sprotje nog nooit had gezien, in de grote koffer. 'Wie had je aan de telefoon?'

'Mel.' Sprotje liet haar vingers langs de deurpost glijden. 'Ze kan niet mee. Ze krijgt het geld niet bij elkaar.'

Haar moeder keek op. 'O jee. En de anderen?'

Sprotje haalde haar schouders op. 'Die mogen.'

'Da's balen,' mompelde haar moeder. Ze hield besluiteloos twee nachtjaponnen omhoog. 'Welke zal ik meenemen? De witte of de gebloemde?'

'Geen van beide,' antwoordde Sprotje, en ze vertrok naar haar kamer. Eigenlijk wilde ze zelf ook alvast wat spullen pakken. Maar na een tijdje merkte ze dat ze alleen maar op haar bed naar het plafond lag te staren. Ze kreeg Melanie gewoon niet uit haar hoofd.

Midden in de nacht schoot de oplossing haar te binnen, nadat ze urenlang slapeloos van de ene zij op de andere had liggen draaien. Rillend stapte Sprotje uit bed; ze glipte door de donkere gang naar de slaapkamer van haar moeder en luisterde aan de deur. Ze hoorde de betweter snurken. Hoe kon haar

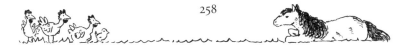

moeder daar bij slapen? Sprotje opende zachtjes de deur.

'Mam?' Ze hurkte naast het bed en aaide haar moeder over haar neus. Daar werd ze eigenlijk altijd wakker van.

Haar moeder wreef over haar neus en deed slaperig haar ogen open. Toen ze Sprotje zag, kwam ze zo abrupt overeind dat de betweter geërgerd gromde en op zijn andere zij ging liggen. 'Wat is er gebeurd?' vroeg ze geschrokken.

'Ik moet iets met je bespreken,' fluisterde Sprotje terug.

Haar moeder keek kreunend op de wekker. Toen zwaaide ze haar benen uit bed, trok haar badjas aan en waggelde duf naar de woonkamer. 'Ik hoop dat je een goede reden hebt om me uit mijn lekkere warme bedje te halen!' mompelde ze, terwijl ze rillend in de enige makkelijke stoel ging zitten.

Sprotje zette de verwarming aan. 'Ik heb toch die spaarrekening van oma,' zei ze. 'Je weet wel, ze zegt altijd dat het voor mijn uitzet is. Daar zet ze elke maand wat op hè?'

Haar moeder wreef in haar dikke ogen en knikte. 'Ja. Je krijgt het geld op je achttiende verjaardag. Geen dag eerder. Dat vond ze heel belangrijk.'

'Weet ik.' Sprotje knikte ongeduldig. 'Maar je zei toch een keer dat je er in geval van nood geld af kon halen?' Ze keek haar moeder vragend aan. 'Mel heeft honderdtwintig euro nodig, mam. Er staat vast zoveel op die rekening dat oma het niet eens merkt als we er iets afhalen. En Mel betaalt het gewoon zo snel mogelijk terug.'

Haar moeder wreef over haar voorhoofd. 'Je grootmoeder maakt gehakt van me als ze erachter komt,' zei ze. 'Dat geld is voor je studie.'

'Honderdtwintig euro maar, mam!' smeekte Sprotje. 'We

kunnen toch niet allemaal gaan en Mel hier laten! Als zij niet mee kan, dan, dan...' Sprotje ging rechtop zitten, '...dan ga ik ook niet.'

Haar moeder deed met een zucht haar ogen dicht en legde haar hoofd tegen de rugleuning van de stoel. 'Dat is regelrechte chantage,' mompelde ze. 'Mel betaalt je dat geld nooit terug. Die geeft elke cent uit aan lippenstift en puistjescrème.'

'Niet waar, ze heeft twee oppasbaantjes. Ze krijgt het geld alleen niet voor de vakantie bij elkaar. Toe? Haal je het geld van de spaarrekening?'

Een paar eindeloze tellen lang zweeg haar moeder. In gedachten verzonken wreef ze over een koffievlek in haar nachtjapon. Toen keek ze op. 'Ik dacht dat je helemaal niet zo dol was op Mel.'

'Ze is wel oké,' zei Sprotje ontwijkend. 'En bovendien is ze een Wilde Kip.'

'O ja. Hoe kon ik dat nou vergeten?' Haar moeder rekte zich geeuwend uit. 'Nou goed dan, ik doe het,' zei ze en ze stond op. 'Maar als oma me doodschiet is het jouw schuld.'

Toen Melanie hoorde dat ze toch mee kon viel ze Sprotje om de hals. Wel vijf keer zwoer ze op haar allerheiligste kippenerewoord dat ze het geld op zijn laatst volgend voorjaar terug zou betalen (wat niet helemaal lukte). En op de dag van vertrek bracht ze een taartje voor Sprotje mee, met vijf kippetjes van marsepein erop. 'Zelfgebakken,' zei ze, terwijl ze haar enorme tas in de kofferbak van de taxi stouwde. 'Speciaal voor jou, maar je geeft ons vast ook wel een stukje hè?'

Sprotjes moeder was met schrik tot de ontdekking gekomen dat er helemaal geen vijf meisjes in haar taxi pasten, maar Lisa's moeder had aangeboden ook te rijden. Sprotjes moeder vond het prima maar Lisa vond het een gruwelijk idee. Alleen Roos' grootmoedige aanbod om in haar plaats met Lisa's moeder mee te rijden kon haar een beetje troosten.

Zo gingen ze die maandag dus met twee auto's op weg. Sprotjes voorpret over de eerste gezamenlijke Kippenvakantie zonder ouders en leraren werd een beetje bedorven doordat de betweter ook meereed. Hij zat natuurlijk voorin, en telkens wanneer Sprotje zag dat hij zijn hand op haar moe-

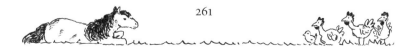

ders bovenbeen legde duwde zij haar knie in zijn rug.

De rit was één grote ramp. Ze vertrokken te laat, stonden nog voor ze de stad uit waren in een ellenlange file en reden vervolgens minstens tien keer verkeerd. Halverwege wilde de betweter per se bij een wegrestaurant naar binnen, en na het eten was Kim zo misselijk dat Sprotjes moeder om de haverklap moest stoppen. En zo schemerde het al toen ze eindelijk voor het bord stonden dat de schoolvriendin van Sprotjes moeder haar had beschreven: *Lola's IJslandmanege, 3 km* stond erop, en een paard wees met een hoef naar een smal, door lindebomen omzoomd weggetje.

'O jee, moet je zien, er is hier echt helemaal niets!' fluisterde Melanie. 'Je kunt hier vast niet eens ergens een colaatje drinken.'

Maar even later doemde aan het eind van het weggetje een huis op, een groot oud huis van rode steen, begroeid met klimop en wilde wingerd. Het weggetje kwam uit op een breed, met zand bestrooid erf. Rechts van het huis stond een enorme stal, met rood geschilderde houten deuren. Het erf, de stal, het huis – het lag er allemaal verlaten bij. Alleen een paar verlichte ramen en de rook die uit de schoorsteen kwam verraadden dat er mensen woonden.

Met stramme benen stapten ze uit de auto. Lisa's moeder parkeerde achter hen.

Roos keek teleurgesteld om zich heen. 'Waar zijn de paarden?' vroeg ze. In de invallende duisternis was er op de omliggende weilanden niet één te zien.

Lisa's moeder haalde haar schouders op en bekeek met gefronst voorhoofd het huis en de stal. 'Wel een beetje vervallen,'

stelde ze vast. 'Ik hoop dat het er vanbinnen wat verzorgder uitziet.'

'Ik vind het juist leuk,' zei Roos. 'Best romantisch eigenlijk.'

'Romantisch. Tja, als je afbladderende verf romantisch vindt.' Lisa's moeder trok met haar mond.

'Daar zijn ze!' riep Lisa, en ze rende naar het hek dat de weilanden van het erf scheidde. 'Daarachter onder die bomen. Zien jullie?'

Kim en Roos renden achter haar aan, Melanie en Sprotje volgden iets minder enthousiast. Drie paarden tilden hun hoofd op toen ze de meisjes aan zagen komen en sjokten naar het hek.

Melanie bleef staan. 'Bijten paarden eigenlijk?'

'Soms,' antwoordde Lisa. Ze boog zich over het hek. Een van de paarden stak zijn hoofd naar voren en snuffelde nieuwsgierig aan haar koude vingers.

'Soms?' Melanie deed een stap achteruit.

'Ach joh.' Roos duwde haar naar het hek. 'Laat ze nou maar gewoon even snuffelen. Ze happen eigenlijk alleen als er iets kraakt in je zak. En dan bijten ze meestal alleen maar in je jas.'

Melanie knikte, maar ze stak haar handen diep in haar jaszakken. 'Ze zijn helemaal niet zo groot,' zei ze, een beetje gerustgesteld.

Sprotje vond ze groot genoeg. Precies goed. En zo mooi. Hun dichte, lange manen vielen over hun hals en ogen. De twee die het dichtst bij het hek stonden waren donkerbruin, maar het derde paard, dat zich ongeduldig tussen hen in perste, vond ze het mooist. Zijn vel was roodbruin, zoals bij een vos, maar zijn staart en manen waren zo zwart als roet.

Nieuwsgierig stak hij zijn grote hoofd over het hek, snuffelde aan al die vreemde handen, deinsde terug – en kwam weer dichterbij. Voor Sprotje wist wat ze deed aaide ze zijn zijdezachte neus. Zijn warme adem streek langs haar hand, zijn donkere ogen keken haar aan, zo stil, zo intens.

'En, vind je ze leuk?' Sprotjes moeder legde een hand op haar schouder. De betweter stond naast haar. Meteen verstopte Sprotje het bijzondere geluksgevoel achter een onverschillig gezicht.

'Mevrouw Bergman?' Dat was Lisa's moeder. Ze stond nog steeds bij de auto's. 'Ik geloof dat ze ons eindelijk gezien hebben.'

'Ze gaat me voor schut zetten,' mompelde Lisa. 'Ik weet het zeker.'

De voordeur van het grote huis ging open, licht viel op het erf en een vrouw kwam met haastige stappen op hen af. Ze was iets groter dan Sprotjes moeder, had donker haar dat al grijs begon te worden. De rijbroek en de laarzen die ze droeg zou Lisa's moeder vast niet als 'verzorgd' bestempelen.

'Daar zijn jullie eindelijk!' riep ze. 'We wachten al sinds vanmiddag op jullie. De andere kinderen zitten net te eten, dus ik ben het ontvangstcomité. Samen met de paarden natuurlijk, en die zijn het belangrijkste, nietwaar?' Ze gaf iedereen een hand, de meisjes en de volwassenen. Sprotjes moeder kreeg een knuffel. 'Lang niet gezien,' zei ze. 'Wie van de vijf is je dochter?' Ze keek naar de meisjes en Sprotje stak haar hand op.

'Ik,' zei ze. 'Hoi.'

'Charlotte toch?'

Sprotje knikte en wees naar de anderen. 'Dat zijn mijn

vriendinnen. Melanie, Roos, Lisa en Kim.'

De vriendin van haar moeder knikte. 'Ik heet Lola. Zo noemen ze me hier allemaal. Wilde Lola, stomme Lola, dat hangt ervan af. Maar altijd Lola. Tessa, mijn dochter, is van jullie leeftijd. Zij zal jullie straks alles laten zien.'

'Ik zou ook graag alles willen zien,' zei Lisa's moeder. 'Vooral de kamers waarin de meisjes slapen, en verder de keuken, de badkamer en de eetkamer.'

Lisa werd bleek en beet op haar lip.

Lola knikte alleen maar. 'Natuurlijk. Hebt u haast? Anders stel ik voor dat we eerst eens even koffiedrinken.'

Sprotje keek haar moeder aan. Had ze haast?

Nee, niemand had haast. Zelfs de betweter niet. Terwijl hij toch al paardenpoep aan zijn schoenen had. De volwassenen gingen in Lola's kantoortje koffiedrinken en Tessa, haar dochter, zou de Kippen hun kamer laten zien.

'Hebben jullie die ukkies gezien?' fluisterde Melanie toen ze voor de eetkamer op Tessa stonden te wachten. 'Twee tafels vol kleintjes. We zijn hier dik de oudsten.'

'Hopelijk vallen die kleuters ons niet lastig,' mompelde Lisa. Intussen keek ze met een bezorgd gezicht haar moeder na, die net in Lola's kantoortje verdween.

'En wat dan nog? Wij zijn toch ook heel goed in mensen lastigvallen,' zei Sprotje. Ze keek om zich heen. In de grote hal lagen kleurige vloerkleden op de grond; een oude donkerrode bank stond naast een tafel met stapels paardentijdschriften erop. De muren hingen vol met foto's en tekeningen, vast gemaakt door Lola's manegekinderen – tekeningen van paarden, bruine, witte, grijze, zwarte, en op bijna elke tekening

stond ook een breed lachende zon en een minstens zo breed lachend kind. Aan een enorme kapstok naast de deur hingen jassen en regencapes. Eronder stond een lange rij kaplaarzen en modderschoenen.

Het zag er gezellig uit, vond Sprotje. Heel gezellig, al was het allemaal nog vreemd. Dat zou ze natuurlijk niet tegen haar moeder zeggen. Die moest maar mooi met een schuldgevoel naar zee vertrekken.

Lola's dochter Tessa was even groot als Roos en had het donkere haar van haar moeder, maar verder leek ze niet erg op haar.

'Zijn jullie verkeerd gereden?' vroeg ze, terwijl ze met de Kippen de brede, uitgesleten houten trap naar de tweede verdieping op liep.

'Dat kun je wel zeggen!' antwoordde Melanie. 'Is er hier in de buurt eigenlijk nog iets anders dan jullie manege?'

Tessa keek spottend naar haar om. 'Het volgende dorp is tien minuten met de auto. Te paard doe je er ongeveer een uur over. Maar er is daar niet veel te beleven hoor. In Barsingerberg kun je bij de bakker aan een statafel koffiedrinken. Dat is het wel.'

'Barsingerberg. O jee.' Melanie zuchtte en sleepte haar bagage verder de krakende trap op. 'Dat klinkt alsof je er nog niet dood gevonden wilt worden.'

Tessa haalde haar schouders op. 'Is het bij jullie thuis dan zo spannend?'

'Spannend? Dat is nou niet bepaald het woord dat bij me opkomt,' antwoordde Sprotje. 'Ik vind het hier spannender.'

Tessa glimlachte en liep de laatste paar treden op. 'We zijn

er bijna,' zei ze. 'Jullie zijn de enigen die hierboven slapen. De kleintjes vinden het griezelig op zolder. Je hoort de wind in de schoorsteen en soms scharrelen er relmuizen rond.'

'Relmuizen?' Kim trok een angstig gezicht. 'Wat zijn dat?'

'Lieve kleine beestjes,' zei Roos. 'Knagen alleen aan hout, niet aan mensen.'

'Een hele geruststelling.' Kim spitste haar oren, maar behalve de wind die langs het dak streek was er niets te horen.

Tessa ging hen voor door een smalle gang. Aan de muren hingen foto's van paarden. Boven elkaar. Naast elkaar. Het waren er zeker dertig. Op de houten lijstjes zaten plakkertjes met namen. Roos bleef telkens staan om ze te lezen: Fleygur, Fafnir, Lipurta...

'Wat een vreemde namen,' zei ze.

'IJslandse namen,' zei Tessa. Ze duwde een deur open. 'Hier, dit is jullie kamer. Ver bij de kleintjes vandaan. We dachten dat jullie dat wel fijn zouden vinden.'

Sprotje schuifelde met haar tas langs Tessa. 'Hoe oud zijn de anderen hier eigenlijk?' vroeg ze.

'Acht, negen jaar,' antwoordde Tessa. 'Wel aardig en behoorlijk brutaal. De meesten zijn er al sinds vrijdag en gelukkig hebben we nog geen ernstige aanval van heimwee gehad. Wat moeten jullie nog meer weten? Jullie badkamer is daar, aan het eind van de gang. Het ontbijt is om half negen, lunch om één uur. Mijn moeder kan heel veel hebben – behalve als iemand haar stoort tijdens de middagrust of als ze om twaalf uur 's nachts nog steeds door het huis moet gillen omdat er iemand op zijn bed staat te springen. Dan kan ze wel eens vervelend worden.'

Het was een grote kamer die Lola voor de Kippen gereserveerd had, maar Sprotje moest oppassen dat ze haar hoofd niet stootte tegen de schuine balken. Hier hingen geen paardenfoto's. Op de muren zat behang met reusachtige karmijnrode stokrozen. Op de houten vloer lagen een paar lopers en tegen de muren stonden vijf bedden.

'Mogen we ze verplaatsen?' vroeg Lisa.

'Ja hoor.' Tessa knikte en zette Melanies tweede tas neer, die ze voor haar de trap op gesjouwd had. 'Ik hoop dat jullie geen nachtmerries krijgen van dat behang. Van de winter gaan we deze kamer schilderen, maar nu...' ze haalde spijtig haar schouders op, '...ziet het er helaas nog zo uit.'

'Het is toch prachtig?' vond Roos, die zich op een van de bedden liet vallen. Naast elk bed stond een laag tafeltje met een lamp erop. Naast de deur stond een grote houten kast, waarvan de deuren vol zaten met stickers: paarden, katten, honden en een voetbalelftal. Iemand had zelfs zijn naam in het hout gekrast.

'Na het ontbijt maken we altijd een rit,' vertelde Tessa. 'Als mijn moeder lesgeeft begeleid ik de ritten. Na de lunch is het rust tot drie uur, daarna mag je weer rijden als je wilt. Als de paarden verzorgd zijn helpt iedereen nog ongeveer een halfuur mee in de stal, op de wei of in huis. Het avondeten is om zeven uur. Om negen uur is het bedtijd, maar voor jullie vindt mijn moeder tien uur ook best. Vertel het alleen niet aan de kleintjes. Anders hebben we meteen een opstand.'

De Kippen knikten. Roos en Lisa waren al aan het uitpakken. Melanie keek bezorgd naar haar koffer en die ene kast.

'Oké...' Tessa draaide zich om, maar in de deuropening

bleef ze nog een keer staan. 'Jullie hebben een of andere... club, hoorde ik?'

'Klopt.' Lisa spreidde haar armen. 'Voor je staan de beroemde en beruchte Wilde Kippen!'

'Lisa!' Roos verborg kreunend haar gezicht in haar kussen.

'De Wilde Kippen?' Tessa glimlachte. 'Klinkt leuk. En wat doen jullie zoal, als club, bedoel ik?'

'Och.' Kim haalde haar schouders op en keek de anderen aan. 'Theedrinken, kletsen...'

'Jongens pesten,' voegde Lisa eraan toe.

'Sprotjes moeder zei dat je een broer hebt,' zei Melanie. Ze deed haar best om onverschillig te klinken. Sprotje zuchtte. Natuurlijk. Wie anders dan Melanie zou zoiets vragen...

Maar Tessa leek het helemaal niet raar te vinden. 'Ja, Mike. Hij is twee jaar ouder dan ik. En meestal wel oké.'

Sprotje wachtte geduldig tot Melanie zou vragen of Tessa's broer soms knap was, maar zover ging ze gelukkig niet.

'Hoeveel paarden hebben jullie eigenlijk?' vroeg Roos. Haar tekstboekje van *Romeo en Julia* lag al op haar nachtkastje. Met een foto van haar broertje.

Tessa ging de kamer uit. 'Achttien,' antwoordde ze. 'Maar ik moet nu naar beneden, anders dansen die ukkies straks op de tafels.' De Wilde Kippen hoorden hoe haar voetstappen zich over de krakende vloer verwijderden.

Roos liet haar blik door hun nieuwe domein gaan. 'Gezellig hè?' vroeg ze.

'Veel gezelliger dan die kamer op ons laatste schoolreisje,' vond Kim.

'En geen Pygmeeën in de kamer naast ons,' verklaarde Lisa.

Het klonk bijna een beetje weemoedig.

Ze schoven de bedden naar het midden van de kamer tot ze allemaal tegen elkaar stonden, met de tafeltjes aan het hoofdeinde. Ze zochten een stopcontact voor de cd-speler, die Melanie had meegebracht, en zetten de kaarsenstandaard, waar Roos aan had gedacht, op de vensterbank. Sprotje legde haar zaklamp onder haar kussen en de pluchen kip, waar ze nog steeds mee sliep, onder de deken. Melanie en Lisa kibbelden om de ruimte in de kast, Kim probeerde haar wekker op acht uur te zetten en Roos zette net het kleine raampje open voor wat frisse lucht toen de deur openging.

'Eindelijk, ik dacht al, we komen er nooit,' zei Lisa's moeder. Ze kwam met gefronst voorhoofd de kamer in, keek niet al te enthousiast om zich heen en deed een stap opzij om Sprotjes moeder door te laten. Als laatste verscheen Lola. De betweter was er niet bij. Die zit vast al in de auto, dacht Sprotje, te wachten tot mam en hij eindelijk weg kunnen.

'Aha, jullie hebben het al gezellig gemaakt,' zei Lola.

'Het is allemaal wel... heel eenvoudig,' constateerde Lisa's moeder. Ze liep naar de vensterbank, duwde Roos opzij en ging met een vinger over het raamkozijn.

Lisa wist niet waar ze moest kijken. Ze werd vuurrood en plukte zenuwachtig aan de onderkant van haar trui. Kim en Roos gingen vlug naast haar zitten, de een links en de ander rechts. Lisa keek ze dankbaar aan.

'U betaalt vijftig euro per dag,' zei Lola tegen Lisa's moeder. 'Inclusief eten, onderdak en paardrijden. En dat alleen omdat Charlottes moeder en ik acht jaar bij elkaar op school hebben gezeten. Als deze speciale behandeling bekend wordt ga

ik failliet.' Lola keek nog steeds even vriendelijk, wat Sprotje echt knap van haar vond. Dat was vast een van die dingen die je leerde als je volwassen werd – hoe je je gevoelens moest verbergen, spoorloos laten verdwijnen achter een vriendelijk gezicht. Wat zou het handig zijn om dat te kunnen.

'Lisa?' Lisa's moeder deed alsof ze niet hoorde wat Lola zei. 'Vind je de accommodatie hier voor een weekje acceptabel?'

Lisa schoof nog wat dichter naar Roos toe. 'Ik vind het geweldig,' zei ze met een dun stemmetje. 'Véél leuker dan thuis, mama.'

Haar moeder vertrok haar mond tot een zuur lachje. 'Goed, dan hoef ik me dus geen zorgen te maken.'

Ze wierp nog een laatste afkeurende blik op het stokrozenbehang en schuifelde langs Sprotjes moeder en Lola de kamer uit. 'Dan zou ik nu graag nog even de badkamer en de keuken zien,' zei ze in het voorbijgaan tegen Lola.

'Geen probleem.' Lola glimlachte naar de meisjes en ging achter haar aan. 'Wil jij ook nog iets zien?' vroeg ze aan Sprotjes moeder.

Die schudde haar hoofd en glimlachte terug. 'Nee, wij zijn zo weer weg. Ga maar.'

'Pas op, stoot uw hoofd niet!' hoorden ze Lola roepen. Kim giechelde.

'Jullie vinden het hier wel leuk hè?' Sprotjes moeder keek de Kippen vragend aan. Sprotje zei niets. Ze moet met een slecht geweten vertrekken, dacht ze. Dat moet. Maar Melanie stootte haar aan. 'Kom op, zeg dan dat het te gek is.'

'We zullen zien,' bromde Sprotje.

'Loop je nog even mee naar de auto?' vroeg haar moeder.

'Ja hoor, ze komt eraan.' Melanie duwde Sprotje van het bed. 'Ga dan.'

'Vraag in de keuken of we nog een pot thee kunnen krijgen!' riep Roos haar na.

'Of glühwein,' riep Melanie, waarop Lisa haar geschrokken aankeek.

'Lola is wel aardig hè?' vroeg haar moeder toen Sprotje achter haar aan de trap af liep.

'Hm,' mompelde Sprotje.

'Ik geef je het telefoonnummer van het pension waar we zitten,' zei haar moeder. 'En ik bel je. Elke avond. Oké?'

'Je hoeft helemaal niet te bellen,' bromde Sprotje. 'Ik ben toch geen baby meer.'

Daarna zei haar moeder een tijdje niets meer. Zwijgend liepen ze door de grote hal, langs bossen droogbloemen en foto's van kinderen op paarden. Sprotjes moeder schoot Lola's kantoortje in om afscheid te nemen, maar Lola liep nog steeds met Lisa's moeder door het huis. Het duurde even voor Sprotjes moeder haar had gevonden. Sprotje wachtte voor de eetkamer. De deur stond op een kier en Sprotje gluurde naar binnen. Ze zag hoe Tessa een meisje tegenhield dat met spaghetti wilde gaan gooien.

Toen ze eindelijk weer tevoorschijn kwam vroeg Sprotjes moeder: 'Is de moeder van Lisa altijd zo?'

'Meestal is ze nog erger,' antwoordde Sprotje, terwijl ze achter haar aan naar buiten liep. Het was inmiddels aardedonker. Nog nooit had Sprotje de nacht zo zwart gezien. Alleen in de taxi brandde licht; de betweter zat er inderdaad al in.

'Hèhè, eindelijk!' riep hij, en hij duwde het portier open.

Sprotje bleef staan.

'Veel plezier!' zei haar moeder. Ze drukte Sprotje zo stevig tegen zich aan dat die naar adem hapte.

'Jij ook,' mompelde Sprotje, hoewel ze er niets van meende.

'Je bent nog steeds boos,' zei haar moeder zacht. 'De volgende keer gaan wij samen, alleen wij tweetjes. Afgesproken?'

Sprotje knikte. 'Als jullie terugkomen,' zei ze, 'trekt hij dan bij ons in?'

'Welnee.'

'Blijven we hier slapen of zo?' riep de betweter vanuit de auto.

Sprotje duwde haar moeder naar de auto. 'Stap in,' zei ze. 'En neem ook een knijper mee voor op zijn neus. Die vent snurkt echt verschrikkelijk.'

Haar moeder gaf haar nog een knuffel, wreef in haar ogen en stapte in. Op het donkere erf keek Sprotje de auto na tot de achterlichten in het duister waren verdwenen.

Rillend zette ze de kraag van haar jas op. Het begon fris te worden 's avonds. Een vogel kraste ergens in de donkere boomtoppen en ze hoorde de paarden briesen in de wei. Zand knarste onder Sprotjes schoenen toen ze naar de wei liep en op het hek klom.

Ze had eens ergens gelezen dat paarden staande slapen, maar altijd maar een paar minuten. Dan worden ze weer wakker. Een van de paarden – zijn manen schemerden in het donker – keek Sprotjes kant op. Een poosje stond het dier zo naar haar te kijken, zonder zich te verroeren. Toen kwam het dich-

terbij, langzaam, alsof het moeite kostte zijn hoeven uit het vochtige gras te tillen. Het paard schudde briesend zijn manen. Zijn vel was bruin, de manen bijna zo licht als de smalle maan die al boven het nabijgelegen bos stond. Sprotje stak een hand uit en het paard snuffelde aan haar vingers. Voorzichtig kriebelde Sprotje onder zijn kin. Ze aaide zijn zachte neusgaten. 'Hoe heet je?' fluisterde ze. Het paard spitste zijn oren. Zelfs in die oren groeide dik grijs haar.

Opeens hoorde Sprotje voetstappen achter zich. Ze schrok zo dat ze bijna voorover van het hek tuimelde. Er kwam iemand uit de stal. Een jongen. Dat was natuurlijk Lola's zoon, Mike. Waarschijnlijk had hij Sprotje gehoord, want hij richtte een zaklamp op haar. Verlegen knipperde ze tegen het felle licht.

'Hoi,' zei hij. 'Ben jij er een van die groep die vandaag aangekomen is?'

Sprotje knikte en klom vlug van het hek. Hij was groter dan zij, een heel klein beetje maar.

'Jullie zijn met z'n vijven hè?' vroeg hij.

'Ja,' zei Sprotje. Ze wist ook niet waarom haar hart opeens sneller begon te kloppen. 'Hoe...' ze wees achter zich, '...hoe heet dat paard daar?'

Mike boog zich over het hek en aaide de manen van het paard. 'Deze hier? Dit is Kolfinna.'

'Kolfinna. Is dat ook een IJslandse naam?' vroeg Sprotje. 'Net als die op de foto's boven? Die klonken al net zo... raar.'

Mike lachte. 'Voor IJslandse paarden klinken ze precies goed, denk ik. Hoe heet jij?'

'Charlotte.'

Waarom zei ze dat? Ze vond haar naam niet eens mooi.

'Dat zou je ook een rare naam kunnen vinden.' Mike grijnsde, graaide in zijn jaszak en gaf Kolfinna een stuk brood. 'Ik bedoel het niet rot. Hoe heten die anderen, je vriendinnen?'

'Melanie, Roos, Lisa en Kim,' antwoordde Sprotje.

'Kim.' Mike lachte. 'Dat is echt vreemd hè? Nou, ik moet weer naar binnen. Jullie slapen op zolder, toch? Als jullie vannacht gek worden van de muizen, gewoon op de muren kloppen. Dat helpt meestal wel.' Hij liep naar het huis en Sprotje keek hem na. Hij vindt me natuurlijk een mafkees, dacht ze. Een complete, hopeloze mafkees.

Bij de deur botste Mike tegen Roos op. Ze bleven in de verlichte deuropening staan en Roos lachte. Toen wees Mike Sprotjes kant op. En Roos kwam door het donker op haar af.

'Waar zat je nou?' riep ze nog voor ze bij haar was. 'We hebben overal naar je gezocht. In de keuken, de eetkamer; zelfs in Lola's kantoor hebben we naar je gevraagd.'

'Hoezo?' Sprotje was blij dat het donker was. Misschien merkte Roos het nu niet. Merkte ze niet dat Sprotjes hart zo bonkte, niet dat ze zich voelde zoals ze zich, verdomme, nog nooit had gevoeld. Vlinders in haar buik. Knikkende knieën. 'Ik... ik was nog even bij de paarden,' mompelde ze. 'Mag dat soms niet?'

'Ja! Natuurlijk wel. Maar er is wel iets met je.' Roos keek haar van opzij bezorgd aan. Niemand kende Sprotje beter dan Roos. Niemand. Zelfs haar moeder niet. 'Het komt door je moeder hè?' vroeg Roos. 'Omdat ze met die rij-instructeur op vakantie gaat – en niet met jou. Ach joh, zes dagen, wat is

dat nou? En je hebt ons. Het is toch hartstikke leuk hier, of niet soms?'

Roos gaf Sprotje een arm en trok haar mee terug naar het hek. Kolfinna stond er nog, ze hoopte vast dat ze weer een stuk brood kreeg. 'Hoe zou die heten?' Roos aaide de dikke manen van het paard.

'Kolfinna,' zei Sprotje.

'Hoe weet jij dat nou weer?' Roos keek haar verbaasd aan. 'Of verzin je het soms ter plekke?'

Sprotje schudde haar hoofd. 'Nee mens, zo'n naam verzin je toch zeker niet? Ik heb het van iemand gehoord.' Kolfinna draaide zich om en sjokte terug de wei in. In het donker kon Sprotje nog acht andere paarden onderscheiden.

'Je hebt het van iemand gehoord, aha.' Roos leunde met over elkaar geslagen armen op het hek en deed haar ogen dicht. 'Hmm, wat ruikt het hier lekker hè?'

Sprotje knikte – en wachtte nog steeds tot het tumult in haar binnenste tot bedaren kwam.

'Kom, laten we naar de anderen gaan,' zei Roos.

En dat deden ze, nadat ze in de keuken van Lola's kokkin nog een grote pot thee hadden gekregen. Herma heette ze en ze was bijna net zo breed als ze lang was. Ze gaf ook nog een schaaltje met koekjes mee, bij wijze van welkom, zei ze.

Het was allemaal heerlijk. Veel fijner dan Sprotje het zich had voorgesteld. Als die chaos in haar hart er nou maar niet was... Eén ding kon ze er met zekerheid over zeggen: dat het niets met haar moeder te maken had.

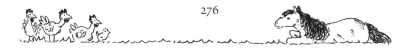

Sprotje sliep heel goed in het vreemde bed, met Roos links en Lisa rechts van haar. Toen ze haar ogen opendeed was het nog schemerig buiten, maar Roos was ook al wakker. Ze zat recht-op in bed haar rol uit haar hoofd te leren. Sprotje zag haar lip-pen bewegen. '*Terug, gij dwaze tranen, naar uw bron!*' hoorde Sprotje haar fluisteren. '*Uw druppels zijn de tol die droefheid eist, en die gij dwaasweg aan de blijdschap offert...*'

'Dat onthoud je nooit!' zei Sprotje.

Roos schrok op, alsof ze heel ergens anders was geweest. 'Jawel hoor!' antwoordde ze zacht. 'Ik ken het straks helemaal uit mijn hoofd, en dan sta ik in de aula op het toneel en kijkt iedereen naar me en kan ik me er geen woord meer van her-inneren!' Ze liet zich kreunend in haar kussen zakken en leg-de het geopende boek op haar gezicht. 'En Noor ziet er zo dom uit in die strakke broek,' hoorde Sprotje haar zeggen. 'Daar krijg je echt geen romantisch gevoel van.'

Een romantisch gevoel. Sprotje slikte en dacht aan gister-avond. Ach, ze was gewoon in de war geweest, vanwege haar moeder en die betweter. Daar kwam het natuurlijk door.

Roos haalde het boek van haar gezicht en ging rechtop zitten. 'Zullen we naar beneden gaan en in de keuken thee zetten?'

Sprotje keek op Kims wekker. Het was nog maar zeven uur. 'Waarom niet?' zei ze geeuwend. 'Lisa heeft volgens mij ook nog koekjes in haar tas.'

Zachtjes, zonder de anderen wakker te maken, glipten ze in hun kleren en liepen op hun sokken de trap af. Het was doodstil in huis. Alleen uit één kamer kwam gegiechel, en een geluid dat klonk alsof iemand een kussen tegen de deur gooide. En toen ze beneden door de hal liepen had Sprotje heel even het gevoel dat iemand over de balustrade op hen neerkeek. Maar toen ze zich omdraaide was er niemand te bekennen.

Om in de keuken te komen moesten ze door de eetkamer. Het ochtendlicht viel door de vensterruitjes op blauwe tafelkleden. De tafels waren al gedekt voor het ontbijt. Op een ervan stond een kip van stro.

'Die is vast voor ons,' zei Roos. 'Zo te zien heeft je moeder Lola van alles over ons verteld.' Ze deed de keukendeur open en bleef als aan de grond genageld staan, zo abrupt dat Sprotje bijna tegen haar op botste. Mike stond voor de koelkast, in een T-shirt en een gestreepte onderbroek.

'Morgen,' zei hij en hij ging met een hand door zijn haar, dat door het slapen nog alle kanten op stond. 'Zijn jullie echt zulke vroege vogels of hebben die verrekte kleuters jullie ook wakker gemaakt?'

'We...' Roos keek verlegen om naar Sprotje. 'We wilden thee zetten.'

'Thee? Krijgen jullie dat zo vroeg naar binnen?' Mike hui-

verde. 'Nou, doe wat je niet laten kunt.' Hij nam de dampende beker die op tafel stond en de yoghurt die hij uit de koelkast had gehaald en liep ermee naar de deur. Roos en Sprotje deden vlug een stap opzij. 'Tot straks dan,' zei hij, en hij laveerde voorzichtig met zijn beker tussen de tafels in de eetkamer door.

Sprotje keek hem na. Tot ze merkte dat Roos hetzelfde deed.

'Appel of rozenbottel?' vroeg Roos toen ze Sprotje zag kijken. Alsof ze ergens op betrapt was keerde ze zich van de deur af. 'Dat zijn de soorten die ze hier hebben. Dat zei Herma gisteravond al.'

'Appel,' mompelde Sprotje. Daar had je ze weer, die hartkloppingen. Kon je daar niets tegen doen? Diep ademhalen misschien. Sprotje probeerde het.

Roos zette de ketel op het fornuis, haalde twee bekers uit de kast boven de gootsteen en hing er theezakjes in. 'Ik ben benieuwd hoe jullie het doen bij de eerste les,' zei ze. 'Kim is geloof ik nog steeds bang dat ze het paard niet eens op komt.' Ze praatte en praatte. Roos praatte alleen veel als ze verlegen was. En ze was verlegen. Dat merkte Sprotje best.

'Ach, het zal allemaal wel meevallen,' mompelde ze. Ze keek naar buiten. Tessa en Lola waren al in de wei. Nu, bij daglicht, waren de paarden nog mooier dan gisteravond.

'Je zult zien, paardrijden is heerlijk. Ik weet zeker dat je het leuk vindt,' zei Roos. Zij had Mike ook nagekeken...

'Vast wel,' zei Sprotje. Maar haar gedachten waren heel ergens anders.

Ze pakten hun bekers en gingen terug naar hun kamer.

279

Onderweg kletsten ze over van alles en nog wat, alleen niet over hartkloppingen en knikkende knieën. Ook beste vriendinnen bespreken niet alles met elkaar. Uit de kamers op de eerste verdieping kwam nu al behoorlijk veel lawaai, en toen ze de trap naar zolder op liepen, hoorden ze Lisa door de hele gang schreeuwen: 'Die achterlijke kleuters! Die herenloze kleine chimpansees! Ik draai ze de nek om.'

'Wat is hier aan de hand?' Kim en Melanie stonden net hun rijbroek aan te trekken toen Sprotje en Roos de kamer in kwamen. Van Lisa was geen spoor te bekennen.

'Wat hebben die ukkies uitgespookt?' vroeg Roos, die met haar thee op haar bed ging zitten.

'Ze hebben zwarte schoensmeer op de wc-bril gesmeerd.' Kim grinnikte en probeerde haar T-shirt in haar rijbroek te krijgen. 'Gelukkig hoefde ik niet als eerste. Jemig, ik zie eruit als een gestopte worst in die broek.'

'Lisa staat al vijf minuten te schrobben onder de douche,' zei Melanie, die haar haren zat te borstelen. 'Jouw broek is altijd nog beter dan de mijne. Ik heb hem van mijn nicht geleend en die heeft een kont als een walrus.' Nieuwsgierig draaide ze zich om naar Sprotje en Roos. 'Hebben jullie die broer van Tessa al gezien? Hoe ziet hij eruit?'

Ze gaven geen van beiden antwoord. Roos slurpte van haar thee en verstopte haar gezicht achter *Romeo en Julia*, en Sprotje keek aandachtig naar buiten, alsof bomen en weilanden iets heel nieuws voor haar waren.

'Ik heb hem gisteravond gezien!' Kim trok een trui over haar hoofd. 'Hij is best knap. Vind ik.'

'Ja, maar jij vindt zelfs die neef van je een stuk,' zei Melanie

kattig. Intussen epileerde ze voor een piepklein zakspiegeltje haar wenkbrauwen. 'Ik wil hem eerst met eigen ogen zien.'

'Jeetje, Mel!' Roos kon haar ergernis niet verbergen. 'Ik dacht dat je met Willem was! Waarom moet je eigenlijk zo nodig weten hoe knap andere jongens zijn?'

'Macht der gewoonte,' mompelde Sprotje.

'Het heeft helemaal niets met Willem te maken,' viel Melanie uit. 'Ik heb hem gisteravond nog gebeld, stelletje koeien.'

'Kippen,' zei Sprotje. Ze zag Mike beneden over het erf lopen; bij zijn moeder bleef hij staan. Haastig, alsof hij haar zou kunnen ontdekken, ging ze bij het raam vandaan.

Melanie nam haar verwonderd op, maar gelukkig kwam Lisa net op dat moment de kamer weer in. 'Als ik ze te pakken krijg!' riep ze met een hoogrood hoofd. 'Mijn kont doet zo'n pijn van al dat schrobben, het lijkt wel alsof ik honderd uur op een paard heb gezeten.'

'Zal ik even kijken of het zwart er ook echt af is?' bood Melanie aan.

'Nee, bedankt.' Lisa trok haar laarzen aan en rukte een vest uit de kast. 'Ik wou dat ik wist wie van die kleine ettertjes het was.'

'Je kunt Tessa vragen wie het lef heeft voor zulke dingen,' stelde Kim voor.

Maar Tessa kon Lisa ook niet helpen. 'Er gebeurt altijd wel iets als er nieuwe komen,' zei ze, nadat ze bij de Kippen aan de ontbijttafel was komen zitten. Aan de tafel naast hen zaten drie van de mogelijke daders. Ze staken hun hoofden bij elkaar en begonnen hysterisch te lachen zodra er een Kip hun kant op keek. Lisa nam het drietal nijdig op, in de hoop dat

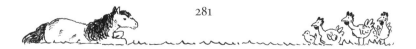

281

er eentje rood zou aanlopen als zij maar streng genoeg keek. Maar dat werkte niet.

'De laatste keer dat er nieuwe kwamen,' fluisterde Tessa, 'hebben een paar van die ukkies 's nachts hun handen in een kom met lauw water gehouden.'

Kim werd nog witter dan het tafelkleed.

'Hoezo, wat gebeurt er dan?' vroeg Lisa argeloos.

'Je plast in je bed,' zei Sprotje. 'Zo klein, en dan al van die rotgeintjes.'

Lisa keek om alsof ze net had gehoord dat er kannibalen aan de tafel naast haar zaten. 'Niet te geloven!' fluisterde ze verontwaardigd. 'Zoiets zou ik nooit doen.'

'Echt wel,' stelde Melanie droog vast. Intussen bekeek ze de meisjes aan de andere twee tafels. 'Zeven,' telde ze. 'Ze zijn duidelijk in de meerderheid. En nou maar hopen dat ze niet met z'n allen onder één hoedje spelen.'

Tessa nipte van haar thee. 'Nee hoor,' zei ze. 'Die vier daarachter...' ze wees naar de tafel bij het raam, '...zijn keurig opgevoed. Daar hebben we nog helemaal geen last mee gehad. Alleen krijgt Daphne 's avonds altijd heimwee, maar gelukkig laat ze zich makkelijk troosten. Maar die drie daar...' Tessa knikte naar het tafeltje naast hen, '...dat is een brutaal stelletje. Die kunnen alleen maar melig doen. Verena remt de anderen soms gelukkig nog een beetje, maar Lilli en Bob zijn hier al voor de derde keer en ik ben bang dat ze elke nieuwkomer als een indringer beschouwen. Dat met dat lauwe water, dat waren zij ook.'

Kim keek onbehaaglijk om. Onmiddellijk begon het drietal weer te giechelen.

Melanie wierp ze een verachtelijke blik toe. 'Zeg alsjeblieft niet dat we samen met die drie monstertjes les hebben!' zei ze tegen Tessa.

Tessa haalde haar schouders op en nam nog wat thee. 'Dat hangt ervan af hoe goed jullie paardrijden. Die kleintjes zijn allemaal al best goed.'

Melanie, Kim en Sprotje keken elkaar gegeneerd aan.

'Wij, eh...' Melanie plukte aan haar geleende rijbroek, die inderdaad te groot voor haar was, '...wij kunnen het nog niet zo goed, ik bedoel, eigenlijk...'

'...kunnen we het helemaal niet!' vulde Sprotje aan.

Kim zuchtte en glimlachte verlegen naar Tessa.

'Op die manier.' Tessa probeerde een lachje te onderdrukken, maar dat lukte niet helemaal. 'Nou, dan krijgen jullie straks je eerste les van mijn moeder. Terwijl Lilli, Bob en de andere ukkies met mij een rit maken.'

'En je broer?' vroeg Roos, en meteen perste ze haar lippen op elkaar, alsof ze de vraag het liefst weer had ingeslikt.

'Mike? Geen idee. Die is 's ochtends altijd in de wei of in de stal bezig. En als hij klaar is met werken gaat hij meestal naar Barsingerberg, naar zijn vrienden.'

'Tessa?' Een van de meisjes van het andere tafeltje stond plotseling naast Tessa. 'Mogen wij kijken als die daar...' ze likte een beetje jam uit haar mondhoek, '...voor het eerst gaan rijden? Dat lijkt ons wel een grappig gezicht.' Haar vriendinnen vielen voorover in hun bord van het lachen.

'Nee, dat mogen jullie niet, Lilli,' antwoordde Tessa. 'Bij jullie heeft ook niemand staan kijken.'

'Dank je!' kreunde Kim opgelucht.

Na het ontbijt kwamen de ukkies met z'n allen om Tessa heen staan, want ze wilden allemaal op hun lievelingspaard rijden. Maar Tessa schreef de namen van de paarden op kleine stukjes papier, deed die zorgvuldig opgevouwen in een broodmandje en liet het mandje rondgaan. Daarna ging ze met Lisa en Roos naar de wei om ze hun paarden aan te wijzen. Melanie, Kim en Sprotje leunden tegen het hek en keken besluiteloos toe, tot Lola op hen afstapte.

Ze overhandigde hun alle drie een hoofdstel en een touw en zei: 'Jullie eerste paardrijles, dat is een spannende gebeurtenis. Zodra Tessa met de anderen weg is, halen wij de drie paarden die jullie het beste kunnen leren hoe je moet rijden.'

Het duurde eindeloos voor de groep van Tessa de paarden opgetuigd en gezadeld had, maar eindelijk was het dan toch zover. Roos reed als laatste het erf af. Ze draaide zich nog een keer om en zwaaide, waarna haar paard tussen de kleurige herfstbomen verdween.

'Je zou er jaloers van worden hè?' mompelde Melanie, terwijl Sprotje naar het hoofdstel in haar hand stond te kijken. Ze kon met de beste wil van de wereld niet bedenken hoe het om een paardenhoofd zou moeten passen.

'Maar wij gaan ook lol maken hoor,' zei Lola. Ze maakte het hek naar de wei open. Op een rijtje stapten ze door het korte gras. Helemaal achteraan, onder de bomen, stonden nog zeven paarden te grazen. Toen Lola met de meisjes dichterbij kwam, tilden er drie hun hoofd op.

'Voor die paar dagen dat jullie hier zijn,' zei Lola, 'kunnen jullie het best aan één bepaald paard wennen. Voor Melanie

nemen we Fafnir, voor Kim Freya en Snegla gaat Charlotte leren rijden.'

Fafnir was Lola's enige schimmel. Freya was zo zwart als roet en Snegla's vel was bruin, op de kleine gekartelde bles op haar voorhoofd na, die wel een beetje op een S leek.

'Kolfinna is zeker nog te wild voor ons?' vroeg Sprotje. Ze deed haar best om Snegla het hoofdstel om te doen zonder haar oren dubbel te vouwen, maar dat viel nog helemaal niet mee. De merrie trok steeds haar hoofd terug en keek Sprotje aan alsof ze zoveel onbenul nog nooit had meegemaakt.

'Kolfinna?' Lola glimlachte en hielp Melanie Fafnir het hoofdstel over de witte oren te leggen. 'Ja, die is inderdaad te wild voor jullie. Heeft ze gisteren soms weer bij het hek staan bietsen? Ze is van Mike en hij verwent haar veel te erg. Fafnir, Freya en Snegla zijn ook wel eens brutaal, maar met beginners hebben ze heel veel geduld. Dat betekent dat ze niet meteen gaan bokken of op hol slaan als je een fout maakt. In het begin maak je bij paardrijden bijna alleen maar fouten, dat is nu eenmaal zo, en het pijnlijkste voor een paard is als je aan de teugels rukt. Aai je paard eens over zijn neus.'

De Kippen gehoorzaamden.

'Voelen jullie hoe zacht en gevoelig dat is? Denk daaraan als je voor het eerst de teugels in je handen hebt.'

Lola nam Freya's touw van Kim over. 'Als je je paard uit de wei haalt,' vervolgde ze, 'leid het dan zo dat het met zijn hoofd naast je loopt. Straks laat ik jullie zien waar je allemaal op moet letten als je buiten de manege bent.'

Sprotje probeerde het. Ze begon te lopen en Snegla sjokte braaf met haar mee. Het was raar om zo'n groot dier naast je

285

te voelen, zijn kracht en de warmte van zijn lichaam. Freya volgde Kim minder gedwee dan Snegla het bij Sprotje deed, maar na een tijdje stonden ze alle drie met hun paard voor het hek. Lola maakte het voor ze open en de vriendinnen leidden de paarden voorzichtig naar buiten, bonden ze vast aan een paal op het erf en lieten zich door Lola wijzen waar ze in de zadelkamer de poetsboxen konden vinden.

'Bij IJslandse paarden is poetsen niet zoveel werk,' legde Lola uit, toen Melanie hulpeloos de ene borstel na de andere in haar handen nam. 'Ze staan namelijk niet de hele dag op stal en ze hebben de andere paarden die in hun vel bijten. Ze rollen over de grond tegen het ongedierte en vinden het fijn om in de regen te staan. Eigenlijk borstelen jullie ze alleen maar om ze te leren kennen.'

Sprotje pakte een van de ruwe borstels. 'Goed, daar gaan we dan,' zei ze. Zorgvuldig borstelden de Kippen het vel en de dichte manen van de paarden. Alleen de staart durfden ze geen van drieën aan te raken.

'Je kunt ook met je handen in hun vel en hun manen "bijten", zoals ze het bij elkaar met hun tanden doen, zie je wel?' Lola boog haar vingers en ging zachtjes knijpend langs Fafnirs rug, tot hij begon te briesen. 'Horen jullie hoe lekker hij dat vindt?' Lola lachte zacht. 'Dan krijgen we nu de hoeven. En iets wat paarden minder lekker vinden.' Ze haalde een vreemd metalen ding uit de poetsbox, met aan de ene kant een krabbertje en aan de andere kant een klein borsteltje. 'Nu laat ik jullie zien hoe je voor en na het rijden de hoeven uitkrabt.'

'De hoeven?' Kim deed een stap naar achteren. 'Maar... schoppen ze dan niet?'

'Welnee.' Lola bukte zich, liet haar hand langs Fafnirs linkervoorbeen omlaag glijden en pakte de hoef, die hij gehoorzaam optilde. Ze krabde er aarde en kleine steentjes uit en liet Fafnir zijn hoef weer neerzetten. 'Bij de achterhoeven moet je natuurlijk voorzichtig zijn,' legde ze uit. 'Jullie kennen vast wel de regel dat je zelfs het makste paard beter niet van achteren kunt benaderen.'

De Kippen knikten. Daarna gingen ze aan het werk. Snegla trok meteen haar voorbeen uit Sprotjes handen. 'Geef haar een standje,' zei Lola. 'Ze probeert alleen maar uit hoever ze bij je kan gaan.'

Melanie kreeg bij het schoonmaken van Fafnirs rechterachterhoef een paardenscheet midden in haar gezicht – Lola vertelde dat dit bij het uitkrabben van de achterhoeven jammer genoeg vaak voorkwam – en Kim moest Sprotje vragen of ze Freya's staart vast wilde houden, anders sloeg de merrie haar er de hele tijd mee om de oren.

'Bitten en zadels hebben we nu nog niet nodig,' zei Lola toen de meisjes klaar waren met poetsen. 'We beginnen met de longe.' Ze verdween in de zadelkamer en kwam terug met een lange lijn en een brede leren riem. 'En, hebben jullie dit wel eens gezien?' vroeg ze, terwijl ze de riem om Fafnirs buik gespte. Er zaten twee met leer beklede handgrepen aan.

'Dat is een longeersingel,' antwoordde Kim, die voor de vakantie stapels boeken over paardrijden uit de bibliotheek had gehaald.

'Precies,' zei Lola. 'Zo leren jullie dat je ook zonder teugels en zadel heel goed op een paardenrug kunt blijven zitten. Wie wil het als eerste proberen?'

'Ik,' flapte Sprotje eruit. Verlegen keek ze de andere twee aan. 'Ik bedoel, als...'

'Best hoor, begin jij maar,' zei Melanie. 'Wij wachten wel, hè Kim? Of sta jij te springen om voor aap te staan?'

Kim lachte schuchter, friemelde aan haar oorbelletje en bekeek Fafnirs rug alsof ze zich niet kon voorstellen dat ze daar ooit op zou zitten.

'Oké, daar gaan we dan.' Lola maakte Fafnirs touw los en gaf het aan Sprotje. 'Snegla en Freya halen we straks.'

Met kloppend hart nam Sprotje Fafnir mee. De omheinde rijbaan lag achter de stal, maar Lola liep naar de ronde bak een paar meter verderop. Ze maakte het hek in de hoge omheining open en liet Sprotje met Fafnir naar binnen gaan.

'Goed opletten!' zei ze tegen Melanie en Kim, die buiten waren blijven staan. 'Straks zijn jullie aan de beurt.' Ze bevestigde de longeerlijn aan Fafnirs hoofdstel en hielp Sprotje op zijn witte rug. 'Alleen op je evenwicht letten,' zei ze, terwijl ze naar het midden van de bak liep. 'En wen maar aan de bewegingen van het paard.'

Sprotje knikte en klemde haar benen om het warme paardenlijf. Fafnir kwam met een ruk in beweging. Geschrokken klampte Sprotje zich aan de grepen van de longeersingel vast.

'Ontspannen!' riep Lola, maar dat was makkelijker gezegd dan gedaan. Sprotje had nooit geweten hoe glad het op de rug van zo'n paard was.

Pas na een paar rondjes vond ze haar evenwicht. Haar lichaam bewoog mee met de stappen van het paard en ze voelde zich opeens zo licht dat ze bijna duizelig werd van geluk.

'Aha, je begint het leuk te vinden!' riep Lola. 'Mooi. Pro-

beer dan maar eens één hand los te laten.'

Sprotje keek haar geschrokken aan. Maar toen knikte ze; ze perste haar lippen op elkaar en probeerde het. Weer gleed ze bijna van Fafnirs rug, maar de schimmel sjokte zo bedaard voort dat Sprotje haar evenwicht algauw hervond.

'Met één hand!' riep Melanie. 'Moet je zien, Kim. Dat doen wij de Opperkip voorlopig niet na.'

In het voorbijgaan stak Sprotje haar tong uit. Kims ogen waren bijna zo groot als haar brillenglazen.

Na nog wat wiebelige rondjes durfde Sprotje van hand te wisselen, en ten slotte lukte het haar zelfs een paar heerlijke tellen lang met beide handen los te rijden.

'Prima gedaan!' zei Lola toen ze haar hielp met afstijgen. 'Hoe vond je het?'

'Fijn. Heel, heel fijn,' mompelde Sprotje. Ze aaide Fafnir over zijn grijswitte neus. Het liefst was ze meteen weer op zijn rug geklommen, maar Melanie stond al voor het hek te wachten.

Terwijl Melanie met een wit gezicht haar eerste rondje reed, vroeg Kim: 'Was je erg bang?' Sprotje keek Fafnir verlangend na en schudde haar hoofd. 'Nee,' zei ze zacht. 'Na een tijdje... had ik het gevoel dat ik het al eeuwen deed...'

'Wat?' vroeg Kim.

'Nou, paardrijden!' Sprotje zag hoe Melanie aarzelend haar linkerhand losliet en trots naar hen lachte, voor ze vlug weer met beide handen de grepen vastpakte.

'Ik sta vast voor gek,' zei Kim somber. 'En dat terwijl ik het eigenlijk best graag zou willen kunnen.'

'Ach joh!' antwoordde Sprotje alleen maar, en Kim stond

inderdaad helemaal niet voor gek. Bij Fafnirs eerste stappen keek ze nog een beetje bang, maar algauw verscheen er een voorzichtig lachje op haar gezicht, en na een tijdje durfde ze zelfs een hand los te laten om haar bril recht te zetten. Daarna reed ze net zoals de anderen met twee handen los. Ze lachte er zo gelukzalig bij dat Melanie grinnikend met haar elleboog in Sprotjes zij porde.

Na het longeren moesten ze Snegla en Freya zadelen. 'Fafnir heeft eerst even pauze verdiend,' zei Lola. Ze liet de Kippen zien hoe je het zadel zo op de rug van het paard legde dat het paard er geen last van had, hoe je het bit in zijn mond stopte en de zadelriem een paar keer aantrok, tot hij stevig genoeg zat.

'Jeetje, het duurt wel een eeuwigheid voor je eindelijk kunt gaan rijden,' zuchtte Melanie terwijl ze de stijgbeugels op de juiste hoogte instelde.

'Klopt,' antwoordde Lola. 'En dat blijft ook zo, al word je er natuurlijk wel wat handiger in.'

'Neem het poetsen en zadelen altijd net zo serieus als het rijden zelf,' vervolgde ze, toen de meisjes met de paarden naar de rijbaan liepen. 'Je paard voelt het als je gestrest of ongeduldig bent en dan zul je bij het rijden weinig plezier aan hem beleven.'

'Niet zo woest!' waarschuwde Lola, toen Sprotje met een zwaai op Snegla's rug ging zitten. 'Een onervaren paard zou van schrik op hol slaan als je je zo plompverloren in het zadel laat vallen.'

Berouwvol aaide Sprotje Snegla's hals. 'Sorry,' mompelde ze. Ze hoopte maar dat de merrie haar excuses accepteerde.

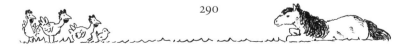

Sprotje had in stilte gehoopt dat Lola hen nu al zelf zou laten rijden, maar Lola verklaarde dat ze daar op zijn vroegst pas de derde les aan toe zouden zijn. En zo leidde zij Snegla met Sprotje door de rijbaan, en Melanie nam Freya, met de verzaligd lachende Kim op haar rug.

In het zadel zat je heel anders dan op een blote paardenrug. Sprotje had niet kunnen zeggen wat ze prettiger vond. 'Blijf voorlopig nog maar even van de teugels af,' zei Lola. 'Teugels zijn heel verleidelijk om je aan vast te houden, maar daarmee maak je je bij je paard niet populair. Denk maar aan wat ik over die zachte snoet vertelde.'

Ik stap nooit meer af, dacht Sprotje op een bepaald moment. Ik blijf gewoon voor eeuwig doorrijden. Maar natuurlijk was ook zij een keer aan de beurt om naast een paard te lopen. Ze had net de teugels van Freya overgenomen toen Mike de stal uit kwam. Hij zag hen bezig, slenterde naar de rijbaan en bleef tegen het hek geleund staan.

Sprotje probeerde er niet aan te denken dat hij er was. Een hopeloze zaak. Haar ogen dwaalden de hele tijd zijn kant op. Freya leek te merken dat Sprotje er met haar gedachten niet helemaal bij was en begon steeds harder te lopen, tot Lola moest ingrijpen.

'Mike, je stoort. We hebben geen publiek nodig!' riep Lola. 'Heb je Brunka haar medicijnen gegeven?'

'Allang!' antwoordde Mike. 'Volgens mij moet je de dierenarts nog een keer laten komen. Ze hoest nog best veel.'

Sprotje zag dat Melanie Mike onopvallend opnam, maar gelukkig gedroeg ze zich niet zoals ze vroeger altijd deed zodra ze een mannelijk persoon in het vizier kreeg. Ze schud-

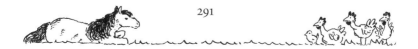

de niet eens met haar haren. Kim stond met Snegla's touw in de hand verlegen naar Mike te gluren. Zodra hij haar kant op keek, begon ze aan de manen van het paard te frunniken.

'Als jij de dierenarts nou eens belde?' riep Lola. 'Ik ben hier nog niet helemaal klaar.'

'Geen probleem!' antwoordde Mike. Hij zette zich tegen het hek af en slenterde terug naar de stal. Sprotje betrapte zich erop dat ze hem alweer stond na te kijken – tot Freya haar een duw tegen haar schouder gaf.

Lola liet ze nog een hele tijd rondjes rijden. Ze legde uit hoe je je in het zadel zwaar moest maken om het paard te laten stoppen en hoe je het zover kreeg dat het weer doorliep. Ze moesten met hun handen los rijden, zich in het zadel omdraaien, in de stijgbeugels gaan staan en weer gaan zitten. Toen Lola uiteindelijk 'genoeg voor vandaag!' riep, waren de drie Kippen gelukkig, maar moe. Hun benen deden pijn van de ongewone inspanning. Stram als ooievaars liepen ze met Snegla en Freya terug naar het erf, waar Fafnir ongeduldig aan de paal stond te wachten.

Na het borstelen kon Sprotje maar met moeite afscheid van Snegla nemen. Pas helemaal achter in de wei maakte ze het touw los. Een paar heerlijke tellen lang bleef de merrie naast haar staan. Ze keek Sprotje aan en snuffelde nieuwsgierig aan haar jas. Maar toen Sprotje geen brood of appel uit haar zak tevoorschijn toverde, draaide ze zich om en sjokte naar de andere paarden, die nog steeds onder de bomen stonden te grazen. In het korte gras, dat nog vochtig was van de ochtenddauw, stond Sprotje naar ze te kijken – hoe ze elkaar begroetten en in elkaars manen begonnen te bijten, hoe

Fafnir zijn hoofd op Freya's rug legde.

'Hé Sprotje, je staat erbij alsof je van plan bent te gaan grazen!' riep Melanie bij het hek. Sprotje maakte haar blik met tegenzin van de paarden los en liep door de wei terug naar de anderen.

'Jullie hebben je dapper geweerd,' zei Lola, toen ze de poetsboxen naar de zadelkamer terug hadden gebracht en in een emmer water de bitten schoonmaakten. 'Als jullie vanmiddag niet al te veel spierpijn hebben, gaan we verder.'

'O, dat zal best meevallen,' zei Kim, die met een blij lachje haar bril schoonwreef.

Nadat Lola naar binnen gegaan was, gingen de drie Kippen naast elkaar op het hek zitten. Ze keken uit over de wei en zeiden een hele tijd niets. Maar in de lucht hing tevredenheid – lome, zalige tevredenheid.

'Fafnir, Snegla, Freya,' mompelde Melanie, met haar ogen knipperend tegen de herfstzon. 'Wie vinden jullie het mooist?'

Sprotje kreunde. 'Typisch hoor. Nu begin je bij de paarden ook al met die schoonheidsonzin van je.'

'Ik vind ze allemaal even mooi,' zei Kim geeuwend.

'Je zou hele mooie vlechten bij ze kunnen maken,' zei Melanie dromerig. 'Met die manen...'

'Als je het maar laat,' zei Sprotje.

Een halfuur later kwamen de anderen terug van hun rit.

'O jee, ik heb pijn aan botten waarvan ik niet eens wist dat ik ze had!' Kreunend liet Lisa zich van haar paard glijden. Tessa had haar op Bleykja laten rijden, een lichtbruine merrie met een witte bles.

'Ja, als je ook meteen als een indiaan begint te galopperen,' zei Roos spottend. Haar paard heette Mimir en was zo grijs als rook. 'Lisa moest die ukkies zo nodig laten zien wie hier het beste is met paarden. Ze was jammer genoeg alleen even vergeten waar de rem zat.'

'Ja ja, ik weet het, dat brutale beest ging er met een rotgang vandoor,' mompelde Lisa, terwijl ze Bleykja's bezwete vel droogwreef. 'Ik wil wedden dat dit het brutaalste paard van stal is. Laat je niet in de maling nemen door die onderdanige blik van haar.'

'Geloof er maar geen woord van hoor. Het lag niet aan Bleykja. Lisa deed gewoon te wild.' Roos krabbelde Mimir over zijn grijze snoet en aaide teder zijn neusvleugels. 'Je mag blij zijn dat Tessa je inhaalde. En dat onze paarden niet

ook op hol sloegen. Het scheelde een haar of je had een salto over Bleykja's oren gemaakt.'

'Welnee, ik had alles onder controle!' Lisa keerde Roos boos de rug toe en bukte zich om Bleykja's hoeven uit te krabben.

Toen stond Lilli plotseling voor haar.

'Mijn vriendinnen willen dat ik je iets vraag,' zei ze. 'Hang je bij het rijden altijd aan de zijkant van je paard?'

Heel even dacht Sprotje dat Lisa de cap van Lilli's hoofd zou slaan. Maar ze hield zich in. Met een dreigende blik op Bob en Verena, die zich giechelend achter een zwart paard hadden verstopt, bromde ze: 'Zeg maar tegen die twee lolbroeken daar dat ik ze met hun kleine ukkenkoppen in de mesthoop stop. En voor jou...' ze prikte met haar wijsvinger in Lilli's smalle borst, '...bedenk ik iets heel bijzonders, klein krengetje dat je bent.'

'Doe dat! Ik verheug me er nu al op,' zei Lilli. Ze grijnsde breed en huppelde terug naar haar vriendinnen.

Roos verstopte haar gezicht in Bleykja's manen, maar iedereen kon horen dat ze lachte. Sprotje, Kim en Melanie hielden hun hand voor hun mond, wat ook niet erg hielp.

'Stelletje dombo's,' bromde Lisa. Ze duwde Roos opzij. 'Ik dacht dat we een paar rustige dagen zonder Pygmeeën zouden hebben, en wat gebeurt er? Je krijgt het aan de stok met een zootje hondsbrutale strontvliegen. En je eigen vriendinnen gedragen zich als, als...' ze begon te stotteren van kwaadheid, '...als een stelletje kakelende... kippen.'

'Tja, we zijn nu eenmaal Kippen,' zei Melanie, die tegen de aanbindpaal geleund stond.

'Precies.' Roos deed haar paard het hoofdstel om. 'We zijn zelfs de enige echte Kippen.' Toen ging ze met Mimir op weg naar de wei. 'Weet je wat, Lisa?' riep ze nog. 'Lilli doet me heel erg aan jou denken.'

'Inderdaad,' zei Melanie. 'Je laat je te veel op stang jagen door die kinderen, vind ik. We zijn hier om paard te rijden, en als we ons met die dwerggeiten inlaten hebben we geen dag en geen nacht rust meer.'

'Over paardrijden gesproken...' Lisa keek de andere drie nieuwsgierig aan. 'Hoe was jullie eerste les? Wij kletsen aan één stuk door over onze rit en die brutale apen – en jullie vertellen helemaal niets.'

'Dat gaat ook moeilijk als jij de hele tijd aan het woord bent,' zei Sprotje. Ze stond alweer naar de paarden te kijken. Kolfinna was in het gras gaan liggen en Mimir rolde uitgelaten over de grond, alsof hij de geur van zadel en hoofdstel van zijn vel wilde schuren.

'Het was zo leuk!' zei Kim met een gelukzalige blik in haar ogen. 'Ik bedoel, "leuk" is eigenlijk niet het goede woord, ach, er bestaat helemaal geen goed woord voor...'

'Ik vond het ook gaaf, al hebben wij niet als indianen op onze paarden gezeten,' zei Melanie, met een blik op haar horloge. 'O shit, ik had Willem beloofd hem voor twaalven te bellen.' Haastig rende ze naar het huis.

'Alweer?' riep Lisa haar na, maar Melanie trok alleen een lelijk gezicht.

'Dat is nou echte liefde,' zei Roos. Ze keek er zo dromerig bij dat Kim haar verbaasd opnam. 'Ik ga tot aan het middageten nog een beetje oefenen. Doe je mee, Lisa? We kunnen

naar de stal gaan, op de hooizolder luisteren die ukkies vast niet mee.'

'Straks misschien.' Lisa rekte zich geeuwend uit. 'Ik breng mijn paard naar de wei en dan ga ik eerst even liggen. Ik weet ook niet wat er aan de hand is. Ik ben doodmoe. Moet je Tessa zien!' Tessa maakte net het hek voor Verena en Daphne open. 'Ze heeft gereden als een gek, maar kennelijk wordt ze nooit moe.'

Sprotje keek om zich heen. Roos was al naar binnen om haar tekstboekje te halen. De kleintjes zaten op het hek rond de wei of stonden nog met hun paarden te knuffelen. Het was een prachtige dag. De koude wind die de avond tevoren was opgestoken, was weer gaan liggen, de bladeren van de linde-bomen staken geel af tegen de blauwe hemel, alsof de zon zelf in hun takken verstrikt was geraakt, en opeens vond Sprotje vijf dagen verschrikkelijk kort.

Ze hadden nog bijna een uur voor het middageten. Kim ging naar de stal om te luisteren naar Roos, die haar rol aan het instuderen was.

'Volgens mij zou ze dolgraag zelf meespelen,' zei Lisa, toen zij en Sprotje naar het huis slenterden. 'Maar ze is bang dat ze op het toneel vreselijk voor gek staat.'

'Daar kan ik in komen,' mompelde Sprotje. 'Mij zouden ze met geen tien paarden een podium op krijgen.'

In de hal kwamen ze Melanie tegen, en zij aan zij liepen ze de trappen op naar hun kamer. Sprotje had de indruk dat er opeens drie keer zoveel treden waren. En de trappen waren ook een stuk steiler geworden. Hoe kon je op klaarlichte dag nou zo moe zijn?

'Willem mist me,' zei Melanie. 'Hij zegt dat hij zich verveelt zonder mij. En Fred vindt opeens dat vakantie zonder ons toch niet je ware is. Maar de caravan vinden ze top.'

'O ja?' Sprotje fronste haar voorhoofd. 'Hoe gaat het met de kippen? Heeft je geliefde daar ook nog iets over gezegd?'

Melanie haalde haar schouders op. 'Hij zegt dat ze er allemaal nog zijn en dat ze zich vol vreten aan de groente die Fred uit de volkstuin van zijn opa meeneemt. O ja, en dan nog iets,' lachte ze, 'Fred heeft Steve een bloedneus geslagen omdat hij zei dat Freds opa een beetje moet opschieten met doodgaan, zodat ze zijn tuinhuisje eindelijk als clubhuis kunnen gebruiken.'

'Daar had ik Steve ook voor op zijn gezicht getimmerd,' zei Sprotje. 'Ik hoop alleen dat ze niet in onze caravan gevochten hebben.'

'Dat durven ze niet.' Lisa gaapte – en deed de deur van hun kamer open. 'Nee!' riep ze. 'Nee, nee, nee!'

Hun kamer was roze. Wc-papierroze. Iemand had de rol gevonden die Lisa's moeder voor haar had ingepakt en die Lisa beschaamd in de kast had gestopt. Lange repen hingen aan het plafond en de gordijnroede, waren om de lampen en de poten van de bedden gewikkeld. Zelfs Kims wekker was ingepakt.

'Allemachtig, wat een stelletje kleuters!' zei Melanie vol verachting, en ze begon meteen haar borstel uit te pakken.

'Opgepast!' Sprotje tilde haar kussen op. 'Ze hebben rauwe eieren in de bedden gestopt.'

'Getver!' Melanie gilde zo hard dat Lisa van schrik Kims ingepakte wekker liet vallen. 'Dat is niet grappig, dat is he-

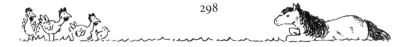

lemaal niet grappig! Er zit paardenpoep in mijn schoenen! Moet je die smeerboel nou eens zien!' Met een vies gezicht viste ze haar schoenen uit de kast, haar mooie schoenen, die met de metersdikke zolen en het zilverkleurige leer.

De anderen keken er nieuwsgierig naar. 'Dat is echt vies,' stelde Lisa vast. 'Daar moeten ze voor boeten. Anders denken ze dat ze alles kunnen maken.' Met haar neus dicht vervolgde ze: 'Die zou ik nooit meer aantrekken, denk ik. Zullen we het tegen Lola gaan zeggen?'

'Natuurlijk niet! Dit regelen we zelf wel,' zei Sprotje. 'Trouwens, ik vond die schoenen toch altijd al spuuglelijk.'

'Wie vroeg jou wat?' Melanie zette het raam open en kieperde de paardenpoep resoluut naar buiten. De schoenen zette ze op de vensterbank om te luchten.

'Oké, laten we gaan,' zei Lisa grimmig. Van haar vermoeidheid was opeens niets meer te merken. 'Eerst moeten we uitvogelen in welke kamer die Lilli en haar vriendinnen zitten. Of zijn er nog andere verdachten?'

Melanie schudde haar hoofd.

'Oké, ga dat dan maar uitvogelen,' zei Sprotje. Ze duwde Melanie opzij en leunde uit het raam. 'Ik pas wel op dat ze intussen geen paardenpoep in Mels beautycase stoppen.'

Lisa keek haar verbaasd aan. 'Ga je niet mee?'

'Vanwege een beetje wc-papier? Nee hoor, en trouwens, zonder mij komen jullie er ook wel achter waar die drie kleuters zitten.' Sprotje leunde nog wat verder uit het raam en spuugde naar beneden.

'Ze wordt ziek,' constateerde Melanie. 'Zo duidelijk als wat.'

'Klets toch niet zo!' Sprotje draaide zich geïrriteerd om. 'Ik

heb me nog nooit zo goed gevoeld. En daarom heb ik nu ook helemaal geen zin om me met die opdondertjes bezig te houden. Alleen vanwege een rol roze wc-papier en die gruwelijke schoenen van Mel. Als jullie willen help ik jullie na het middageten om Lilli in de mesthoop te gooien. En voor mijn part verzin ik ook nog een gemeen geintje voor vannacht, maar jullie gaan zonder mij uitvogelen waar ze zitten, oké?'

'Oké.' Lisa klonk nog steeds een beetje ongerust.

Toch sloop ze even later met Melanie de gang op. En Sprotje bleef voor het raam staan en ademde de herfstlucht in, die zo heerlijk zoet naar bladeren rook – en naar paardenpoep. Maar die stank kon ook van Mels schoenen komen.

De anderen hadden gelijk. Ze gedroeg zich vreemd. Ze voelde zich ook vreemd. Een beetje slaperig. Maar dat was niet de reden dat het wc-papier en de paardenpoep in Mels schoenen haar koud lieten. Nee. Het was zoals ze gezegd had: ze voelde zich goed. Ze had zich nooit beter gevoeld. Alles hier maakte haar blij, bijna alsof ze er heel lang naar op zoek was geweest: de weilanden, het uitzicht over de velden, zonder dat er één huis in zicht was, en de paarden, die prachtige paarden. Ze waren heel anders dan honden. Of kippen. Sprotje glimlachte. O ja. Ze waren echt heel anders dan kippen.

Tjonge, hoe lang doen ze er eigenlijk over om uit te vinden waar die kleuters zitten, dacht Sprotje toen de anderen na een tijdje nog steeds niet terug waren. Ze besloot bij Roos en Kim te gaan kijken. Onderweg naar beneden hoorde ze op de eerste verdieping een schel gekrijs, maar ze maakte zich er niet druk om.

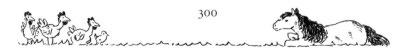

In de stal rook het naar vers hooi en het was er koeler dan buiten in de herfstzon. Alle boxen waren leeg, op eentje na, waarin een groot lichtbruin paard stond. Lola was bij hem.

'Hallo,' zei Sprotje. 'Waarom is dat paard niet bij de andere?'

'Ze hoest een beetje,' antwoordde Lola, terwijl ze een paar maatbekers wit poeder in zijn voederbak strooide. 'Maar het wordt al wat beter. Zoek je je vriendinnen? Ik geloof dat ze op de hooizolder zijn.'

Op de hooizolder. Sprotje zag de ladder al van een afstandje. Hij was steil en hoog, nog hoger dan de ladder die naar de boomhut van de Pygmeeën leidde. Sprotje had net zo'n hekel aan ladders als aan balkons en uitkijktorens. Op de hooizolder repeteren! dacht ze, toen ze met opeengeklemde kaken de wankele ladder op klom. Dat is typisch Roos. Ze vindt het natuurlijk vreselijk romantisch daarboven.

Ze kon Kims stem al horen. *'O god, wat doet mijn hoofd pijn! Wat een hoofd! Het klopt alsof het uit elkaar wil barsten. En hier, mijn rug; au, au, mijn arme rug! O, God vergeve 't je, me zo doen rennen; dat heen en weer gedraaf wordt nog mijn dood.'*

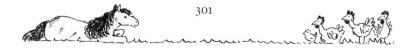

Kim speelde Julia's voedster. Zoveel wist Sprotje intussen wel. Julia had meer vertrouwen in de voedster dan in haar eigen moeder. Ze stuurde haar naar Romeo als ze hem in het geheim wilde ontmoeten, en nu was de voedster waarschijnlijk net weer terug van zo'n missie.

'*Het spijt me, dat je je niet wel voelt, heus,*' sprak Roos ongeduldig. '*Wat zegt mijn liefste, lieve, lieve voedster?*' Ze had haar rijbroek nog aan, maar om haar middel had ze een van Melanies zijden sjaaltjes geknoopt en haar donkere haar zat in een knot. Zo zag ze er heel anders uit. Veel volwassener. Kim had een schort voor. Die had ze vast uit de keuken gehaald. Toen ze Sprotje zag, lachte ze verlegen naar haar. Ze schraapte haar keel en concentreerde zich met gefronst voorhoofd weer op haar tekst.

'*Je liefste zegt, zoals een waardig man, en een hoffelijke, vriendelijke, knappe en, zonder de minste twijfel, deugdzame jongeheer – waar is je moeder?*'

'*Mijn moeder? Waar mijn moeder is?*' Roos pakte Kim bij haar schouders. '*In huis. Waar zou ze zijn? Wat is dat voor gek antwoord? Je liefste zegt, zoals een waardig man, "Waar is je moeder?"*'

Kim kreeg de slappe lach. 'Jeetje, Roos!' gierde ze. 'Dat doe je echt geweldig...'

'Nou, zeker,' wilde Sprotje zeggen, maar iemand anders was haar voor.

'Vind ik ook,' zei Mike, en hij klapte in zijn handen. Sprotje hield haar adem in. En daar zat hij, op een strobaal in de hoek, zijn lange benen gestrekt. Kim en Roos maakten spottend een buiging.

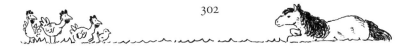

'Hebben jullie voor mij ook een rol?' vroeg Mike. 'Ik ken het stuk zelfs. Of zijn de mannenrollen al door jullie vriendinnen ingepikt?'

Roos keek Kim aan. 'Nee, maar... in deze scène komt geen man voor,' antwoordde ze aarzelend.

Zelfs in het schemerige licht zag Sprotje dat Roos bloosde. Ze streek zenuwachtig over haar haar en keek Mike strak aan.

'We kunnen toch een andere scène spelen, als hij mee wil doen?' stelde Kim voor. Ze hield Mike uitnodigend haar tekstboekje voor. Heel even aarzelde hij. Toen stond hij op.

'Hoi, Charlotte,' zei hij toen hij langs Sprotje schuifelde.

'Hoi,' mompelde ze. En daar waren ze alweer. Die stomme hartkloppingen. Mike ging naast Roos staan en keek haar aan. Met een verlegen blik op Kim en Sprotje haakte ze achter haar rug haar vingers in elkaar.

Kim ging naast Sprotje op de strobaal zitten. 'Kom op, Roos,' zei ze. 'Dit is je kans. Oefen met hem die scène waarin Noor altijd zo dom staat te lachen, je weet wel...'

Roos haalde haar tekstboekje uit haar broeksband en begon er met een rood hoofd in te bladeren. 'Ik weet niet,' mompelde ze.

'Welke scène is dat?' vroeg Mike. Sprotje zat naar ze te kijken, bijtend op de nagel van haar duim.

'Nou, die met die handen. Als ze elkaar voor het eerst zien, je weet wel. *Ontwijdt mijn hand vermetel dit altaar, dan doen mijn lippen nederige boete en staan ze beide als schuchtre pelgrims klaar...*'

'Ik kan het niet vinden,' zei Roos, die nog steeds in het boekje stond te bladeren. 'Speel jij het maar, jij...'

'Nee joh. Geef eens hier.' Kim sprong op en griste het verfomfaaide boekje uit Roos' hand. 'Hier, hier staat het,' zei ze. Ze gaf het boekje terug en hield haar vinger onder een regel. 'Bladzijde 24, vanaf daar, daar gaat Noor altijd lachen.'

'O die! Nee, die niet.' Roos schudde heftig haar hoofd. 'Niet die met die ku...' Ze schraapte haar keel en bladerde vlug verder. 'Deze hier, ja, die kan wel. Bladzijde 31.'

Mike zocht de bladzijde op en begon met gefronst voorhoofd te lezen. 'Waar moet ik beginnen?'

Weer kwam Kim hulpvaardig overeind. 'Daar, dat gepraat aan het begin kan je weglaten, daar heeft onze lerares toch het meeste van geschrapt.'

'Oké.' Mike haalde zijn schouders op en glimlachte naar Roos. 'Begin jij maar.'

Roos slikte en deed een stapje bij hem vandaan.

'*Zeg mij, hoe kom je hier, en met welk doel? De muur is hoog en moeilijk te beklimmen.*' Roos had een mooie stem. Als ze op school voorlas, werden zelfs de Pygmeeën stil.

'*En deze plek – bedenk toch wie je bent! – betekent dood, als een van mijn verwanten je hier zou vinden.*'

'*Op de lichte vleugels der liefde zweefde ik over deze muur.*' Mike vertrok geen spier bij die woorden. '*Geen stenen bolwerk kan de liefde weren.*'

Mat zou niet meer bijkomen van het lachen, dacht Sprotje. Maar Mike sprak die rare tekst uit alsof het de normaalste zaak van de wereld was. Hij praatte zacht, zo zacht dat Sprotje de woorden op haar huid meende te voelen.

'Dat klinkt echt heel anders dan bij Noor,' fluisterde Kim in haar oor.

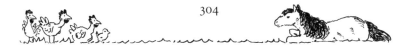

'Dat geloof ik graag,' mompelde Sprotje zonder Roos en Mike uit het oog te verliezen. Haar hart voelde zo gek aan. Zo pijnlijk.

'Roos?' riep een stem van beneden. 'Is Sprotje bij jullie?'

'Ja!' antwoordde Roos geërgerd. 'Verdorie, kun je hier dan nergens ongestoord repeteren?'

'Wie is Sprotje?' vroeg Mike.

'Nou, zij daar.' Roos wees naar haar. 'Sprotje – Charlotte.'

'Kom ik jullie speciaal zeggen dat we gaan eten, en wat krijg ik?' Boven aan de ladder verscheen het boze gezicht van Lisa. 'Als dank krijg ik een snauw naar mijn hoofd. Jullie mogen blij zijn dat ik jullie kom halen. Ik heb gehoord dat de kokkin heel link wordt als je te laat komt.'

Mike grijnsde. 'Ze gaat met aardappels gooien en doet rattengif in je eten. Grapje,' voegde hij er snel aan toe, toen hij Kims geschrokken gezicht zag.

'Nou, komen jullie nog?' vroeg Lisa ongeduldig. 'Straks kom ik ook nog te laat. Bovendien heb ik iets belangrijks met Sprotje te bespreken.'

'We zijn erachter waar die kleuters slapen,' fluisterde Lisa, toen ze voor Sprotje de ladder af klauterde. 'En vanavond gaan we ze leren dat je met de Wilde Kippen beter geen ruzie kunt zoeken.'

Sprotje knikte alleen maar. Mike kwam vlak achter haar de ladder af en om een of andere reden vond ze het niet prettig dat hij van hun club hoorde. Maar Mike had meegeluisterd.

'Wilde Kippen?' vroeg hij. 'Wat is dat?'

Opgelucht merkte Sprotje dat de vaste grond niet ver meer was. 'O, dat... dat is gewoon...' Ze sprong van de ladder, keek

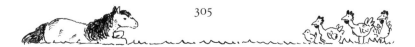

Mike aan en wendde haar blik vlug weer af.

'Dat is onze club,' verklaarde Lisa. Ze gaf Sprotje een arm en trok haar mee. 'Ik heb wel een paar ideetjes voor vannacht,' fluisterde ze in haar oor.

'Een club?' hoorde Sprotje Mike vragen. Roos lachte. 'Ja, een club,' zei ze. 'We horen er allemaal bij, Mel, Sprotje, Kim, Lisa en ik. Maar Lisa en Sprotje nemen het wel heel serieus.'

Sprotje had van schaamte wel door de vloer kunnen zakken.

Het middageten was best lekker, maar Sprotje zat lusteloos met haar vork te spelen.

'Wat is er met jou aan de hand?' vroeg Melanie.

'Het is heerlijk. Echt.' Roos keek Sprotje aan – en boog zich vlug weer over haar bord.

'Kijk nou eens!' Lisa viste een briefje uit haar jus. Het was van de tafel naast hen hun kant op gevlogen. Met een vies gezicht veegde ze de jus er met haar servet af, toen vouwde ze het briefje open. '*Kipen, w8 je voor de Wilde Kuikens!*' las ze hardop. 'Die opdondertjes zoeken ruzie.' Met een grimmig lachje vouwde ze het briefje weer dicht. 'Zal ik jullie eens wat zeggen? Ik verheug me nu al op vanavond.'

'Ik weet het niet hoor.' Kim dempte haar stem en keek bezorgd naar de tafel waaraan Tessa, Mike en hun moeder zaten. ''s Nachts moet het stil zijn, het schijnt dat Lola daar echt heel streng in is. Ik wil geen problemen, daar vind ik haar te aardig voor.'

Roos doopte nog een aardappel in de overheerlijke jus. 'Ik heb ook geen zin in die kinderachtige spelletjes,' zei ze. 'Ik

vind dat we daar nu wel een beetje te oud voor zijn.'

'Maar...' Lisa keek de anderen onthutst aan. 'Maar zulke streken kunnen we toch niet over onze kant laten gaan! Laten jullie je door die piepers in de maling nemen?' Hulpzoekend stootte ze Sprotje aan. 'Zeg jij nou ook eens wat.'

Sprotje keek op. Mike ging van tafel om zijn bord naar de keuken te brengen. 'Tja,' mompelde ze, en toen hij naar hun tafel keek boog ze vlug haar hoofd, 'misschien moeten we ze wel een keer een beetje aan het schrikken maken. Maar heel veel zin heb ik er ook niet in.'

Lisa keek haar aan alsof ze een verraadster was.

'Ik help je wel, Lisa,' zei Melanie met een minachtende blik op de tafel naast hen. 'Mijn schoenen stinken nog steeds en ik vind dat die ukkies daarvoor moeten boeten.' Lilli stak haar tong naar haar uit. Melanie trok geërgerd haar wenkbrauwen op en keerde haar de rug toe.

Lisa keek Sprotje van opzij aan. 'Nou, die ene in elk geval,' bromde ze.

'Oké, oké!' Sprotje liet haar vork vallen. 'Ik hou op de gang de wacht. Goed?'

Lisa straalde.

Ook 's middags vond Sprotje het paardrijden zo leuk dat ze het liefst nooit meer was afgestegen. Toen Tessa met haar pupillen terug was van haar rit, werd het werk verdeeld. Je kon kiezen waar je wilde helpen. Alleen Melanie en Verena kozen het huis, zij hielpen Herma met taart bakken. Roos, Sprotje, Lisa en Kim haalden met Tessa en de kleintjes de paarden-poep uit het gras en brachten het met kruiwagens naar de

vier mesthopen aan de rand van de wei. Steeds legden ze hun hark even neer om een paard achter zijn oren of over zijn snuit te kriebelen. Gladur en Lipurta hadden vreemde ruwe plekjes tussen hun manen en bij de aanzet van hun staart. Toen Kim ze ontdekte, ging ze Tessa halen. Bezorgd vroeg ze haar wat dat kon zijn.

'Ze hebben zomereczeem,' legde Tessa uit. Ze haalde een klein blikje zalf uit haar jaszak en smeerde een beetje op Lipurta's ruwe plekjes. 'Kijk maar, ze hebben ook kortere manen dan de rest. Sommige IJslandse paarden krijgen eczeem zodra het lente wordt en er weer muggen zijn. Er is niet zoveel aan te doen, het is een allergie – tegen een bepaald soort muggen, te veel nieuw gras... er is jammer genoeg nog maar weinig over bekend. Soms schuren paarden bijna hun staart eraf, zo erg jeukt het dan. In deze tijd wordt het al minder, maar in de winter gaat het pas echt over.'

Kim aaide Gladur vol medelijden over het korstige achterlijf. 'Wat erg,' mompelde ze. 'Huiduitslag bij paarden.'

'Als je zin hebt,' zei Tessa, 'mag je wel een beetje voor ze zorgen: de korstjes uit hun manen borstelen, ze insmeren, hun medicijnen geven. Mike en ik redden dat niet elke dag, met al het werk hier.'

Kim vond het een prachtig voorstel. Ze ging meteen een touw en een hoofdstel halen en bracht Lipurta naar de stal om haar daar te verzorgen. Roos en Sprotje besloten hetzelfde met Gladur te doen, maar die liet zich het hoofdstel pas omdoen toen Sprotje hem met twee wortels omkocht.

De lucht werd al donker toen ze de twee paarden naar de stal brachten. Maar veel licht was er niet in de stal, de schaar-

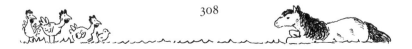

se lampen konden de schaduwen niet uit de boxen verdrijven en de meisjes gaven het verzorgen van de zieken algauw op, omdat ze de plekjes die ze moesten insmeren in het schemerduister bijna niet konden vinden. Ze aaiden de paarden nog even, borstelden ze en brachten ze terug naar de andere. Zelfs 's nachts bleven Lola's paarden buiten, de stal werd alleen gebruikt voor zieke dieren en als schuilplaats in de zomer. Want IJslandse paarden, had Lola uitgelegd, waren niet bang voor de winter, maar wel voor hete zomerdagen. Dan stond vaak de hele kudde voor het hek te dringen omdat ze allemaal naar de koele stal wilden.

Melanie zat op de bank in de hal toen de anderen binnenkwamen. Ze hield een gebloemd kussen tegen zich aan en staarde afwezig voor zich uit.

'Wat is er met jou aan de hand?' vroeg Roos, en ze ging naast haar zitten. Ginnegappend en met veel kabaal liepen de ukkies langs op weg naar de eetkamer. Lilli kon het niet laten om een lange neus naar de Kippen te maken.

'Ach, Willem... hij... is zo somber,' mompelde Melanie met haar kin in het kussen. 'Hij voelt zich eenzaam, zegt hij, en zijn vader doet ook weer zo akelig tegen hem.'

Roos sloeg een arm om haar schouders. 'En Fred en de anderen dan? Kunnen die hem niet een beetje opvrolijken?'

Melanie schudde haar hoofd. 'Die schijnen er ook maar wat bij te hangen. Stomme gasten – als we er zijn treiteren ze ons en als we dan een keer weg zijn, doen ze alsof ze zonder ons niet kunnen leven. En Freds opa is in het ziekenhuis opgenomen. Dat bevordert de sfeer natuurlijk ook niet echt.'

'Freds opa?' Sprotje keek Melanie bezorgd aan. Fred was

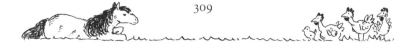

erg aan zijn opa gehecht, bijna elk weekend gingen ze samen naar zijn volkstuintje.

Melanie knikte en drukte het kussen weer tegen zich aan. 'Ik mis Willem ook,' zei ze zachtjes. 'Het is echt heerlijk hier, maar toch mis ik hem.'

Bij het avondeten kregen ze nauwelijks een hap door hun keel, ze waren allemaal hondsmoe.

'Dat komt vast door de buitenlucht,' mompelde Kim. Ze verslikte zich bijna in haar brood, omdat ze onder het kauwen zo moest gapen.

'Ja, dit is vast een overdosis,' zei Lisa. 'We zullen de wekker moeten zetten voor de kleuteractie.'

Roos rolde met haar ogen en keek onopvallend om. Sprotje wist waar ze naar keek.

'Hadden we jullie eigenlijk al verteld dat Mike bij onze repetitie voor Romeo heeft gespeeld?' vroeg Kim. 'Die jongen is een natuurtalent, echt waar.'

Melanie keek ongelovig van haar bord op. 'Mike? Romeo? De Romeo van Roos?'

'Nee, de Romeo van Shakespeare.' Sprotje keek Roos aan. Die was zo rood geworden als een tomaat.

'O, dat had ik dolgraag willen zien! Waarom hebben jullie me niet even geroepen?' Melanie draaide zich om en bekeek Mike alsof ze zich hem probeerde voor te stellen in de maillot die Noor op het toneel altijd droeg. Sprotje was blij toen ze eindelijk weer normaal ging zitten.

'Dat was voor Roos vast veel leuker dan dat geflikflooi met Noor,' fluisterde Melanie over tafel. 'Hij ziet eruit zoals een Romeo eruit hoort te zien, als je het mij vraagt.'

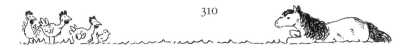

'Hou op zeg!' Roos schoof haar stoel naar achteren. 'Noor speelt haar rol best goed, vind ik. En nu ga ik naar boven, ik ben doodop.'

'Ze heeft gelijk, Noor is helemaal niet zo slecht,' zei Lisa. 'Ik zou die rol niet hoeven, dat kan ik je wel vertellen. Dan speel ik veel liever Mercutio. Al sterft hij wel een beetje snel. Laten wij trouwens ook maar naar boven gaan.' Haastig slurpte ze het laatste beetje chocolademelk uit haar kopje. 'Zolang die kleuters daar aan die tafel zitten kunnen we het moeilijk over onze kleuteractie hebben hè?'

Daar waren de anderen het mee eens. Maar toen ze langs de tafel van de ukkies liepen pakte Lilli Lisa bij haar mouw.

'Ben jij eigenlijk de Opperkip?' vroeg ze, terwijl Bob en Verena de oudere meisjes met een mengeling van bewondering en jaloezie zaten te bekijken.

'Daar doen wij niet aan,' antwoordde Lisa neerbuigend. 'En anders zou het Sprotje zijn.'

Drie paar ogen gingen naar Sprotje. 'Aha,' mompelde Lilli. 'En dat veertje om jullie nek, is dat het clubteken?'

Sprotje knikte. Ze moest haar best doen om haar lachen in te houden. Ze was nog nooit zo bewonderend bekeken als nu door de vriendinnen van Lilli.

'Ach.' Lilli haalde achteloos haar schouders op. 'Zoiets hebben wij nu ook.' Vol trots trok ze een touwtje uit de mouw van haar trui. Er bungelde iets vuilwits aan.

'Dat is een stukje eierschaal,' verklaarde Bob tevreden. 'Het gaat alleen wel makkelijk kapot en je krijgt er ook niet zo goed een gaatje in geprikt. Eerst wilden we paardenhaar nemen, maar dat past weer niet zo bij de naam van onze club.'

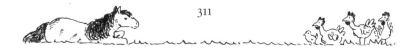

'Welke naam dan?' vroeg Lisa.

'De Wilde Kuikens!' antwoordde Verena trots.

Lisa tuitte minachtend haar lippen.

'Je hoeft niet zo te kijken!' snauwde Lilli. 'Jullie zijn trouwens wel een brave club zeg. Jullie...' ze wierp een blik op Lola's tafel en dempte voor alle zekerheid haar stem, '...jullie hebben nog helemaal niets uitgehaald.'

'O nee? Nou, wat jullie uitgehaald hebben weten we maar al te goed!' snauwde Melanie terug. 'Jullie hebben mijn schoenen verpest. Weten jullie al hoe jullie dat gaan betalen?'

Bob en Verena trokken geschrokken hun hoofd in, maar Lilli sloeg alleen haar armen over elkaar. 'Ja hoor, ze zijn niet eens kapot,' zei ze. 'Jullie kunnen ook nergens tegen.'

'O nee? We zullen nog wel eens zien waar jullie allemaal tegen kunnen,' zei Lisa en ze bracht haar gezicht dreigend naar dat van Lilli. 'En jullie zijn nog zielig ook. De Wilde Kuikens! Zal ik jullie eens wat zeggen? Jullie apen ons gewoon na, stelletje paardendrollen!'

'Hoezo apen wij jullie na?' siste Lilli. 'Zitten wij soms als een stelletje verliefde ezels naar Tessa's broer te loeren?'

Lisa stond sprakeloos. Ze zag niet dat achter haar twee Kippen eerst bleek en toen vuurrood werden. Melanie zag het heel goed en keek Sprotje ongelovig aan.

'Mijn moeder laat vriendelijk vragen of hier misschien een ruzie gesust moet worden,' zei Tessa, die haar handen op de rugleuning van Lilli's stoel legde.

Kippen en Kuikens keken haar allemaal even onschuldig aan. 'Nee hoor, Tessa,' zei Lilli. 'Niets aan de hand. Echt niet.'

'Oké, dan is het goed.' Tessa wendde zich tot Roos. 'Mike

vertelde dat jullie voor een toneelstuk aan het oefenen zijn. *Romeo en Julia*. Mag ik een keer komen kijken als jullie repeteren?'

Roos gaf niet onmiddellijk antwoord, maar Lisa was de Wilde Kuikens op slag vergeten. 'Natuurlijk!' zei ze, terwijl Lilli nieuwsgierig haar oren spitste. 'Ik speel Mercutio. Als Mike ook een keer Tybalt wil doen, kunnen we zelfs het degengevecht laten zien. En de sterfscène.'

Tessa hield haar lachen in. 'Dat moet je aan Mike vragen. Misschien kom ik straks nog even naar jullie kamer, oké?'

'Ja hoor. Maar niet te laat alsjeblieft,' flapte Kim eruit. Toen ze de verwijtende blikken van de anderen zag, voegde ze er haastig aan toe: 'We, we... zijn namelijk best moe, ik bedoel, we gaan vanavond vast vroeg slapen... en...'

'Ach joh,' onderbrak Roos haar. 'Natuurlijk kan Tessa komen.' Ze lachte naar Tessa. 'Je bent altijd welkom.'

'Zijn wij ook welkom?' vroeg Lilli met de brutaalste grijns van de wereld.

'Kuikens moeten vroeg naar bed,' antwoordde Sprotje. 'Anders worden het nooit echte Kippen, en al helemaal geen Wilde.'

Toen Tessa aanklopte, met een dienblad vol speculaas en warme chocolademelk, had Roos de kaars voor het raam al aangestoken. Uit Melanies cd-speler kwam mierzoete zwijmelmuziek en Kim had wierookstokjes neergezet, maar die maakte ze snel weer uit, want ze stonken een uur in de wind.

Melanie zette het raam open om wat frisse lucht naar binnen en de rookwalmen naar buiten te laten. 'Het regent!' zei ze ongerust. 'Hopelijk kunnen we morgen wel paardrijden.'

'O, een beetje regen is niet erg,' zei Tessa, die bij Roos op bed ging zitten. Ze pakte Roos' tekstboekje van het nachtkastje aan het hoofdeinde en begon erin te bladeren.

'*Kom, milde nacht, kom, donkre liefdesnacht!*' las ze hardop. '*Geef mij mijn Romeo; en als hij sterft, versnipper hem in duizend sterretjes, dan maakt hij 's hemels aangezicht zo mooi, dat heel de wereld op de nacht verlieft en niemand de ijdle zon nog hulde brengt.* Wat mooi.'

Tessa sloeg het boekje dicht en legde het op Roos' schoot. 'Ik heb ook een keer toneelgespeeld,' zei ze. 'Op school. Het

was maar een kerststuk hoor. Ik was een van de herders, met zo'n kriebelige baard.'

Kim nam een speculaasje. 'Lisa vertikt het om een baard op te plakken,' vertelde ze. 'Ze schminkt er altijd een, maar dat ziet er gek uit, vind ik.'

Het werd een gezellige avond.

De regen die op het dak boven hun hoofd kletterde maakte het bijna nog knusser. Kim vroeg bezorgd of ze de paarden niet beter naar de stal konden brengen, maar Tessa antwoordde lachend dat de paarden daar helemaal niet blij mee zouden zijn. Ze hielden juist van regen. 'Als het ze te nat wordt gaan ze wel onder de bomen staan,' zei ze. 'Maar dan moet het echt met bakken uit de hemel komen.'

Pas toen Melanie na elk tweede en Tessa na elk derde woord begon te gapen, besloten ze te gaan slapen. Maar op het moment dat Sprotje de deken behaaglijk over haar neus trok en haar knuffelkip tegen zich aan drukte sprong Lisa uit bed alsof er een schorpioen onder haar deken zat.

'De kleuteractie!' riep ze. Ze pakte haar broek en probeerde slaapdronken haar benen erin te krijgen.

Roos stopte kreunend haar hoofd onder haar kussen.

'Moet dat echt vanavond?' vroeg Kim mat. 'Morgen kan het toch ook?'

Maar Lisa schudde haar hoofd. 'We hebben lang genoeg gewacht. Eerst die stunt met dat wc-papier en Mels schoenen, en dan ook nog die brutale praatjes in de eetzaal. Wie weet wat ons morgen te wachten staat. Nee, we maken er vanavond nog een eind aan.'

Kim kwam gapend overeind. 'Bij de Pygmeeën heeft wraak

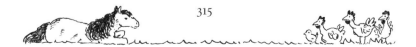

nooit zo goed gewerkt,' mompelde ze. 'Als we wraak namen kwam er weer een volgende actie, dan moesten wij weer wraak nemen, enzovoort enzovoort...'

'Wil je de Kuikens nu al met de Pygmeeën vergelijken?' viel Lisa uit.

'Nou, mij doen ze anders heel erg aan de Pygmeeën denken,' zei Melanie. Ze zocht onder het bed naar haar tweede sok. 'Behalve dan dat het met jongens toch leuker is. Vinden jullie niet?'

'Leuk? Wat heeft het nou met leuk te maken?' riep Lisa verontwaardigd. 'Het is een kwestie van eer.'

'Jemig, Lisa!' Roos trok haar trui over haar hoofd. 'Speel je Mercutio nu ook al in het echte leven?'

'*O tamme, laffe, eerloze onderwerping!*' mompelde Kim. 'Lisa zou geweldig zijn als Tybalt. Veel beter dan die Lars uit de andere klas. *Knaap, haal mijn degen,*' bromde ze, terwijl ze haar voeten in haar laarzen wurmde. '*Durft die schelm het aan, hier met groteske tronie te verschijnen, om met ons feest te spotten, ons te honen? Bij de adel en de roem van mijn geslacht, wie hem van kant maakt heeft iets goeds volbracht.*'

'Kim!' Sprotje keek haar met grote ogen aan. 'Je kent dat hele stuk uit je hoofd. Je moet meedoen met de uitvoering!'

'Nee joh.' Toen ze zag hoe verbaasd de anderen naar haar stonden te staren wist Kim van verlegenheid niet waar ze moest kijken. 'Er hoeft maar één Pygmee op de eerste rij te zitten en ik kom niet meer uit mijn woorden.'

'Goed,' fluisterde Lisa toen ze zag dat iedereen aangekleed was. 'Ik vat het wraakplan nog één keer samen: we sluipen de trap af naar hun kamer, Sprotje en Roos houden op de gang

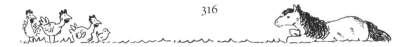

de wacht en de anderen stoppen de eieren in hun rijlaarzen en smeren nagellak op de neuzen van die achterlijke piepers. O ja, we zouden ons gezicht nog insmeren met die gezichts- klei van Mel.'

'Kunnen we niets iets anders nemen? Eigenlijk is dat spul daar te duur voor,' zei Melanie.

'Dat is zo,' zei Kim. 'Bovendien ben ik zo moe dat ik het toch alleen maar in mijn haar smeer.'

'Goed dan,' bromde Lisa, 'dan geen gezichtsmasker. Maar die paardenpoep hebben jullie hè?'

'Ja ja.' Sprotje stak een plastic tasje in de lucht. 'Een beetje uitgedroogd, maar nog wel lekker kruidig.'

Roos kon er niets aan doen, ze moest lachen, ook al trok Lisa een gezicht alsof het om leven en dood ging. 'Wat is dit kinderachtig,' giechelde ze. 'Ik hoop maar dat Tessa er niet achter komt.'

'Of Mike?' Melanie keek Roos en Sprotje veelbetekenend aan.

Gelukkig deed Lisa op dat moment de deur open. 'Kom op,' fluisterde ze en ze glipte de donkere gang op. 'De Wilde Kippen zijn weer op oorlogspad!'

De regen roffelde tegen de ramen toen ze de trap af slopen. De treden kraakten zo, het was net alsof het oude hout onder hun voeten tot leven kwam. 'Kunnen ze die trap niet een keer smeren?' fluisterde Melanie, wat Roos bijna weer de slappe lach bezorgde.

Op de eerste verdieping was alles stil.

'Net als vroeger hè?' fluisterde Kim. 'Weten jullie nog, toen met dat schoolkamp...' Natuurlijk wisten ze het nog. Ze had-

den op spoken gejaagd en er zelfs een gevangen. 'Waar slapen Lola en Tessa en Mike eigenlijk?'

'Beneden.' Lisa legde een vinger tegen haar lippen en wees naar de derde deur. Er hing een briefje aan. Iemand had een kip op het papier gekrabbeld, op de vlucht voor drie gemeen ogende kuikens. '*Atensie! Hier wonen de Wilde Kuikens. Binenkomen gefaarluk, vooral voor Kipen,*' stond eronder.

'Ik zie het al,' zei Sprotje zacht. 'Het was écht lastig om erachter te komen waar die kleuters slapen.'

'Dat hing hier toen natuurlijk nog niet,' siste Lisa. Beledigd pakte ze Sprotje het tasje met paardenpoep af. Ze deed de deur een klein stukje open, zodat ze net naar binnen konden glippen. Sprotje en Roos gingen links en rechts van de deur op hun post staan.

'We kunnen het net zo goed laten,' fluisterde Roos tegen Sprotje. 'Dom gedoe om 's nachts een beetje door de gangen te gaan sluipen. Maar eigenlijk...' ze giechelde zachtjes, '...is het ook best leuk.'

Dat vond Sprotje ook. 'Hou je even alleen de wacht? Ik wil die gelakte neuzen wel eens zien,' fluisterde ze. Roos knikte. 'Ja hoor, maar daarna ben ik.'

'God, wat laat jij me schrikken!' siste Melanie toen Sprotje opeens naast haar in de pikdonkere kamer stond. 'Ik had die nagellak bijna over haar hele gezicht gekieperd.' Ze stond naast het bed van Bob, en Bob had een knalrode neus in haar vredig slapende gezicht. Melanie liet Sprotje het bijna lege flesje zien. 'Koraalrood,' fluisterde ze. 'Extra dekkend. Verena heb ik ook al gelakt. Nu alleen die brutale Lilli nog.' Op haar tenen

sloop ze langs Lisa naar het achterste bed.

Lisa liet net een rauw ei in een rijlaars rollen, terwijl Kim met een soeplepel, die Lisa uit Herma's keuken had gepikt, de paardenpoep onder de bedden schoof. Zij had weer eens het ondankbaarste klusje.

'Hé!' Bij het derde bed deinsde Melanie achteruit alsof Lilli aan een gruwelijke besmettelijke ziekte leed. 'Ze is er niet!' fluisterde ze. 'Het bed is leeg.'

Geschrokken keken de vier Kippen elkaar aan.

'Wegwezen!' siste Sprotje. 'Als Lilli ons betrapt schreeuwt ze misschien het hele huis bij elkaar.'

'Maar hoe moet het dan met die paardendrollen?' vroeg Kim beteuterd. 'Ik heb er pas drie...'

'Laat maar zitten verder,' fluisterde Sprotje. 'Kom op, weg!'

'Wat is er gebeurd?' vroeg Roos toen de anderen de kamer uit kwamen rennen.

'Lilli ligt niet in haar bed,' bromde Lisa spijtig. 'Zit vast op de plee. Die lacht zich natuurlijk dood omdat we uitgerekend haar niet te pakken hebben gekregen.'

'Ik ga wel even kijken,' bood Melanie aan, maar Kim hield haar tegen.

'Dat gaat te ver, vind ik,' zei ze. 'Of wil je haar bij het... je weet wel...' Ze staarde verlegen naar het tasje met paardenpoep in haar hand.

Lisa beet op haar nagels. 'Maar Lilli's neus moet gelakt worden,' zei ze zacht. 'Anders is onze mooie wraakactie helemaal mislukt.'

'Ga jij dan maar in de kast op haar zitten wachten,' zei Roos. 'Ik moet nu naar bed. Anders val ik morgen van mijn paard.'

319

En zonder nog een woord te zeggen draaide ze zich om naar de trap.

'Roos heeft gelijk, laten we naar bed gaan,' zei Melanie. 'Jammer van Lilli, maar het is niet anders.'

Kim aarzelde even; toen drukte ze Lisa het stinkende tasje in haar handen en ging achter Roos en Melanie aan. Alleen Sprotje bleef nog bij Lisa staan.

'Kom,' zei ze. 'Zelfs als Lilli nog opduikt zal ze je echt haar neus niet laten lakken. En er zit toch al een ei in haar laars?'

Lisa knikte en keek nog een keer de donkere kamer in, waar een van de Kuikens iets mompelde in haar slaap.

'Als die Lilli nog een keer een grote mond heeft,' fluisterde Sprotje terwijl ze Lisa meetrok, 'dan lakken we samen haar neus, dat beloof ik je.'

'Oké,' mompelde Lisa. 'Daar hou ik je aan.'

Toen ze boven kwamen stonden de anderen nog steeds op de donkere, tochtige gang.

'Waarom liggen jullie niet in bed?' vroeg Sprotje verbaasd. Zelf snakte ze naar haar bed. Ze kon zich niet herinneren dat ze ooit zo moe was geweest. Het moest echt aan de buitenlucht liggen.

'We komen er niet in,' zei Kim met trillende stem.

'Hoezo, jullie komen er niet in?' Lisa keek de anderen nietbegrijpend aan.

'Ja, wat denk je? De deur zit op slot!' viel Melanie uit.

Sprotje kreunde. Toen draaide ze zich met een ruk om. Een kleine donkere vlek schoot de badkamer uit. En het volgende moment hoorden de Kippen iemand de trap af rennen.

'Lilli!' riep Lisa, die even Lola's heilige nachtrust vergat. De

Kippen stormden met z'n allen naar de trap, alleen om nog net een lichte nachtjapon om de hoek te zien verdwijnen.

'Zij heeft hem!' hijgde Sprotje, terwijl ze met twee treden tegelijk de trap af rende. 'Zeker weten.'

Helemaal beneden ging een deur open. Geschrokken doken de Kippen achter de trapleuning. 'Wie daarboven ook rondrent,' riep Lola, 'je krijgt een minuut de tijd om je bed weer in te gaan!' Toen knalde de deur weer dicht.

'Zullen we niet liever weer naar boven gaan?' fluisterde Roos.

'En dan?' Sprotje luisterde of ze beneden nog iets hoorde. 'Wou je soms op de gang slapen?' Dat wilden ze geen van allen. Dus bleven ze nog een tijdje roerloos op de trap zitten. Daarna slopen ze, zo stilletjes als de krakende treden het toelieten, naar de eerste verdieping. De deur van de Wilde Kuikens zat natuurlijk op slot. Toen Sprotje haar oor tegen het hout legde, hoorde ze iemand lachen. Heel duidelijk.

'Doe open, Lilli!' siste ze. 'Geef onmiddellijk die sleutel terug of er zwaait wat!' Het klonk niet erg dreigend, moest Sprotje toegeven. En de deur van de Kuikens bleef dicht.

'Morgenochtend,' zei Lilli door het sleutelgat. 'Bij het ontbijt krijgen jullie hem terug. Slaap lekker!'

'Lilli!' Lisa's stem beefde van woede. 'Lilli, klein kreng dat je bent, geef die sleutel hier of...'

Maar van de andere kant van de deur kwam geen kik meer. Lilli was in haar warme bed gekropen. Radeloos keken de Kippen elkaar aan.

'En wat nu?' vroeg Kim zacht.

'Jij ook met je debiele wraakacties!' siste Melanie tegen Lisa.

'O ja, en die vieze stinkende tuttenschoentjes van jou dan?' De tranen stonden in Lisa's ogen.

'Hou op!' Sprotje haalde ze uit elkaar. 'Lilli lacht zich slap als jullie elkaar hier voor de deur naar de keel vliegen. Kom eerst eens mee naar die badkamer daar. Als Lola ons nog een keer hoort zitten we echt in de problemen.'

'Misschien heeft Tessa een reservesleutel,' zei Roos toen ze in het donker in de badkamer stonden. Ze konden het lichtknopje niet eens vinden, zo donker was het.

'Maar haar kamer is beneden. Dan moeten we langs Lola's deur!' Kims brillenglazen schemerden in de duisternis.

'Hoe is die kleine rat eigenlijk langs ons gekomen?' mompelde Lisa. 'Ik snap er niets van.'

'Ze hoefde toch helemaal niet langs ons, als ze op de wc zat.' Sprotje leunde tegen de koude tegels. 'Ze kwam van de plee, zag Roos naast haar deur op de gang staan, begreep dat wij vast geen beleefdheidsbezoekje aan het brengen waren en is naar onze kamer gerend. Toen ze zag dat wij allemaal weg waren kon ze op haar dooie gemak iets geniepigs bedenken.'

'Maar heb je de trap dan niet in de gaten gehouden, Roos?' Lisa's stem sloeg bijna over.

'Nee, dat heb ik niet!' antwoordde Roos ongeduldig. 'Ik was zo moe, toen Sprotje naar binnen was ben ik tegen de muur gaan staan en heb ik mijn ogen dichtgedaan.'

'Mensen, wat ben ik moe,' mompelde Kim. 'Als het hier niet zo koud was zou ik zo op de grond gaan liggen.'

Een tijdje stonden ze besluiteloos te zwijgen.

'Oké, ik had jullie overgehaald,' zei Lisa uiteindelijk schuldbewust. 'Dus sluip ik naar beneden om Tessa om de sleutel te

vragen. Sluipen kan ik als de beste, dat weten jullie.'

'Je bent de beste sluipster ter wereld,' zei Roos. 'Afgezien van een paar indianen.'

'Dank je,' mompelde Lisa. 'Tot zo.' En weg was ze.

'We kunnen jammer genoeg niet door het raam klimmen,' zei Kim tussen twee keer geeuwen door.

'Dat is ook best gevaarlijk op de tweede verdieping,' zei Sprotje.

Melanie begon te lachen. 'Als de Pygmeeën ons zo eens konden zien,' zei ze. 'Hoe we midden in de nacht in een koud washok staan omdat een ukkie van acht ons beetgenomen heeft.'

'Misschien moeten we Lilli en de anderen in onze club opnemen,' zei Roos. 'Als opvolgers. Wij worden geloof ik een beetje te oud voor dit gedoe.'

Het leek een eeuwigheid te duren voor Lisa terugkwam.

'Ik heb hem!' zei ze triomfantelijk. 'Tessa is hem in het kantoortje gaan halen. De reservesleutel van de Kuikens wilde ze me niet geven, jammer genoeg. Voor wraakacties is ze niet beschikbaar, zegt ze.'

Opgelucht gingen de Kippen weer naar boven.

'Laten we de Kuikens morgen grootmoedig vergeven,' zei Roos toen ze eindelijk weer in hun warme bed lagen. 'Anders gaat het straks elke nacht zo.'

'Nou, ik weet het niet,' antwoordde Lisa.

Van de anderen kwam geen reactie. Die waren al in slaap gevallen.

De volgende ochtend lag hun kamersleutel inderdaad voor de deur. Sprotje vond hem toen ze slaperig op weg ging naar de wc.

'We moeten dat ding voortaan niet meer in de deur laten zitten,' zei Lisa. Ze had de hele nacht van reusachtige kuikens met Lilli-koppen gedroomd. 'En we kunnen hem ook maar beter op slot doen als we weggaan.' Dat vonden de anderen ook, en Sprotje werd tot sleutelbewaarster benoemd.

'Zouden de Kuikens hun laarzen al aangetrokken hebben?' vroeg Melanie, die zoals elke ochtend eerst haar haren borstelde, vijftig keer aan de rechterkant, vijftig keer aan de linkerkant. 'Het is vast een heel vies gevoel als zo'n ei bij je tenen kapotgaat.'

'Heb je soms medelijden met ze?' vroeg Lisa. 'Het had niet veel gescheeld of we hadden de hele nacht op de gang gezeten.'

'Ach, vergeet die Kuikens nou maar. Hebben jullie gezien wat voor weer het is?' Roos stond voor het raam, met haar voorhoofd tegen het koude glas. De regen sloeg er zo hard

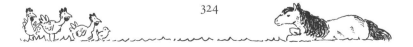

tegenaan dat buiten alles wazig was.

'Die paarden lijken de regen echt helemaal niet erg te vinden,' zei Roos toen Sprotje naast haar kwam staan. 'Zie je dat? Ze staan niet eens onder de bomen.'

'Maar ja, paardrijden wordt vandaag natuurlijk niets,' constateerde Melanie. 'Ik vind regen namelijk wél erg.'

'Het is niet eerlijk,' mompelde Kim. 'We zijn hier maar een paar dagen. Stel dat het nou de hele tijd blijft regenen?'

'Dan leert Melanie ons de twintig populairste vlechtpatronen voor paardenhaar,' zei Sprotje – en ze keek naar de deur. Er was aangeklopt.

In een flits stond Lisa bij de deur. 'Wie is daar?' vroeg ze met haar hand op de kruk.

'Ik ben het, Lola,' luidde het antwoord. 'Mag ik de reservesleutel die Tessa jullie gisteren geleend heeft?'

Lisa keek geschrokken naar de anderen en deed toen vlug de deur open. 'Hoi, ik bedoel, goedemorgen,' zei ze. Ze drukte Lola de sleutel in de hand.

'Ik zag toevallig dat hij er niet meer was,' zei Lola. 'Dat jullie niet denken dat Tessa jullie erbij gelapt heeft. Dat is niets voor haar.' Ze stak de sleutel in haar zak en keek de Kippen een voor een aan. 'Maar Verena zit huilend op haar kamer en wil er niet uit komen. Ik mocht niet eens naar binnen om haar te troosten, en Lilli en Bob willen niet zeggen wat er aan de hand is. Het is me wel opgevallen dat Bob een knalrode neus heeft. Hebben jullie vannacht misschien een tikkeltje overdreven?'

De Kippen keken elkaar beteuterd aan.

'De kleintjes hebben gisteren onze kamer... versierd,' zei

Sprotje uiteindelijk, 'en paardenpoep in Melanies schoenen gestopt. Toen hebben we iets teruggedaan.'

'We hebben alleen maar een beetje nagellak op hun neus gesmeerd,' mompelde Lisa.

'En de eieren teruggegeven die ze onder onze kussens hadden gelegd,' zei Kim.

Opgelucht zag Sprotje dat Lola moeite moest doen om niet te lachen. 'Hebben jullie de paardenpoep uit Melanies schoenen ook teruggebracht?' vroeg ze.

'Dat niet, die had Mel al uit het raam gegooid,' antwoordde Sprotje. 'Maar we hebben nieuwe gehaald.'

Lola zweeg. Ze zuchtte. 'Ik zou het fijn vinden als jullie vrede sluiten met Lilli en de anderen,' zei ze. 'Dat heb ik ook al tegen hen gezegd. Als er tranen vloeien moet het afgelopen zijn, vind ik. Vinden jullie niet?'

'Vind ik ook,' zei Roos. 'Zal ik eens proberen om Verena te troosten?'

'Daar is Roos heel goed in,' zei Kim.

'Probeer maar. Dan zien we elkaar bij het ontbijt.' In de deuropening draaide Lola zich nog een keer om. 'Het spijt me echt van het weer,' zei ze. 'Zelfs op IJslandse paarden kun je vandaag niet rijden, maar misschien kunnen jullie Tessa helpen de kleintjes bezig te houden.'

'Ja hoor!' Sprotje knikte en keek Melanie aan. 'Als jij ze die paardenvlechtpatronen nou eens leerde, Mel?'

Melanie antwoordde met een zuur lachje.

'Paardenvlechtpatronen!' Lola proefde het woord op haar tong. 'Nou, als dat ze niet bezighoudt... Dan kan ik mooi in alle rust boodschappen doen.'

Op de eerste verdieping stond Tessa voor de kamer van de Kuikens met engelengeduld tegen een dichte deur te praten. Berouwvol gingen de Kippen naar haar toe.

'Komt ze er nog steeds niet uit?' vroeg Roos.

Tessa schudde haar hoofd.

'Nou zeg, zo erg is een beetje nagellak op je neus nou ook weer niet!' vond Lisa.

Roos keek haar verwijtend aan en klopte op de deur. 'Verena?' riep ze. 'Ik ben het, Roos. Het spijt ons echt, van vannacht.'

'Maar niet heus,' fluisterde Lisa.

Sprotje gaf haar een waarschuwende por tussen haar ribben, maar Kim kon haar lachen niet inhouden.

'Verena, die nagellak bladdert heel snel weer af,' riep Melanie. 'Het is heel goedkoop spul. Ik geef je een flesje, dan kun je het zelf op je nagels uitproberen. Maar dan moet je wel de deur opendoen, oké?'

In de kamer bleef het stil, maar even later hoorden ze hoe de sleutel werd omgedraaid, en Verena verscheen met betraande ogen en een koraalrode neus in de deuropening. 'Het eerste ei zat uitgerekend in míjn laars,' snotterde ze, 'en toen had ik ook nog de dikste laag nagellak op mijn neus.' Ze keek Melanie aan. 'Krijg ik echt een flesje nagellak van je?'

'Natuurlijk,' zei Melanie. Verlegen keken de Kippen vanuit de deuropening naar de puinhoop in de kamer van de Kuikens: omgekeerde rijlaarzen, waarin iemand wc-papier had gepropt, natte washandjes met rode vlekken erop, en er hing een stank die duidelijk niet in een slaapkamer thuishoorde. De Kuikens hadden kennelijk nog niet alle paardenpoep gevonden.

'Meteen na het ontbijt helpen we jullie met opruimen,' zei Sprotje.

'Een beetje,' voegde Lisa eraan toe. 'Jullie hebben ons tenslotte ook niet geholpen.'

'Dat is zo,' snufte Verena. Ze voelde aan haar neus. 'Bladdert het al een beetje af?'

'Kwestie van tijd!' Melanie hield haar vingers onder Verena's rode neus. 'Moet je mijn nagels zien!'

'Bob heeft haar huid er bijna afgeschrobd,' vertelde Verena toen ze met z'n allen naar beneden liepen. 'Maar die eieren in hun laarzen hebben ze niet kapotgemaakt. Dat deed ik alleen maar. Hoe moet ik dat vieze glibberspul er nou weer uit krijgen?'

Roos bood natuurlijk meteen aan de laarzen voor haar uit te soppen, Kim stelde voor ze met Melanies kleine reisföhn droog te maken, en Verena's gezicht stond bij elke traptree weer wat vrolijker.

'Zeg maar tegen je vriendinnen dat we bereid zijn vrede te sluiten,' zei Sprotje voor de deur van de eetkamer. 'We hebben hier wel wat beters te doen dan elkaar te pesten met paardenpoep en rauwe eieren.'

'Vind ik ook,' mompelde Verena.

'Nou, hopelijk vindt die Lilli dat ook,' fluisterde Lisa tegen Sprotje, voor ze in de eetzaal verdween. Door de geopende deur zag Sprotje hoe Lilli en Bob wantrouwig opkeken toen de Kippen aan hun tafel verschenen. Blijkbaar wist Roos ze snel in een vreedzame stemming te brengen, want even later begon Lilli te lachen, en Sprotje ging gerustgesteld op weg naar de telefoon.

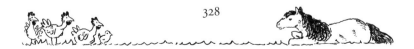

Ze wilde haar moeder bellen; die had tot nu toe niets van zich laten horen. Nou ja, ik heb natuurlijk zelf tegen haar gezegd dat ze niet hoefde te bellen, dacht ze, terwijl ze in het portemonneetje om haar nek naar geld zocht.

Maar misschien vindt ze het wel zo leuk om met de betweter op vakantie te zijn dat ze verder alles vergeet, ook haar dochter, fluisterde een gemeen stemmetje in haar hoofd. Sprotje besloot er niet naar te luisteren.

Toen ze bij de telefoon kwam legde Melanie net met een bezorgd gezicht de hoorn op de haak. 'Ik wilde Willem bellen,' zei ze. 'Maar zijn moeder zei dat hij met zijn vrienden weg is. Hopelijk heeft hij niet weer ruzie met zijn vader.'

'Joh, de jongens zijn vast weer op een van hun glorieuze kampeertochten,' probeerde Sprotje haar gerust te stellen.

'In deze regen?' Melanie leunde tegen de muur en keek naar buiten. De hemel drupte en droop alsof de zon in de grauwe wolken verdronken was.

'Misschien is het thuis wel droog.' Sprotje draaide het nummer van het pension dat haar moeder haar gegeven had en wachtte. 'Hallo? Met Charlotte Bergman, kan ik mijn moeder even spreken?'

Melanie staarde nog steeds uit het raam.

'Ja, mam?' Sprotje moest de hoorn stevig tegen haar oor drukken, want Lola's schoonmaakhulp kwam langs met een enorme stofzuiger. 'Jawel, het is hartstikke leuk.' Eigenlijk had ze dat niet willen zeggen, maar ze had er genoeg van om te doen alsof. 'Ja, bij ons regent het ook, maar dat geeft niet. Wat? Het gaat prima met ze. Ja, Lola is heel aardig. Gedraagt die betweter zich een beetje? O sorry, ik zou hem niet meer zo noemen.'

Melanie grijnsde.

'Echt? Aardig van hem. En verder? O ja? Oké, ik moet ophangen, mam. Ik heb geen kleingeld meer. Nee, ik heb geen heimwee. Vertel ik nog wel. Veel plezier, mam, en de groeten aan die be... nou ja, je weet wel wie.' Sprotje hing op.

'Wat was aardig van hem?' vroeg Melanie.

'Hij heeft een kip voor me gekocht. Eentje die helemaal van schelpen gemaakt is. Hm.' Sprotje fronste haar voorhoofd. 'Misschien probeert hij zich populair te maken, omdat hij nu toch bij ons intrekt...'

'Misschien wel,' zei Melanie. 'Maar misschien wil hij gewoon aardig voor je zijn. Hij hoeft toch geen monster te zijn, alleen omdat hij je moeder leuk vindt.'

'Dat zeg ik toch ook niet,' mompelde Sprotje, maar opeens bleef ze stokstijf staan. Bij de kapstok in de hal stonden Roos en Mike. Hij fluisterde iets in haar oor en Roos aaide hem lachend over zijn wang.

'Hé, wat is er met je?' vroeg Melanie. 'Als we niet opschieten heeft Kim alle broodjes op.'

'O, ik... zag iets... buiten,' stotterde Sprotje. Ze dwong zichzelf om niet nog een keer in de richting van de kapstok te kijken, maar Melanie liet zich niet zo makkelijk beetnemen. Die had verstand van verliefde blikken.

'Buiten, ja ja!' zei ze, terwijl ze de eetkamer in liepen. De meeste kinderen waren al klaar met ontbijten en dromden naar buiten, maar Kim en Lisa zaten nog aan hun tafeltje.

'Hé, je bent toch niet...' Melanie wierp Sprotje een veelbetekenende blik toe.

'Ik ben helemaal niets,' zei Sprotje geïrriteerd. Ze ging op

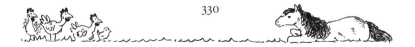

haar stoel zitten en probeerde zo neutraal mogelijk te kijken.

'Daar zijn jullie eindelijk,' zei Lisa. 'Kim en ik gaan zo naar boven om de Kuikens te helpen. Het zou leuk zijn als jullie een beetje dooreten en zo ook komen. Tenslotte was Sprotje zo royaal om onze hulp aan te bieden.'

'Ja ja, we komen eraan,' zei Melanie ongeduldig. Ze pakte een broodje en keek Sprotje spottend aan.

'Wat kijk je nou?' viel Sprotje uit. Lisa en Kim waren gelukkig al buiten gehoorsafstand.

Melanie nam grinnikend een hap van haar broodje. 'Dat ik dat nog mag meemaken,' zei ze. 'Wat er met Roos aan de hand is, dat hebben de Kuikens zelfs in de gaten, maar jij...'

Sprotje voelde hoe het bloed naar haar wangen steeg. Kon er niet eens een keer iemand iets uitvinden tegen rood worden?

'Weet Roos dat jij ook verliefd bent op Mike?' Melanie boog zich over de tafel. 'Dat is mij gelukkig nog nooit gebeurd, dat ik op dezelfde jongen verliefd was als mijn beste vriendin...'

'Laat Roos erbuiten!' Sprotje nam een hap van haar broodje, maar ze kreeg hem niet door haar keel. Haar gezicht gloeide alsof ze koorts had. 'Ik ben nooit verliefd,' zei ze. 'Dat weet je best. Verliefd zijn is jouw grote hobby.'

'O ja?' Melanie leunde nog verder naar voren. 'En Fred dan? Je valt al eeuwen op hem, dat weet iedereen. Je verbergt het alleen heel erg goed. Als Fred wist...'

Sprotje verslikte zich in haar chocolademelk. Ze moest zo hoesten dat Melanie haar op haar rug sloeg. 'Wat klets je nou!' riep ze toen weer lucht kreeg. 'Ik val op niemand, en op Fred al helemaal niet.'

Melanie sloeg haar armen over elkaar en glimlachte alwetend. 'Nee, natuurlijk niet. Dan kan ik hem dus gerust vertellen dat je Mike leuk vindt.'

'Je vertelt hem helemaal niets!'

'Rustig maar.' Melanie likte een klodder jam van haar vinger. 'Natuurlijk vertel ik het hem niet. Maar misschien moet ik hem wel eindelijk eens aan zijn verstand brengen dat je al een eeuw gek op hem bent. Want jij slikt nog liever je tong in dan dat je dat tegen hem zegt. Daarom zul je ook op een dag oud en eenzaam sterven. Wedden?'

Sprotje wist niet wat ze moest zeggen, en dat overkwam haar niet vaak. Uiteindelijk schoof ze haar stoel naar achteren en stond op. 'Ik ga naar Lisa en Kim,' zei ze. 'Verzin jij intussen maar op welk paard je je vlechtwerk kunt demonstreren zonder dat je gebeten wordt. Er zijn er vast niet veel die hun hoofd daarvoor willen stilhouden.'

Melanie trok een lelijk gezicht. 'En verander jij niet weer in een zoutpilaar als je Roos en Mike samen ziet!' riep ze Sprotje na.

Sprotje had haar ter plekke kunnen vermoorden.

Lola nam een paar kleintjes mee toen ze boodschappen ging doen. De rest bleef bij Tessa. Verwachtingsvol verzamelden ze zich in de hal om te horen hoe ze van plan was hen op deze regenachtige dag bezig te houden.

'Tja,' zei Tessa, terwijl ze Lola's auto hoorden wegrijden. 'Wat doen we met deze kletsnatte dag? Wat denken jullie ervan om...'

Bob viel haar in de rede. 'Die daar kan paardenvlechten maken!' zei ze, wijzend naar Melanie. Iedereen keek naar Melanie, die zenuwachtig haar armen over elkaar sloeg. 'Nou ja, kunnen is een groot woord,' zei ze, 'ik dacht alleen, met die mooie manen...'

'Maar die zijn nu toch helemaal nat,' wierp Verena tegen.

'Natuurlijk. Dat is ook zo!' De opluchting viel van Melanies gezicht af te lezen. 'Dat gaat vandaag dus helemaal niet. Jammer...'

'We kunnen de manen toch föhnen,' stelde Lilli met een poeslief lachje voor.

'Wat?' Mike zat op de bank een kapot hoofdstel te repare-

ren. 'Jullie willen de manen van IJslandse paarden föhnen? Dat is dierenmishandeling.'

Roos draaide zich glimlachend naar hem om.

'Goed!' Tessa klapte in haar handen. 'Ik stel voor dat we een paar paarden uit de wei halen. Die twee met eczeem moeten mee, die kunnen we op zo'n dag eens mooi verwennen. Verder stel ik voor dat drie of vier vrijwilligers naar Herma in de keuken gaan om voor iedereen warme chocolademelk te maken. Misschien kunnen ze met Herma's hulp zelfs een taart bakken, zodat we straks een eersteklas stalpicknick kunnen houden. Wat denken jullie daarvan?'

'Ik geef me vrijwillig op voor de keuken,' zei Roos. 'We gaan de lekkerste taart bakken die de wereld ooit geproefd heeft. Wie heeft er zin om mee te doen?' Verena kwam meteen naast haar staan en ook Daphne gaf zich op.

'Ik blijf hier, ik moet nog een heleboel bitten en hoofdstellen nakijken,' zei Mike.

'Goed, dan gaat de rest met mij mee.' Tessa trok haar regenjas aan. Het duurde even voor ze allemaal wind- en waterdicht waren ingepakt. Toen Lisa de voordeur opendeed joeg de wind koude regen in hun gezicht. Met gebogen hoofd renden ze naar de stal. Ze haalden hoofdstellen en touwen uit de zadelkamer en holden ermee naar de wei, waar de grond onder de paardenhoeven langzaam maar zeker in blubber veranderde.

'Help, ik zak weg!' Melanie bleef al na twee stappen in de modder steken. Met vereende krachten trokken Kim en Sprotje haar er weer uit.

'Ik weet wel waarom Roos in de keuken wilde helpen,' hijgde Kim.

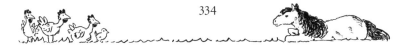

'Ik ook,' zei Melanie scherp. Ze keek snel even naar Sprotje. Die veegde de regen uit haar ogen en keek een andere kant op. Met hun natte vel zagen de paarden er heel anders uit. De bruine waren bijna niet van de zwarte te onderscheiden.

'Hebben ze het echt helemaal niet koud?' vroeg Kim ongelovig, toen ze met Lipurta en Gladur, Freya, Snegla en Mimir naar de stal terug ploeterden.

'Nou, ze hebben liever sneeuw dan regen,' antwoordde Tessa, die een paar druppels van Snegla's neus veegde. 'Je zou eens moeten zien hoe gelukkig ze daarin rondrollen.'

Met vier benen was het kennelijk al niet makkelijker om door het slijk te baggeren. De paarden kwamen in de drassige modderpoel maar moeilijk vooruit. Iedereen was blij toen ze eindelijk binnen waren.

Lisa inspecteerde haar laarzen. 'Goeie genade, één dag regen en het is nu al zo'n blubberbende!' kreunde ze. 'Hoe is dat dan wel niet in de winter?'

'Vreselijk,' antwoordde Tessa. 'Dan zijn we allemaal blij als het gaat vriezen. In de winter is het leven hier behoorlijk zwaar. Hard werken, weinig geld, de eerste rijlessen zijn pas weer in maart of april en de paarden doen niets anders dan eten.'

Sprotje streek de manen uit Lipurta's ogen. 'Doen jullie in de winter ook al dat werk alleen?' vroeg ze.

'Ja. Hulp kunnen we niet betalen,' antwoordde Tessa. 'Herma en onze schoonmaakster werken in de winter ook ergens anders.'

'Dan is het hier zeker ook best eenzaam hè?' vroeg Kim. Intussen deden ze hooi voor de paarden in de voederbakken.

Tessa haalde haar schouders op. 'Niets aan te doen. Maar de lente is dan weer des te mooier. Bovendien...' Ze aaide de manen van Snegla en maakte haar touw los, zodat ze makkelijker bij het eten kon, '...hebben we deze hier nog. Maar ja, soms is het best eenzaam.'

Ze gingen op een paar lege emmers zitten en keken naar de etende paarden. Buiten rammelde de wind aan de deuren en het ruisen van de regen was zelfs in de stal duidelijk te horen.

'Een beetje koud om te picknicken hè?' zei Lisa na een tijdje. Ze stond op en begon op de plaats te huppelen om haar voeten weer warm te krijgen.

'Als we de deuren dichthouden wordt het door de lichaamswarmte van de paarden best warm in de stal,' antwoordde Tessa. 'En voor noodgevallen hebben we nog een klein oliekacheltje in de zadelkamer.'

Toen de paarden gegeten hadden haalden de meisjes de poetsboxen. Brunka, het paard dat moest hoesten, kreeg zoals elke dag haar poedertje in een extra emmer voer, iets wat de andere paarden jaloers gadesloegen.

'We hebben helemaal geen elastiekjes!' zei Melanie opeens. 'Hoe moeten we de vlechten dan vastmaken?' Ze zocht in haar poetsbox.

'Tja, normaal maken we nooit vlechten bij de paarden,' merkte Tessa op. 'Maar misschien hebben jullie zelf wel elastiekjes bij je?'

Lilli en Bob renden meteen weg – en kwamen met een rijke buit terug.

Sprotje en Kim besloten zich om de haarloze paarden te bekommeren. Gladur en Lipurta hadden hun manen in de

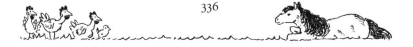

zomer zo kort geschuurd dat ze niet in aanmerking kwamen voor Melanies mooimaakbeurt. Ze bonden het tweetal een eindje bij de anderen vandaan vast, borstelden de korstjes uit hun manen en hun staart, smeerden goudsbloemzalf op de ruwe plekjes tussen het harde paardenhaar en behandelden de kale plekken op hun achterlijf met olie. De paarden lieten het geduldig over zich heen komen en protesteerden maar heel af en toe. Lipurta vond het niet fijn als je aan haar oren kwam, die er heel slecht uitzagen, en Gladur klemde zijn staart stevig tussen zijn achterbenen zodra Kim probeerde de korstjes eromheen weg te borstelen. Toen Kim Tessa te hulp riep pakte die de staart gewoon met beide handen beet, tilde hem op en draaide hem naar links en naar rechts.

'Dat ontspant,' legde ze de verbaasde Kim uit.

'Maar ik dacht dat je niet achter een paard moest gaan staan,' stamelde Kim.

Tessa lachte en liet Gladurs staart weer los, wat hij met een opgelucht briesen beantwoordde. 'Ik zou het ook niet bij elk paard doen,' zei ze. 'Maar deze twee doet het echt goed. Trouwens...' ze dempte haar stem en wees naar Melanie, die Lilli hielp een vlecht in Snegla's staart te maken, '...jullie vriendin is heel goed met die kleintjes. Heeft ze soms een klein zusje?'

'Nee.' Sprotje schudde haar hoofd en keek naar Melanie. 'Alleen een grote, maar daar heeft ze altijd ruzie mee.'

'Vooral sinds ze samen een kamer hebben,' voegde Kim er zachtjes aan toe. 'Hoe is dat bij jou en je broer?' Ze keek Tessa nieuwsgierig aan. 'Hebben jullie vaak ruzie?'

'Valt wel mee,' antwoordde Tessa. 'Eigenlijk niet. Ik maak meer ruzie met zijn vrienden. Dat zijn echt klieren.'

'Ja, van die klieren hebben wij thuis ook,' zei Sprotje. Ze voelde dat ze alweer rood werd, omdat ze moest denken aan wat Melanie over Fred had gezegd.

'Waar is je vader eigenlijk, Tessa?' vroeg Kim. Sprotje keek ongerust naar Tessa. Zelf vond ze het vreselijk als iemand naar haar vader vroeg. Maar als Tessa dat ook zo voelde, liet ze het niet merken.

'Mijn vader?' zei ze. Gladur begon nieuwsgierig aan haar jas te snuffelen en ze duwde zijn hoofd weg. 'We gaan wel eens naar hem toe, Mike en ik. Mijn ouders zijn al heel lang gescheiden. Maar Mike mist hem geloof ik meer dan ik. Het valt voor hem niet altijd mee om met twee vrouwen onder één dak te leven. Wij zijn altijd in de meerderheid, zogezegd.'

'Tessa!' Melanie klonk een beetje paniekerig. 'Je moet ons even komen helpen. Freya wil ons de hele tijd bijten!'

'Geen wonder,' fluisterde Sprotje. 'Dat is gewoon een slim paard. Ik zou me ook niet zo laten toetakelen.'

'Niet zo hard!' fluisterde Tessa voor ze Melanie te hulp schoot. 'Ik ben haar heel dankbaar voor dat vlechtwerk. Je wilt niet weten hoe lang zo'n regendag soms duurt als je de hele tijd activiteiten moet verzinnen.'

Freya was niet de enige die dat gefrunnik aan haar manen en staart steeds vervelender begon te vinden. Algauw stond ook Snegla te happen en Brunka schudde met haar hoofd tot de meisjes het opgaven.

'Eigenlijk zijn ze zo al best mooi,' stelde Lilli vast.

'Maar we zouden nog veel meer vlechten kunnen maken,' zei Bob, die spijtig naar de felgele elastiekjes in haar hand keek. 'Die twee daarachter...' ze wees naar Lipurta en Gladur,

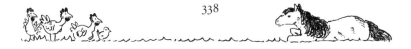

die net een paar wortels van Sprotje kregen, '...die hebben nog helemaal geen vlechten.'

'Die hebben ook helemaal geen manen,' antwoordde Sprotje. 'De mazzelaars.'

'Ik stel voor dat jullie de paarden nu weer naar de wei brengen,' zei Tessa. 'Wie gaat in de keuken vragen hoe het met onze picknick staat?'

Lisa ging op weg, met Lilli en Bob in haar kielzog. Ze kwamen terug met de mededeling dat de keukenbrigade liet vragen of ze alvast alles klaar wilden zetten voor de picknick. Toen Bob zag hoe Freya een van de poetsboxen met haar hoef bewerkte en Kim nog net op tijd een volle zak paardenkoekjes voor Brunka's hongerige lippen weg kon grissen, besloten ze maar op de hooizolder te gaan picknicken.

Ze bouwden een lange tafel van strobalen en sleepten er nog een heleboel meer aan om op te zitten. Toen Roos van beneden 'de picknick komt eraan!' riep, waren ze helemaal buiten adem. De taart, die de keukenbrigade met Herma's hulp had gemaakt, was bedekt met een vingerdikke laag chocolade. Er was ook een schaal slagroom, waarmee Mike nog bijna van de ladder viel, er waren twee kannen hete chocolademelk om warm te worden en er was rooibosthee voor wie geen chocolademelk lustte.

Van de taart bleef niets over, en jammer genoeg stootte iemand de tweede kan chocolademelk om. Daphne ging in de keuken nieuwe halen.

'En wat doen we na de picknick?' vroeg Bob.

'We zouden iets uit *Romeo en Julia* voor jullie kunnen spelen,' stelde Lisa voor. Roos en Kim werden bleek. Maar voor

ze konden protesteren hoorden ze beneden in de stal opeens Daphnes stem. Ze klonk helemaal opgewonden.

'Tessa!' gilde ze. 'Mensen! Er zijn mensen op het erf.'

Eerst herkende Sprotje de vier kletsnatte figuren die hun zwaarbepakte fietsen Lola's erf op duwden niet. Maar toen waaide de capuchon van de voorste af en kwam Freds rode haar tevoorschijn.

'Dat geloof je toch niet!' stamelde Kim. Melanie drong tussen Sprotje en Tessa door, rende de stromende regen in en viel een van de figuren om de hals.

'Volgens mij kennen jullie die vier,' zei Tessa.

'Dat kun je wel zeggen,' mompelde Sprotje.

'Wat is er aan de hand?' Lisa probeerde over Sprotjes schouder naar buiten te kijken, maar ze was een kop kleiner dan Sprotje, en zelfs als ze een sprongetje maakte kreeg ze niet veel te zien. Lilli pakte het een stuk handiger aan, die glipte gewoon tussen de benen van de oudere meisjes door. 'Wie staat die blonde Kip daar te kussen?' vroeg ze verbaasd.

'Misschien begroeten Kippen mensen altijd zo,' zei Mike.

Roos gaf hem een duw. 'Dat is Willem, Melanies vriend,' verklaarde ze. 'Dus is er niets mis met die begroeting, of wel soms?'

'En die anderen, wie zijn dat?' vroeg Tessa.

Maar de nieuwkomers stelden zichzelf al voor.

'Hoi, Sprotje,' zei Fred, en hij maakte een overdreven buiging voor haar en Tessa. 'Hebben jullie hier misschien een droog plekje voor vier verzopen Pygmeeën?'

'Ja, alsjeblieft!' Mat kwam achter Fred staan en blies rillend in zijn koude handen. 'We voelen ons net een stelletje doorweekte verhuisdozen.'

'Pygmeeën?' Mike sloeg een arm om Roos' schouders.

Mats mond bleef openstaan. Hij schreef Roos dan ook nog steeds liefdesbrieven.

'Dat zijn...' begon Sprotje.

'...vrienden van de Kippen,' vulde Fred aan.

'Die niet meer lang te leven hebben als jullie ze hier laten staan,' zei Steve met een zwak stemmetje.

Melanie leek niet eens te merken dat het regende. Ze stond met Willem tegen de stalmuur, lachte naar hem en vertelde druk gebarend een of ander verhaal, dat waarschijnlijk met paarden of met Kuikens te maken had.

Tessa deed een stap opzij. 'Neem me niet kwalijk,' zei ze. 'Natuurlijk mogen jullie binnenkomen.'

Mike trok Roos aan de kant. Met een stuurs gezicht schuifelde Mat langs hen de droge stal in.

'Pygmeeën?' fluisterde Lilli tegen Sprotje. 'Wat is dat nou weer voor een naam? Zijn zij soms ook een club?'

'Klopt,' mompelde Sprotje. Lilli keek de vreemde jongens wantrouwig na.

'Wat doen jullie hier eigenlijk?' vroeg Sprotje aan Fred, toen hij naast haar bleef staan en de regen uit zijn haar schud-

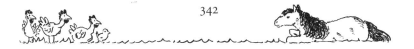

de. 'Dat komt hier zomaar binnenvallen!' Ze wilde boos klinken, maar om een of andere reden lukte dat niet.

'Willem miste Melanie zo.' Fred ging met een hand over zijn natte gezicht. 'En bovendien verveelden we ons dood, dus dachten we dat het wel een goed idee was om te gaan kamperen en meteen even bij jullie langs te gaan.'

'Maar intussen vinden we het helemaal niet meer zo'n goed idee,' zei Steve. 'We zijn namelijk zeker drie keer verkeerd gereden, we hebben een trein gemist, daarna nog een verkeerde genomen en toen kwam ook nog deze zondvloed.' Snotterend haalde hij een kletsnatte zakdoek uit zijn doorweekte jas – en toen bleef hij stokstijf staan.

'Wat is er?' Fred keek waar Steve zo geschrokken naar stond te staren.

'Die, die, die die... zijn helemaal niet vastgebonden,' stamelde Steve, wijzend naar de paarden die slaperig bij elkaar in de schemerige stal stonden.

'Natuurlijk niet,' zei Lisa spottend. 'Zal ik er eens eentje halen?'

'Nee, bedankt.' Steve verloor de paarden niet uit het oog. Voor de zekerheid ging hij half achter Fred staan.

'Ze eten bijna nooit mensen,' zei Mike.

Lilli gaf Bob giechelend een por in haar zij. 'Ben je soms bang voor paarden?' vroeg ze, en ze nam Steve zo laatdunkend op dat hij zenuwachtig zijn bril rechtzette.

'Natuurlijk. Ze zijn namelijk groter dan ik,' antwoordde hij geprikkeld. 'En ze hebben twee keer zoveel benen en grote gele tanden. Meisjes zijn niet bang voor paarden omdat ze kleinere hersens hebben dan jongens.'

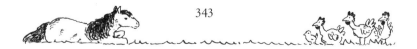

Daarvoor trapte Lilli hem op zijn tenen, hard en raak.

Steve begon te brullen alsof hij door een paard was geschopt. Met een van pijn vertrokken gezicht huppelde hij op één been rond. Hij hield pas op toen hij merkte dat de paarden nieuwsgierig zijn kant op keken.

'Dat heb je aan jezelf te danken, Steve,' vond Fred. 'Waarom kun je ook nooit je grote waffel houden?'

Tessa stelde de Pygmeeën voor om hun fietsen in de stal te zetten en hun spullen eerst maar eens in het huis te laten drogen. De jongens waren het er van harte mee eens, vooral toen ze hoorden dat er ook een kokkin was, die voor vier verkleumde jongens vast en zeker iets warms te drinken zou willen maken.

'Brengen jullie de paarden maar vast terug naar de wei,' zei Tessa tegen de kleintjes, voor ze met de Pygmeeën en de Kippen op weg ging. 'Maar haal eerst die elastiekjes uit hun manen, anders eten ze die straks nog op.'

Onderweg naar het huis vroeg Steve aan Kim of de paarden op deze manege altijd vlechten in hun haar hadden.

Binnen legden de Pygmeeën hun tent voor de verwarming in de gang op de grond; hun jassen hingen ze over de radiator in de eetkamer.

'Wie zijn dat nou weer?' vroeg Herma nors toen Tessa met ze de keuken in kwam.

'Natgeregende boskabouters,' antwoordde Sprotje, die samen met Tessa alvast twee theepotten uit de kast haalde.

'Sorry, maar kunnen we misschien ook koffie krijgen?' vroeg Fred. De andere Pygmeeën stonden nieuwsgierig om zich heen te kijken.

'Koffie? Zijn jullie daar niet een beetje te jong voor?' vroeg Herma.

'We zijn ouder dan we eruitzien,' zei Steve.

'Veel ouder,' voegde Mat eraan toe, maar hij klonk niet half zo vrolijk als normaal. De aanblik van Mikes hand op de schouder van Roos scheen hem nog steeds dwars te zitten.

De Pygmeeën kregen koffie, een hele pot vol. Ze kregen zelfs een paar plakken ontbijtkoek van Herma, omdat ze er zo nat en verkleumd uitzagen.

'Heeft een van jullie misschien droge spullen voor ons?' vroeg Fred toen ze met blote voeten aan een tafel in de eetkamer zaten. Hun schoenen en sokken lagen ook op de verwarming – en druppelden zachtjes op de grond.

'Het liefst degene met de grootste voeten,' bromde Willem. 'Mels sokken passen mij niet.'

'Ik haal wel iets van Mike,' zei Tessa. 'Maar ik weet niet of ik sokken zonder gaten kan vinden.'

'Maakt niet uit!' riep Steve haar na. 'Die dragen we zelf ook nooit.'

'Mike?' vroeg Mat toen Tessa weg was. 'Is dat die gast die niet met zijn handen van Roos af kon blijven?'

Melanie ging op Willems knie zitten. 'Mike is Tessa's broer, ze wonen hier,' legde ze Mat op neerbuigende toon uit. 'De manege is van hun moeder. En als je nu weer begint met dat jaloerse gedoe van je kun je gelijk weer op je fiets springen. We zijn namelijk niet van plan toe te kijken hoe jij de hele vakantie voor Roos verpest.'

'Als je dat maar weet!' zei Lisa, die zoekend om zich heen keek. 'Waar is Roos eigenlijk?'

Melanie keek Mat vol leedvermaak aan. 'Ze helpt de kleintjes de paarden naar de wei te brengen. Samen met Mike.'

'Hou op, Mel!' zei Sprotje. Ze kreeg bijna medelijden met Mat, die als een hoopje ellende op zijn stoel hing en in zijn koffie roerde.

'*Liefde is een rook van saamgedreven zuchten, een heldre vuurgloed als de dampen vluchten,*' zei Steve, '*een zee van tranen als hij wordt verdrukt.*'

Fred gooide een suikerklontje naar zijn hoofd. 'De hele weg hierheen hebben we dat al moeten aanhoren,' mopperde hij. 'Naar de duivel met jullie toneelstuk!'

'Ja, het was echt niet uit te houden,' zei Willem. 'Steve heeft het namelijk niet helemaal goed begrepen. Hij heeft niet alleen zijn eigen rol uit zijn hoofd geleerd, maar ook alle andere.'

Melanie kneep in zijn hand. 'Net als Kim,' zei ze. 'Misschien moeten ze het hele stuk maar met z'n tweeën spelen.'

Maar Lisa keek Steve met grote ogen aan. 'Ken je ook de tekst van Tybalt?'

Steve haalde zijn schouders op. 'Ja.' Hij dempte dreigend zijn stem: '*Praat jij van vrede met getrokken zwaard? Ik haat dat woord, alle Montecchi's en ook jou zoals de hel. Lafaard, kom op.*'

Lisa straalde. 'Ja!' riep ze. 'Precies. Daar lopen de rillingen toch van over je rug, of niet?'

Steve stond op en maakte een buiging.

'Ga zitten, Steve,' bromde Fred. Hij schonk nog een kop koffie voor zichzelf in, maar Lisa kon van opwinding niet meer op haar stoel blijven zitten.

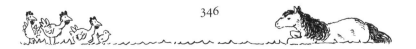

'Wil je met mij die scène oefenen waarin Tybalt en Mercutio met elkaar duelleren?' vroeg ze. 'Je weet wel, als Tybalt Mercutio doodt omdat Romeo ertussen springt en...'

Steve liet zich weer op zijn stoel vallen. 'Best, dat is een gave scène, maar dan hebben we ook nog een Romeo nodig.'

'Die speelt Mike!' riep Lisa. 'En hoe! Perfect gewoon.'

'Romeo, natuurlijk.' Mat gromde als een hondje dat de postbode ziet aankomen. Sprotje had echt met hem te doen.

De Pygmeeën zaten net Mikes sokken aan te trekken toen Lola thuiskwam. Voor ze het eerste krat met frisdrank de hal in had gesjouwd, had Bob haar al in geuren en kleuren over de nieuwe jongens verteld.

'Hebben jullie niet het verkeerde weer uitgekozen om te kamperen?' vroeg ze, nadat Sprotje en Melanie haar aan de Pygmeeën voorgesteld hadden. 'Ik bied jullie graag iets te eten aan, Herma kookt toch altijd te veel, maar jullie kunnen hier niet blijven slapen. Het huis is vol en in de stal wordt het 's nachts nu te koud.'

'Ach, het lukt best met die tent,' zei Fred.

De anderen keken naar het raam, waar de regen nog steeds langs stroomde. Steve zuchtte en ook de gezichten van de anderen verraadden weinig enthousiasme over de plannen van hun baas.

'We kunnen Jagerjagerman vragen of ze in zijn jachtjut mogen slapen,' zei Tessa opeens.

'Jagerjagerman?' vroeg Fred.

'Een buurman van ons,' legde Tessa uit. 'Vroeger was hij dol op jagen, daarom heeft hij die hut ook gebouwd, maar

sinds hij van de zomer bijna een wandelaar doodschoot komt hij er niet meer zo vaak.'

'Doodschoot? Een wandelaar?' Steve keek Tessa geschrokken aan.

'Per ongeluk,' zei Tessa lachend. 'Hij is intussen namelijk zo bijziend dat hij het verschil tussen zijn honden en zijn katten niet eens meer ziet.'

'Ja.' Lola knikte nadenkend. 'Die hut staat leeg. Voor een of twee nachten zou dat best gaan. Langer willen jullie toch niet blijven hè?'

Willem en Melanie wisselden een snelle blik, maar Fred schudde zijn hoofd. 'Nee, we wilden maar een paar dagen weg. Een of twee nachten is prima.'

'Jagerjagerman? Wat is dat nou weer voor een naam?' vroeg Mat wantrouwig.

Lola lachte. 'Zo noemen Tessa en Mike hem. Eigenlijk heet hij Erwin Raaphorst. Vroeger hadden we vanwege die jachtmanie van hem vaak ruzie, maar zoals Tessa al zei, sinds hij die wandelaar voor een wild zwijn aanzag raakt hij zijn geweren amper meer aan.'

Steve keek Fred hoopvol aan. 'Een hut klinkt een stuk beter dan een tent,' zei hij.

'Het is niet ver,' zijn Lola. 'Tessa of Mike kan jullie er wel heen brengen. Maar de hut ligt wel heel afgelegen in het bos. Alleen Jagerjagerman woont in de buurt...'

'Wij zijn niet zo bang uitgevallen hoor!' zei Fred schamper, al vertelden de gezichten van Mat en Steve iets heel anders. Willem keek meer alsof hij het maar niks vond dat hij nu alweer afscheid van Melanie moest nemen.

'Goed, dan zal ik Jagerjagerman even bellen.' Lola stond op. 'Kunnen jullie dan ondertussen de boodschappen uit mijn auto halen? Als jullie jassen tenminste al droog zijn.'

Dat konden de Pygmeeën. En de Kippen besloten te helpen.

'Hé, vertel eens,' zei Fred toen hij met Sprotje naar buiten liep. 'Hoe gaat het met paardrijden? Ben je er al een keer af gevallen? Alles nog heel?' Hij pakte Sprotje vast en betastte haar alsof hij op zoek was naar botbreuken.

Sprotje trok zich los. 'Laat dat!' riep ze, maar ze moest ook lachen. 'Je bent gek. Hartstikke gek.'

'Weet ik,' antwoordde Fred grijnzend. 'Ik heb iets voor je meegebracht,' zei hij bij Lola's auto. Mat tilde een doos vol blikjes uit de kofferbak en kibbelde met Steve over de vraag wie het zware ding naar binnen kon dragen.

'Iets meegebracht?' Sprotje veegde verlegen een regendruppel van haar voorhoofd.

'Ja.' Fred graaide in een zak van zijn nog klamme jas en haalde er een foto uit. 'Hier, als aandenken aan jullie kippen. Heb ik gistermiddag gemaakt. We hebben ze behoorlijk verwend. Ze zijn goed vet geworden, zie je wel?'

Sprotje keek glimlachend naar de foto. Maar opeens tilde ze geschrokken haar hoofd op. 'Wacht eens even!' riep ze. 'Wie past er dan nu op ze?'

'Hé, wind je niet gelijk zo op zeg!' zei Fred. 'Mijn vader geeft ze te eten. Hij gaat tegenwoordig met de fiets naar zijn werk. Vanwege zijn gezondheid en zo, en zodat hij niet te dik wordt. In elk geval komt hij 's morgens en 's avonds langs jullie caravan. En hij heeft verstand van kippen. Mijn opa had ze

ook altijd toen mijn vader nog een kind was.'

'Oké, dan is het goed.' Sprotje stak de foto voorzichtig in haar jaszak. 'Hoe gaat het met je opa?'

Fred haalde zijn schouders op. 'Hij ligt in het ziekenhuis. Maar hij overleeft het wel.'

Hij zei het heel achteloos, maar Sprotje kende Fred goed genoeg om de bezorgdheid in zijn stem te horen.

'Hé Fred, kun je even helpen in plaats van met de Opperkip te flikflooien?' riep Mat, en hij zette een krat op zijn eigen voet.

'Niet zo brutaal hè!' riep Fred terug. Maar hij haalde toch maar een zak aardappelen uit Lola's kofferbak.

Sprotje draaide zich om en slenterde naar de wei. Ze leunde tegen het ruwe houten hek en keek naar de paarden. Een heel eind verderop hielp Mike Roos op Kolfinna's rug.

En opeens merkte Sprotje, diep vanbinnen, in het hoekje van haar hart dat de afgelopen dagen zo vaak zoveel pijn had gedaan, dat ze naar die twee kon kijken zonder dat het haar stak. Zonder dat ze zich klein en lelijk en nog niet half zo mooi als Roos voelde.

Ze was zo blij dat Fred gekomen was.

Jagerjagerman had er niets op tegen om zijn jachthut voor een of twee nachten aan vier natgeregende jongens af te staan. 'Ik hoop alleen dat ze de kachel aan krijgen!' baste hij in de telefoon. 'Anders vriezen hun billen eraf.'

Dus sjorden de Pygmeeën hun bagage weer op de fietsen. Het werd tijd om op te breken. De schemering hing al tussen de bomen en Fred wilde niet in het donker bij de hut aankomen. Het regende niet meer, maar het water druppelde nog uit de bomen en de wolken dreven als vuile watten langs de hemel.

Steve beloofde Lisa dat hij de volgende dag meteen na het middageten op de manege zou zijn. 'En dan verander ik in Tybalt, Koning van de Katten,' zei hij, 'en help ik je met mijn degen naar de andere wereld. Oefen dus maar vast met doodgaan, Waterpistolenkip.'

Lisa straalde.

'Verdorie, waar zit Willem nou weer,' mopperde Fred. 'Als we nu niet snel gaan moeten we in een stikdonker bos naar hout voor de kachel zoeken.'

'Een stikdonker bos?' vroeg Steve, slecht op zijn gemak.

Lilli en Bob hadden zich uit hun schuilplaats in de box gewaagd en hingen nu voor de staldeur rond. Toen Fred naar Willem vroeg glimlachten ze veelbetekenend naar elkaar. 'Hé!' riep Lilli. 'De vriend van die blonde Kip bedoel je toch? Zullen we hem gaan halen?'

Zonder Freds antwoord af te wachten renden zij en Bob weg, naar de achterkant van de stal, waar Willem en Melanie uitgebreid afscheid van elkaar stonden te nemen. Hoe konden die twee Kuikens weten dat Willem ook wel Houdgreep-Willem of de Hulk werd genoemd, omdat hij altijd heel snel kwaad werd? Argeloos slopen ze op hem en Melanie af, en even later riepen ze keihard in koor: 'Tongen, tongen, tongen!' Willem kon er niet om lachen. Zonder een woord te zeggen liet hij Melanie los, nam Lilli onder zijn arm en liep met haar naar de mesthoop. Lilli krijste zo hard dat Lola geschrokken naar buiten kwam rennen – en nog net zag hoe Willem Lilli in het stinkende stro smeet. Voor Lola naar de reden van de ruzie kon vragen was Lilli alweer opgekrabbeld en stond ze paarden-drollen naar Willem te gooien. Tot Lola tussenbeide kwam.

'Je had geluk dat die uk niet kon mikken,' zei Mat toen Willem op zijn fiets stapte.

Tessa en Mike zaten al op hun paarden, klaar om de Pygmeeën de weg te wijzen. Roos ging ook mee, op Bleykja. De merrie stond te popelen om te vertrekken. Ze brieste en schudde ongeduldig met haar hoofd. Sprotje zou ook heel graag meegegaan zijn, maar twee rijlessen waren niet genoeg voor een rit door het bos.

'Denk je dat wij op een dag ook zo paardrijden?' vroeg Melanie toen ze de paarden en fietsen tussen de bomen zagen verdwijnen. Tessa reed als laatste het erf af; ze konden de hoefslag van haar paard op het natte asfalt horen. Mimirs vel was donker van de regen, maar zijn manen vormden een lichte vlek in de schemering.

'In die paar dagen dat we hier zijn leren we het vast niet,' zei Sprotje. Lipurta stak haar hoofd over haar schouder en brieste. Sprotje vond nog een stukje brood in haar zak en gaf het aan haar. Met haar ruwe en toch zachte lippen at de merrie het voorzichtig uit haar hand.

'Thuis is rijles vast te duur,' mompelde Melanie.

'Ach, volgens mij is het ook helemaal niet zo leuk om op een gewone manege te rijden,' zei Sprotje. 'Waar Roos vroeger les had moesten de paarden urenlang rondjes lopen, en de rest van de tijd stonden ze in hun box aan de deur te knagen omdat ze zich dood verveelden.'

Melanie keek naar Snegla, die behaaglijk door het gras rolde. 'Ja, vreselijk,' zei ze. 'Ik ben een keer gaan kijken. Maar ze hadden er wel mooie rijkleding.'

Sprotje verbaasde zich telkens weer over Melanies smaak.

Die avond bleef het rustig. Lilli was weliswaar allang weer bijgekomen van haar gevecht met Willem, maar kennelijk hadden de Wilde Kuikens desondanks geen zin om streken uit te halen. Hetzelfde gold voor de Wilde Kippen.

'Goh, die buitenlucht is echt heftig,' zuchtte Melanie toen ze al om negen uur slaperig op hun bedden lagen.

'Er zijn bijna geen wolken meer,' mompelde Kim. 'Ik denk

dat we morgen eindelijk weer kunnen paardrijden.'

'Het lukt me niet eens om me uit te kleden,' zei Lisa, en ze trok de deken op tot onder haar kin.

Tien minuten later sliepen ze alle drie. Alleen Sprotje lag nog wakker. Ze staarde door het raam naar buiten, waar de sterren helderder dan thuis aan de donkere hemel stonden. Roos was nog niet terug. Melanie praatte zachtjes in haar slaap, met haar kussen stevig in haar armen.

Melanie was nu al anderhalf jaar met Willem. Dat was een hele tijd. Andere stelletjes in hun klas waren meestal na een paar weken alweer uit elkaar. Sommige zeiden elkaar daarna niet eens meer gedag. Kims liefde voor haar neef leek ook als sneeuw voor de zon verdwenen. Sinds ze hier waren had Kim het nog niet één keer over hem gehad. De vorige herfst had Melanie nog geturfd hoe vaak Kim op een dag 'Paolo' zei. Voor zover Sprotje het zich herinnerde was het record drieendertig keer geweest. Roos en Mat hadden twee maanden verkering gehad, tot ze alleen nog maar ruzie konden maken. Maar ze hadden allemaal al een keer een vriendje gehad. Alleen ik niet, dacht Sprotje. Nou ja, Lisa was ook alleen. Maar Lisa was sowieso een geval apart. Sprotje keek naar het lege bed van Roos. Hoe kregen Melanie en Roos het toch voor elkaar dat die jongens...

De deur ging open en Roos schuifelde de schemerige kamer in. Op haar tenen sloop ze naar haar bed; ze neuriede zachtjes voor zich uit, haalde de speld uit haar haren – en zag dat Sprotje naar haar lag te kijken.

'Wat is er met de anderen?' fluisterde ze. 'Slapen ze allang?'

Sprotje schoof haar dekens opzij en ging rechtop zitten. 'Al

een eeuw. Lisa was zo moe dat ze zich niet eens heeft uitge-
kleed.'

Lisa's voet bungelde uit haar bed, in een sok vol gaten. 'Als
haar moeder dat wist!' fluisterde Roos. Ze keek Sprotje vragend aan. 'Ik ben nog helemaal niet moe. Zullen we nog even
naar de paarden gaan?'

Sprotje knikte en raapte haar broek van de grond op. 'Best.'

Rillend stapten ze even later naar buiten. Het werd 's
avonds al behoorlijk koud. Als de zon weg was voelde je dat
de winter voor de deur stond.

In de stal stonden Brunka en Kolfinna in hun boxen te slapen. 'Mike heeft Kolfinna hier gelaten omdat Lola vroeg of hij
meteen morgenochtend nog een keer naar de hut wilde gaan,'
zei Roos. 'Hij moet de jongens nog een keer bij daglicht laten
zien hoe ze moeten fietsen en vertellen waar ze boodschappen kunnen doen. Hij heeft er niet bijster veel zin in, vooral
omdat Mat de hele tijd naar hem kijkt alsof hij hem elk moment naar de keel kan vliegen. Maar als Jagerjagerman ze uit-
legt welke kant ze op moeten komen ze in Duitsland terecht,
zegt Tessa.'

Sprotje leunde over de deur van Kolfinna's box en aaide
haar manen. De merrie ging slaperig van het ene been op het
andere staan, schudde haar hoofd en soesde verder.

'Je bent toch niet boos op me hè?' vroeg Roos opeens.
Ze keek Sprotje van opzij aan. 'Ik bedoel, je bent mijn beste
vriendin... mijn allerbeste...'

Sprotje schraapte haar keel. 'Natuurlijk. Waarom zou dat
nu opeens niet meer zo zijn?'

Roos liep naar de box van Brunka. 'Dat weet je best,' zei ze.

Sprotje luisterde naar Kolfinna's rustige ademhaling, zag de witte, warme wolkjes in de koude lucht hangen en zweeg. Roos keek haar aan.

'Ik ben niet boos!' zei Sprotje. 'En kijk me niet zo aan.'

'Oké.' Roos stak een hand in haar broekzak. 'Ik moest je iets geven van Fred. Het is een soort van uitnodiging, geloof ik.'

Aarzelend nam Sprotje het verkreukelde papiertje aan. 'Tjonge,' mompelde ze, 'wanneer leert die nou eens zo te schrijven dat je het ook kunt lezen?'

Roos scheen met haar zaklamp op het papiertje. 'Niet in dit leven,' zei ze.

'*Omdat we op het moment over zo'n fantastisch huis beschikken,*' ontcijferde Sprotje, '*zou het ons een bijzonder genoegen zijn als wij, Kippen en Pygmeeën, morgenavond samen zouden kunnen dineren. Avondkleding is niet nodig. Voor eten en drinken zorgen wij. Ik hoop dat je de uitnodiging aanneemt, Opperkip. Fred.*'

Sprotje glimlachte. 'Wedden dat Steve dat gedicteerd heeft?' zei ze. 'Zo hoogdravend is hij anders nooit.'

'Vast,' zei Roos. 'Tessa en Mike zijn ook uitgenodigd, zegt Fred, maar ik weet niet of dat wel zo'n slim plan is.'

Ze gingen de stal uit, liepen over het maanverlichte erf en klommen over het hek van de wei. Thuis was de nacht nooit zo zwart. Maar hun ogen waren al aan het donker gewend en in de wei tussen de paarden waren ze er ook niet bang voor.

'Denk je dat Lola het goed vindt dat we morgenavond naar de jongens gaan?' vroeg Roos.

Sprotje haalde haar schouders op. 'Als we niet te laat terug zijn.'

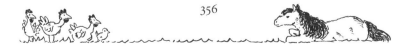

Ze bleven nog een hele tijd in de wei, liepen van het ene paard naar het andere en staken hun koude vingers tussen de dichte manen. In het huis brandde achter een paar ramen nog steeds licht. Veel van die ukkies deden het 's nachts niet uit, want ze sliepen slecht als het donker hun kamer binnendrong. Sprotje keek naar de verlichte ramen en probeerde het allemaal in haar geheugen te prenten: het huis tussen de zwarte bomen, het briesen van de paarden in de stille nacht en de sterren boven haar hoofd. Ze had nooit geweten dat het er zoveel waren.

De volgende ochtend was het weer bewolkt, maar het regende niet en af en toe liet de zon zich zelfs zien. Tessa ging met Roos, Lisa en de kleintjes weer een rit maken, en Lola gaf Sprotje, Melanie en Kim hun derde rijles. Weer oefenden ze eerst aan de longe, maar deze keer werd Fafnir gezadeld en na een paar bedaarde rondjes in stap liet Lola hem draven.

Sprotje klampte zich zo stevig mogelijk aan het zadel vast, maar dat hielp niet erg. 'Nee, dat voelt niet zo prettig hè?' riep Lola. 'Richt je met je bovenbenen op uit het zadel. Nu!'

Sprotje probeerde het, terwijl Lola het ritme aangaf: óp en weer neer. Het was moeilijk. En Sprotjes ritme klopte niet met dat van Fafnir. Maar na een tijdje lukte het haar opeens, en ze had het gevoel dat ze vloog op het dravende paard.

'Goed zo,' riep Lola. 'Dat doe je al heel goed.'

Terwijl Melanie zich op Fafnir door elkaar liet rammelen, leidde Sprotje Kim op Freya door de bak. Toen ook Kim had leren draven, mochten ze voor het eerst helemaal alleen rijden.

'Vergeet niet wat ik over paardenmonden heb gezegd!' riep

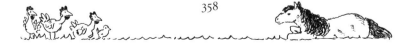

Lola toen ze de teugels pakten. 'Oké, vooruit maar!'

Het leer voelde lekker aan tussen je vingers. Sprotje zag hoe Snegla haar oren spitste, hoorde hoe ze haar hoeven in het vochtige zand zette – en wenste voor de zoveelste keer dat je een moment als dit kon bewaren, dat je het in een jampotje of een koekblik kon stoppen. Om er af en toe van te proeven, op andere, saaie grijze dagen, op dagen die niet naar paardenvel roken. Voor zoveel geluk had je wel een grote pot nodig, bedacht Sprotje, terwijl ze achter Kim aan reed. En ze stelde zich voor dat ze maar doorreed en doorreed, door een oneindig groot land, zonder hekken en zonder wegen.

Bij het afzadelen hoefde Lola niet meer te helpen.

Toen ze de hoofdstellen naar de zadelkamer brachten fluisterde Melanie tegen Sprotje: 'Heb je het al gevraagd van vanavond?'

'Wat gevraagd?' zei Lola, die de zadels op de houders tilde.

Sprotje schraapte haar keel. 'De Pymeeën... de jongens, bedoel ik...'

'Ja?' Lola draaide zich om. 'Wat is daarmee?'

'Ze hebben ons voor vanavond uitgenodigd in hun hut,' antwoordde Melanie. 'Mike en Tessa mogen natuurlijk ook mee. Zij zorgen voor iets te eten en, nou ja...'

Lola hing de bitten terug aan de haken. Elk paard had een eigen haak in de zadelkamer, met een naambordje eronder. 'Een uitnodiging voor het eten, zo zo,' zei ze. 'Goed, geen probleem, op een paar voorwaarden. Ten eerste: ik kom jullie om elf uur met de auto ophalen, ik wil niet dat jullie zo laat alleen door het bos lopen. Ten tweede: geen alcohol, op ons laatste feest hebben een paar lolbroeken rum in mijn onschuldige

bowl gekieperd en heeft iemand de bank in de hal onder ge-
spuugd. Kunnen jullie met die voorwaarden leven?'

'Ja, natuurlijk,' antwoordde Melanie.

'Goed. Veel plezier dan maar.' Lola slenterde terug naar het
huis. 'Als Mike terugkomt met jullie vrienden,' riep ze nog, 'zeg
dan dat hij even naar mijn kantoortje moet komen, goed?'

'Doen we!' Melanie begon te lachen.

'Wat sta je nou weer te lachen?' vroeg Sprotje.

'Gaat je niets aan,' zei Melanie. Ze gaf Kim een arm en fluisterde: 'Wat denk jij? Zou Fred vanavond eindelijk het lef hebben om Sprotje te kussen?'

'Weet je wat, Mel?' Sprotje greep haar van achteren beet.
'Soms ben je irritanter dan alle vier de Pygmeeën bij elkaar.'

'Laat los, maffe Kip!' Melanie stikte bijna van het lachen.
'Kim! Kim, help me!' riep ze, terwijl ze zich uit Sprotjes om-
arming los probeerde te worstelen.

Kim snoot haar neus. 'Ik zou niet weten waarom,' zei ze.

Sprotje greep Melanie nog wat steviger vast. 'Kom op,
Kim!' riep ze. 'We geven haar de kieteldood.'

Maar Melanie ontsnapte, al had ze van al dat lachen wel de
hik. Het woord 'kieteldood' maakte haar zo sterk als een beer,
ze rukte zich los, stak haar tong naar Sprotje en Kim uit en
rende weg, zo hard dat haar achtervolgers haar bijna niet
konden bijhouden. Na honderd meter liet Kim zich hijgend
en met haar handen in haar zij tegen het hek op het erf zakken, maar Sprotje gaf het niet zo gauw op. Ze joeg Melanie
drie keer om de stal, naar binnen en weer naar buiten, toen
om het huis en over het erf. Ze hadden het zo druk met elkaar

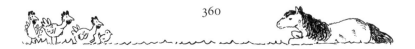

dat ze de Pygmeeën pas zagen toen die al met Mike op het erf stonden.

'Wat is hier aan de hand?' vroeg Fred, maar Sprotje en Melanie hadden niet genoeg lucht meer om antwoord te geven. Met knikkende knieën liepen ze naar het hek en leunden ertegenaan.

'Je hebt me niet te pakken gekregen,' bracht Melanie met moeite uit.

'Alleen omdat zij opeens opdoken,' hijgde Sprotje.

'Mag ik er even door?' Mike wilde er met Kolfinna langs. Sprotje stopte verlegen haar losgeraakte haren achter haar oren en keek hem na. Fred, die haar blik had gevolgd, keek met een frons in zijn voorhoofd naar haar om. Sprotje zag verbazing op zijn gezicht, en nog iets anders.

'Mike!' riep Melanie toen Mike al in de deur naar de stal stond. 'Je moeder wil iets van je! Ze zit in haar kantoortje.'

'Oké!' riep Mike zonder zich om te draaien. Mat staarde hem na tot hij in de stal verdwenen was.

'Bedankt voor jullie uitnodiging voor vanavond,' zei Kim. 'Lola vindt het goed dat we komen. Maar ze haalt ons om elf uur weer op.'

'Elf uur!' Mat haalde zijn neus op. 'Jullie zijn toch geen kleine kinderen.'

Sprotje voelde dat Fred nog steeds naar haar keek. 'Anders mag het helemaal niet,' zei ze, 'en we hebben Lola beloofd dat we geen alcohol drinken.'

'Als het maar niet verboden is om te zoenen.' Willem kwam naast Melanie tegen het hek staan en sloeg een arm om haar schouders.

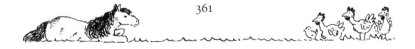

'Behalve jij heeft niemand hier iemand om mee te zoenen,' bromde Mat. 'Of is die daar...' hij wees naar de stal, '...soms ook uitgenodigd?'

'Zijn zus in elk geval wel,' antwoordde Fred. 'En als hij meekomt hou jij je gedeisd, gesnopen?'

'*Je zult hem dulden, hoor je?*' Steve stapte dreigend op Mat af. '*Hé, jongeman, je zult en daarmee uit. Ik ben hier de baas, niet jij, en daarmee uit.*'

'Steve, hou je mond,' viel Fred uit. 'Als je zo doorgaat ken ik dat verrekte stuk straks ook uit mijn hoofd.'

'Nou zeg,' bromde Steve gepikeerd.

Hij keek zoekend om zich heen. 'Waar is eigenlijk de Waterpistolenkip? Ik dacht dat we dat duel samen zouden oefenen.'

'Lisa en Roos zijn nog niet terug van hun rit,' zei Sprotje. 'Ze zijn met Tessa en de kleintjes mee. Ze komt straks vast wel met je oefenen. Ik betrapte haar vanochtend in de badkamer, toen ze aan het sterven was.' Sprotje greep naar haar hart en zakte voor het hek in elkaar. '*O, naar de duivel met je veten! Ze hebben wormenaas van mij gemaakt.*'

Fred klapte spottend in zijn handen. 'Jij speelt toch ook niet mee? Waarom eigenlijk niet?'

Sprotje kwam verlegen overeind. 'Ach, je moet dat allemaal maar uit je hoofd leren...'

'Ze heeft last van plankenkoorts, dat is het,' viel Melanie haar in de rede. 'En willen jullie weten waarom ik nooit, maar dan ook nooit Julia zou spelen? Omdat ik dan Noor moet kussen.'

'Ja, waarom speelt Willem eigenlijk niet voor Romeo?'

vroeg Mat. 'Die heeft er ervaring mee.' Hij kon zich nog net achter Freds rug verschansen voor Willem hem te pakken kreeg.

Sprotje maakte het hek open. 'Ik ga even kijken of de paarden nog genoeg water hebben,' zei ze.

'Wacht, ik help je!' Fred sprong van het hek in het vochtige gras. Toen hij Sprotje inhaalde zaten zijn cowboylaarzen onder de modder.

'Er valt niet veel te helpen,' zei ze met een blik op de waterbak naast de put. Hij zat nog halfvol, maar Sprotje schoof de plank die de put afdekte opzij en liet de emmer zakken. Terwijl ze het water in de bak goot, merkte ze hoe ongerust Fred naar de grazende paarden verderop stond te kijken.

'Ze bijten je niet hoor,' zei ze spottend. 'En ze komen ook niet zomaar op je af denderen om je onder de voet te lopen, als je daar soms bang voor was.'

'Hoezo, denk je dat ik bang ben voor die beesten?' Fred leunde nonchalant op de rand van de put – en draaide zich met een ruk om toen Brunka een paar meter achter hem begon te hoesten. Sprotje lachte.

'Je bent wel bang!' zei ze.

'Nee hoor.' Fred aarzelde even, maar toen stapte hij op de merrie af en klopte op haar hals – met zijn arm recht vooruit. Brunka draaide zich nieuwsgierig naar hem om en hapte naar zijn jas.

'Hé, zag je dat?' Fred sprong achteruit en veegde boos het paardenspeeksel van zijn jas. 'En jij zegt dat ze je niet opeten.'

'Tja, misschien vinden ze jou extra lekker,' zei Sprotje. Waarom zei ze dat nou weer? Ze draaide zich vlug om en liet

de emmer nog een keer in de put zakken.

'Ik denk eerder dat het door dat broodje in mijn zak komt,' antwoordde Fred. Hij slenterde naar een ander paard, naar Fafnir deze keer. 'Maar vertel nou eens,' zei hij. 'Wat vind je van dat paardrijden?'

Sprotje goot het water in de bak en schoof de plank weer over de put. 'Ik vind het hartstikke leuk.'

Fred legde voorzichtig een hand op de rug van Fafnir. 'Die Romeo van Roos...' zei hij, 'Mike... die kan echt goed rijden hè? Daarom kijken jullie natuurlijk allemaal zo tegen hem op.'

Sprotje beet op haar lippen en viste een paar verlepte bladeren uit de waterbak. 'Welnee, hij is gewoon... aardig.'

'Aardig.' Fred aaide Fafnirs hals en de hengst duwde vriendschappelijk met zijn hoofd tegen Freds buik. 'Ik ben toch ook aardig?'

Sprotje moest lachen. 'Ja, soms wel,' antwoordde ze, terwijl ze haar vingers door het koele water liet gaan. Ze zag haar spiegelbeeld glimlachen.

'En ik wil wedden,' zei Fred achter haar, 'dat ik ook best kan paardrijden.'

Sprotje draaide zich geschrokken om. Ze zag hoe Fred Fafnir bij zijn hoofdstel pakte en naar de put trok. Fafnir droeg meestal een hoofdstel, omdat je hem anders moeilijk te pakken kon krijgen.

'Fred, niet doen!' zei Sprotje. Maar Fred stond al op de rand van de put, en voor de hengst begreep wat hij van plan was zat Fred op zijn rug. Fafnir was wel wat gewend. Ontelbare kinderen hadden op zijn rug gezeten en er de vreemd-

ste capriolen uitgehaald. Dat was Freds redding. Kolfinna of Lipurta hadden hem afgeworpen, maar Fafnir deed alleen schuw een stap opzij. Toen bleef hij gespannen staan, met zijn hoofd omhoog en zijn oren plat. Hij leek niet goed te weten wat hij moest doen.

'Fred, kom eraf,' zei Sprotje. Ze keek naar het erf, maar Lola was nergens te bekennen.

'Waarom? Het begint net leuk te worden.' Fred kroelde in Fafnirs dikke manen, klemde zijn benen om de rondgegraasde buik en grijnsde van oor tot oor. 'Zie je wel?' riep hij. 'Geen kunst aan.'

'Kom er onmiddellijk af!' riep Sprotje. Langzaam, om Fafnir niet nog meer aan het schrikken te maken, liep ze naar de hengst toe. Ze zag hoe zenuwachtig hij met zijn oren trok en hoe stijf hij zijn hals hield. 'Nooit op de wei rijden,' dat was een van de eerste regels die ze van Lola hadden geleerd. 'Als een paard begint te rennen gaat vaak de hele kudde erachteraan, en dan kun je maar beter niet in de wei zijn.' Sprotje keek nog een keer naar het huis. De anderen stonden nog steeds tegen het hek geleund. Ze hadden niets van Freds cowboystunt gemerkt. Sprotje hoorde ze lachen. Steve stond druk met zijn armen te zwaaien.

'Als ik hem straks bij zijn hoofdstel heb,' zei Sprotje, terwijl ze haar hand zo rustig mogelijk naar Fafnir uitstak, 'dan laat jij je eraf glijden. En wel meteen.' Als hij gaat steigeren, dacht ze, dan houd ik hem niet. Maar dat zei ze niet hardop.

'Hoezo?' vroeg Fred. Hij gaf een klopje op Fafnirs hals en lachte. 'Zie ik er niet uit als een echte cowboy? Hu!' riep hij, en hij drukte zijn hakken in Fafnirs flanken.

De hengst tilde zijn hoofd op, precies op het moment dat Sprotje haar hand onder de riem van zijn hoofdstel wilde steken. Fafnir deinsde terug, draaide zich om en ging ervandoor. Fred sloeg geschrokken zijn armen om de hals van het paard, probeerde ergens houvast te vinden. De andere paarden keken op. Gelukkig draafde Fafnir maar halfslachtig door de wei. Sprotje probeerde hem de weg te versperren, riep zijn naam, struikelde over een berg paardenpoep, krabbelde weer overeind en zag dat Fred nog steeds op de paardenrug hing.

'Hé, wat is daar aan de hand?' hoorde ze iemand roepen. Tessa was terug, met de kleintjes. Hun paarden verdrongen zich op het erf.

'Fred is op Fafnir geklommen!' riep Sprotje zo hard als ze kon. Maar ze wist zelf hoe moeilijk het was om te verstaan wat iemand over die enorme wei schreeuwde, als je zelf bij het hek stond. Toen ze zich weer omdraaide was ze Fafnir uit het oog verloren. Even later zag ze hem weer, een heel eind verderop, bij de bomen. Hij stond naast Freya te grazen. En er zat niemand op zijn rug.

Sprotje begon te rennen, al wist ze best dat je ook dat beter niet kon doen in een wei vol met paarden. Haar hart klopte in haar keel, bonsde in haar oren, maar Fred was nergens te bekennen. Ze zag alleen paarden, niets anders dan paarden. Steeds verder rende ze de wei in, het erf en het huis waren ver weg, ze hoorde stemmen, en toen ze omkeek zag ze Tessa en Lola aankomen.

Daar was Fred. Hij zat tussen de molshopen op de grond, wreef over zijn schouder en was zo bleek als ze hem nog nooit

had gezien. Maar zo te zien leefde hij nog. En Sprotje was zo opgelucht dat ze bijna begon te huilen.

'Rot op!' snauwde hij tegen Snegla, die nieuwsgierig naar hem toe sjokte en aan zijn haar snuffelde. 'Wegwezen. Stelletje monsters!'

'Is alles in orde?' riep Lola over de wei.

'Ja!' riep Sprotje terug. Ze vertraagde haar pas en zette haar handen in haar pijnlijke zijden. Haar benen trilden toen ze eindelijk bij Fred was.

'Alles oké?' vroeg ze en ze knielde naast hem in het gras.

'Oké? Er is helemaal niets oké,' bromde hij met een hand op zijn schouder. 'Dat stomme beest heeft me niet eens afgeworpen. Ik gleed er gewoon van af, als een zak aardappelen. En toen kwam ik precies op mijn schouder terecht. Daar heb ik toch al de hele tijd gezeur mee.'

'Beter dan dat je op die domme kop van je terechtkomt,' antwoordde Sprotje. Bijna had ze haar hand uitgestoken om een paar blaadjes uit zijn haar te plukken. Bijna.

'Wat is hier verdorie aan de hand?' Hijgend liet Lola zich naast Sprotje in het natte gras zakken.

'Ik ben van het paard gevallen,' mompelde Fred.

'En, heb je ergens pijn? Hoofd, armen, benen, voelt het ergens gebroken?'

Fred schudde zijn hoofd en ging staan. Maar hij zag zo bleek alsof hij elk moment weer om kon vallen.

'Hij is op Fafnir geklommen,' zei Sprotje.

Lola kwam overeind. 'Fafnir? Nou, dan heb je in elk geval een vriendelijk paard uitgezocht. Ben je duizelig? Ben je op je hoofd gevallen?'

367

'Nee,' bromde Fred berouwvol. 'Alleen op mijn schouder.'

Lola zuchtte. Ze schudde haar hoofd. 'Dat was dus meer geluk dan wijsheid,' zei ze. 'Heb je hem niet verteld dat het streng verboden is om in de wei rijden?' vroeg ze aan Sprotje.

'Sprotje kan er niets aan doen,' zei Fred. 'Ik wilde alleen maar...'

'Zeg maar niets meer, ik weet wel wat je wilde,' onderbrak Lola hem. 'Kom mee, thuis heb ik zalf voor je schouder.'

Lola bekeek Fred heel aandachtig; ze scheen zelfs met een lampje in zijn ogen om zich ervan te overtuigen dat hij geen hersenschudding had. 'Het ziet ernaar uit dat je met de schrik en een gekneusde schouder vrijgekomen bent,' zei ze toen ze hem weer uit haar kantoortje liet. 'Als je over een week nog last hebt van die schouder moet je even naar de dokter.'

Maar Fred had meer last van het commentaar dat hij na zijn onvrijwillige rit moest aanhoren dan van zijn schouder. Het verhaal was natuurlijk als een lopend vuurtje door de manege gegaan, en toen Fred uit Lola's kantoortje kwam stonden in de hal niet alleen de Kippen en de Pygmeeën op hem te wachten, maar ook de Wilde Kuikens.

Bob en Verena stootten elkaar alleen giechelend aan, maar Lilli kon haar mond natuurlijk weer niet houden. 'En, goeie vlucht gehad?' vroeg ze.

'Pas op jij!' Willem wierp haar een blik toe die waarschijnlijk bedoeld was om haar aan de mesthoop te herinneren, maar Lilli stak haar tong naar hem uit en verdween met Bob en Verena in de eetzaal.

De Pygmeeën namen hun toegetakelde baas in hun mid-

den en gingen met hem op de oude bank zitten. Sprotje vond dat ze echt hun best deden om niet te lachen. Maar Fred leek zich zelfs aan hun zwijgen te storen.

'De eerste die iets bijdehands zegt,' zei hij nors, 'krijgt van mij een dreun. Mijn linkerschouder is namelijk nog helemaal heel.'

'We zeggen toch ook niets, cowboy!' zei Steve verdedigend.

'Nee, geen woord,' zei Mat. 'Ook niet dat het behoorlijk achterlijk is om je nek te breken alleen om indruk te maken op een Kip. Zelfs al is het de Opperkip.'

Fred haalde naar hem uit, maar hij gebruikte zijn verkeerde arm en trok hem met een kreet van pijn weer terug.

'Als jullie uitgeruzied zijn,' zei Roos, die het allemaal niet zo grappig vond, 'dan kunnen jullie naar de eetkamer komen en een hapje mee-eten. Moest ik van Lola tegen jullie zeggen.'

'Aardig van haar,' bromde Fred. Zijn doodsbleke gezicht kreeg langzaam weer wat kleur. 'Maar we moeten ervandoor. Boodschappen doen voor vanavond.'

'En onze repetitie dan?' Lisa keek teleurgesteld naar Steve. Die stak hulploos zijn handen in de lucht.

'O ja, die repetitie!' Fred rolde geërgerd met zijn ogen. 'Oké Steve, jij blijft hier terwijl wij boodschappen doen. Dan komen we je later wel weer halen.' Met een zucht stond hij op van de bank. De hulpvaardige handen van Mat en Willem sloeg hij boos weg. 'Hé, laat dat. Ik ben geen invalide,' mopperde hij.

Sprotje was al met de andere Kippen op weg naar de eetkamer toen Fred zich bij de voordeur nog een keer naar haar

omdraaide. 'Tot ziens, Opperkip!' riep hij. 'Ik leer heus nog wel paardrijden. Wedden?' Toen ging hij met Willem en Mat naar buiten. En Steve sjokte achter de meisjes aan.

Het was al donker toen de Wilde Kippen die avond op weg gingen naar de Pygmeeën, hoewel het nog niet eens half zeven was. Ze hadden om zeven uur bij de hut afgesproken. 'Graag op tijd komen,' had Fred gezegd toen hij Steve kwam ophalen, en Tessa zei dat ze er te voet ongeveer een halfuur over zouden doen. Tessa ging zelf ook mee, alleen al om de weg te wijzen, maar Mike bleef thuis.

'Dat is denk ik ook maar beter,' zei Melanie toen ze in de hal hun jas aantrokken. 'Mat had vast de hele avond alleen maar rotopmerkingen gemaakt.'

'Hoe lang is het eigenlijk al uit tussen jullie?' vroeg Tessa aan Roos.

'Al meer dan een jaar.' Roos deed de voordeur open. 'En nu moeten we gaan,' mompelde ze in haar sjaal, 'anders komen we nog te laat.'

'O jee, o jee!' zei Kim toen ze buiten stonden. 'Ik had eerlijk gezegd niet gedacht dat het zo donker zou zijn.'

Tessa haalde haar schouders op. 'Noem je dat donker?' zei ze. 'Wacht maar af tot we in het bos zijn. Daar zie je geen hand voor ogen.'

'In het bos?' Kim bleef geschrokken staan. 'Moeten we door het bos?'

'Een klein eindje maar,' zei Tessa geruststellend. 'Het grootste stuk kunnen we langs de weg. Mijn moeder wilde ons best brengen, want Mike is natuurlijk thuis om op de kleintjes te passen, maar het is wel genoeg als ze ons straks komt halen, dacht ik.'

'Natuurlijk, je hebt groot gelijk,' zei Lisa. Ze trok Kim mee. 'Kom op. Kijk niet alsof je al dood bent. We zijn met z'n zessen, in spoken geloven we niet en bovendien is het nog geen middernacht.'

'En niet te vergeten: Lisa heeft haar waterpistool bij zich.' Sprotje scheen met de enorme zaklamp die ze van Lola mee had gekregen over het donkere erf.

'Hé!' riep opeens een stem achter haar. Lilli leunde uit haar verlichte raam op de eerste verdieping. 'Waar gaan jullie heen?' riep ze. Naast haar verschenen de hoofden van Bob en Verena.

'Dat gaat jullie geen bal aan!' riep Lisa. 'Voor jullie is het namelijk bedtijd.'

'Jullie gaan zeker naar de jongens hè?' riep Lilli. Ze leunde zover uit het raam dat Sprotje bang was dat ze naar buiten zou vallen.

'Klopt als een bus!' riep Melanie.

'En wee je gebeente als je rottigheid in onze kamer uithaalt terwijl we weg zijn!' riep Lisa.

'Dat kan niet,' zei Sprotje. 'Ik heb de deur op slot gedaan.'

'Hoe laat komen jullie terug?' riep Bob.

Maar de Kippen zwaaiden alleen maar, en eindelijk gingen ze op weg.

Ze konden inderdaad een heel eind langs de weg lopen. Sprotje was elke keer opgelucht als ze weer in de buurt van een lantaarnpaal kwamen, zo donker was het. Er kwam maar twee keer een auto voorbij, en zodra het geluid van de motor was weggestorven hoorden ze weer niets anders dan hun eigen voetstappen. Het hoefde maar te ritselen in de struiken of ze maakten een sprongetje van schrik. En dus kletsten en lachten ze de stilte weg; ze vertelden Tessa over de streken die ze met de Pygmeeën hadden uitgehaald en hoe die dan weer wraak hadden genomen, over hun caravan en de gekidnapte kippen van oma Bergman. Ze waren al twintig minuten onderweg toen aan de linkerkant van de straat een breed, onverhard pad het bos in liep.

'Daar moeten we in,' zei Tessa. Zonder aarzelen stapte ze tussen de bomen.

Sprotje had het gevoel dat het bos haar opslokte. Ze had niet gedacht dat het nog donkerder zou kunnen worden. Ergens riep een vogel en de wind blies door de zwarte boomtoppen boven hun hoofd. Dicht bij elkaar gingen de Kippen vlug achter Tessa aan.

'Vertel jij nu eens wat,' zei Melanie met een dun stemmetje.

En Tessa vertelde – over losgebroken paarden, over verkouden veulens en koetsritjes in de sneeuw. Terwijl ze de Kippen haar afschuwelijke gymlerares beschreef, begon in haar rugzak haar mobiele telefoon te rinkelen. Lola had erop gestaan dat Tessa die meenam, als ze dan zo nodig alleen door het bos wilden lopen.

'Ja mama, alles is goed,' zei Tessa. De Kippen stonden rillend om haar heen. 'Ja, we zijn al in het bos. Doe ik. Beloofd.

Dag.' Met een zucht stopte ze de telefoon weer in haar rugzak. 'Mike hoeft hem nooit bij zich te hebben,' zei ze verontwaardigd.

'Ach, je moeder is gewoon bezorgd,' zei Roos. 'Dat is toch lief?'

Tessa knikte en liep verder door het donkere bos. 'We zijn bijna bij de grafsteen,' zei ze. 'Dan is het niet ver meer.'

'Grafsteen?' Kim kwam nog wat dichter bij Sprotje en Roos lopen.

Tessa lachte. 'Zo noemt Mike hem. Eigenlijk is het gewoon een grote kei. Bij die kei is een driesprong. Als je hier in het bos de weg niet kent kun je makkelijk verdwalen, en die steen is zoiets als een wegwijzer.'

'Aha.' Kim keek alweer achterom.

Het woord 'verdwalen' klonk niet prettig tussen die donkere bomen.

'Nou, gelukkig is het niet ver meer.' Melanie trok haar muts dieper over haar voorhoofd. 'Die wind is verrekte koud, volgens mij word ik verkouden.'

Lisa keek opzij en bestudeerde haar gezicht. 'Klopt,' stelde ze vast. 'Je hebt een knalrode neus. Je schoonheid is verleden tijd, denk ik. Maar Willem blijft vast wel van je houden.'

'Stomme trut!' Melanie duwde Lisa weg, maar ze moest wel lachen.

'Daar!' Kim draaide zich geschrokken om en trok Sprotje aan haar mouw. 'Ik hoorde iets.'

'Kim!' Sprotje draaide zich geërgerd om en richtte haar zaklamp op het pad. 'Er is niets, oké?'

'Maar ik hoorde echt iets!' riep Kim. Met een bezorgd ge-

zicht schoof ze haar bril omhoog en tuurde in het donker.

Lisa sloop naar haar toe en legde haar handen op haar schouders. '*Ik snap het al, Vrouw Mab heeft je bezocht,*' fluisterde ze in haar oor. '*Zij is de vroedvrouw van het feeënvolk en komt, niet groter dan een edelsteen, aan de wijsvinger van een burgemeester, en met een span van kleine zonnestofjes rijdt zij over de neuzen van de slapers.*'

Kim duwde haar met een nerveus lachje weg, maar Lisa kwam als een bochelige heks voor haar staan. '*De spaken,*' vervolgde ze met gedempte stem, terwijl ze om Kim heen sloop, '*zijn gemaakt van spinnenpoten, de wagenbak van dunne sprinkhaanvleugels, het tuig van allerfijnste spinnenwebben, de teugels van een zilvren manestraal, haar zweep van krekelbeen en grassprietvezel; en haar koetsier: een kleine mug in 't grijs, niet half zo groot als 't ronde wormpje...*'

'Ik vraag me af hoe ze dat allemaal onthoudt,' fluisterde Melanie. Lisa leek helemaal vergeten waar ze was. En die arme Kim stond daar maar, alsof Lisa haar benen met een kleverige draad van woorden bij elkaar had gebonden.

'*Haar wagen is een lege hazelnoot,*' riep ze, huppelend over het donkere bospad alsof ze op de bok van een koets zat, '*gemaakt door Meester Eekhoorn of Baas Worm, van oudsher...*' Toen overdreef ze met haar gehuppel. Ze struikelde over een boomwortel en viel languit op de grond.

Sprotje hielp haar overeind. 'De voorstelling is afgelopen, gek die je bent,' zei ze. 'Ik zou nog uren naar je kunnen luisteren, maar we worden ergens verwacht, of was je dat soms vergeten?'

'Ja ja, ik kom al,' mompelde Lisa, terwijl ze het zand van

haar broek klopte. 'Hoewel er nog een paar mooie verzen achteraan komen.' Ontnuchterd liep ze achter de anderen aan. Maar Kim bleef besluiteloos staan en scheen met haar zaklamp langs de rand van het pad.

'Daar ritselt toch echt iets,' zei ze koppig. 'Luister nou eens.'

'Een konijn misschien. Of een wild zwijn!' zei Melanie. Ze pakte Kim ongeduldig bij een arm en trok haar mee.

'Een wild zwijn,' Kim bleef alweer staan. 'Vallen wilde zwijnen mensen aan?'

'Kim, je ziet spoken,' riep Sprotje, die rillend van het ene been op het andere hupte. 'Kom nou eindelijk mee of we gaan zonder jou verder.'

'Ik ga nooit meer 's nachts door het bos,' mompelde Kim. 'Nooit en nooit meer.' Haastig liep ze verder. Het pad werd breder en voor hen doemde de kei op waarover Tessa had verteld. Ervoor was een driesprong, precies zoals ze had gezegd – een vertakking ging naar links, een andere naar rechts en de derde verdween voorbij de kei in het bos. Sprotje liep naar de steen en bekeek hem met gefronst voorhoofd. Er waren pijlen in gekerfd, en kilometeraanduidingen.

'Moet dat een wegwijzer voorstellen?' mompelde ze. 'Er staat niet eens op waar die paden heen gaan.'

'Volgens mij ligt die steen daar alleen maar om mensen te laten verdwalen,' zei Kim.

'Maar wij verdwalen niet,' zei Tessa, 'want jullie hebben mij. Deze kant op.' Ze nam het linkerpad en de Kippen volgden haar. Algauw werd het pad zo smal dat de takken langs hun gezicht streken.

'Weet je wel zeker dat we zo goed gaan?' vroeg Melanie ongerust.

'Heel zeker,' antwoordde Tessa. Op hetzelfde moment zag Sprotje een lichtje tussen de bomen.

'Niet schrikken als jullie honden horen blaffen,' zei Tessa. 'Jagerjagerman heeft er nogal veel, maar jullie hoeven niet bang te zijn. 's Avonds laat hij ze bijna nooit buiten.'

'Hé, moet je zien!' Aan de bomen hingen briefjes met een kip die stomverbaasd naar een pijltje keek. Lisa trok er een los. 'Natuurlijk, die boskabouters denken weer dat we te stom zijn om ze te vinden.'

'Klopt.' Van achter een dikke boomstam dook het gezicht van Willem op. 'Fred heeft me al drie keer naar buiten gejaagd om te kijken waar jullie bleven.'

'Wat eten we eigenlijk?' vroeg Kim. 'Geen kip, hoop ik. Kip eten we namelijk niet meer sinds we zelf kippen hebben.'

'Nee, geen kip,' antwoordde Willem, die met grote stappen voor hen uit begon te lopen. 'Maar Mat heeft gekookt. Dus denk goed na of je het wel wilt eten.'

De hut waarin de Pygmeeën onderdak hadden gevonden was ruimer dan Sprotje zich had voorgesteld. In een van de hoeken bromde een koelkast, daarnaast stond een fornuis dat eruitzag alsof het al minstens vijfhonderd jaar in gebruik was. Er was geen tafel, maar wel een gootsteen, een oude fauteuil en een bed – daar sliep Fred natuurlijk in. De slaapzakken van de andere Pygmeeën waren zorgvuldig opgevouwen en dienden als zitkussens, want de jongens hadden voor de kachel gedekt: op het versleten tapijt stonden borden, kaarsen, kof-

fiekopjes en een enorme pan die minstens zo oud was als het fornuis en verleidelijk stond te dampen.

'Hé, dat ruikt behoorlijk pittig,' stelde Lisa vast. 'Jullie gaan ons toch niet vergiftigen, hè?'

'Wij waren ook al bang dat Mat zoiets van plan was,' zei Fred terwijl hij de kaarsen aanstak, 'maar het is helemaal niet zo vies.'

'Hij noemt het chili con carne.' Steve zat in kleermakerszit voor een bord. 'Maar wij hebben het omgedoopt tot chili con peper.'

'Moeten we helpen?' Roos keek om zich heen. 'Het is best...' ze aarzelde, '...gezellig hier.'

'Nee, jullie hoeven niet te helpen, jullie moeten gaan zitten,' zei Fred. Hij duwde haar en Sprotje naar een van de slaapzakken. 'Zo gezellig vinden we het hier eerlijk gezegd niet. Daarvoor ruikt het te veel naar Jagerjagermans pijptabak en opgezette dieren, maar wat maakt het uit?'

Sprotje moest Fred gelijk geven. Aan de met hout betimmerde muren hingen overal koppen: hertenkoppen en reebokkoppen, met grotere en kleinere geweien. Op planken boven de kachel stonden opgezette dieren: een marter en een klein bosuiltje. Kim keek er ongemakkelijk naar.

'Steve hangt 's nachts zijn kleren erover,' zei Willem, die naast Melanie ging zitten, 'anders kijken ze de hele tijd zo naar hem.'

Mat tilde het deksel van de pan. 'Nou, in mijn eten zitten alleen worstjes,' verklaarde hij trots.

'Fantastisch!' riep Steve. 'Wat zijn we nu blij. Want iedereen weet natuurlijk dat er in worstjes geen vlees zit.'

Mat wierp hem een boze blik toe en schepte een soeplepel vol op Roos' bord. Op dat moment werd er aangeklopt.

De meisjes draaiden zich geschrokken om.

Fred strooide nog wat zout over zijn eten. 'Steve, doe eens open, dat is vast Jagerjagerman,' zei hij. Steve kwam met een zucht overeind en slofte naar de deur.

'Die vent is zo nieuwsgierig als de allerergste roddeltante,' zei Fred met gedempte stem. 'En hij ziet eruit als de kippenmoordenaar van Barsingerberg.'

'Goedenavond,' zei Steve toen hij de deur opendeed. Een ijskoude tochtvlaag kwam de warme hut binnen. Voor de deur stond een oude man, een kop kleiner dan Willem en zo mager dat hij makkelijk twee keer in zijn jas had gepast. Over zijn schouder hing een geweer en zijn hoed was versierd met iets wat verdacht veel op tanden leek.

'Mijn honden blaffen als een gek. Hebben jullie soms bezoek?' De man tuurde met bijziende ogen langs Steve. 'Maar dat zijn meisjes!' Het kwam er zo verbaasd uit dat Melanie haar best moest doen om niet in de lach te schieten.

'Nou ja... ja.' Fred stond op en schoot Steve te hulp. 'Dat zijn vriendinnen van ons, ik bedoel, we kennen ze, ze zitten bij ons op school, maar nu logeren ze op de manege, u weet wel...'

'Bij Lola.' Jagerjagerman knikte en nam de meisjes een voor een op, tot Kim knalrood werd en zo moest lachen dat ze bijna stikte in Mats chili.

'Ach ja, daar is Tessa ook,' zei Jagerjagerman grijnzend. Sprotje had nog nooit zoveel gouden tanden in een mond gezien. De oude man duwde Steve opzij, stapte de hut in en

boog zich vol belangstelling over de volle borden. 'Aha, daarom hebben jullie meisjes uitgenodigd,' mompelde hij. 'Om een behoorlijke maaltijd voor jullie te koken. Dat zou ik ook wel kunnen gebruiken.'

'Nee hoor, ík heb gekookt!' protesteerde Mat gepikeerd.

'Jij?' Jagerjagerman hurkte naast hem op het tapijt, tilde het deksel van de pan en roerde er met de soeplepel in. Toen bracht hij de lepel naar zijn mond en nam een hap. Even keek hij alsof hij niet wist of hij het moest doorslikken of uitspugen, maar toen koos hij voor doorslikken. 'Heet,' zei hij en hij veegde de tranen uit zijn ogen. 'Maar wel lekker. Voor mijn honden is het niets, maar mij mag je best een bordje opscheppen.'

Mat stond op om een bord en een lepel voor hem te halen. Daarna keken de Kippen en de Pygmeeën zwijgend toe terwijl de oude man de ene lepel na de andere naar binnen slobberde. Hij maakte er behoorlijk veel geluid bij. Fred schoof onrustig heen en weer over het tapijt en keek de andere Pygmeeën smekend aan. Maar Willem, Mat en Steve wisten net zomin als hun baas hoe ze de oude man nu weer kwijt moesten raken.

Ook de Kippen keken niet al te blij. Zo hadden ze zich de avond niet voorgesteld, al hadden ze geen van allen kunnen zeggen wat ze dan wel hadden verwacht.

'Dit is echt prima eten, jongens,' zei Jagerjagerman toen hij zijn bord voor de derde keer naar Mat uitstak. 'Het brandt vast die verkoudheid weg die ik in mijn botten voel aankomen, maar dat daar...' hij wees naar de muur boven het enige bed, '...ik zeg het jullie in alle vriendelijkheid, dat kan echt niet.'

Verrast volgden de Pygmeeën zijn blik, en aan het gewei van een reebok zagen ze een onderbroek bungelen.

'O, dat!' Steve kwam haastig overeind en haakte de onderbroek van de korte hoorns. 'Ik weet ook niet hoe die daar terechtgekomen is.'

Jagerjagerman boog zich weer over zijn volle bord. 'Eeuwig zonde dat ik niet meer kan jagen,' bromde hij.

'Hoezo?' Willem legde zijn hand op Melanies knie. 'U heeft wel genoeg kapstokken, vind ik.'

Tessa proestte van het lachen in haar eten, zodat er allemaal rode spettertjes op Mats spijkerbroek terechtkwamen. Jagerjagerman deed zijn mond vol gouden tanden al open om iets terug te zeggen, toen Kim opeens een hoog gilletje slaakte.

'Daar! Er krabbelt iets aan de deur!' riep ze. 'Horen jullie dat?'

De anderen lieten hun lepel zakken en luisterden. Alleen Jagerjagerman at op zijn gemak door.

'Die Kip heeft gelijk,' zei Willem fronsend. 'Een vos misschien?'

Jagerjagerman lachte. 'Een vos? Vossen krabbelen toch niet aan de deur, stelletje stadskinderen. Dat zijn mijn honden. Ze willen naar binnen, maar dat gaat mooi niet door.'

Toch keek Roos angstig naar de deur. Sinds ze op haar vijfde door een hond in haar hand was gebeten, was ze niet zo dol op honden. Zelfs met Bella, de hond van Sprotjes oma, had ze maar aarzelend vriendschap gesloten.

'Zie je nou, Kim!' Lisa gaf haar een klopje op haar schouder. 'Alweer geen geest.'

Jagerjagerman pulkte met een knokige vinger iets tussen zijn tanden vandaan en grijnsde. 'Nee, al zit het bos er natuurlijk vol mee.'

'Waarmee?' vroeg Kim met een bibberig stemmetje.

'Geesten natuurlijk! Ze jagen je soms de stuipen op het lijf, die griezels.'

Kim hield haar adem in en staarde hem met grote ogen aan.

Jagerjagerman schraapte zijn bord leeg. 'Je hebt bijvoorbeeld de Witte Man,' verklaarde hij. 'Die komt meestal op maandag. IJskoud wordt het als die kerel opduikt. De honden raken door het dolle heen als ze hem horen kreunen, maar meestal gooit hij alleen iets tegen de ramen en verdwijnt dan weer. Eén keer heeft hij zijn hand op mijn schouder gelegd, dat was wel even schrikken. Tja, en dan heb je nog die vrouw die altijd zo zucht, die zie je soms helemaal niet, maar als ze er is ruikt het naar viooltjes en ze vindt het leuk om dingen om te gooien...'

Er rinkelde iets. Ze krompen allemaal in elkaar van schrik, hoewel het een allesbehalve spookachtig geluid was.

'O jee!' Tessa sprong op. 'Ik had mijn moeder beloofd dat ik zou bellen zodra we bij de hut waren! Waar hebben jullie mijn rugzak neergezet?'

Fred ging hem halen. Haastig viste Tessa de nog steeds rinkelende telefoon eruit. 'Hoi, mam,' zei ze, 'ik was echt nog...' ze maakte haar zin niet af en luisterde. 'Wat?' De Kippen en de Pygmeeën keek haar vragend aan. Alleen Jagerjagerman kraste nog met zijn lepel over zijn bord.

'Echt?' Tessa liep met een bezorgd gezicht naar het raam en

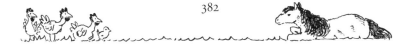

tuurde naar het donker buiten. 'Ja, natuurlijk. Oké. Doen we. Ja, die is toch al hier.' Ze zette de telefoon uit en draaide zich naar de anderen om. 'Er zijn twee Kuikens verdwenen. Mijn moeder is er net pas achter gekomen.'

'Kuikens?' Jagerjagerman zette zijn lege bord weg. 'Wat voor kuikens? Sinds wanneer heeft Lola kippen?'

'Geen echte kuikens.' Tessa klonk ongeduldig. 'Twee van de jongere meisjes. Lilli en Bob. Ze moeten stiekem achter ons aan gekomen zijn.'

'In het donker?' Kim keek ongelovig naar buiten.

'Wel stoer van die kleintjes,' vond Fred.

'Dóm van die kleintjes!' zei Sprotje, en ze kwam al overeind.

'Moeten we die nu gaan zoeken?' Steve keek alsof hij al buiten in de koude wind stond. 'En als we nou geen Kuikens vinden, maar de Witte Man, of die vrouw die altijd zucht?'

Jagerjagerman richtte zich stram op. 'Ik pak mijn geweer en loop met de honden een rondje om de hut,' verkondigde hij. Maar voor hij bij de deur was hield Tessa hem aan zijn jas vast.

'Nee, nee, dat doen wij wel,' zei ze. 'Echt. Bob is bang voor honden.'

Fred zette zijn muts op. 'Schiet op, jassen aan,' zei hij tegen de andere Pygmeeën. 'Wie het eerste Kuiken vangt, krijgt als eerste een toetje.'

'Wat voor toetje?' vroeg Steve, die met tegenzin zijn jas aantrok.

'Tja, Stevie, dat hebben we stiekem gekocht,' zei Willem. 'Anders had jij het al opgegeten voor onze gasten kwamen.'

Steve verdiende geen toetje. Er waren namelijk geen Kuikens. De honden van Jagerjagerman snuffelden buiten rond en renden kwispelstaartend achter de Kippen en de Pygmeeen aan, die zoekend om de hut heen liepen. In de stille nacht schreeuwde Steve zo hard Lilli's naam dat de uilen in de bomen geschrokken opfladderden, maar uit het bos kwam geen antwoord.

Toen de stilte terugkeerde fluisterde Lisa ongerust: 'Waar zitten ze nou?'

'Misschien zijn ze ons bij de grafsteen kwijtgeraakt,' zei Melanie. 'Toen zijn we best hard gaan lopen, volgens mij.'

'Vanwege die Witte Man zeker hè?' zei Mat, maar niemand lette op hem. Ze luisterden aandachtig. En allemaal stelden ze zich voor hoe het moest zijn om daar ergens verloren rond te lopen.

'Ik ga wel even bij die steen kijken.' Fred keek naar Sprotje. 'Ga je mee?'

Sprotje knikte.

'Zullen wij ook meegaan?' vroeg Steve zonder veel enthousiasme.

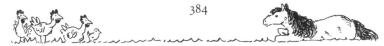

'Heb jij dan echt nooit iets in de gaten? Fred wil met de Opperkip alleen zijn,' fluisterde Mat. 'Net als Hans en Grietje.'

'Hou je kop, Mat,' zei Willem, en hij keek Fred vragend aan.

'Er moeten er nog twee of drie mee,' zei Fred. 'Dan kunnen we ons bij de steen opsplitsen en allemaal een andere kant op gaan.'

Uiteindelijk gingen ze met z'n zessen op pad: Sprotje, Roos, Lisa, Tessa, Fred en Willem.

'Shit, ik had me deze avond heel anders voorgesteld,' bromde Willem, die Melanie niet had kunnen overhalen om mee te gaan. 'Eerst vreet Jagerjagerman bijna al ons eten op en nu banjeren we door het bos. Fijn hoor.'

'Het belangrijkste is dat we ze vinden,' zei Tessa. 'Dit is nog nooit gebeurd, dat er 's nachts zomaar kinderen verdwijnen.'

Toen ze bij de grafsteen kwamen klom Fred erop om met zijn zaklamp tussen de bomen te schijnen, terwijl de anderen in koor naar Lilli en Bob riepen. Aan één stuk door, tot ze er een zere keel van kregen. En opeens hoorden ze iets: in het donker riep iemand met een dun stemmetje Tessa's naam.

Haastig klom Tessa naast Fred op de steen. 'Lilli!' schreeuwde ze. 'Lilli, waar zitten jullie?'

Er kwam antwoord, maar niemand kon het verstaan.

'Het klinkt alsof ze dat pad daar hebben genomen,' zei Willem. Hij wees naar rechts, maar Fred schudde zijn hoofd.

'Nee. Die stem komt daarvandaan,' zei hij. Hij richtte zijn zaklamp op het pad dat om de steen heen liep en daarachter in het bos verdween.

'Dat zou ik ook zeggen,' zei Sprotje.

'Oké.' Tessa sprong van de steen. 'Dan nemen jullie met Roos het middelste pad, en Willem, ik en Lisa gaan naar rechts. Het wordt tijd dat we ze vinden, anders liggen ze morgen met een longontsteking in bed.' Even later waren ze met z'n drieën tussen de bomen verdwenen. Fred, Roos en Sprotje gingen ook op weg.

Af en toe klonk Lilli's stem ijl door de nacht. Wat ze allemaal riep was niet te verstaan, op één woord na: help.

'Achterlijke kleutertjes,' mompelde Sprotje, terwijl ze naast Fred door het bos stapte. 'Midden in de nacht achter ons aan sluipen – helemaal gestoord.'

'Ja, het had zo een idee van jou kunnen zijn,' zei Roos. 'Toch, Fred?'

'Absoluut.' Fred liet de zaklamp zoekend links en dan weer rechts langs de struiken gaan. Om de paar stappen bleven ze staan om te roepen. En Lilli's stem kwam bibberig, maar steeds duidelijker terug. Het bos werd wat minder dicht en even later leidde het pad langs een poel. Het stonk er naar rottende bladeren, naar modder en slijk. En opeens zag Sprotje de Kuikens. Een paar stappen van de met riet begroeide oever, op de stam van een omgevallen boom, zaten twee kleine figuurtjes, bijna onzichtbaar in het donker. De boomstam was zo dik dat hun voeten boven de grond bungelden. Met hun zaklampen, die eenzame lichtvlekjes in het zwart van de nacht toverden, zagen ze eruit als verdwaalde glimwormpjes. Toen het schijnsel van Freds zaklamp op hen viel, begonnen ze wild te zwaaien.

'Verdomme, hoe konden jullie nou zo stom zijn?' riep Sprotje, terwijl ze zich door dode takken en verlepte blade-

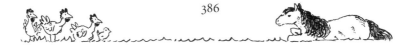

ren een weg naar de boomstam baanden. 'In het pikkedonker door het bos gaan lopen dwalen...'

'We zijn alleen maar verdwaald omdat Bob in zo'n stomme molshoop stapte!' schreeuwde Lilli.

'Het was een vossenhol, en trouwens, ik kon er toch ook niks aan doen,' snotterde Bob.

'Het is al goed,' zei Roos toen ze eindelijk bij de Kuikens waren. Ze gaf Bob haar verkreukelde zakdoek. 'Dat mogen jullie straks allemaal uitleggen. Kom nu eerst maar eens naar beneden.'

Opgelucht liet Bob zich in haar armen glijden. Maar Lilli deed net of ze Freds armen niet zag en sprong zelf op de grond.

'Toen ik niet meer kon lopen zei Lilli dat we beter daarop konden gaan zitten,' zei Bob. 'Omdat we daar veilig waren voor roofdieren.'

Fred zette zijn muts op Lilli's hoofd. 'Wat voor roofdieren?' vroeg hij.

'Nou, vossen en zo.' Bob snoot luidruchtig haar neus en keek om zich heen alsof er een hele horde kinderlokkers tussen het riet op de oever zat.

'Vossen eten geen mensen, voor zover ik weet,' zei Sprotje.

'Nee, zeker niet,' zei Roos. 'En ik zou ook in het bos 's nachts het bangst zijn voor mensen. Laten we nu maar gaan.' Ze pakte Lilli's ijskoude hand. 'Ik voel zelf mijn tenen al niet meer. Waarom hebben jullie niet op z'n minst warme kleren aangetrokken, als jullie dan zo nodig achter ons aan moesten?'

'We hadden haast,' mompelde Bob. 'Anders waren jullie al weg geweest.'

Sprotje draaide zich hoofdschuddend om. 'Kom op!' zei ze. 'Ik wil nu eindelijk naar de warmte.'

'Hé, wacht nou even!' Lilli strompelde achter haar aan. 'Bob loopt mank. Ze heeft haar enkel verzwikt. Door die molshoop.'

'Het was een vossenhol, hoe vaak moet ik dat nog zeggen?' snikte Bob. Ze keek naar haar schoenen alsof ze niet zeker wist of haar voet er nog wel aan zat.

Fred slaakte een diepe zucht en ging voor Bob op zijn hurken zitten. 'Stijg maar op,' zei hij. 'Ik ben een ruiter van niks, maar als paard deug ik wel.'

Met een verlegen lachje klampte Bob zich aan zijn schouders vast en Fred liep, licht wankelend onder de last, terug naar het pad.

'Wat is er? Moet jij soms ook gedragen worden?' vroeg Sprotje aan Lilli, die bibberend naast haar stond.

'Laat maar,' antwoordde Lilli kortaf. Met grote stappen ging ze achter Fred aan.

'Doe toch niet zo bot tegen Lilli,' fluisterde Roos toen Sprotje en zij achter de anderen aan liepen. 'Ze is vast doodsbang geweest. Ook al doet ze alsof het haar allemaal niets uitmaakt. Ik moet er niet aan denken om urenlang door een donker bos te dwalen.'

Roos had het heel zacht gezegd, maar Lilli had het kennelijk woord voor woord verstaan. 'Zo bang waren we anders niet hoor,' zei ze bokkig. 'En als Bob haar enkel niet verzwikt had, dan waren jullie ook nog niet weg geweest toen wij bij die stomme steen aankwamen. En dan hadden we jullie en de jongens mooi de stuipen op het lijf gejaagd.'

'O, dus dat waren jullie van plan!' zei Sprotje. 'Wat aardig! Zal ik jou eens wat zeggen? We hadden jullie in het bos moeten laten zitten.' Roos gaf haar een por met haar elleboog.

'Dat had je rustig kunnen doen!' snauwde Lilli terug. Ze begon te rennen, tot ze Fred had ingehaald. Hoewel hij Bob op zijn rug had, zette hij er flink de pas in.

'Hé, Lilli,' hoorde Sprotje hem zeggen. 'Ben je soms familie van Sprotje? Jullie lijken ontzettend op elkaar, vind ik.'

'O ja, vind je dat?' vroeg Lilli, en hoewel ze boos naar Sprotje omkeek, klonk het gevleid.

Toen ze bij de grafsteen kwamen waren de anderen ook net terug van hun zoektocht. Tessa was dolblij om de Kuikens te zien. Willem werd het rijdier van Bob, en Tessa en Lisa namen de bibberende Lilli tussen zich in om haar zo goed en zo kwaad als het ging op te warmen. Maar toen ze eindelijk weer voor de hut van Jagerjagerman stonden waren ze allemaal moe en verkleumd. Lola's auto stond naast de hut, voor de deur lagen twee van Jagerjagermans honden. De honden sprongen blaffend op en meteen rukte Lola de deur open.

'Godzijdank. Jullie hebben ze gevonden!' riep ze. Ze zag dat Roos zich achter Sprotjes rug verstopte en trok de honden terug. 'Mijn hemel, wat heb ik me een zorgen gemaakt. Ik had hier al veel eerder willen zijn, maar ik moest eerst Verena troosten en intussen waren de anderen ook wakker, en een paar wilden niet alleen blijven... Hoe dan ook, toen ik hier aankwam waren jullie al weg.'

'Het eten staat alweer op, jongens,' riep Mat vanuit de deur-

opening. 'Maar als jullie daar nog lang blijven staan brandt het aan.'

Rillend dromden ze de warme hut in. Een van de honden wist tussen alle benen door naar binnen te glippen, maar Jagerjagerman joeg hem weer naar buiten.

'Ach, ik wist het wel,' zei hij. 'Ik wist wel dat jullie het best alleen afkonden. Anders was ik natuurlijk achter jullie aan gekomen.'

'Natuurlijk.' Fred wurmde zich uit zijn jas en ging heel dicht bij de kachel zitten. 'Mat, geef me een groot bord chili con peper. Volgens mij zijn zelfs mijn botten bevroren.'

Lola ging met Lilli en Bob op het bed zitten en bekeek het tweetal van top tot teen. 'Alles goed met jullie?' vroeg ze bezorgd. De meisjes ontweken haar blik. Met gebogen hoofd zaten ze naar hun vieze schoenen te kijken.

'Mijn enkel is alleen ietsje verstuikt,' mompelde Bob. 'En misschien is mijn kleine teen er een beetje afgevroren.'

Lola hurkte voor haar en trok voorzichtig de schoen en de natte sok van haar pijnlijke voet. 'Jullie hebben het vast niet leuk gehad buiten in het bos,' zei ze. 'Dus het boos worden stellen we uit tot morgen. Maar denk niet dat je eronderuit komt. Wat jullie gedaan hebben was echt ontzettend stom.'

'Zo is dat!' Jagerjagerman had zich in de enige fauteuil laten zakken en pafte een pijp die nog erger stonk dan Lola's mesthoop. 'Stel dat de Witte Man of de zuchtende vrouw jullie te pakken had gekregen!'

'De Witte Man of de zuchtende vrouw?' Bob trok haar voet uit Lola's hand en keek de oude man geschrokken aan.

'Tja,' zei Jagerjagerman met de pijp tussen zijn lippen.

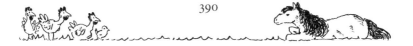

'Waar zijn jullie precies verdwaald geraakt?'

'Er was een meertje.' Bobs stem begaf het bijna. 'Zo'n stinkend meertje.'

Jagerjagerman nam de pijp uit zijn mond. 'Daar komt de Witte Man altijd bijzonder graag,' zei hij. 'Jazeker. Dat is zijn adem die zo stinkt.'

'Hou daarmee op, Erwin!' Lola gooide Lilli's natte sokken naar Tessa. 'We weten allemaal waarom jij altijd spoken ziet.'

Tessa hing de sokken grijnzend over de kachel.

'Maar het stonk er echt heel erg!' Bob keek angstig naar het raam, waarachter alleen maar donkere nacht te zien was.

'Moerasgas. Er vallen te veel bladeren in die poel, dat is alles.' Fred slofte naar het gasfornuis om zijn bord nog een keer vol te scheppen met botverwarmende chili. Sprotje ging voor zichzelf en Roos ook nog wat halen.

Toen ze weer tussen Lisa en Roos op het tapijt ging zitten voelde ze dat Fred naar haar keek. Maar toen ze haar hoofd optilde keek hij snel een andere kant op en begon hij afwezig in zijn eten te roeren.

'Hebben jullie misschien nog droge sokken voor twee paar koude voeten?' vroeg Lola aan de jongens.

'Ja hoor,' zei Steve. 'Mat, jij hebt de kleinste maat. Ga eens kijken of je er nog een paar hebt die niet al te erg stinken.'

'Je hebt het zeker over je eigen sokken,' mompelde Mat. Hij liep naar zijn tas en begon erin te graaien.

'Jeetje, jij hebt bijna net zoveel kleren bij je als Melanie,' zei Sprotje spottend.

'En jij hebt altijd dezelfde trui aan, Opperkip.' Mat gooide twee paar sokken naar Lola.

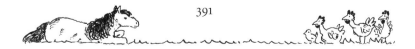

'Hij heeft wel gelijk, Sprotje!' grinnikte Melanie. 'Je hebt echt bijna altijd dezelfde trui aan.'

Sprotje perste haar lippen op elkaar en pulkte aan haar trui.

'En toch ziet ze er tien keer beter uit dan Mat,' bromde Fred zonder van zijn bord op te kijken.

Steve en Willem keken elkaar steels aan.

'Hé! Dat was een compliment, Opperkip!' zei Steve. 'Ik hoop dat je snapt wat een eer dat is. De chef doet anders nooit aan complimenten.'

Fred schopte naar hem. 'Hou je kop, Steve,' zei hij nors.

'Zo.' Lola kwam met een zucht overeind en pakte haar jas van het reebokgewei naast de deur. 'De avond heeft lang genoeg geduurd, vind ik. Voor Bob en Lilli zeker en voor de Kippen eigenlijk ook, nietwaar?' Ze keek de meisjes aan.

'Vind ik ook,' zei Lisa gapend. 'Ik heb het gevoel dat het al midden in de nacht is.' Kim moest ook gapen, maar zij hield beschaafd haar hand voor haar mond.

Sprotje zette haar lege bord op het fornuis. 'Passen we wel allemaal in de auto?' vroeg ze.

'Ja hoor,' antwoordde Lola, terwijl ze Bobs schoenen in haar jaszakken stopte. 'Mijn auto is groot genoeg, en in geval van nood moeten de Kippen Bob en Lilli maar op schoot nemen.'

'Op schoot?' Lilli fronste verontwaardigd haar voorhoofd. 'We zijn toch geen baby's.'

'Nee, die zijn niet zo stom om 's nachts door het bos te sluipen,' zei Lisa, alweer gapend. Lola hielp Bob overeind en droeg haar op haar rug naar buiten.

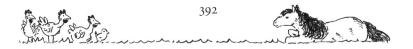

'We hadden ons de avond wel een beetje anders voorgesteld,' zei Fred toen de meisjes al in de deuropening stonden. 'We komen morgen nog even bij jullie langs. Als we 's middags naar huis gaan is het vroeg genoeg; deze keer zullen we heus niet honderd keer verkeerd rijden naar het station. Bovendien wil Steve per se nog een keer repeteren met de Spetterkip.'

'Oké.' Sprotje wikkelde haar sjaal om haar hals. Fred speelde met zijn oorbelletje.

'Tot morgen,' zei Melanie, en ze gaf Willem een kus.

'Van zoenen is het dus ook helemaal niet gekomen,' zei Steve. 'Die Kuikens hebben onze avond goed verpest.'

'Wat tragisch nu toch weer.' Lola stak haar hoofd naar binnen. Steve werd vuurrood. 'Eigenlijk wilde ik jullie nog eens bedanken, jongens, omdat jullie zo goed waren om het bos in te gaan en die twee weglopers te zoeken. Ik zal tegen Herma zeggen dat jullie een grote zak reisproviand verdiend hebben.' En weg was ze.

'Je hebt jezelf weer mooi voor gek gezet, Stevie,' zei Willem en hij bauwde Steve na: 'Van zoenen is het dus ook helemaal niet gekomen.'

Steve zette verlegen zijn bril af.

'Tot morgen dan,' zei Sprotje. Ze gaf Roos een arm en toen ze zich omdraaide hoorde ze dat Jagerjagerman luid begon te snurken.

'Hoe ze die ooit weer kwijtraken?' fluisterde Lisa.

Melanie wierp Willem nog een kushandje toe en daarna kropen ze een voor een in Lola's auto. Er was plaats voor iedereen, de Kuikens hoefden niet eens bij de Kippen op schoot.

Toen Lola het weggetje naar de manege insloeg, lag Bob met haar hoofd op Roos' schouder te slapen.

'Het spijt me echt dat die twee jullie avond verpest hebben,' zei Lola zacht.

'Geeft niet hoor,' antwoordde Sprotje. En ze bedacht dat het helemaal niet zo erg was geweest om door het donkere bos te lopen. Met Roos... en met Fred.

De volgende ochtend bleven Lilli en Bob in bed, met krui-
ken en warme chocolademelk. 'Het lijkt wel een beloning,' zei
Lisa toen ze de paarden uit de wei haalden. Op hun vierde
dag op Lola's manege was er bijna geen wolk meer te zien en
de herfstbladeren straalden aan de bomen. Maar het was wel
koud, zo koud dat de meisjes steeds op de grond stampten
om hun tenen te warmen.

Tessa wilde die dag met haar groep langs de hekken rijden.
Je vond altijd wel een stuk dat gerepareerd moest worden,
legde ze de Kippen uit. Voor Sprotje, Melanie en Kim stond er
weer een les op het programma.

Deze keer liet Lola ze van paard ruilen. 'Zodat jullie merken hoe verschillend paarden kunnen zijn,' zei ze. Melanie
kreeg Snegla, Kim Fafnir en Sprotje Freya. Alleen al het op-
stijgen ging haar bij Freya een heel stuk moeilijker af dan
bij Snegla, en toen Sprotje de zwarte merrie met haar kui-
ten aandreef, ging het niet half zo soepel als bij Snegla. Melanie, die bij Fafnir stevig had moeten drijven om hem op
gang te krijgen, viel juist bijna uit het zadel toen Snegla bij

de minste druk van haar kuit de pas erin zette. Maar toch: hoewel de paarden zoals gewoonlijk maar de helft deden van wat de meisjes wilden, hoewel Freya twee keer naar het midden van de bak sjokte om voortijdig een eind aan de les te maken, hoewel Fafnir twee keer bleef staan om demonstratief op de rijbaan te plassen, in plaats van zich door Kim tot draf te laten overhalen – hoewel, hoewel, hoewel – als Lola niet op een gegeven moment 'genoeg voor vandaag' had geroepen, waren de drie Kippen nog uren rondjes blijven rijden.

'Nog maar twee dagen,' mompelde Kim, terwijl ze de paarden naar de vastbindbalk brachten. 'Het is gewoon veel te kort! Konden we nog maar een paar dagen langer blijven.'

Melanie trok haar wenkbrauwen op. 'Zo te horen verheug je je er echt niet op om je neef weer te zien,' zei ze.

Kim gaf geen antwoord. Zwijgend schoof ze het hoofdstel over Fafnirs oren.

'Bingo.' Melanie waste de bitten in een emmer water, hing haar hoofdstel over de balk en gaf Snegla een stukje brood. 'Ach, misschien laait de liefde weer op als je hem ziet. Schrijven is toch iets heel anders dan het echte werk.'

'Hm,' mompelde Kim, maar erg hoopvol klonk het niet.

'Mijn ervaring...' begon Melanie.

'...en die is enorm...' voegde Sprotje eraan toe.

'Mijn ervaring is dat je pas bij het zoenen merkt of je echt verliefd bent,' ging Melanie onverstoorbaar verder. 'Dat is de enige test die honderd procent werkt. Als je bij het zoenen ook van die kriebeltjes op je huid voelt en je het helemaal warm krijgt, dan is alles oké.'

Kim tilde het zadel van Fafnirs rug en hing het over de balk. 'Aha,' zei ze zacht.

'Weet je, als Fred...' Melanie dempte haar stem, wierp Sprotje een spottende blik toe en fluisterde iets in Kims oor. Giechelend begon Kim Fafnirs witte manen te borstelen.

'Jullie zijn echt gek!' Sprotje keerde het tweetal boos de rug toe. 'Paarden zijn veel liever dan mensen,' fluisterde ze in Freya's harige oor. 'Veel, veel liever.'

'Ik heb gehoord dat Fred heel goed kan zoenen,' zei Melanie. 'Dat kun je niet van alle jongens zeggen.'

'Tja, jij kunt het weten,' mompelde Sprotje. Haar gezicht gloeide. Vlug stopte ze het in Freya's hals, maar de merrie schudde haar manen en duwde haar donkere hoofd tegen Sprotjes borst. Dat betekende: geef me nou eindelijk eens een stukje brood. Zoveel begreep Sprotje inmiddels wel van paardentaal.

'Ik weet het niet hoor, met die zoentheorie.' Kim bukte zich en krabde Fafnirs linkervoorhoef uit. Hij probeerde zijn been terug te trekken, maar Kim hield hem vast. Dat deed ze heel goed, veel beter dan de andere twee. 'Er is toch nog meer dan zoenen. Ik bedoel...' ze begon te hakkelen.

Melanie gooide haar borstel terug in de poetsbox. 'Meer?'

Kim plukte een blaadje uit Fafnirs manen. 'Nou ja, waar je van houdt en waar je niet van houdt bijvoorbeeld – films, muziek en al die dingen...'

'Aha, op die manier.' Melanie hield Kim haar hoefkrabber voor. 'Wil jij de achterhoeven voor me uitkrabben? Bij mij laten ze steeds winden, recht in mijn gezicht.'

'Nou en? Dat doen ze bij mij ook,' antwoordde Kim. Met

een diepe zucht draaide ze zich om. 'Ik breng Fafnir alvast terug naar de wei,' zei ze. Ze maakte het touw los en trok de hengst mee.

Sprotje maakte Freya los. 'Je hoeft niet zo naar me te kijken,' zei ze tegen Melanie. 'Ik krab die hoeven ook niet voor je uit.'

'Je zou op z'n minst d'r staart even vast kunnen houden!' riep Melanie haar na. 'Ik haat het als ze je met dat ding om je oren slaan.'

'Het is geen ding!' riep Sprotje. 'En zulke goede vriendinnen zijn we nou ook weer niet.'

Nadat ze Freya naar de wei had gebracht ging ze naast Kim op het hek zitten kijken hoe Melanie probeerde om tegelijk Snegla's achterhoef op te tillen en de zwiepende staart uit haar gezicht te houden.

'Ik val nog van het hek van het lachen!' zei Kim. 'Dit zal ik echt missen als we weer thuis zijn.'

'Ja,' zei Sprotje. Ze draaide haar gezicht naar de herfstzon. De stralen gaven nog best een beetje warmte.

'Jammer dat de jongens vandaag naar huis gaan,' zei Kim. 'Eigenlijk hebben we altijd hartstikke veel lol met ze. En dat eten van Mat gisteren was echt lekker.'

'Waarom gaan ze eigenlijk al naar huis?' vroeg Sprotje. 'Mogen ze van Jagerjagerman niet langer in de hut slapen? Of is er een voetbalwedstrijd die ze niet mogen missen?'

'Nee, Freds opa komt uit het ziekenhuis.' Kim pulkte een paar zwarte paardenharen van het hek, die aan het hout waren blijven haken. 'Steve zegt dat het best goed met hem gaat, maar hij heeft nog hulp nodig met boodschappen doen en zo.'

'Aha.' Sprotje knikte. Freds opa – die was ze helemaal verge-

ten. Hij had Fred geleerd hoe je een boomhut bouwt, stevige knopen legt en koffiezet. Ja, voor zijn opa zou Fred meteen naar huis gaan.

'Kunnen jullie tenminste even het hek voor me openmaken?' riep Melanie. Snegla stond geduldig achter haar en hapte naar haar haren. Geïrriteerd duwde Melanie haar weg, maar de merrie probeerde het meteen opnieuw.

'Kijk nou, zelfs paarden vinden haar haar onweerstaanbaar!' Sprotje sprong van het hek en maakte het open. Brunka wilde naar buiten glippen, maar Sprotje kon haar nog net bij haar manen pakken en joeg haar luid roepend terug.

'Het komt vast door haar shampoo,' zei Kim. 'Daar zit kokosmelk of zo in.'

'Ja hoor, dacht je dat ik naar kokosnoot wil ruiken?' Melanie deed Snegla het hoofdstel af. 'Het is rozenshampoo, als je het zo nodig moet weten.'

'O, rozenshampoo!' Sprotje rolde met haar ogen en klom weer op het hek, maar Melanie gaf haar van achteren zo'n duw dat ze eraf viel.

'Dat zou jij ook eens moeten gebruiken,' zei ze, 'dan zou Mike misschien met jou flirten in plaats van met Roos.'

Sprotje perste haar lippen op elkaar en deed alsof ze vuil van haar rijbroek klopte.

'Dat was gemeen, Mel,' zei Kim. 'Heel gemeen zelfs.'

'Ja, dat is zo.' Melanie tuurde naar haar laarzen. 'Oké, Sprotje mag mij ook een keer van het hek kieperen.'

'Ik weet iets beters.' Sprotje bukte zich, en voor Melanie begreep wat Sprotje opraapte plakten de paardendrollen al aan haar trui.

Melanie sprong van het hek. 'Smeerlap!' krijste ze. 'Ben je helemaal gek geworden of zo?'

'Getver, Sprotje!' Kim moest zo lachen dat de tranen in haar ogen stonden. 'Nu zitten je handen onder de paardenpoep!'

'Dat heb ik er wel voor over,' zei Sprotje, terwijl ze haar vingers zo goed en zo kwaad als het ging aan haar zakdoek afveegde.

Melanie draaide zich om en beende met hoog opgeheven hoofd naar het huis. 'Dat zet ik je betaald!' riep ze. 'Als ik jou was zouden mijn knieën knikken, Opperkip.'

Kim zat nog steeds te lachen. 'Als ik jou was zou ik achter haar aan gaan,' zei ze. 'Mij heeft ze een keer iets betaald gezet door Steve een liefdesbrief te schrijven en mijn naam eronder te zetten. Ik schaamde me dood, dat kan ik je wel vertellen.'

'Echt waar?' Sprotje keek naar het huis, maar Melanie was al naar binnen. 'Daar heeft ze het lef niet voor,' mompelde ze.

Kim ging met een hand door haar korte haar. 'Ze heeft niet het lef om verse paardenpoep op te rapen,' zei ze. 'Maar verder durft ze zo'n beetje alles.'

Sprotje friemelde onrustig aan haar kippenveertje. Kim kon het weten, die was tenslotte jarenlang Melanies grootste fan geweest. Ze had liefdesbrieven voor haar doorgegeven en al haar geheimen met haar gedeeld. Tenminste, de geheimen die Melanie met haar had willen delen. 'Oké, ik ga voor de zekerheid toch maar even achter haar aan,' mompelde ze. Ze vroeg zich af wat ze erger zou vinden – als Melanie Mike een nepbrief zou sturen of Fred...

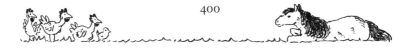

In de hal kwamen ze de Kuikens tegen. Lilli en Bob hadden alweer een behoorlijk brutale grijns op hun gezicht. Ze zaten met Verena op de bank, zwaaiden met hun benen en fluisterden verschrikkelijk grappige dingen tegen elkaar.

'Hé, Opperkip!' riep Lilli toen Sprotje en Kim naar de trap liepen. 'Komen jullie kaboutervriendjes vandaag nog langs?'

'Ja, maar vast niet omdat ze jullie zo missen!' Sprotje haastte zich de krakende trap op. Ze had nu echt wel andere dingen aan haar hoofd.

'O nee? Wie missen ze dan wel?' riep Bob haar na. 'Zal ik je eens wat zeggen, Opperkip? Volgens mij ben je verliefd op de kabouterbaas! Je weet wel, die met dat peentjeshaar. Lilli denkt het ook.'

Sprotje boog zich over de trapleuning. 'Nog één woord,' gromde ze, 'en ik drop jullie weer in het bos.'

De deur van hun kamer stond op een kier en Melanie zat op haar knieën voor haar bed te schrijven op een velletje papier met bloemetjes en hartjes en nog meer van dat soort onzin. Toen Kim en Sprotje binnenkwamen legde ze vlug haar hand erop. 'Wat moeten jullie?' zei ze. 'Komen jullie mijn trui wassen? Dat heb ik zelf al gedaan.'

Dat klopte. De trui hing druipend op een handdoek over de verwarming.

'Wat schrijf je daar?' vroeg Sprotje.

Melanie schreef achter haar hand verder. 'Gaat je geen bal aan,' antwoordde ze.

'Mooi wel.' Sprotje boog zich over haar schouder.

'Wat moet je nou?' Melanie legde haar hand weer op het

papier, maar Sprotje trok hem weg. Melanie gaf haar een duw. 'Verdorie, ben je wel helemaal lekker?' riep ze. 'Kijk nou, nu is ie helemaal verkreukeld.'

Berouwvol gaf Sprotje haar de brief terug. Hij was aan Willem gericht. Melanie had hartjes op de i getekend en met lippenstift een kus op het papier gedrukt. 'Sorry,' mompelde Sprotje. 'Maar Kim zei...'

'Wat zei Kim?' Melanie draaide zich naar Kim om.

'O, niets,' mompelde Sprotje. Kim stond alweer haar bril schoon te maken.

Melanie streek de brief glad. 'Laat me nu dan maar rustig verder schrijven,' zei ze. 'Daar heb ik jullie echt niet bij nodig. Willem krijgt de brief als de jongens vertrekken. Ga naar beneden en smeer iemand in met paardenpoep, als je je verveelt. Er ligt genoeg.'

Sprotje grijnsde. 'Nee joh, dat is alleen bij jou leuk,' zei ze. 'Je krijst zo lekker.'

Melanie trok een lelijk gezicht en begon weer hartjes te tekenen. Sprotje slenterde naar het raam. Kim ging op Lisa's bed zitten. 'Nog twee dagen,' zei ze. 'En Lisa heeft al die schoolboeken die ze meegesleept heeft niet eens ingekeken.'

'Apart hè?' Melanie drukte nog een kus onder aan de brief. 'Dat zal haar moeder niet leuk vinden.'

Sprotje leunde met haar voorhoofd tegen het raam. Voor het eerst sinds ze op Lola's manege waren moest ze aan haar verprutste proefwerk denken. Maar ze zette de gedachte meteen weer van zich af. 'Hé,' zei ze, 'daar komen ze, geloof ik.'

'De jongens?' Melanie vouwde haastig de brief op.

'Nee, Tessa en Lisa.' Sprotje fronste haar voorhoofd. 'Wat raar, Roos is er niet bij.'

'Dan is Mike er vast ook niet,' zei Melanie. Ze stopte Willems brief in een envelop en likte die zorgvuldig dicht. 'Het was ook wel heel opvallend dat hij vanochtend meeging.'

Toen ze het erf op kwamen waren de anderen nog bezig met afzadelen en borstelen. Tessa gaf aan Lola door welke hekken gerepareerd moesten worden. Vorig jaar, had Tessa de Kippen verteld, was een vreemde hengst dwars door het hek de wei in gekomen en had twee van Lola's merries gedekt.

Naast Tessa stond Lisa. Ze had die ochtend op Kraki gereden en fluisterde teder in zijn harige oor. 'Dit paard is het fijnste paard ter wereld,' zei ze toen de andere drie bij haar waren. 'Je kunt hem eindeloos lang aaien en hij heeft peper in zijn kont.'

'Hoe weet jij dat? Heb je alweer indiaantje gespeeld?' Sprotje klopte op Kraki's stevige hals. Hij was inderdaad heel mooi. Zijn vel was matzwart, zijn manen waren zo dik dat je allebei je handen erin kon steken en als de zon erop scheen lag er een rode glans over.

'Zo, is Lisa verliefd geworden op Kraki?' vroeg Lola, die met Tessa op hen afkwam.

'Reken maar,' zuchtte Lisa. 'Ik denk dat ik hem maar in mijn bagage stop en mee naar huis neem.'

Lola glimlachte en aaide de hengst over zijn donkere neus. 'Waar is Mike eigenlijk?' vroeg ze.

'Hij kijkt het hek van de zomerwei nog even na,' antwoordde Tessa.

'Met Roos?' Melanie kon haar mond weer eens niet houden. Het liefst had Sprotje haar weer met paardenpoep bekogeld.

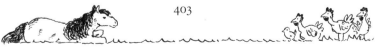

'Met Roos?' herhaalde Lola.

Tessa knikte. Haar moeder fronste haar voorhoofd en liet haar blik over de wei gaan. 'Schiet een beetje op met die paarden,' zei ze. 'Het eten is bijna klaar en jullie weten wat Herma doet als het koud is voor iedereen aan tafel zit.' Met die woorden liep ze peinzend naar het huis.

'Tessa?' vroeg Melanie toen ze met z'n allen de zadels naar de zadelkamer brachten. 'Vindt je moeder het niet goed dat Roos en Mike... je weet wel...'

Tessa haalde haar schouders op. 'Nou ja, ze is verantwoordelijk voor de meisjes die hier komen. En eigenlijk heeft Mike al een vriendin. Alleen is die nu op vakantie.'

'Wat zeg je nou?' Kim keek de anderen geschokt aan. Sprotje liet bijna het zadel uit haar armen vallen.

'Weet Roos daarvan?' vroeg ze.

Tessa haalde weer haar schouders op en hielp haar het zadel op de houder te tillen. 'Geen idee.'

De Kippen zwegen.

Lisa vond als eerste haar tong terug. 'Wij gaan het in elk geval tegen haar zeggen,' zei ze. 'Zeg dat maar tegen je broer.'

'Waarom?' vroeg Melanie. 'Overmorgen gaan we naar huis en dan zien ze elkaar toch nooit meer.'

'Hoe weet je dat zo zeker?' viel Lisa uit. 'Stel dat Roos hem toch nog een keer wil zien? En hem brieven gaat schrijven, terwijl hij allang weer met zijn vriendin is?'

Tessa plukte nadenkend een paar lichte paardenharen uit een borstel. 'Misschien heeft hij het haar wel verteld,' mompelde ze.

'Misschien,' zei Sprotje. 'Maar "misschien" is niet genoeg, vind ik.'

404

Roos was niet bij het middageten. Pas toen Lola allang in haar kantoor was verdwenen en de Kippen naar de stal slenterden om daar de middag door te brengen, reed ze met Mike het erf op. Ze keek zo gelukkig dat het Sprotje een klein steekje bezorgde, hoewel ze van Mike geen hartkloppingen meer kreeg. Ook hij zag er gelukkig uit. Onder het afzadelen stonden ze de hele tijd met elkaar te smoezen. Ze lachten – alleen zij wisten waarom – en lieten zich ook niet van de wijs brengen toen Lilli een rood hart, dat ze zelf getekend had, op Roos' rug plakte.

'Hé, Roos,' zei Lisa toen Roos haar paard het bit uitdeed en Mike naar de zadelkamer ging om brood te halen. Sprotje keek Lisa ongerust aan. Ging ze Roos over Mikes vriendin vertellen? Kennelijk waren de anderen daar ook bang voor, want Kim werd opeens bleek en Melanie draaide aan haar haar, wat ze altijd deed als ze zenuwachtig was.

Roos gaf Bleykja een kus tussen haar oren. 'Ja?'

Lisa stopte haar handen diep in haar jaszakken. 'Weet je nog die scène waarin Julia hoort dat Romeo haar neef heeft doodgestoken? Je weet wel, die met dat slangenhart?'

Roos keek haar niet-begrijpend aan. 'Ja, hoezo?'

'Slangenhart?' Mike gaf Roos een stukje brood aan en Bleykja draaide nieuwsgierig haar hoofd.

Lisa keek Mike vuil aan. 'Ja, slangenhart,' herhaalde ze. 'Hoe gaat dat stuk met dat slangenhart ook alweer, Kim?'

'*O slangenhart, met bloemen overdekt!*' declameerde Kim onzeker. '*Heeft ooit een draak zo'n mooie krocht bewoond? Stralende woestling, engelacht'ge duivel...*'

'Dat klinkt goed,' zei Mike.

'Ik breng Bleykja naar de wei,' zei Roos. Ze keek Lisa nog een keer verwonderd aan en liep weg. Mike slenterde achter haar aan. Lisa keek hem vijandig na.

'Wat klets je nou allemaal, Lisa?' vroeg Melanie zodra Mike buiten gehoorsafstand was. 'Probeer je Roos met Shakespeare-citaten over Mikes vriendin te vertellen?'

'Waarom niet?' antwoordde Lisa gepikeerd. Ze draaide zich op haar hakken om, beende naar de stal en riep: 'Kom mee, Kim. Wij beginnen alvast met repeteren. Steve zal zo wel komen.'

'Ik praat wel met Roos,' zei Sprotje toen ze op de hooizolder waren. 'Ze is al heel lang mijn vriendin en...'

'Als jij het tegen haar zegt denkt ze dat je het uit je duim zuigt,' onderbrak Melanie haar. 'Uit jaloezie. Omdat je ook verliefd bent op Mike.'

Sprotje keek naar het plafond. Waar moest ze anders naar kijken?

Kim kwam haar te hulp. 'Welnee, Roos weet best dat Sprotje dat nooit zou doen. Ik vind het een goed idee dat zij het vertelt.'

'Ik vind het ook best.' Lisa klom op het toneel van strobalen en gespte haar degen om. 'Als iemand het nu eindelijk maar eens doet.'

'Hé, Kippen!' riep iemand van beneden. Zo te horen was het Lilli. 'Zitten jullie daarboven?'

'Ja, wat is er?' riep Sprotje.

'Jullie Pygmeeënvriendjes zijn er. Jullie moeten nog niet beginnen, ze willen komen kijken.'

'Leuk!' Lisa's gezicht klaarde op. Ze trok de stok die ze als degen gebruikte uit haar riem en zwaaide er woest mee door de lucht. 'Eindelijk kan ik die sterfscène een keer spelen,' riep ze. '*O, naar de duivel met je veten! Ze hebben wormenaas van mij gemaakt!*' Ze wankelde van het toneel, haar hand klauwde krampachtig in haar trui. Naast de rekwisieten zakte ze kreunend in elkaar. Kim en Melanie klapten, maar Sprotje was met haar gedachten nog bij Roos.

'Snotverju!' Steve kwam hijgend de ladder op. 'Wie heeft bedacht dat we hier gingen oefenen? Deze ladder is nog wiebeliger dan die van onze boomhut.'

'Heb je een degen?' riep Lisa.

'Een degen?' Steve klom op het toneel, haalde een stok onder zijn jas vandaan en hield hem onder Lisa's neus. 'Natuurlijk. *Zoek je ruzie, meneer?*' bromde hij. '*Je zou ruziemaken met een man die een haar meer of een haar minder in zijn baard heeft dan jij. Je zou ruziemaken met een man omdat hij kastanjes pelt, enkel en alleen omdat je kastanjebruine ogen hebt. Je...*'

'Steve, wacht!' riep Fred. 'Je kunt toch niet beginnen als je publiek nog niet eens zit.' Met een diepe zucht liet hij zich naast Sprotje op het prikkende stro vallen. 'Dat was flink

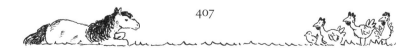

ploeteren om die hut weer schoon te krijgen,' fluisterde hij. 'Die Jagerjagerman had steeds weer iets te mekkeren. Dat gewei daar hangt scheef, er ligt nog een blaadje op de grond, ontbreekt er niet een bord? Het was om gek van te worden.'

'Kunnen jullie daar nou eindelijk eens ophouden met dat gesmoes?' vroeg Lisa. 'Anders nemen we die strobalen in beslag en moeten jullie staan, net als de toeschouwers in de tijd van Shakespeare.'

'Lekker comfortabel,' bromde Willem, en hij trok Melanie op zijn schoot. Sprotje zag hoe ze de brief die ze voor hem had geschreven onder zijn jas stopte. De drie Kuikens waren ook de zolder op geslopen en gingen smiespelend op de stoffige grond zitten. Roos schuifelde met Mike langs hen. Voor het podium bleef ze staan.

'Mij hebben jullie voorlopig niet nodig, hè?' vroeg ze aan Lisa. 'Je wilt met Steve vast de sterfscène oefenen.'

'Ja,' antwoordde Lisa, maar ze keek haar niet aan.

Steve gooide zijn jas van het podium. 'Stilte in het publiek!' riep hij, en hij hing zijn stokdegen nog een keer recht. Toen stapte hij langzaam en dreigend op Lisa af. Op slag werd het stil op Lola's hooizolder.

'*Heren, goedenavond,*' zei Steve met zijn nog steeds een beetje vreemde zware stem. '*Een woordje met een van u.*'

'*Maar één woordje met een van ons?*' antwoordde Lisa, die zo dicht bij Steve kwam staan dat er nog net een laars tussen hen in had gepast. '*Voeg er nog iets bij, maak er een woord en een slag van.*'

Lisa was meer dan een kop groter dan Steve. Ze stond voor hem als een terriër die elk moment kon toehappen. Van Lisa

kende Sprotje dat wel, ook in het echte leven kwam ze vaak zo vechtlustig over, maar Steve verbaasde haar echt. Hij verbaasde hen allemaal. Die dikke, een beetje slome Steve wist zowaar een gevaarlijke indruk te maken – zijn hart zo zwart als roet, uit op vechten en doden. Hoe deed hij dat? Zelfs de Kuikens waren muisstil. Steve en Lisa kenden hun tekst goed.

'Steve kneep er vanmorgen steeds met zijn tekstboekje tussenuit,' fluisterde Fred tegen Sprotje. 'Terwijl wij schoonmaakten zat hij zijn rol uit zijn hoofd te leren.'

Mike sprong op het toneel. Hij moest zijn tekstboekje erbij houden, maar dat stoorde niet al te erg. Het werd tijd dat Romeo zich in de strijd mengde. Lisa en Steve vochten zo hevig met elkaar dat Lisa achterover van de strobalen viel en op Freds schoot belandde. Zo vlug als een kat klauterde ze weer het toneel op – klaar voor haar grote sterfscène.

Romeo sprong tussen de vechtersbazen, wat Sprotje best moedig van Mike vond. De achterbakse Tybalt stak zijn degen in Mercutio's borst en Lisa wankelde.

'*Gewond!*' hijgde ze. '*De duivel hale jullie vete! Het is met mij gedaan. En is hij weg, zonder één prikje?*'

'*Moed, man,*' zei Mike toen Lisa zich wankelend aan zijn schouder vastklampte en Steve de benen nam. '*De wonde kan niet erg zijn.*'

'*Nee, ze is niet zo diep als een waterput, en niet zo breed als een kerkdeur, maar het volstaat, ik heb mijn bekomst. Als je morgen naar me vraagt, zul je me een doodernstig man vinden.*' Langzaam zakte Lisa op één knie. '*Naar de duivel met jullie veten!*' bracht ze moeizaam uit, en ze duwde met haar hand op haar borst alsof het bloed eruit gutste. '*Vervloekt! Door een*

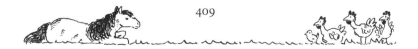

hond, een rat, een muis, een kat te worden doodgekrabd!'

Bob begon te giechelen, maar Willem hield een hand voor haar mond. Lisa viel van het podium en Kim kwam Romeo vertellen dat Mercutio dood was. Het was doodstil op zolder, alleen beneden in de stal brieste een paard. Tybalt kwam terug, nog even moordlustig, Mike kreeg Lisa's degen en wreekte haar.

'Mercutio's ziel zweeft nog boven ons hoofd, de jouwe zal haar gaan gezelschap houden. Of jij, of ik, of beiden gaan met hem.'

Deze keer had hij zijn tekstboekje niet nodig. En Steve stierf zo indrukwekkend dat Lisa bleek van jaloezie toekeek.

'Oké,' zei Fred, terwijl Steve nog als een gevelde boom op de strobalen lag, 'genoeg gestorven. We moeten gaan, Steve.'

Lola bood aan de Pygmeeën en hun fietsen met de paarden-aanhanger naar het station te brengen. De jongens namen het aanbod dankbaar aan, want het zag ernaar uit dat het weer zou gaan regenen. Willem, Steve en Mat begonnen meteen de fietsen in Lola's aanhanger te stouwen. En Fred kwam naar Sprotje toe.

'Lola zegt dat ik bij jullie kokkin de proviand moet halen die ze beloofd had,' zei hij. 'Ga je mee? Als jij erbij bent krijg ik misschien ook nog een thermoskan koffie bij haar los.'

'Ik zou er niet op rekenen,' zei Sprotje, maar ze ging toch mee. Herma had zoveel eetbaars voor de Pygmeeën ingepakt dat ze, zoals Fred vaststelde, er ook mee naar de Zuidpool hadden gekund. En zijn koffie kreeg hij ook.

'Nou, oké, Opperkip...' zei hij bij de voordeur. 'Ik...' Daphne kwam de trap af gehuppeld, keek even nieuwsgierig naar ze en huppelde de eetkamer in.

Fred stond zuchtend met zijn hand op de deurkruk tot Daphne weg was. Toen streek hij door zijn rode haar. 'Voor er weer iemand komt,' zei hij, en hij kwam een beetje dichterbij,

'wil ik dit nou eindelijk wel eens doen.' En voor Sprotje wist wat haar overkwam had hij haar gekust. Recht op haar mond.

'Waar blijven jullie nou?' De deur ging zo plotseling open dat Fred hem bijna tegen zijn hoofd kreeg. Daar waren Lisa en Roos. 'Je ondergeschikten hebben alles ingeladen,' zei Lisa, die Roos naar binnen duwde.

'Lisa zei dat je me iets moest vertellen?' vroeg Roos. Ook dat nog! Sprotje wenste Lisa naar de andere kant van de wereld.

'Ik ga weer naar buiten,' zei Lisa. En Sprotje bleef alleen achter met Roos en het slechte nieuws dat ze te vertellen had. Dat ze zelf helemaal in de war was leek niemand in de gaten te hebben.

Sprotje voelde aan haar mond, alsof Freds kus duidelijk zichtbaar aan haar lippen kleefde.

'Nou, wat is er dan?' vroeg Roos. 'Is er iets met je moeder?'

'Mike heeft een vriendin,' zei Sprotje. Zonder inleiding, zonder waarschuwing, ze flapte het er zomaar uit. Er was ook niets wat het minder erg had kunnen maken, het was zoals het was.

Roos stond naar haar te kijken alsof ze het niet goed had verstaan.

'Dat vertelde Tessa.' Sprotje wist niet waar ze haar handen moest laten, ze wist ook niet waar ze moest kijken. Als het maar niet naar het verdrietige gezicht van Roos was.

Roos zei niets. Ze bestudeerde de jassen aan de kapstok, de vieze laarzen en de tekeningen aan de muur. Alsof ze het allemaal in haar geheugen wilde griffen. 'Bedankt dat je het me verteld hebt,' zei ze zonder Sprotje aan te kijken. 'Weten de anderen het ook?'

Sprotje knikte.

Roos kreunde en liep naar de trap. 'Zeg maar tegen Tessa dat ik vanmiddag niet meega,' zei ze. 'Ik ga naar bed. Ik ben doodop.'

Sprotje keek haar na, maar ze ging niet achter haar aan. Roos wilde nu alleen zijn, wist ze. Van je beste vriendin wist je zulke dingen...

Toen Sprotje het erf op liep stonden Kim en Melanie al op haar te wachten.

'En, heb je het haar verteld?' vroeg Melanie met gedempte stem.

Sprotje knikte.

'Is ze...' Kim keek haar met grote ogen aan.

'Ze overleeft het wel,' mompelde Sprotje met een blik op Lola's auto. Lisa stond druk met de Pygmeeën te praten. Sprotje vroeg zich af of het weer over toneelspelen ging toen Fred zich omdraaide en op haar afkwam. Het bloed steeg haar naar de wangen.

'Moet je horen.' Fred kwam naast haar staan. 'Lisa heeft ons verteld van Roos. Wat een schoftenstreek. Zullen we die zogenaamde Romeo eens een deuk in zijn trui slaan?'

'Lisa heeft wát?' vroeg Sprotje verbluft. Heel even vergat ze haar bonkende hart.

'Ze heeft ons van Roos verteld,' herhaalde Fred. 'Nou, zullen we hem in elkaar slaan?'

'Natuurlijk niet!' riep Melanie geschrokken. 'Wie heeft dat

nou weer verzonnen? Willem zeker?'

Willem gooide net zijn rugzak in Lola's auto. Hij zwaaide naar Melanie, maar ze zwaaide niet terug.

'Ja, het was Willems idee,' gaf Fred toe. 'Maar we vinden allemaal dat die gast dit niet ongestraft met Roos kan uithalen.'

'Mijn hemel!' Melanie rolde geërgerd met haar ogen. 'Volgens mij heb jij wel eens drie vriendinnen tegelijk gehad, en die wisten ook niets van elkaar.'

Fred keek betrapt naar zijn schoenpunten. 'Wie heeft je dat nou weer verteld?' bromde hij met een zenuwachtige blik op Sprotje.

'Ik heb zo mijn bronnen,' antwoordde Melanie bits. 'Dus doe nou maar niet zo schijnheilig. Er wordt hier niemand in elkaar geslagen. Of wel soms?' Ze keek de andere Kippen vragend aan.

Kim schudde heftig haar hoofd.

En Sprotje zei: 'Misschien dat we Lisa in elkaar slaan, omdat ze het aan jullie doorgebriefd heeft.' Drie vriendinnen, fluisterde een stemmetje in haar hoofd, drie vriendinnen tegelijk!

Fred haalde zijn schouders op. 'Zelf weten,' zei hij. 'Het was maar een aanbod. Omdat we oude vrienden zijn.'

Melanie keek hem minachtend aan. 'Ja, en ik wed dat Mat er maar al te graag op los had geslagen, nu hij Mike niet uit jaloezie in elkaar mocht timmeren.'

Fred gaf geen antwoord. Lola kwam met het autosleuteltje in haar hand naar buiten. 'Tijd om afscheid te nemen!' riep ze over het erf. 'Anders missen de heren hun trein.'

Toen ze in de auto stapten fluisterde Fred tegen de an-

dere Pygmeeën: 'Actie Romeo afgeblazen.' Lola bekeek hem nieuwsgierig, maar tot Sprotjes opluchting vroeg ze niet wat die raadselachtige woorden te betekenen hadden. Lisa merkte dat haar vriendinnen haar allesbehalve vriendelijk aankeken, al leek ze zich van geen kwaad bewust. Melanie gaf Willem door het open autoraampje een kus toen Roos naar buiten kwam. Zonder naar Mike te kijken, die met Bob en Verena jerrycans met water naar de stal sjouwde, sprong ze van het trappetje af en liep naar Lola's auto.

'Goeie reis!' zei ze tegen de Pygmeeën – en ze lachte alsof er geen vuiltje aan de lucht was. Dat kende Sprotje wel van haar. Roos kon haar gevoelens zo meesterlijk verbergen dat zelfs Sprotje niet altijd wist of ze blij of verdrietig was.

'We zien elkaar in elk geval weer op school,' zei Fred, terwijl Lola de aanhanger vergrendelde. 'En we zullen de groeten doen aan jullie kippen, oké?'

Sprotje knikte.

'En breek je nek niet,' zei Willem tegen Melanie.

'Nee, we hebben namelijk geen zin om die kippen van jullie voor de rest van hun leven eten te geven!' Fred was als enige nog niet ingestapt. 'Laat je niet door die Kuikens op de kast jagen, Opperkip,' zei hij. Hij trok aan Sprotjes neus en stopte, zo snel dat zelfs Melanie het niet zag, een briefje in haar jaszak. Vlug sloot ze haar hand om het knisperende papier.

De Kippen zwaaiden toen Lola's auto slingerend het erf af reed. De Pygmeeën zwaaiden terug en even later waren ze weg. De meisjes bleven achter op het erf – en keken Lisa aan.

'Ben je helemaal gek geworden?' foeterde Melanie. 'Kun je

niet bedenken wat de jongens zich in hun hoofd halen als je ze zoiets vertelt?'

'Wat nou weer?' riep Lisa. Toen haar blik op Roos viel werd ze rood. 'Het ontglipte me gewoon,' hakkelde ze. 'Echt.'

'Wat?' vroeg Roos wantrouwig.

'O, niets.' Sprotje trok haar mee naar de wei, waar Bleykja zich net op de grendel van het hek stortte. Bleykja was het enige paard op de manege dat af en toe probeerde deuren open te maken. Tessa had verteld dat ze zelfs al een keer onder een hek door gekropen was.

'Wat heeft Lisa de Pygmeeën verteld?' vroeg Roos koppig.

'Dat de Kuikens ons buitengesloten hadden,' loog Sprotje. 'Je snapt wel hoe grappig ze dat vonden.'

'O, dat.' Roos klonk opgelucht. Haar blik dwaalde naar Mike, die met de kleintjes in de wei stond en haar kant op keek.

'*Geen braafheid, eer en trouw meer in de mannen,*' zei Lisa.

Melanie legde een hand op haar mond. 'Lisa!' fluisterde ze in haar oor. 'Vind je niet dat je een beetje begint te overdrijven met die citaten? En hou nou eindelijk eens op over dingen te praten waar je geen verstand van hebt.'

Lisa duwde haar hand geïrriteerd weg. 'Hoe bedoel je?' riep ze. 'Ik ben de enige die hier iets van jongens begrijpt. Omdat ik me namelijk niet met ze bemoei.'

Melanie had het antwoord al op haar tong, maar op dat moment kwam Verena op één been over het erf gehuppeld. Voor Kim en Lisa bleef ze staan. 'Gaan jullie vandaag weer toneelspelen?' vroeg ze.

'Nee,' antwoordde Lisa nors.

'Jawel,' zei Roos met een blik op Mike. 'We zouden die scène met het slangenhart kunnen repeteren.'

Lisa keek haar verrast aan. 'Oké, als Kim ook zin heeft. Ik ben al dood.'

'Je kunt Julia's moeder wel spelen,' opperde Kim.

'De moeder?' Lisa liet haar hand over het hek glijden. 'Julia's moeder is een gemeen kreng.' Met gefronst voorhoofd keek ze over de wei uit. 'Oké!' zei ze opeens. 'Ik ben de moeder. Ik ga mijn tekst uit mijn hoofd leren.' Ze draaide zich om en rende naar het huis. 'Over een uur ben ik zover!' riep ze voor ze naar binnen ging.

'Ik ga even mijn moeder bellen,' zei Sprotje. 'Dat ze ons overmorgen niet te vroeg komt halen. We zien elkaar in de stal.' Ze zei er natuurlijk niet bij dat ze nog een andere reden had om naar binnen te gaan. Toen ze zich bij de voordeur nog een keer omdraaide, omdat Lilli haar iets brutaals nariep, zag ze hoe Mike van de wei kwam en op Roos afstapte. Lisa ging meteen als een lijfwacht voor haar staan, maar Roos duwde haar opzij. Mike stond even met haar te praten; toen klom hij over het hek weer de wei in. En Roos ging achter hem aan. Zij aan zij liepen ze door het gras, terwijl Melanie, Kim en Lisa hen nakeken. De hemel had inmiddels zo'n dreigende kleur aangenomen dat zelfs de Kuikens naar binnen gingen. Alleen Mike en Roos leken er niets van te merken.

'Wat kijk je nou, Opperkip?' vroeg Lilli toen ze langs Sprotje het huis in glipte.

'Dat gaat je niets aan, Opperkuiken,' antwoordde Sprotje. Ze draaide zich om en liep naar de telefoon. Maar toen ze zag dat niemand op haar lette, schoot ze het toilet naast de tele-

foon in. Ze deed de deur op slot, ging op de koude klep van de wc zitten en viste Freds briefje uit haar jaszak. Het was helemaal verkreukeld en zat onder de vieze vingers. Freds kriebelige handschrift was duidelijk herkenbaar en zoals gewoonlijk moeilijk te ontcijferen, maar Sprotjes mond vormde geluidloos elk woord dat hij geschreven had:

Als ik gedichten kon schrijven, zou ik iets over jou schrijven, over je haar of je ogen, maar mijn opstellen zijn altijd waardeloos, dus ik doe het maar liever niet. Mat jat nu van alles van Shakespeare als hij Roos met zijn liefdesbrieven lastigvalt. Dat doe ik ook maar liever niet. Hoewel het allemaal best mooi klinkt. Bijvoorbeeld waar staat dat Julia zo mooi is dat ze een lamp leert schijnen en dat ze straalt als een edelsteen in het gezicht van de nacht. Of zoiets. Dat is wel verrekte goed. Maar ik schrijf het niet. Ik teken een hart voor je, dat kan ik nog net.

Fred

ps *Shit, wat een slechte liefdesbrief, maar beter kan ik het echt niet. Sorry.*

'Hallo, zit daar iemand?' Er werd op de deur van de wc gebonkt. 'O, verdomme. Alsjeblieft, ik moet zo nodig!'

Sprotje stopte Freds briefje vlug weer in haar zak en deed de deur open. Bob stond met haar benen tegen elkaar geknepen op en neer te wippen. 'O, ben jij het,' kreunde ze, terwijl ze langs Sprotje de wc in schuifelde. 'Sorry. Ik heb gisteren op die boomstam blaasontsteking opgelopen.'

'Geen wonder.' Sprotje liet zich in de oude fauteuil naast de telefoon zakken.

419

'Au, wat doet dat zeer!' hoorde ze Bob jammeren. Het duurde een tijdje voor ze met een ongelukkig gezicht weer tevoorschijn kwam. Ze wees naar de open deur. 'Jij mag,' zei ze verlegen.

'Niet nodig,' antwoordde Sprotje afwezig. 'Je moet aan Tessa een kruik vragen. Dat helpt.'

'Doe ik,' zei Bob. En weg was ze weer.

Sprotje zat in de versleten fauteuil – iemand had zijn naam op de armleuning geschreven – en wist niets meer, niet wat ze moest denken, niet wat ze moest voelen, niet wat ze moest doen als ze Fred weer zag. Melanie zou het vast wel weten. Zelfs Roos... Roos... ja, misschien kon ze met haar gaan praten. Roos lachte haar zeker niet uit en ze zou het ook niet verder vertellen...

Ik was van plan mama te bellen, dacht Sprotje. En toch zat ze daar maar. Ze liet Freds brief ritselen tussen haar vingers, vouwde hem dicht en weer open en glimlachte bij zichzelf. Ze had geen idee hoe lang ze daar zo zat. Maar opeens stond Lisa voor haar, met een frons in haar voorhoofd.

'En, wat heb je met je moeder afgesproken?' vroeg ze. 'Hoe laat komt ze?'

Sprotje stopte de brief zo diep mogelijk in haar broekzak. 'Ik heb haar nog helemaal niet gebeld,' zei ze.

'Waarom niet? Wat heb je dan al die tijd gedaan?' vroeg Lisa. 'Roos loopt eindeloos met Mike door de wei, al ziet de hemel eruit alsof hij de zon heeft opgegeten, en jij gaat bellen en blijft een eeuwigheid weg.'

'Nou en?' Sprotje stond op en nam de hoorn van de haak.

'Ja, dag,' zei ze toen ze het pension van haar moeder aan de

lijn kreeg. 'Mag ik mevrouw Bergman even spreken?'

'Roos liep zó achter hem aan,' fluisterde Lisa. Sprotje wachtte tot haar moeder aan de telefoon kwam. 'Alsof er niets gebeurd was. Nou, volgens mij maakt liefde niet alleen blind maar ook achterlijk...'

'Hoi mam.' Sprotje drukte de hoorn tegen haar oor en Lisa hield op met praten. 'Goed, dank je. En met jou? Nee, ik bel alleen even over het ophalen. Kan je alsjeblieft zo laat mogelijk komen?' Er verscheen een rimpel in haar voorhoofd. 'Dat is te vroeg! We moeten nog afscheid nemen van de paarden en, en...' Ze luisterde. Lisa keek haar vragend aan. 'Oké,' mompelde Sprotje. 'Ja... Hoe is het met die bet... wijsneus? Gedraagt hij zich nog een beetje? Oké, tot overmorgen. Veel plezier. Ik jou ook.' Met een zucht hing ze op. 'Ze komt al na het ontbijt,' zei ze tegen Lisa. 'Later kan niet, ze moet 's middags alweer werken.'

Samen gingen ze naar buiten. Het begon al donker te worden. De wind blies koude druppels in hun gezicht, maar ondanks de dikke zwarte wolken regende het nog steeds niet echt. In de wei hadden twee paarden ruzie met elkaar. Hun hese gehinnik klonk dreigend, ze schopten kwaad naar elkaar. Sprotje had altijd gedacht dat paarden heel vredelievende dieren waren, maar ruzies om wie de baas was kwamen in Lola's kudde dagelijks voor. Sommige paarden mochten elkaar en stonden vaak samen, andere beten en trapten elkaar. Maar meestal zag het er gevaarlijker uit dan het was.

'Zouden ze nou nog steeds daarbuiten zijn?' vroeg Lisa, die ingespannen naar de wei tuurde.

'Wie?' vroeg Sprotje.

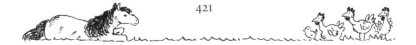

'Roos en Mike natuurlijk!' Lisa keek haar wantrouwig aan. 'Wat is er met jou aan de hand? Ik heb het gevoel dat je heel ergens anders bent. Op de maan of zo. Of nog verder weg.'

'Welnee.' Sprotje merkte dat ze met de punt van haar schoen een hart in de vochtige aarde had getekend. Vlug veegde ze het met haar voet weer uit. Ze had het gevoel dat ze zo meteen in zingen zou uitbarsten, of over het erf zou gaan dansen. Ze draaide zich om en liep naar de stal.

Tessa had van Lola een paar looplampen gekregen en deze rond het podium van strobalen opgehangen. Ze waren er bijna allemaal, dicht opeengepakt, want het was koud in de stal. Zelfs Lola zat op een van de strobalen, tussen Verena en Daphne in. Ze had haar armen om de meisjes heen geslagen en samen luisterden ze naar Roos, die er echt prachtig uitzag, zoals ze op haar knieën op het toneel zat. Hoewel ze haar dikke jas aanhad en de modder van de wei nog aan haar laarzen kleefde, was ze voor iedereen die daar om haar heen zat Julia, dochter van de machtige en vooraanstaande Capulets, die verliefd was op de zoon van de Montecchi's, de aartsvijanden van haar familie.

'*Kom, nacht! Kom, Romeo! Kom, jij dag bij nacht,*' zei ze toen Sprotje en Lisa zachtjes naast Tessa gingen zitten. '*Die op de vleugels van de nacht zult rusten, blanker dan verse sneeuw op ravenrug.*'

Sprotje hoorde de woorden, luisterde en luisterde toch ook niet. Ze zat op het stro, met in haar rug een van de dikke houten balken die het dak steunden, en in haar zak de brief van

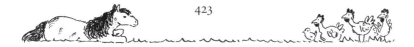

Fred, en ze wist zeker dat ze zich dit moment ook nog zou herinneren als ze honderd jaar was. Ze zou nog precies weten hoe het op de zolder van Lola's stal had geroken, naar stro en hout, naar regen en natte paarden. En ze zou zich nog iets anders herinneren – dat ze nooit eerder in haar leven zo volmaakt gelukkig was geweest.

'Doet Roos dat niet geweldig?' fluisterde Lisa in haar oor. 'Ongelooflijk. Hopelijk doet ze het ook zo goed als Noor weer Romeo speelt.'

Sprotje keek naar Mike, die pal naast het podium zat. Toen Kim op het toneel klom wierp Roos hem een snelle blik toe, en Sprotje wist meteen dat ze het weer goed hadden gemaakt.

Lisa had het kennelijk ook gezien. 'Wat heeft hij tegen haar gezegd, dat ze weer zo gelukzalig naar hem kijkt?' fluisterde ze.

'Sst!' siste Lilli achter hen, en ze legde een vinger tegen haar lippen. Lisa trok een gezicht naar haar, maar vanaf dat moment was ze stil.

Tot ze het toneel op moest om Julia's harteloze moeder te spelen.

'O, in de aula gaat het nooit zo goed lukken als hier!' zuchtte Kim toen ze die avond op hun kamer zaten. Het regende niet meer, het noodweer was overgewaaid en Sprotje had het raam wijd opengezet om de frisse, koude lucht naar binnen en de geur van Melanies parfum naar buiten te laten.

Melanie trok haar dekens over haar schouders. 'Straks hebben we allemaal een longontsteking,' mopperde ze.

'Besproei jezelf dan niet de hele tijd met dat stinkspul! Willem is weg, wie wou je verder nog bedwelmen?' Lisa lag op

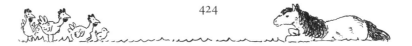

haar bed in haar scheikundeboek te staren. Haar Franse boek lag naast haar kussen, het wiskundeboek had ze ook al doorgebladerd. En met een diepe zucht weer weggelegd.

'Ach, jij hebt gewoon de pest in omdat je tot nu toe nog niet één keer je schoolboeken hebt ingekeken!' Melanie liep naar het raam en gooide het met een klap dicht. 'Je moeder overhoort je al op weg naar huis hè?'

Lisa gaf geen antwoord.

'Laat haar met rust, Mel,' zei Roos, die naar het plafond lag te staren. Ze lag daar al sinds ze na het avondeten naar boven waren gegaan.

Kim zat weer op de tekst te studeren. '*O, ze zegt niets, heer, maar ze huilt en huilt,*' mompelde ze, met een vinger in haar verfomfaaide tekstboekje. '*Nu valt zij op haar bed, dan springt zij op, roept Tybalts naam, en jammert dan om Romeo, en valt weer op haar bed.*' Ze kneep haar ogen dicht, herhaalde zacht de woorden en bladerde verder.

'Shit!' Lisa sloeg haar scheikundeboek dicht. 'Kon ik die formules nou maar half zo goed onthouden als woorden.'

'Zal ik je overhoren?' bood Kim aan.

'Nee.' Lisa stopte het boek terug in haar tas en ging rechtop zitten. 'Het is onze een na laatste avond. Die ga ik toch niet verpesten met scheikunde. Gisteravond was ook al zo'n mislukking.'

Kim grinnikte. 'Och, zo erg was het nu ook weer niet.'

'Hé, Sprotje!' Melanie gooide haar kussen op Sprotjes gezicht. 'Heb jij geen leuk voorstel voor onze een na laatste avond? Waar blijven die beroemde ideeën van je?'

Sprotje gooide het kussen terug en kwam overeind. 'Mis-

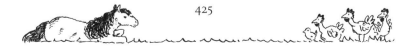

schien ga ik nog even naar de paarden,' zei ze.

'Met dit weer?' Melanie rilde. 'Nee bedankt, ik ben gisteren al half bevroren, en toen had ik tenminste Willem nog om me op te warmen.'

'Jeetje, Mel!' Lisa liet zich kreunend weer op haar bed vallen.

'Jeetje, Lisa!' aapte Melanie haar na.

'Ga nou alsjeblieft geen ruzie maken.' Roos draaide zich op haar buik en duwde haar gezicht in haar kussen. De anderen keken bezorgd naar haar.

'Wat heeft zij?' vroeg Lisa zacht. 'Huilt ze nou?'

'Nee, ik huil niet, verdomme,' antwoordde Roos zonder haar hoofd op te tillen.

'Ik denk dat het goed is dat we overmorgen naar huis gaan,' zei Melanie, alsof ze er alles van af wist. 'Ik weet dat je het op het moment niet zo ziet, maar dat met jou en Mike zou toch wel een beetje ingewikkeld worden.'

'Er is niets ingewikkelds aan,' snotterde Roos. Ze kwam abrupt overeind, trok haar laarzen aan en liep naar de deur. 'Ik kan alleen wel janken van ellende. Zo, nu weten jullie het.' En ze smeet de deur al achter zich dicht.

'Ga achter haar aan, Sprotje!' zei Kim geschrokken.

'Ja, schiet op, jij bent haar beste vriendin!' Lisa holde naar het raam en keek naar buiten. Maar Roos was nergens te zien.

Sprotje zat besluiteloos op haar bed met haar kippenveertje te spelen. Wat moest ze tegen Roos zeggen? Ze had het druk genoeg met haar eigen hart. 'Volgens mij wil Roos alleen zijn,' mompelde ze. 'Geloof me, ik ken haar.'

'Alleen?' Lisa drukte haar neus tegen het raam. 'Ze is an-

ders helemaal niet alleen. Moet je zien. Ik snap er niets van.' De anderen verdrongen zich naast haar. Roos stond beneden op het erf. Met Mike. Ze hadden hun armen zo innig om elkaar heen dat je niet kon zien waar Roos ophield en Mike begon.

'En hoe zit het nou verdorie met die vriendin van hem?' riep Lisa verontwaardigd. 'Waarom hebben we het haar eigenlijk verteld, als het toch geen bal uitmaakt?'

Melanie trok haar bij het raam weg. 'Het is onze zaak niet,' zei ze. 'En overmorgen is het toch afgelopen.'

'*Vraag het eens*,' mompelde Kim met haar voorhoofd tegen het koude raam. '*En is zijn hart elders gebonden, dan wordt mijn graf wellicht mijn huwelijkssponde.*'

'Het komt door ons stuk,' zei Lisa somber. 'Het is Roos in haar bol geslagen. Nog even en ze gaan stiekem trouwen.'

De anderen keken haar verbijsterd aan.

Even later werd er aangeklopt en stak Tessa haar hoofd naar binnen. 'Hebben jullie zin om me te helpen?' vroeg ze. 'We geven morgen een afscheidsfeestje, omdat iedereen weer weggaat. Voor de kleintjes moet het een verrassing zijn, maar jullie willen misschien wel helpen met versieren? Anders doen Mike en ik het altijd, maar...' Tessa stokte en keek naar het bed van Roos. 'O,' zei ze. 'Roos is er ook niet.'

De Kippen staarden naar het bed alsof ze nu pas merkten dat Roos weg was.

'Ze... is nogal van streek,' zei Sprotje, 'omdat we overmorgen naar huis gaan.'

'Dat van Mikes vriendin heeft geen indruk op haar gemaakt,' voegde Lisa er pinnig aan toe.

Tessa leunde tegen de deurpost. 'Volgens mij heeft Mike haar beloofd dat hij het uitmaakt met zijn vriendin,' zei ze.

'Wat?' Melanie trok ongelovig haar wenkbrauwen op. 'Hoezo? Roos gaat toch bijna weg.'

Tessa haalde haar schouders op. 'Ze hebben het allebei zwaar te pakken, geloof ik.'

Kims zucht klonk bijna een beetje jaloers. 'Arme Roos,' mompelde ze.

Tessa draaide zich om. 'Met mijn broer gaat het ook niet al te best,' zei ze. 'Gaan jullie mee? We geven het feest altijd in de stal,' vertelde ze, terwijl ze zachtjes de trap af liepen. 'We zetten een kacheltje neer, halen een paar paarden naar binnen, sluiten een cd-speler aan – en Herma maakt warme soep.'

'Klinkt goed,' fluisterde Melanie.

Op de eerste verdieping deden ze extra zachtjes, maar die moeite hadden ze zich net zo goed kunnen besparen.

Lilli en Bob stonden al in de hal te wachten. 'Dacht ik het niet!' riep Lilli zachtjes. 'Er komt weer een feest hè?'

'Natuurlijk,' antwoordde Tessa. 'Maar deze keer helpen alleen de Kippen met versieren. Jullie weten wel waarom.'

Lilli en Bob keken elkaar schuldbewust aan. 'Om vorig jaar? Maar toen waren we nog een stel kleuters,' pruilde Lilli. En Bob zei met een smekende blik in haar ogen: 'Alsjeblieft, Tessa. We beloven dat we niets stoms zullen uithalen.'

Maar Tessa liet zich niet vermurwen. 'Nee,' zei ze hoofdschuddend. 'Misschien volgend voorjaar. Als jullie dan weer komen.'

'Natuurlijk komen we dan weer.'

Lilli wierp de Kippen een jaloerse blik toe en slenterde te-

rug naar de trap. 'Kom mee, Bob,' zei ze. 'Er is toch niets aan, aan crêpepapier ophangen, en van ballonnen opblazen krijg je hoofdpijn.'

'Jullie mogen overmorgen de ontbijttafels versieren!' riep Tessa hun na, maar Lilli en Bob liepen met opgeheven hoofd de trap op, zonder nog een keer om te kijken.

'Wat hebben ze vorig jaar dan uitgehaald?' vroeg Kim, terwijl ze dozen vol crêpepapier, ballonnen en slingers naar de stal sjouwden.

'Ach, allerlei flauwekul,' antwoordde Tessa. 'Eerst wikkelden ze alleen maar crêpepapier om de benen van de paarden, maar toen kwamen ze op het idee met een mestvork ballonnen stuk te gaan prikken. De paarden werden bijna gek, Kolfinna begon te steigeren en ik kreeg bijna een hoef tegen mijn hoofd. Zelfs Mike kon haar niet kalmeren. Ze heeft allebei haar voorbenen opengehaald aan een boxdeur, en ik kon nog net voorkomen dat Mike Lilli een pak slaag gaf.'

'Mij had je niet tegengehouden als ze dat met mijn paard geflikt had,' zei Lisa, die de deur van de stal voor de anderen openhield. 'Misschien moeten we die ballonnen maar laten zitten.'

'Ja, dat is misschien wel beter,' antwoordde Tessa. Ze keek nadenkend om zich heen. 'Eerst halen we de lampen van zolder.'

Bijna een uur lang waren ze bezig de slingers op te hangen, kleurige lichtsnoeren te spannen en elke haak en elk uitsteeksel dat ze maar konden vinden met crêpepapier te versieren.

'Het zou leuk zijn als we ook nog bloemen hadden,' zei

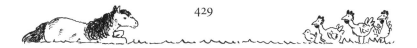

Kim toen ze tevreden naar het resultaat stonden te kijken.

'Die zouden de paarden meteen opeten,' antwoordde Tessa. 'Mijn moeder kreeg een keer een gigantische bos bloemen en Brunka stak haar hoofd over het hek en nam zo een hap. Van die bos bleef niet veel over.'

Tessa sloot de stal af en ze liepen over het verregende erf terug naar het huis.

'Als mijn moeder overmorgen komt,' zei Lisa, 'dan verstop ik me gewoon op zolder. Die ladder durft ze toch nooit op. Jullie zeggen tegen haar dat ik in het niets verdwenen ben, en als ze weg is vraag ik aan Lola of ze nog een stalknecht nodig heeft.'

Tessa glimlachte. 'Er zijn er al meer die dat bedacht hebben,' zei ze met een blik op de wei. In het donker was van de paarden bijna niets te zien.

'Ach kom Lisa, thuis is het toch ook niet zo erg,' zei Melanie. 'Denk aan de caravan, de wafels die Roos bakt...'

'De Kippen, de clubbijeenkomsten...' vervolgde Kim.

'En jullie opvoering,' voegde Sprotje eraan toe. 'Je wilt je grote optreden toch niet mislopen?'

Lisa zuchtte. 'Nee,' zei ze. 'Het was zomaar een idee.'

'Hoe zou je het vinden om in de voorjaarsvakantie een weekje met me te ruilen?' Tessa liep het trappetje naar de voordeur op. 'Jij neemt mijn werk hier over en ik ga die caravan eens bekijken en speel een weekje voor Wilde Kip.'

'Geen gek idee,' antwoordde Lisa.

Rillend dromden ze het stille huis in. Ze trokken hun jassen en schoenen uit en warmden hun handen boven de verwarming.

'Maar dan moet Tessa ook Lisa's taken overnemen,' zei Sprotje.

'En dat zijn?' Tessa leunde met haar rug tegen de verwarming.

Lisa noemde ze op: 'Het clubboek bijhouden, de clubkas beheren en het allerbelangrijkste: de Pygmeeën bespioneren.'

'Dat moet wel lukken,' zei Tessa. 'Maar nu wil ik eerst iets warms. Jullie ook?'

Ze gingen in de keuken zitten, zetten thee, aten biscuitjes – Tessa wist natuurlijk precies waar Herma haar voorraden verstopte – en fantaseerden erover hoe het zou zijn om samen net zo'n manege te hebben als Lola. Zonder volwassenen erbij natuurlijk, zonder moeders, vaders, leraren, lastige oma's en, zoals Sprotje er nog aan toevoegde, betweterige rij-instructeurs en wannabe stiefvaders. Haar moeder zou Sprotje er eigenlijk best bij willen hebben, maar dat zei ze niet hardop. 'Zonder volwassenen' betekende ook geen aardige moeders.

Ze bespraken net hoeveel paarden ze zouden kopen, welke kleur hun vel en hun manen moesten hebben en of ze voor dat eeuwige paardenpoep scheppen geen Pygmeeën in dienst konden nemen toen Lola de keuken in kwam, in haar ochtendjas en met een slaperig gezicht.

'Ik dacht dat het feestje morgen pas was,' zei ze, en ze schonk zich een glas melk in.

'De Kippen hebben geholpen met versieren,' legde Tessa uit.

'Aardig van ze.' Lola deed de koelkast dicht en leunde tegen de deur aan. 'Doet Mike dat niet altijd?'

Tessa keek naar de Kippen en de Kippen keken naar Tessa. 'O, die...' mompelde ze. 'Die...'

Lola zette haar glas melk op de koelkast. 'Zeg niet dat hij alweer midden in de nacht is gaan rijden. Ik heb hem al wel honderd keer gezegd dat ik dat niet wil hebben. Kolfinna heeft...' Ze stokte en liet haar blik langs de vijf gezichten glijden. De vriendinnen bogen zich over hun dampende theekoppen. 'Waar is Roos?' vroeg Lola met een zucht.

'Die... is al gaan slapen,' zei Melanie. Sprotje hield haar adem in en Kim keek Melanie geschrokken aan, alsof zijzelf zo'n leugen in geen honderd jaar over haar lippen had kunnen krijgen. Tessa roerde in haar thee.

'Kom op zeg, ik ben niet achterlijk,' zei Lola. 'Als jullie tegen me willen liegen, moeten jullie een beetje beter je best doen. Nietwaar, Tessa?'

Tessa zuchtte. Toen knikte ze. 'Mijn moeder ruikt het als je liegt. Dat is in elk geval Mikes theorie.'

Lola moest lachen. Ze dronk zwijgend haar melk op en zette het glas in de afwasmachine. 'Ik geloof dat ik voor de verandering blij ben dat Mike morgenochtend door zijn vader wordt opgehaald,' zei ze. 'Hoe eerder er een einde komt aan het hartzeer, hoe beter, vinden jullie ook niet?'

De meisjes gaven geen antwoord.

'Morgen al?' Kim keek Sprotje aan.

'O jee,' mompelde Melanie. 'Het is nog erger dan we dachten. Arme, arme Roos.'

'Lief dat jullie zo bezorgd zijn om jullie vriendin,' zei Lola.

'Allen voor één, één voor allen,' mompelde Sprotje.

'Is dat ook uit *Romeo en Julia*?' vroeg Tessa.

Lola lachte. 'Nee. Dat zeggen de drie musketiers altijd. Hoe heetten ze ook alweer, ach, ik ben de namen vergeten.' Ze

gaapte. 'Ik ga weer naar bed,' zei ze. 'Als Romeo en Julia nog opduiken, stuur Romeo dan even naar mij toe, oké?'

Tessa knikte.

Even later gingen de meisjes ook naar bed. Lisa, Melanie en Kim vielen meteen in slaap. Alleen Sprotje bleef wakker. Ze wachtte op Roos. Maar toen ze haar ogen niet meer open kon houden was het bed van Roos nog steeds leeg.

Toen Sprotje de volgende ochtend wakker werd zat Roos op haar bed in gedachten verzonken haar oorbelletjes in te doen. De andere Kippen waren ook al wakker. Lisa stond voor het raam bezorgd naar de lucht te kijken.

'O wee als het vandaag gaat regenen,' mompelde ze, alsof ze met dat dreigement de grijze wolken kon verjagen.

'Al regent het pijpenstelen,' zei Kim, die haar warmste trui over haar hoofd trok, 'we gaan vandaag paardrijden. Het is tenslotte onze laatste dag.' Kippig keek ze om zich heen. 'Heeft iemand mijn bril gezien?'

Sprotje zwaaide haar benen uit bed en ging met haar vingers door haar warrige haar. Intussen keek ze onopvallend naar Roos. Die zag haar kijken, glimlachte en deed alsof ze druk bezig was haar nagels schoon te maken.

Lisa raapte Kims bril van de grond op. 'Neem deze maar,' zei ze. Toen bukte ze zich nog een keer en hield een verfrommeld briefje omhoog. 'Wat is dit?'

'Dat is van mij. Geef hier!' Sprotje graaide naar het briefje, maar Melanie was sneller.

'Van jou?' Ze gooide haar borstel op het bed en vouwde Freds briefje open.

'Geef hier!' Sprotje probeerde het briefje uit haar vingers te grissen, maar Melanie liet het niet los.

'Dat geloof je toch niet. Onze Opperkip heeft een liefdesbrief gekregen!' riep ze. Maar voor ze Freds gekriebel kon lezen pakte Roos haar vast en kietelde haar net zolang tot ze het briefje liet vallen. Sprotje raapte het op en stopte het vlug in haar broekzak.

Melanie duwde Roos op het dichtstbijzijnde bed. 'Gadverdamme, Roos,' hijgde ze. 'Jullie nemen het altijd voor elkaar op! Altijd.'

'Inderdaad,' zei Roos, die lachend weer overeind kwam.

'Maakt niet uit.' Melanie streek haar haren uit haar gezicht en begon weer van voor af aan met haar ochtendlijke hoogglansborstelbeurt. 'Ik herkende het handschrift toch meteen.'

'Mel, je speelt met je leven,' zei Sprotje.

'Is het echt een liefdesbrief?' vroeg Kim. Achter haar bril werden haar ogen zo groot als schoteltjes. 'Sorry,' mompelde ze toen ze Sprotjes ijzige blik opmerkte. 'Het gaat ons helemaal niet aan.'

'Hij kan ook maar van één iemand zijn, of niet soms?' zei Lisa minachtend.

Sprotje keerde ze allemaal de rug toe en trok haar laarzen aan. Ze wist zeker dat haar hoofd net zo rood was als Melanies nagellak.

'Volgens mij is hier de liefdesziekte uitgebroken of zo,' mompelde Lisa. 'Ben jij soms ook verliefd, Kim? O nee, jij hebt je neef al.'

Kim zei niets terug. Ze stond op en ging achter Sprotje aan de kamer uit. Op de trap was ze haar nieuwsgierigheid nog de baas, maar toen ze de eetkamer in liepen hield ze het niet meer. 'Ik vind Fred de aardigste jongen van de klas,' fluisterde ze in Sprotjes oor. 'Dat briefje was toch van hem hè?'

'Geen commentaar,' zei Sprotje, en ze maakte dat ze bij hun tafeltje kwam.

'Ik weet dat het jullie stemming bederft als ik het zeg,' zei Lola toen ze allemaal achter hun bord zaten, 'maar de meesten van jullie worden morgen meteen na het ontbijt opgehaald, dus zoek alsjeblieft vanmiddag je spullen alvast bij elkaar. Hang over de verwarming wat nat is, kijk in de badkamers wat er nog aan borstels en elastiekjes rondslingert en vergeet niet jullie lievelingspaard op de foto te zetten. Voor het geval jullie dat nog niet gedaan hebben.'

Aan de tafels werd het stil. Lola's woorden maakten iedereen voorgoed en onbarmhartig duidelijk dat dit de laatste dag op de manege was.

'We blijven gewoon allemaal hier,' zei Bob zachtjes.

'Ja, we verkleden ons als paard,' zei Lilli, 'en gaan helemaal achter in de wei staan. Daar vinden ze ons nooit.'

Aan de tafel naast hen giechelde Daphne boven haar chocolademelk. Maar de drie die bij haar zaten – Sprotje vergat steeds hoe ze heetten – keken verdrietig naar buiten, alsof ze nu al afscheid moesten nemen.

Roos snoot haar neus in haar servet. Sprotje zag dat ze tranen in haar ogen had.

'Wil je chocolademelk?' vroeg ze. Roos knikte en wreef met

436

de rug van haar hand over haar ogen.

'Waar is Mike?' fluisterde Kim tegen Sprotje, maar Roos hoorde het ook.

'Hij is aan het pakken,' snufte ze. 'Zijn vader komt hem zo halen.'

Kim keek haar vol medeleven aan. 'O ja, dat is ook zo,' mompelde ze.

Roos stak een lepel cornflakes in haar mond en staarde naar haar bord. Maar opeens legde ze de lepel neer en schoof haar stoel naar achteren. 'Ik heb geen honger,' zei ze, en voor de anderen iets konden zeggen was ze in de hal verdwenen.

'Allemachtig,' zei Kim, die zich met een somber gezicht weer over haar cornflakes boog, 'verliefd zijn is toch wel iets verschrikkelijks.'

'Dat zeg ik toch,' zei Lisa.

'Tja, vooral als je verliefd bent op iemand die meer dan honderd kilometer bij je vandaan woont.' Melanie depte de melk van haar lippen en schoof haar bord aan de kant. 'We hebben bij Kim gezien hoe dat afloopt. Dan zijn Sprotje en ik een stuk slimmer hè, Opperkip?'

Sprotje negeerde die laatste opmerking en stond op. 'Ik ga achter Roos aan,' zei ze.

'Ik dacht dat ze liever alleen was?' riep Lisa haar na.

Maar Sprotje had het gevoel dat Roos nu wel wat troost kon gebruiken. Toen ze buiten adem bij hun kamer aankwam zat de deur op slot. Sprotje aarzelde even, maar klopte toch aan.

'Wie is daar?' vroeg Roos.

'Ik ben het,' zei Sprotje.

En Roos deed open.

Een uur later kwam Mikes vader. Niemand zag hoe Roos afscheid van Mike nam. Toen hij bij zijn vader in de auto stapte liet ze zich niet zien. Maar zodra hij weg was liep ze met rode ogen van het huilen de wei in, en ze kwam pas terug toen Tessa en de kleintjes voor de tocht van die ochtend hun paarden aan het zadelen waren. Roos ging met ze mee en Lola haalde Kim, Melanie en Sprotje op voor hun een na laatste paardrijles.

Deze keer was Sprotjes geluk niet zo volmaakt als anders, want ze moest steeds aan het verdrietige gezicht van Roos denken – en aan morgen, als ze naar huis moesten. Kim en Melanie dachten vast aan hetzelfde.

'Bij de caravan zouden we ook best een paard kunnen houden,' zei Kim toen ze hun paarden weer naar de wei brachten. 'Daar is het grasveld groot genoeg voor.'

'En waar wou je al die paardenpoep laten?' vroeg Melanie. 'Trouwens, we zouden alleen maar ruzie krijgen over wie er op het paard mag.'

'En hij zou eenzaam zijn,' voegde Sprotje eraan toe.

Kim zag hoe Gladur zijn hoofd op Freya's rug legde en knikte. 'Dat is zo,' zei ze. 'We moeten er vijf hebben. Op z'n minst.'

'Hopelijk gaat het straks weer een beetje beter met Roos,' zei Sprotje toen ze op weg terug waren naar het huis.

'Hoe kan dat nou?' vroeg Melanie. 'Mike is weg.'

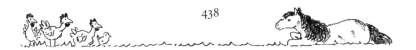

Die dag was Roos bijna niet aanspreekbaar. Zelfs Sprotje kon haar niet opvrolijken. Pas 's avonds op het afscheidsfeest vergat ze haar verdriet. Ze liep met de Kuikens in polonaise door de stal en gaf met Lisa een paar stukjes *Romeo en Julia* ten beste. De enige die weinig plezier beleefde aan het feest was Melanie, want die verstuikte bij de polonaise haar enkel en zat de rest van de avond op een omgekeerde emmer. Lilli maakte van de gelegenheid gebruik door op Melanies lange haar de vlechten te oefenen die ze met de manen van de paarden geleerd had. Toen de kleintjes misselijk van alle chips naar hun bed begonnen te verlangen, verklaarde Lola dat het feest ten einde was. De Kippen hielpen Tessa nog de paarden terug naar de wei te brengen, terwijl Lola met de kleintjes naar het huis ging en ervoor zorgde dat ze allemaal in het goede bed terechtkwamen. Tessa was van plan de stal de volgende dag in haar eentje op te ruimen, zodra iedereen weg was en de nieuwe kinderen nog niet waren aangekomen, maar de Kippen wilden haar per se ook daarmee helpen. Met z'n zessen stopten ze stroken crêpepa-

pier, lege chipszakken, kartonnen bekertjes en stukgekauw-de rietjes in vuilniszakken en brachten ze Herma's leegge-schraapte schalen terug naar de keuken. Daarna maakten ze nog een laatste wandeling over de donkere wei, en ze voel-den allemaal hetzelfde – dat ze dolgraag nog een tijdje zou-den blijven.

Toen ze weer over het hek klommen vroeg Sprotje aan Tessa: 'Wanneer komen de nieuwe eigenlijk?'

'Zondag,' antwoordde Tessa.

'Die zijn vast niet zo leuk als wij,' zei Melanie.

'Vast niet,' antwoordde Tessa lachend.

Ze slenterden over het erf. Boven het huis hing een bleke maan en door de ramen scheen licht in de donkere avond.

'We moeten echt nog een keer komen,' zei Kim. 'Dat móét gewoon.'

'Zeker weten. Onze clubkas heet vanaf nu de Lola-kas,' zei Lisa, 'en we sparen al ons zakgeld op, alleen hiervoor.'

'Goed idee,' zei Melanie. 'Wat vind jij ervan, Roos?'

Roos zei niets. Sprotje hoorde haar diep ademhalen. 'Ik denk niet dat ik nog een keer terugkom,' zei ze zachtjes. 'Dat heeft toch geen zin.'

'Ach joh!' Melanie sloeg een arm om haar schouders en drukte haar tegen zich aan. 'Het gaat wel weer over, geloof me. Hoe zeg je dat ook alweer: de tijd heelt alle wonden of zoiets. Volgend voorjaar lach je erom.'

Maar Roos schudde haar hoofd. 'Volgend voorjaar heb ik mijn hart misschien net weer aan elkaar gelijmd,' zei ze. 'Dan kom ik echt niet terug om het weer in stukken te laten breken.'

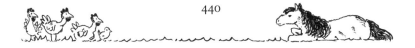

Ze wisten geen van allen wat ze daarop moesten zeggen. Zwijgend gingen ze naar binnen. Maar toen de Kippen al op de trap stonden zei Tessa opeens: 'Mike komt bij je langs. Misschien zou ik het niet moeten zeggen, maar hij is het vast van plan.'

Roos bleef als aan de grond genageld staan. 'Zei hij dat?'

Tessa knikte. 'Hij vermoordt me als hij hoort dat ik het tegen je gezegd heb. Maar ik dacht, misschien voel je je beter als je het weet.'

Roos glimlachte. Ze glimlachte zoals ze anders alleen maar deed als haar kleine broertje op haar schoot klom om haar een plakkerig kusje te geven. 'Wanneer komt hij dan?' vroeg ze onzeker.

Tessa haalde haar schouders op. 'Dat heeft hij niet precies gezegd. Ik weet alleen dat hij naar jullie uitvoering wil komen kijken.'

'Nee!' Lisa zocht geschrokken steun bij de trapleuning. 'Dat kan niet. Dat mag niet.'

'Wat klets je nou?' Melanie gaf haar een duw. 'Natuurlijk mag hij komen kijken.'

'Dat mag hij niet!' riep Lisa. 'Roos krijgt toch geen woord meer over haar lippen als Mike op de eerste rij zit?'

'Sst!' klonk het vanuit Lola's kamer. 'Kunnen jullie dat misschien een beetje zachter bespreken?'

'Sorry, mam,' riep Tessa zachtjes terug. Kim sloeg geschrokken een hand voor haar mond.

'Wat een onzin,' fluisterde Roos zodra Lola's deur weer dicht was. 'Natuurlijk mag hij komen. Hier was hij er toch ook steeds bij?' Met een bezorgd gezicht leunde ze over de

trapleuning. 'Heeft hij echt gezegd dat hij komt?'

Tessa geeuwde. Toen knikte ze. 'Tot morgen,' zei ze, alweer geeuwend. Ze zwaaide nog een keer naar de Kippen en verdween in haar kamer.

Die laatste nacht sliepen ze allemaal slecht. En toen ze de volgende ochtend uit hun warme bed kropen stond de zon aan een stralend blauwe hemel, alsof hij het afscheid nog moeilijker wilde maken.

'Moet je nou eens zien!' riep Lisa. 'Dat is toch niet eerlijk.'

'Pak je tas in,' antwoordde Sprotje alleen maar. 'Jouw moeder staat vast als eerste voor de deur.'

Lisa kwam met een somber gezicht bij het raam vandaan en stopte haar nachtjapon in haar allesbehalve onberispelijk gepakte tas.

'We zeggen wel tegen haar dat je elke avond hebt zitten leren,' zei Melanie.

En Sprotje herinnerde zich opeens haar onvoldoende voor Engels, maar ze besloot weer eens dat het in de vakantie verboden was om aan school te denken. Ook al had ze het onaangename gevoel dat dat niet zo'n wijs besluit was.

'Lisa hééft toch ook de hele tijd zitten leren,' vond Roos. 'Dat het alleen maar haar rol was hoeven we er niet bij te vertellen.'

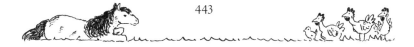

'Nee, want dan zou haar moeder vast ongeveer zoiets zeggen.' Kim sloeg haar armen over elkaar en keek Lisa streng aan: *'Praat niet met mij; ik zeg geen enkel woord meer; doe je eigen zin, bij mij heb je afgedaan.'*

'Nee, dat is veel te mild. Ze zou eerder tekeergaan zoals Julia's vader.' Lisa haalde het tekstboekje weer uit haar tas en sprong op haar bed. *'Loop naar de bliksem, jij weerspannig nest,'* riep ze. *'Zwijg, hou je mond, ik wil geen woord meer horen, mijn vingers jeuken. Vrouw, we dachten dat de hemel ons niet mild gezegend had, omdat hij ons maar één kind had geschonken, en kijk, dat ene blijkt nog één te veel, dat kind is ons geen zegen maar een vloek. Jij nest!'* Lisa sloeg de bladzijde om. *'Vertrek, ga beedlen, honger, sterf op...'*

'Hallo?' Verena stak voorzichtig haar hoofd om de deur. 'Tessa zei dat ik jullie moest halen voor het ontbijt. Ze zegt dat jullie moeders vast al onderweg zijn.'

Met een zucht stapte Lisa weer van haar bed. 'Ik denk dat ik me toch maar in de stal verstop,' mompelde ze.

In de eetkamer was het stiller dan anders. Zelfs Lilli zat zwijgend op haar stoel en kauwde lusteloos op een broodje. Bob tekende met een viltstift paarden op haar servet.

'Nog steeds misselijk van al die chips die jullie naar binnen gewerkt hebben?' vroeg Sprotje toen ze langsliep.

'We hebben besloten ook een echte club op te richten als we weer thuis zijn,' antwoordde Lilli. 'De Wilde Kuikens was maar een soort vakantieclub. Misschien noemen we ons wel de Wilde Kippen. Er kunnen best twee clubs zijn die zo heten.'

'O, vinden jullie dat?' Lisa boog zich over Sprotjes schouder. 'Hebben jullie ook al Pygmeeën?'

Bob fronste haar voorhoofd. 'Nee. Maar die zijn ook niet zo belangrijk.'

'Wat? Die zijn juist heel belangrijk!' Lisa schudde haar hoofd om zoveel onbenul. 'Wie willen jullie anders bespioneren en wie moeten jullie anders op de kast jagen?'

'Luister maar niet naar ze hoor,' zei Roos, terwijl ze Sprotje en Lisa ongeduldig voor zich uit duwde. 'Je kunt ook best zonder Pygmeeën. Maar een clubhuis, dat is wel belangrijk.'

Lilli wapperde met haar hand. 'Dat hebben we al,' verklaarde ze met volle mond. 'Bobs ouders hebben zo'n tuinhuisje, dat nemen we.'

Bob fronste haar voorhoofd, maar ze sprak Lilli niet tegen. Verena keek smachtend naar de twee vriendinnen. Zo te zien had ze dolgraag ook bij Lilli's club gehoord, maar helaas woonde ze in een andere stad.

'Je kunt toch een correspondentiekip worden,' zei Lilli, alsof ze Verena's gedachten had gelezen. 'We leren je onze geheimtaal en jij stuurt ons voor elke bijeenkomst een brief.'

Verena glimlachte. 'Doe ik,' zei ze, maar meteen spitste ze bezorgd haar oren. Ze hadden het toeteren allemaal gehoord. De eerste moeder was er al.

De kleintjes sprongen op en renden naar het raam. Maar de Kippen bleven zitten.

'Waarom blijf je nou zo rustig zitten? Het wordt tijd om je te verstoppen,' zei Sprotje tegen Lisa. 'Misschien laat Herma je door de keukendeur naar buiten.'

Maar Lisa's moeder was niet de eerste. Eerst verschenen de ouders van Verena, met een reusachtige hond die Roos de stuipen op het lijf joeg. Daarna kwamen de ouders van Bob.

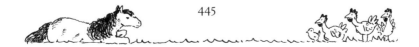

Ze zouden Lilli ook meteen meenemen, maar ze moesten de twee Kuikens eerst in de stal onder het stro vandaan halen. Daphne omhelsde haar moeder alsof ze haar nooit meer los wilde laten, en daarna verklaarde ze dat ze alleen mee naar huis ging als ze Freya voor Sinterklaas kreeg. Lola stond Daphne net uit te leggen dat ze Freya niet kon missen toen Sprotjes moeder het erf op reed. Sprotje was op dat moment met Roos in de wei om afscheid te nemen van Snegla en Fafnir.

'Tot de volgende keer schatje,' zei ze en ze aaide de merrie over de kleine bles op haar voorhoofd. Snegla boog haar hoofd en gaf Sprotje zo'n harde duw tegen haar borst dat ze bijna omviel. 'Hé, ik kan er toch ook niets aan doen dat ik weg moet.' Lachend gaf Sprotje Snegla nog een kus op haar neus.

Roos had een arm om Fafnirs witte hals gelegd en ging met haar vingers door zijn manen. 'Ik moet goed onthouden hoe dat voelt,' zei ze. 'Wie weet wanneer we weer een paard aaien.'

Sprotjes moeder liep naar de wei, wisselde een paar woorden met Melanie en Kim, die tegen het hek geleund stonden, en zwaaide naar Sprotje. Sprotje zwaaide terug. 'Ik zie die betweter helemaal niet,' zei Roos.

'Die zit vast in de auto,' mompelde Sprotje. Heel langzaam slenterden ze terug naar het hek, alsof ze het afscheid van Lola's manege zo lang mogelijk voor zich uit wilden schuiven.

'Misschien kan ik mijn oma zover krijgen dat ze een paard neemt,' zei Sprotje. 'Dat kippenhok van haar staat toch leeg.'

Roos lachte. 'Dan zet je moeder er nog eerder een bij jullie in de gang,' zei ze. 'Je oma wil alleen dieren die ze op kan eten.'

'Of dieren die haar kostbare koekjes kunnen bewaken.'

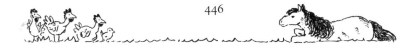

Sprotje draaide zich nog een keer om. Kolfinna tilde haar hoofd op en keek haar bedaard aan, en onder de bomen lieten Kraki en Fafnir speels hun tanden zien, happend in elkaars dikke manen.

'Kom mee, je moeder staat te wachten,' zei Roos. 'Dat is weer echt iets voor jou: eerst wilde je hier niet heen en nu wil je niet meer weg. Weet je wat?' Ze sloeg haar arm om Sprotjes schouders. 'Zodra we klaar zijn met school koop je samen met Fred ook zo'n manege en dan...' Verder kwam ze niet. Sprotje kietelde haar onder haar armen tot ze lachend op de vlucht sloeg.

'Goedemorgen,' zei Sprotjes moeder toen Roos haastig over het hek klom en zich achter haar verstopte. 'Is mijn dochter weer eens brutaal?'

'Zoals gewoonlijk,' antwoordde Roos.

'En Roos is smoorverl...'

Roos kon nog net op tijd haar hand op Melanies mond leggen. 'Als je het maar laat!' zei ze.

Sprotje ging op het hek zitten en bekeek haar moeder met een schuin hoofd. 'Je ziet er goed uit,' zei ze. 'Vakantie zonder mij heeft je goedgedaan, zo te zien.'

'O ja!' Haar moeder kwam voor haar staan en legde haar handen op haar knieën. 'En jij... ik geloof dat jij het ook best naar je zin hebt gehad.'

Sprotje snuffelde aan haar vingers. Ze roken naar paardenstal. 'Ja hoor, het ging wel,' zei ze.

'Het ging wel?' Lisa klom naast haar op het hek en keek haar hoofdschuddend aan. 'Het was te gek,' zei ze. 'De leukste vakantie die we ooit gehad hebben. En daarom hebben we

447

besloten bij Lola in te trekken en hier als stalknechten aan het werk te gaan.'

'Aha.' Sprotjes moeder keek om naar Lola, die net afscheid nam van Bob en Lilli.

Lilli vergoot een emmer vol tranen, hoewel haar moeder haar alweer had aangemeld voor de voorjaarsvakantie.

'Jammer,' zei Sprotjes moeder. Ze draaide zich om en slenterde naar de taxi waarmee ze gekomen was. 'Nou ben ik expres met een grotere auto gekomen, zodat jullie er allemaal in passen, en dan willen jullie niet mee.'

Sprotje sprong van het hek en liep achter haar aan. 'Waar is die bet... wijsneus?' vroeg ze, loerend door het autoraampje.

'Ik ben alleen.' Haar moeder maakte de kofferbak open. 'Ik dacht dat je dat wel fijn zou vinden.'

Sprotje keek haar aan. Toen glimlachte ze. 'Is ook zo,' zei ze. 'Dan gaan we toch maar mee, denk ik. Wat vinden jullie ervan?' Ze draaide zich om naar de anderen.

Melanie liet zich van het hek glijden. 'We gaan de tassen halen,' zei ze. Samen met Kim en Roos liep ze naar het huis. Alleen Lisa bleef aarzelend naast Sprotje staan. 'Heel aardig dat u voor die grote auto gezorgd hebt, mevrouw Bergman,' zei ze, 'maar mijn moeder laat me vast niet met u meerijden.'

'Jawel hoor,' antwoordde Sprotjes moeder. 'Want ik heb tegen haar gezegd dat het onzin is om allebei te rijden.'

Lisa's gezicht klaarde op. Voor het eerst die ochtend.

Nadat de Kippen hun tassen en rugzakken in de kofferbak van de grote taxi hadden gestouwd dronk Sprotjes moeder nog een kop koffie met Lola en namen de Kippen afscheid van Herma en Tessa. 'We zien elkaar gauw weer,' zei Tessa toen

ze met z'n allen terugliepen naar de auto. 'Sprotjes moeder komt in het eerste weekend van december bij ons op de koffie. Dan komen jullie toch gewoon allemaal mee?'

Kim keek Roos aan. 'Graag, als...'

'Doen we,' zei Roos.

'Is jullie opvoering dan al geweest?' vroeg Tessa.

Lisa knikte. 'Over een maand is het zover. Ik moet er niet aan denken, anders word ik misselijk van de plankenkoorts.'

'Geloof er maar niets van hoor,' zei Melanie tegen Tessa. 'Lisa weet niet eens wat plankenkoorts betekent.'

'En jij?' Sprotje gaf een tikje tegen Tessa's borst. 'Gaat het nog door? Jij komt in het voorjaar in Lisa's plaats voor Wilde Kip spelen?'

Tessa glimlachte. 'Als mijn moeder het goed vindt.'

'Ach, dat vindt ze vast wel goed,' zei Melanie. 'Tenzij Lisa ook nog verliefd wordt op Mike. Maar Lisa is toch immuun voor jongens.'

Lisa werd knalrood. 'Als dat nog eens verandert ben jij de laatste die het hoort,' gromde ze.

'Geen ruzie maken,' zei Roos, die tussen hen in ging staan. Op hetzelfde moment kwamen Sprotjes moeder en Lola naar buiten.

'Tot ziens,' zei Lola, toen de Kippen verlegen gedag zeiden. 'Ik hoop in elk geval dat jullie nog een keer terugkomen. We zijn tenslotte nog maar net begonnen met paardrijden.'

'We komen zeker nog een keer,' zei Sprotje. 'Hoe dan ook.'

'Mooi, en om het geluk een handje te helpen...' Lola hield hun een zak voor, '...pak maar. Er is er voor ieder één.'

Kim stak als eerste haar hand in de zak. 'Een hoefijzer!' Ze

bekeek het stuk oud ijzer alsof het van goud was en bezet met diamanten, in plaats van kromme spijkers.

'Jullie weten dat je ze met de opening naar boven moet ophangen hè?' zei Lola. 'Anders valt het geluk er aan de onderkant weer uit.'

'Mag je zelf wensen wat voor geluk erin blijft hangen?' vroeg Lisa. Maar dat was zelfs voor Lola een te moeilijke vraag.

Met het hoefijzer in hun hand klommen de Kippen in de taxi. Sprotje ging naast haar moeder zitten. 'De betweter was zeker boos dat je zonder hem ging?' vroeg ze terwijl ze haar gordel vastmaakte.

Haar moeder zwaaide nog een keer naar Lola en trok het autoportier dicht. 'Nee, helemaal niet,' antwoordde ze met een blik in de achteruitkijkspiegel. 'Heeft iedereen zijn gordel vast?' Toen startte ze de motor.

Sprotje keek nog een laatste keer naar de paarden, die van het hele afscheid en al die bezwaarde harten niets leken te merken. Met hun hoofd diep gebogen en hun neus in het gras stonden ze daar, en ze keken pas op toen Sprotjes moeder toeterend het erf af reed.

'Het was zooooo heerlijk,' mompelde Kim.

'Dat was het zeker,' zei Melanie met een zucht. 'Geen grote zussen...'

'Geen ouders die over huiswerk zeuren,' voegde Lisa eraan toe.

Daarna zaten ze allemaal een tijdje zwijgend voor zich uit te kijken.

'Mam, in het voorjaar wil ik weer naar Lola,' zei Sprotje na

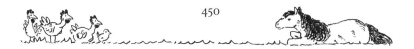

450

een poos. 'Dan mag jij weer met die je-weet-wel op vakantie.'

'O, mag ik dat?' zei haar moeder. 'En als ík daar nu eens een keer geen zin in heb?'

De aula zat stampvol, zo vol als Sprotje nooit eerder had meegemaakt. Alleen op de eerste rij waren nog een paar stoelen
vrij, en ze hoefde maar naar de jassen over de rugleuningen te
kijken om te weten wie die plaatsen bezet hadden.

'Ik ga dood! Ik ga dood van de zenuwen,' fluisterde Roos.

Ze duwde Sprotje nerveus opzij en gluurde tussen de gordijnen door. 'Shit, mijn broer zit op de tweede rij. En hij had
me nog wel beloofd ergens te gaan zitten waar ik hem niet
kon zien.'

Sprotje trok Roos' sluier recht. 'Sinds wanneer houdt jouw
broer zich aan zijn beloften?' vroeg ze. Ze wist best dat Roos
niet tussen de gordijnen door keek om te zien of haar broer
of wie dan ook in de zaal zat. Vanavond was er maar één persoon naar wie Roos uitkeek.

'Wat zeggen jullie daarvan?' Lisa had een fantastisch lijk
kunnen spelen, zo bleek zag ze. 'Het is uitverkocht! Alle leraren zijn er!'

'Ben je daar soms blij om?' Roos beet op haar lippen en liet
haar blik langs de verwachtingsvolle gezichten in de aula gaan.

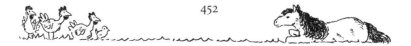

'Zo gaat je lippenstift eraf,' merkte Lisa op.

Roos liet het doek vallen en draaide zich naar haar om. 'En jouw baard laat los, Mercutio,' zei ze.

Lisa voelde geschrokken aan haar kin. 'Verdomme, ik zei toch al dat ik een getekende baard wilde,' mopperde ze.

'Dat ziet er nog stommer uit.' Roos plakte Lisa's baard weer vast. 'Misschien moet je hem helemaal weglaten.'

'Daar is het nu te laat voor,' mompelde Lisa. Toen ze in de coulissen verdween botste ze bijna tegen Steve op. Hij had een monnikskap op zijn hoofd en droeg een pij, waaronder een enorme buik opbolde.

'Wat vinden jullie?' vroeg hij, en hij likte zenuwachtig langs zijn lippen. 'Ben ik dik genoeg voor een monnik uit Verona?'

Sprotje boorde haar vinger diep in zijn nepbuik. 'Absoluut,' zei ze. 'Als dat ding straks maar niet op het toneel valt.'

'Welnee.' Steve trok aan de gordel waarmee hij zijn dikke buik had vastgesnoerd en liep naar het doek om naar het publiek te kijken. Op dat moment kwam ook Melanie het toneel op gerend, nog zwaarder opgemaakt dan de acteurs. 'Romeo is er!' fluisterde ze.

'Welke?' vroeg Sprotje. Roos keek Melanie met grote ogen aan.

'Ja, welke denk je?' Melanie trok haar kippenveertje uit haar decolleté. 'Mike natuurlijk, maar ik zeg niet waar hij zit. Of wil je het weten?' Ze keek Roos vragend aan, maar die schudde haar hoofd. Toen verscheen er een glimlach op haar gezicht.

'Zo blij mag je straks niet kijken hoor,' zei Lisa bezorgd. 'We spelen een treurspel, weet je nog?'

Roos knikte en keek verlangend de zaal in.

'Hoe gaat het eigenlijk met jullie Romeo?' vroeg Melanie.

'Noor?' Lisa haalde haar schouders op. 'Best hoor. Ze zou alleen een beetje beter moeten leren schermen. Tybalt moet echt zijn best doen om doodgestoken te worden.'

'Wat is dit voor een oploopje?' Mevrouw van Dam, de leidster van de toneelgroep, kwam op een holletje uit de coulissen. Haar gezicht zat onder de rode vlekken van de stress. 'Iedereen die niet meespeelt naar de aula, alsjeblieft! Mijn hemel, Roos, je lippenstift zit overal! En jij, Lisa, kijk nou eens hoe je baard zit!' Ongeduldig trok ze Roos en Lisa mee.

Melanie en Sprotje maakten dat ze weer in de aula kwamen. Kim verdedigde hun stoelen met een knalrood hoofd tegen twee jongens uit de bovenbouw.

'Waar bleven jullie nou?' riep ze boos, terwijl Melanie en Sprotje zich een weg naar haar toe baanden. 'Ik dacht al dat ze gewoon boven op me zouden gaan zitten. Hebben jullie Mike en Tessa gezien?'

'Ja. En Lola is er ook.' Melanie zwaaide naar ze. Op de een na achterste rij hadden ze nog net drie plaatsjes weten te bemachtigen.

'We zien elkaar straks!' riep Lola over de hoofden heen tegen Sprotje. 'Ik heb mezelf bij jullie thuis uitgenodigd.'

'Dat zei mama al!' riep Sprotje terug. Ze keek zoekend om zich heen, maar haar moeder was nog nergens te bekennen. Uitgerekend vandaag moest ze die betweter naar het station brengen, omdat hij ergens een cursus had. Maar de Pygmeeen zag Sprotje wel. Ze stonden pal voor het toneel.

Melanie wierp haar een spottende blik toe. 'Drie keer ra-

den naar wie onze Opperkip daar zo ingespannen staat te turen!' fluisterde ze tegen Kim.

Het geroezemoes in de aula werd steeds harder, maar Sprotje had Melanie best verstaan. 'Hou je grote mond, Mel,' zei ze, zonder haar een blik waardig te keuren. 'Ik sta gewoon om me heen te kijken.'

'Natuurlijk!' Melanie glimlachte veelbetekenend en zwaaide naar Willem, die net op zijn plaats ging zitten. Fred stond nog en riep iets naar Steve, die alweer zijn hoofd door het gordijn stak.

'Waarom hebben zij eigenlijk plaatsen op de eerste rij en wij niet?' vroeg Melanie.

'Omdat Steve ze bezet heeft gehouden,' antwoordde Sprotje. 'Dat is Roos van de zenuwen helemaal vergeten.' Gespannen streek ze haar haar naar achteren. Fred kwam op haar af. Toen hij bijna bij haar was pakte Pia, een meisje uit een andere klas, hem bij zijn jas. Sprotje probeerde niet te kijken en bekeek aandachtig het programmaboekje dat op haar stoel had gelegen. Maar haar blik dwaalde steeds naar Fred.

'Hé, Pia zit zo te zien achter Fred aan!' fluisterde Melanie. 'Zien jullie hoe ze met haar wimpers knippert? Bij Willem heeft ze het ook al een keer geprobeerd. Maar ja...' ze haalde haar schouders op, '...Fred heeft officieel natuurlijk ook geen vriendin, zolang jullie er zo belachelijk geheimzinnig over blijven doen.'

Sprotje sloeg het programmaboekje dicht.

'Tja, niet iedereen gaat midden op het schoolplein staan zoenen,' zei Kim, terwijl ze met een onschuldig gezicht met haar oorbelletjes zat te spelen.

Geërgerd draaide Melanie zich naar haar om. 'Bedoel je daar soms een bepaald iemand mee?'

Kim hoefde gelukkig geen antwoord te geven, want Fred schuifelde langs de rij naar hen toe en liet zich op de lege stoel naast Sprotje vallen.

'Die is bezet,' zei een vrouw in de rij achter hen pinnig.

'Ik ben zo weer weg,' antwoordde Fred, grijnzend naar Sprotje. 'Hoe gaat ie, Wilde Kip?' vroeg hij. 'Ga je morgenochtend mee naar mijn opa? Hij heeft een heleboel kool voor jullie kippen.'

'Best.' Sprotje probeerde zo onverschillig mogelijk te kijken. Ze kon gewoon niet naar Fred lachen, nu Melanie haar zo van opzij zat te bekijken. Sprotje had toch al het gevoel dat de hele school haar aanstaarde als Fred met haar praatte. Maar op dit moment waren alle ogen op het doek gericht.

Het licht in de aula ging uit en de schijnwerpers boven het toneel sprongen aan.

Een dikke man wurmde zich langs de rij en bleef met een misprijzend gezicht voor Fred staan.

'Tot straks,' fluisterde Fred tegen Sprotje. Hij glipte langs de dikke man en maakte dat hij weer op zijn plaats kwam.

Op het toneel bewoog iets achter het doek en een blond meisje trad aarzelend in het licht van de schijnwerpers. Mathilde zat ook bij Sprotje in de klas. Haar moeder had de kostuums gemaakt, maar Mathilde had geen rol durven spelen. Wel had ze zich door Roos laten overhalen om de proloog voor te dragen. In Sprotjes ogen was dat al behoorlijk dapper.

'Naar Freds opa, zo zo,' zei Melanie heel zacht. 'Als dat niet

romantisch is...' Sprotje strafte haar met een geringschatten-de blik.

Het was inmiddels doodstil in de aula, er huilde alleen er-gens een baby. Toen het kindje weer stil was liep Mathilde naar de rand van het toneel.

'*Twee huizen, even hoog in macht en stand, in 't mooie Vero-na,*' begon ze. Bij de eerste woorden beefde haar stem nog een beetje, maar daarna klonk ze met elk woord zelfverzekerder. '*Waar dit stuk u brengt – zien oude wrok tot nieuwe strijd ont-brand en burgerbloed door burgerhand geplengd.*'

Sprotje zag Kims mond bewegen. Ze sprak Mathildes tekst woord voor woord mee, zonder geluid te maken. Vol verlan-gen keek ze naar het podium.

Mathilde verliet onder luid applaus en met een hoogrood hoofd het toneel en het doek ging op voor de eerste scène. Een halfjaar lang had de hele onderbouw tijdens de tekenles op grote stukken karton de huizen van Verona geschilderd. Ze zagen er prachtig uit en de wapenknechten van de Mon-tecchi's en de Capulets stapten uit hun schaduw en begonnen met veel omhaal van woorden ruzie te maken.

Het werd een fantastische uitvoering. Maar vier, misschien vijf keer struikelde er iemand over zijn tekst en was de hulp van mevrouw Van Dam nodig, die als souffleuse op de eerste rij zat. Bij het duel tussen Tybalt en Mercutio ging Lisa zo wild tekeer dat haar baard toch nog losliet, maar dat merkte nie-mand, zo dramatisch slingerde ze met brekende stem '*Naar de duivel met jullie veten!*' de zaal in. En Roos, Roos speelde het mooist van allemaal. Sprotje wist zeker dat niet alleen zij dat vond, omdat Roos nu eenmaal haar beste vriendin was.

Als Roos opkwam werd het meteen stil. Ze wás Julia. Noor deed het als Romeo ook niet slecht, tenslotte was het een ondankbare rol om als meisje een verliefde jongen te moeten spelen. Maar Sprotje wist dat Roos niet Noor, maar iemand anders voor zich zag als ze al die prachtige dingen over de liefde zei.

Aan het eind werd er zo hard geklapt dat Noor en Roos afwisselend rood en wit werden. Zij aan zij stonden ze met de andere acteurs op het toneel om het applaus in ontvangst te nemen. Steve trok de monnikskap van zijn hoofd en gooide hem in het publiek en Lisa stond trots en kaarsrecht voor het doek, alsof ze nog steeds Mercutio was.

Toen het applaus eindelijk was weggestorven en ze de aula weer uit schuifelden zei Melanie: 'Ik weet niet, misschien doe ik volgend jaar ook wel mee. De kostuums waren echt heel mooi en dan dat applaus – dat moet wel een heerlijk gevoel zijn.'

'Dat applaus moet je eerst verdienen,' zei Sprotje, die zag dat haar moeder al in de hal stond, met Lola, Tessa – en haar leraar Engels. Geschrokken bleef ze staan. Ze had haar moeder nog steeds niet over die drie min en die twee plus verteld, die ze vóór de vakantie had opgelopen. Voor het proefwerk dat ze net had gemaakt hoopte ze namelijk op een zeven, maar als haar moeder nu van haar leraar hoorde... 'Gaan jullie maar vast,' zei ze tegen Melanie en Kim. 'Ik moet heel nodig naar de wc.'

Ze baande zich een weg door het gedrang, zag hoe Roos in haar kostuum op Mike afliep – en botste bijna tegen Fred op. Hij stond helemaal in zijn eentje bij de frisdrankautomaat; de

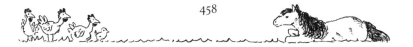

andere Pygmeeën waren nergens te bekennen.

'Je hoeft niet zo wantrouwig om je heen te kijken,' zei hij. 'De anderen zijn nog met Steve achter het toneel. Hij laat ze zijn nepbuik en Lisa's baard zien. En Mat wil per se kennismaken met dat meisje dat Julia's moeder speelde. Je weet wel, die uit de tweede.'

'Goed nieuws voor Roos.' Sprotje bleef besluiteloos bij hem staan. 'Misschien gaat Mat dan eindelijk iemand anders liefdesbrieven schrijven,' zei ze. Ze keek om zich heen, maar niemand lette op haar, ook al had ze weer eens dat gevoel.

'Kom mee,' zei Fred, alsof hij haar gedachten gelezen had. Hij nam haar bij de hand en trok haar achter zich aan. 'Ik heb frisse lucht nodig. Jij niet?'

'Ja,' zei Sprotje. Ze liet zijn hand niet los. Zelfs niet toen Melanie hun kant op keek.

Lees ook de andere delen van De Wilde Kippen Club!

De Wilde Kippen Club

'Avonturen kun je niet plannen, zoals ballet of zo. Die wachten om de hoek – en tsjak! opeens zijn ze er!'

Maar je kunt wel iets doen om het lot een handje te helpen. Daarom begint Sprotje een club, samen met haar vriendinnen Roos, Melanie en Kim. Een club met een eigenwijze naam, met clubgeheimen en een kippenveertje als herkenningsteken.

En dan komen de avonturen vanzelf. Avonturen die alles te maken hebben met de Pygmeeën, de club van vier jongens uit hun klas, gezworen vijanden van de Wilde Kippen...

Sprotje, Roos, Melanie en Kim gaan een week op schoolreis. Met de hele klas naar een jeugdherberg op een Waddeneiland. Op zo'n plek hoef je niet lang te wachten op een avontuur. Zeker niet als de jongens van de Pygmeeën ook mee zijn.

Maar het vreemde gelach dat ze 's nachts horen, en de geheimzinnige voetsporen – zitten de Pygmeeën daar ook achter? Of klopt er toch iets van het verhaal dat er een geest ronddoolt over het eiland?

Liefde is leuk... maar ook lastig! Daar weet Sprotje alles van. Tussen haar en Fred gaat het nu heel goed, ook al is Fred een Pygmee en dus een gezworen vijand van de Wilde Kippen Club.

Maar de andere Wilde Kippen hebben flinke liefdesproblemen. Roos heeft bijvoorbeeld een ingewikkelde weekendliefde. En over Melanie wordt geroddeld omdat ze flirt met bijna alle jongens van school. En dan wordt Lisa betrapt terwijl ze met iemand staat te zoenen...

De Wilde Kippen proberen beste vriendinnen te blijven. Maar door alle jaloezie en misverstanden is dat nog niet zo makkelijk.

Sprotje, Roos, Kim, Lisa en Melanie gaan op werkweek, maar het wordt niet de zorgeloze tijd waarop ze hadden gehoopt. Vlak voor het vertrek loopt het mis tussen Sprotje en Fred. Roos is stiekem verliefd op de vriend van iemand anders. Lisa doet auditie bij een castingbureau, maar de rol is niet te combineren met school. Kim wordt verliefd, maar is het wel wederzijds? En Melanie heeft nog veel grotere problemen, maar ze wil niemand vertellen wat er aan de hand is.

De spanningen lopen hoog op. Is de vriendschap van de Wilde Kippen hier wel tegen bestand?